Erhard Brüchert

Friesische Novellen
Sieben Erzählungen
von Ems bis Jade, an Watt und Küste

Für
Marie, Tom und Tammo

Erhard Brüchert

Friesische Novellen

Sieben Erzählungen
von Ems bis Jade, an Watt und Küste

ISENSEE VERLAG
OLDENBURG

Titelmotiv: „Heller vor Wattenmeer",
Harro Hinrichs, Neermoor

Bibliografische Information Der Deutschen Bibliothek

Die Deutsche Nationalbibliothek verzeichnet diese Publikation in der Deutschen Nationalbibliografie; detaillierte bibliografische Daten sind im Internet über http://dnb.d-nb.de abrufbar.

ISBN 978-3-7308-1605-9

© 2020 Isensee Verlag, Haarenstraße 20, 26122 Oldenburg –
Alle Rechte vorbehalten
Gedruckt bei Isensee in Oldenburg

Inhalt

Tausend Taler in Oldersum 6

Rote Wut am Wattenmeer 87

Der Inselmester von Juist 161

Jan Vellinga aus Westfriesland 224

Das Nebelhorn von Norderney 237

Lütetsburg 255

Ein halber Kutterfischer 293

Tausend Taler in Oldersum
(Novellen-Komödie)

Emden und Oldersum...

Gerd Kruse war ein junger, braver Tambourmajor der Bürgermiliz in Emden. Er lebte am Ende des 17. Jahrhunderts in der damaligen, ostfriesischen Metropole.

Was ist eine ostfriesische Metropole im 17. Jahrhundert? Das ist zwar nicht die Hauptstadt von Ostfriesland – dieses war damals die kleine Stadt Aurich mit einem eher unbedeutenden Fürstenhaus, den sogenannten Cirksenas – aber Emden war um 1700 die größte Hafenstadt der Halbinsel zwischen der südwestlichen Bucht Dollart, dem nördlichen Wattenmeer und dem östlichen Jadebusen. Es lag im Schnittpunkt zwischen den damals mächtigen Niederlanden und den reichen, alten Hanse-Städten Bremen, Hamburg und Lübeck. Damit war Emden nicht nur ein wirtschaftliches, nein, auch ein politisches Schwergewicht.

Was ist ein Tambourmajor im 17. Jahrhundert? Er ist ein musikalischer und auch gleichzeitig halb militärischer Anführer einer halb muskalischen und halb folkloristischen Musikkapelle, die vorwiegend zu Machtdemonstrationszwecken Auftritte der Bürgermiliz in Straßen und auf Plätzen durchführt – natürlich nur in Friedenszeiten, also ohne Waffen.

Was ist <u>ein braver</u> Tambourmajor? Das ist ein durchweg obrigkeitsgläubiger, begeisterter Uniform- und Taktstockträger, der mit einem geringen, aber sicheren Gehalt zufrieden ist – und der, weil er jugend- und ansehnlich aussieht, auch noch andere Interessen und Bedürfnisse pflegt. Diese ergeben sich klarerweise daraus, dass ein junger, braver Tambourmajor – bekanntermaßen noch unbeweibt – an der dekorativen Spitze der Milizkapelle diese mit sicherem Dirigentenstab machtvoll durch die Stadt führt, verfolgt von den schmachtenden Blicken nicht nur der jungen Frauenzimmern der Stadt.

Nun, man muss schon hier am Beginn der Geschichte zugeben, dass die Begeisterung der Ostfriesinnen für den jungen, braven Tambourmajor Gerd Kruse, plötzlich einen empfindlichen Dämpfer erhielt, als der Klatsch in Emden aufkam, Gerd Kruse habe neuerdings eine „feste" Geliebte. Und was das Schlimmste war, diese Geliebte stamme nicht aus der Metropole, nein, sondern aus dem eher kleinstädtischen Flecken Oldersum, zirka fünfzehn Meilen südlich von Emden an dem Flüsschen Ems gelegen. Der Frauenwelt in Emden war es unbegreiflich, wie ein so schöner Mann, ein so junger, eleganter und so charmanter Tänzer sich so heftig in seinem Geschmack verirren konnte! Man tuschelte und tratschte, man fand aber keinen plausiblen Grund dafür und noch weniger eine Lösung, um den Tambourmajor wieder der Emder Frauenwelt zuzuführen.

Nun ja, die ferne Geliebte gab es also tatsächlich, und sie war auch hübsch und hieß Mette Janssen. Und es ließ sich bald auch nicht mehr verheimlichen, dass Gerd Kruse fast jede freie Minute in Oldersum verbrachte, wodurch natürlich eine bedeutende Lücke in Emden entstand. Mette Janssen aus Oldersum war eine anständige Jungfer, Tochter des angesehenen Bürgers und Schankwirts Freerk Janssen und seiner selbstbewussten Frau Moederke Janssen. Mette ließ sich also gern in Oldersum umwerben, in möglichst gesittetem Rahmen versteht sich, und sie dachte noch nicht daran, sich von dem schicken, allseits bewunderten Tambourmajor nach Emden entführen zu lassen, selbst – noch nicht – als dessen Ehefrau. Dazu muss auch hier schon angemerkt werden, dass es zwischen dem großen Emden und dem kleinen Oldersum eine ziemlich lange Rivalität manche Historiker sagen: eine aus Überheblichkeit und Neid geschürte Feindschaft gab, die sowohl wirtschaftliche als auch politische Gründe hatte. Aber darüber wollen wir uns jetzt und hier nicht auslassen. Historische Tatsache ist und bleibt: Mette Janssen war eine junge, hübsche und überzeugte Oldersumerin, an der kein junger Emder Bürger mit klarem Blick unbeeindruckt vorbeigehen konnte.

Schon nach einigen Wochen der liebedienerischen Betriebsamkeit des Emder Tambourmajors in Oldersum gelang es diesem, sich nicht nur tagsüber, sondern auch zeitweise in der Nacht in der kleinen Stadt an der Ems herumzutreiben, oder besser gesagt: sich in durchaus friedvoller Absicht in den Armen von Mette zu befinden. Das fiel sogar dem treuen Nachtwächter Jakobus auf, der sich aber den weisen Grundsatz zugelegt hatte, sich nicht in private Händel – und dazu zählte er auch Liebessachen – einzumischen. Er drehte also in jeder Nacht in Oldersum seine Runden, bekleidet in langem, regenfestem Umhang, mit großem Hut, einem Feuer-Signalhorn an der Schulter, einem großen Stock mit Haken in der rechten Hand und einer brennenden Laterne in der Linken. Meistens sang er dabei sein unschuldiges Nachtlied, das nur Harmonie, Ruhe und Frieden verbreiten sollte. Als echter Ostfriese sang er es natürlich auf Plattdeutsch:

> **Höört up mi, Ji lewe Lü!**
> **Deep Nacht is nu bold vörbi.**
> **Nu kummt weer en neejen Dag,**
> **wor wat Nees gebören mag.**
> **Freeden hier in Ollersum**
> **garanteer ik Jo rundum.**
> **Füür un Storm, de seeh ik nich,**
> **allens is fein upgericht.**
> **Blot de Emders in hör Harten,**
> **willn uns woll wat Malls belaten.**
> **Alle Lü in Ollersum,**
> **Mannlü, Fraulü – all rundum,**
> **liggen in hör Bedden week –**
> **Och – wenn ik dor ok al leeg!**

Man merkt also, wie Emden stets in den Gedanken der Oldersumer, auch ihres Nachtwächters, eine große Rolle spielte. Das zeigt auch das folgende Selbstgespräch, das Jakobus bei nächtlich wechselnden Themen gerne führte, wenn mal wieder nichts in Oldersumer Nächten los war und er sich freie Gedanken über Gott und die Welt machen konnte:

„Wenn ihr mich fragt – aber mich fragt ja keiner – ich sag´ euch: ich bin froh, wenn endlich der Morgen graut und in dieser Nacht kein Gauner aus Emden über unser Fehntjer Tief in unser geliebtes Oldersum rein geschlichen ist. Was hab´ ich da nicht schon alles erlebt! Erst die Reformation! Wir hier in Oldersum sind ja bekanntlich ein geistiges Zentrum für die Reformation gewesen. Denkt nur mal an die Oldersumer Religionsgespräche vor 200 Jahren. Aber was machen da die Emder?! Die machen Geschäfte! Dann die Spanier von der anderen Seite der Ems, widerrechtlich vorgestoßen aus dem Groninger Land! Wir hier in Oldersum mussten lange verhandeln, dass unsere Ems frei blieb. Aber was machten die Emder?! Die machten weiter Geschäfte! Dann der Dreißigjährige Krieg. Wir hier in Oldersum waren für unser schönes Ostfriesland ein Bollwerk gegen den katholischen Süden! Und was machten die Emder?! Die machten wieder ihre Geschäfte! Das ist doch soooo ungerecht!"

Er war jetzt an der Landungsstelle am Oldersumer Tef angelangt, kurz vor dessen Einmündung in die Ems. Der Morgen dämmerte herauf und die letzten Worte hörte schon Spökenwievke Stina, die am frühen Morgen schon unterwegs war, um ihre Dienste auf dem bald beginnenden Hopfenmarkt anzubieten oder dort ihren Kleinhandel zu betreiben.

„Geh´ schlafen, Jakobus! Und hör auf, so früh zu philosophieren!"

„Hast ja Recht", antwortete der Nachtwächter, „auf mich hört ja doch keiner… und müde bin ich auch. Aber du, Stina, pass auf, was heute hier noch alles passiert und erzähl mir das! Du bist für den Tag zuständig – ich für die Nacht."

„In Ordnung, Jakobus! Wir sind ein ungleiches, aber gutes Paar."

Der Nachtwächter gähnte ausgiebig und verschwand in einer Seitengasse. Stina breitete auf einem großen Tuch ihre Sachen vor sich aus, die sie auf ihren Streifzügen zusammen gebettelt hatte und wartete noch eine Weile. Aber schon bald kam Bewegung auf den Platz. Einige Knechte rollten Bierfässer über den Markt hin zum Tief, wo sie auf eine Lastentjalk verladen werden sollten, um – ja natürlich, wieder mal – nach Emden transportiert zu werden, wo es – nach Meinung aller Oldersumer – viel zu billig verkauft werden musste. Denn die Oldersumer Bierbrauer hatten das bessere, reinere Wasser aus dem Fehntjer Tief und anderen Quellen. Sowas Gutes gab es in Emden nicht, so nahe an der salzigen See. Die drei Mädchen Swantje, Aafke und Rieke erschienen mit Krügen am Brunnen, wo sie das gute Wasser direkt in Oldersum schöpfen konnten – und sie unterhielten sich dabei über die Verbindung von gutem Wasser, gutem Bier und guten, starken Verehrern. Worauf Aafke klagte, sie habe leider keinen „Guten", sondern nur einen „Miesen" abgekriegt. Das war ein Stichwort, worauf sich Spökenwievke Stina einmischen musste:

„Heh, ihr Mädchen! Ich hab hier ein… ein Mittel in meinem Korb, damit könnt ihr allen Kerlen den Kopf verdrehen!" „Och du, Stina…", wehrte sich Swantje und scheuchte sie weg, „…mit deinen Mittelchen will ich gar nichts zu tun haben – mir laufen die Kerle auch so nach!" Stina wollte nicht so schnell aufgeben und wandte sich an Aafke: „Und du, meine Kleine… du musst nur den halben Preis bezahlen." Aber auch Aafke runzelte wütend die Stirn: „Ich bezahl überhaupt nichts! Ich will gar keinen Kerl mehr! Alles nur Lügner und Betrüger!"

Das Spökenwievke gab immer noch nicht auf, lachte und gab zu bedenken:

„Du sprichst die Wahrheit, kleine Aafke! Aber wir brauchen die Kerle doch leider. Kommt mal her, meine jungen Damen, ich kann euch auch aus der Hand lesen, zum Beispiel, was für ein Kerl euch bald in die Arme fallen wird – hihihi!" Da wurde sie dann aber doch von der besonnenen Rieke beiseite gedrängt. Stina blieb am Rande des Hopfenmarktes vor ihrer Auslage stehen und beobachtete von dort aus weiter die Lage auf dem Hauptmarkt von Oldersum.

Zwei Diener des Amtmannes Meyer schleppten aus der „Burg" – das war die langsam zerbröselnde Festung des früheren Junkers von Oldersum, später noch das Rathaus – mehrere Aktenbündel heraus und unterhielten sich über die Frage, ob man heute vormittag noch gegen den Flutstrom auf der Ems nach Emden gelangen könne. Emden hatte seit einigen Jahrzehnten nun schon die Oberverwaltung auch für Oldersum übernommen – die Oldersumer sagten: „…an sich gerissen."

An der Landungsstelle am Tief kam Unruhe auf. Eine Torftjalk hatte angelegt und musste nun von den sechs Törfwievkes entladen werden. Die meist älteren, armen Frauen erleichterten sich die mühevolle Handarbeit, indem sie plattdeutsche Lieder dabei sangen:

> **De Törf warrt knapp,**
> **wi hemmen keen Sack**
> **up uns lütt Nack!**
> **un ok nix waarms in ´t Buuk!**
>
> **Wi Wievkes kennt**
> **haast heel keen Fent,**
> **de uns wat skengt,**
> **un jammern dürsen wi ok nich luud!**
>
> **De Tiet is swoor,**
> **Dat is doch kloor,**
> **Keeneen proot wohr,**
> **Keeneen gifft uns en goden Moot.**
> **Dat is för uns een grote Noot.**

Gerd Kruse, der Tambourmajor…

Plötzlich glitt langsam aus Richtung von Emden eine kleine, elegante Tjalk an den Kai heran. Es entstieg der Tambourmajour Gerd Kruse in voller Uniform. Seinen schönen, verzierten Taktstock hatte er lässig unter den rechten Arm geklemmt. Er schritt zu den armen Törfwievkes hinüber und sagte:

„Was singt ihr denn da für ein trauriges Lied?"

„Trauriges Lied?", antwortete die alte Anna, „Das kannst du wohl sagen, Gerd Kruse… du in deiner schmucken Unform!"

Und Frauke rief neidisch: „Deine Mette fällt dir ja gleich um den Hals!" Dabei fiel ihr der volle Torfkorb aus den Händen. Gerd Kruse sprang sofort hinzu:

„Warte, ich helfe dir!".

„Oh, besten Dank, Tambourmajor! Du bist ja nicht nur schmuck, du bist auch noch nett dabei!"

„Das gibt es heute nur noch selten!"

„Pass auf, Gerd Kruse! Mach´ deine Uniform nicht dreckig, sonst nimmt dich deine Mette nicht mehr in den Arm!"

„Och – meine Mette mag mich auch ohne Uniform gerne anfassen."

„Ach so! Das kann ich mir denken…!"

„Aber wir müssen hier jetzt weiter schuften… wir armen Törfwievkes! Sonst kriegen wir keinen Lohn von Freerk Janssen."

„Pass auf, dein Korb ist doch viel zu schwer!"

„Ich muss! Ich hab´ sieben kleine Mäuler im Hause zu stopfen." Die letzte Ruferin, Hilke, schleppte ihren Korb noch einige Schritte weiter, schwankte dann aber und stürzte schwer. Sie jammerte:

„Oh Gottogott! Mir tut was weh!"

„Das ist doch nicht wieder dein gebrochener Arm, Hilke?", fragte Anna entsetzt. Gerd Kruse ließ seinen Taktstock auf der Stelle fallen, sprang hinzu und rief:

„Armbruch? Hat Hilke sich schon mal den Arm gebrochen?"

„Ja, doch erst vor drei Wochen".

„Vor drei Wochen erst? Dann darf sie doch nicht solch schwere Arbeit machen!", entrüstete sich Gerd.

„Wir müssen doch…", murmelten einige und versuchten, Hilke wieder aufzuhelfen. Aber es nützte nichts. Sie wimmerte, und es war möglich, dass sie den Arm wieder an derselben Stelle gebrochen hatte. Gerd Kruse ordnete an:

„Wir tragen sie vorsichtig in die Wirtschaft von Freerk Janssen. Ich sag gleich Mette Bescheid. Da muss sofort ein Feldscher aus Emden kommen!"

Und so geschah es unter dankbarem Gemurmel aller Törfwievkes, die so eine Freundlichkeit von einem Emder Bürger wohl noch nie erlebt hatten.

Bevor der Tambourmajor auch in der Rosskamme verschwand, trat Spökenwievke Stina wieder auf den Plan. Sie war schon eine Weile um Gerd herumgeschlichen:

„Gerd Kruse! Du Wohltäter! Ich kann sogar in dein Herz sehen – und deine Zukunft voraussagen."

„Jaja, Stina – du hast ja vorige Woche schon aus meiner Hand gelesen und mir gesagt, dass ich Glück in der Liebe haben werde. Das ist nichts Neues für mich."

„Ja gut, aber die Zeiten ändern sich… und heute… vielleicht…". Sie ergriff die rechte Hand von Gerd, der sich kaum wehrte und lachte:

„Aber heute bezahl´ ich nicht noch einmal!"

„Nee, musst du nicht, Gerd Kruse, du schöner Mann! Zeig mal her…"

„Und… was siehst du?"

„Oh nee, oh nein! Gerd Kruse! Was ist denn mit dir passiert?!"

„Mit mir? Gar nix. Ich bin immer noch derselbe Tambourmajor aus Emden."

„Das kann doch nicht sein! Das glaube ich nicht… ich sehe hier eine neue Linie… in deiner Hand… Gerd Kruse… eine neue Lebenslinie… mit tiefer Lust… mit großer Macht… und mit… viel viel Geld…!"

„Mit Lust – Macht und Geld! Nicht schlecht, Stina! Hier! Dafür gebe ich dir sogar einen Groschen! Hier, Stina!"

„Sag mal, Gerd – hast du vielleicht eine Erbtante, die gerade auf ihrem Sterbebett liegt?"

„Eine Erbtante? Nein, leider nicht."

„Aber du kommst zu vielen Talern, vielleicht sogar tausend Talern… das sehe ich hier in deiner Hand!"

„Na prima! Geld kann ich immer gebrauchen!"

„Aber… aber… sei vorsichtig… deine Geldlinie hier… die ist krumm und schief. Das ist ja komisch…"

„Wieso? Was soll das heißen?"

„Das kann ich dir erst später erzählen!" Stina ließ die Hand von Gerd abrupt fallen, als wenn sie diese wegwerfen wollte und als wenn sie sich vor dieser auf einmal fürchtete. Oder war es eine unbestimmte Furcht vor ihrem eigenen Blick in die Zukunft?

Der Tambourmajor, der nicht abergläubisch veranlagt war, lachte fröhlich und verschwand durchaus vergnügt – und mit Vorfreude – in der Wirtschaft „Rosskamme", in der seine Geliebte Mette schon auf ihn wartete. Stina blickte hinterher und murmelte:

„Weg ist er… wenn das man gut geht… bei so einem schmucken Burschen…!"

Stinas Aufmerksamkeit wurde aber schon bald auf den amtlichen Ausrufer Manninga gelenkt, der mit einer blechernen Handglocke auf dem Markt erschien, um dort das „Neueste aus der Burg" zu verkünden. Er stellte sich dazu imposant auf einen mitgebrachten, dreibeinigen Hocker und sprach, beziehungsweise las, von einem Zettel ab:

„Unser gnädiger Herr Amtmann Hermannus Remetius Meyer gibt bekannt: Morgen Punkt neun Uhr ist die Akzise für Bier fällig. Jedermann in Oldersum, der Bier braut, muss die Steuer dafür bezahlen. Und weil wir nun ja seit geraumer Zeit zu Emden gehören, müssen wir auch die Emder Bier-Statuten einhalten. Und die Emder setzen nun fest, dass die Akzise für alle neunzehn Oldersumer Bierbrauer auf die Höhe von einem holländischen Gulden und zehn Stüben erhöht worden ist. Und das genau für jedes Doppel-Maß Bier. Das Geld muss morgen bei Amtmann Meyer und Vogt Oltmann in der Oldersumer Burg abgeliefert werden. Sonst kriegen wir Ärger mit dem Emder Magistrat… sagt Amtmann Hermannus Remeti…"

Manninga wurde von dem wütenden Wirt Freerk Janssen, dem Vater von Mette, abrupt unterbrochen, als dieser aus der Rosskamme herbeieilte:

„Was? Einen ganzen Gulden und zehn Stüben?! Sind die Emder nun ganz verrückt geworden? Bisher haben wir nur einen einzigen Gulden gezahlt. Und jetzt auch noch zehn Stüben! Sag mal, Ausrufer Manninga, wieviel Gulden steckst du dir davon eigentlich in die eigene Tasche?"

Manninga dachte nicht daran aufzugeben und war auch nicht bereit, von seinem dreibeinigen Thron herabzusteigen. Er antwortete von oben herab: „Was denkst du von mir, Wirt Janssen? Ich bin eine Amtsperson!" Aber da eilte schon ein anderer, empörter Oldersumer Bürger dem Wirt zu Hilfe: sein Freund Eilert Joesten. Er hatte weitere Argumente gegen die Emder:

„Manninga, kennst du und dein Amtmann in der Burg eigentlich schon die neue, enge Brücke über das Fehntjer Tief?"

„Na und? Was ist denn mit der Brücke?"

„Die Brücke bei Monnike ist doch der Grund dafür, dass die Emder sich wieder neue Schikanen gegen uns ausgedacht haben, verdammt noch mal!"

„Der Grund? Wieso?"

„Also: Alle Leute im südlichen Ostfriesland lachen doch schon darüber, dass wir, die Oldersumer, die neue Monnike-Brücke über das Fehntjer Tief viel zu eng gebaut haben. Natürlich nur aus Versehen! Aber die dicken Emder Tjalken passen da nicht mehr durch! Prima für uns! Das ist Tatsache! Und nun können die Emder Bier-Brauereien kein Trinkwasser mehr, ohne Salz, aus dem Fehntjerland holen. Nur wir können das weiterhin, die Oldersumer – mit unseren kleinen, bescheidenen Tjalken… hahaha!"

„Aber die Emder haben nun mal die Herrlichkeit Oldersum gekauft und sind damit jetzt unsere Obrigkeit! Und wie schon in der Bibel steht…"

„Manninga, holl mi up mit dien Bibel! Da steht doch nicht drin, dass du armer Kerl nun das Geld für die Emder bei uns eintreiben sollst!"

„Vorschrift ist Vorschrift! Warum habt ihr denn die Emder Bierbrauer so geärgert! Selber schuld!"

Fast wäre dieser kleine Streit unter den unterschiedlichen Oldersumer Dickköpfen sogar noch zu einer kleinen Hauerei ausgeartet – aber im rechten Augenblick trat Moederke Janssen vor die Tür ihrer Wirtschaft. Sie beruhigte die Gemüter, indem sie erstmal ihren Mann Freerk und dessen rabiaten Freund Eilert Joesten zur Räson brachte und dann Ausrufer Manninga in Schutz nahm – den armen Kerl, auf dem alle rumhackten. Sie erklärte ihn energisch auch zum echten Oldersumer, der ja nur seine Amtpflichten erfülle. Spökenwievke Stina, die sich zunächst nicht entscheiden konnte, ob sie die Partei von Manninga – für Emden – oder diejenige von Freerk und Eilert – für Oldersum – ergreifen sollte, war erleichtert, dass sie sich eben nicht entscheiden musste. Und sie unterstützte dann energisch Moederkes Einladung zu einem kleinen Waffenstillstands-Umtrunk in der Rosskamme.

Als schließlich alle dort verschwunden waren, torkelten ein seltsames, junges Paar am Brunnen herum, obwohl es keineswegs betrunken war: Die plietsche Magd Geske und ihr weniger plietsche Verehrer Knecht Jan. Sie zankten sich unbegreiflicherweise und offensichtlich reichlich sinnlos um einen großen Weidenkorb, der mit frischer und schon geglätteter Wäsche für Moederke Janssen und ihr Haus beladen war:

„Heh, Jan! Pass doch auf! Du hälst den Korb verkehrt! Und schiel nicht dauernd nach fremden Mädchen hin! Du sollst mich angucken!"

„Warum das denn, dich sehe ich doch schon den ganzen Tag."

„Fass´ lieber den Korb richtig an!"

„Ich bin auch schon fertig mit dem… mit dem Ankieken. Lohnt sich heute nicht. Komm, Geske, jetzt bringen wir endlich zusammen den Korb mit dem Linnen zu Moederke Janssen hin."

„Nicht zu Moederke! Zu Mette, du Dussel! Zu Mette sollen wir den Korb hinbringen."

„Mette…?

„Ja, Mette!"

„Ach so, ja, dann eben Mette."

„Heh, was machst du denn, du Töffel!"

„Selber eine Töffelline!"

„Du ziehst in die falsche Richtung!"

„Quatsch – du ziehst verkehrt herum!"

„Im Haus hat immer die Frau das Sagen! Sonst heirate ich dich nicht, Jan!"

„Och, meinetwegen können wir auch ganz woanders heiraten als im Haus."

„Was? Was soll das denn heißen?"

„Naja, wir können ja auch schon auf den einsamen Wiesen am Deich ein bisschen… <u>vor</u>-heiraten."

„Das könnte dir so passen, du… du… oller Lustmolch du!"

Die schöne Mette und andere Menschen…

Kurz bevor diese vor-eheliche Diskussion in einer Schlägerei ausartete, trat plötzlich Mette Janssen aus der Rosskamme heraus und zwischen die beiden Verlobten:

„Aber, aber, liebe Geske, wie sprichst du denn mit deinem Bräutigam!"

„Mette! Jan ist wieder mal zu nichts zu gebrauchen. Fast hätte er deine Wäsche hier in den Dreck geschmissen. Einige Stücke sind schon runtergefallen." Das konnte Jan natürlich nicht auf sich sitzen lassen:

„Mette! Auch Geske hat was fallengelassen! Wir können ja noch mal waschen und einige Stücke auf den Wiesen am Deich zum Trocknen aufhängen." Dieses Angebot elektrisierte nun wieder Geske:

„Auf den Wiesen am Deich?! Da gehe ich mit dir nie mehr hin …, du… oller Jan… unverschämt!"

Mette lachte, überprüfte kurz die Wäsche und entschied, dass diese genügend sauber sei. Ihr lag natürlich etwas ganz anderes auf dem Herzen und sie fragte, ob Geske und Jan nicht Gerd Kruse, den Tambourmajor, gesehen hätten. Na klar, riefen beide – der sei doch schon in die Rosskamme gegangen und habe sie, Mette, gesucht. „Na so was…", wunderte sich Mette, „da hab ich wohl gerade im Keller aufgeräumt!" Und schon war sie wieder im Haus verschwunden.

Jan und Geske trugen, jetzt einigermaßen friedlich, den Wäschekorb der Tochter des Wirtshauses hinterher.

Damit war für Spökenwievke Stina das aufregende Leben auf dem Hopfenmarkt noch längst nicht zuende, denn jetzt näherten sich drei durchaus vornehme und bekannte Bürgersfrauen dem zentralen Platz in Oldersum. Alle waren sie bereits im mittleren Alter: Frau Amtmann Meyer, Frau Vogt Oltman und Frau Schüttemeister Gerken. Sie trugen lange Gewänder aus gutem Tuch mit ansehnlichen Stickereien und auf dem Kopf alle die verzierten Kappen der gut und ehrbar verheirateten Damen. Stina zog sich vorsichtig zurück, aber so, dass sie noch lauschen konnte. Sie wusste, dass sie bei den Bürgerdamen nicht viel zu melden hatte.

Das folgende Gespräch kann man sehr gut original so wiedergeben, wie es tatsächlich in den scharfen Ohren von Stina geklungen hat:

Frau Meyer *(umständlich, gestelzt)*: Was mein Mann ist, der Amtmann, der sagt doch immer: Die Zeit ist nun mal nicht die allerbeste – und die Emder haben frech unsere Herrlichkeit Oldersum gekauft.
Frau Oltman: Und das sogar schon vor Jahrzehnten in der Notzeit vom Dreißigjährigen Krieg.
Frau Gerken *(geziert)*: Und deshalb kaufe ich meine Garderobe auch lieber in Leer als in Emden.
Frau Meyer: Das ist auch vernünftig, meine liebe Frau Gerken. Und Euer Mann, der Schüttemester Gerken, hat ja auch oft in Leer zu tun.
Frau Gerken *(geziert)*: Allerdings, ich muss sagen: Meinen Schmuck kaufe ich aber lieber in Emden. Apropos Schmuck: Weiß eigentlich einer von Ihnen, meine Damen, wann Gerd Kruse mal wieder nach Oldersum kommt?
Frau Oltman: Gerd Kruse? Der Tambourmajor aus Emden?
Frau Gerken: Ja, genau der: Der bringt doch immer diesen wunderschönen Bernstein-Schmuck von der Ostseeküste mit.
Frau Meyer: Richtig, aber meinem Mann – dem Amtmann – darf ich den Bernstein gar nicht mehr zeigen. Er sagt gleich: „Hat der Gerd Kruse das gestohlen?"
Frau Gerken *(empört)*: Aber nein! Gerd Kruse stiehlt doch nicht! Den Bernstein kauft er günstig von Matrosen auf den Schiffen im Hafen von Emden. Und dann arbeitet er selber daraus die besten Bernstein-Ketten in Ostfriesland.
Frau Oltman: Eben! Ich weiß gar nicht, warum Gerd Kruse noch bei der Bürgermiliz von Emden angestellt ist. Der schmucke Kerl könnte doch ein Vermögen mit seinem Bernstein verdienen.

Frau Meyer: Da kann seine Freundin Mette wohl zufrieden sein.

Von der Seite hatte sich nun unbemerkt der besagte Gerd Kurse herangeschlichen, der zufällig aus der Rosskamme herausgetreten war. Er näherte sich jetzt den Frauen und zog dabei mehrere lange Bernsteinketten hervor, die er den Damen gleich vor die Augen hielt. Diese waren überrascht und sehr erfreut. Auch das hörten die guten Ohren von Stina:

Gerd Kruse *(galant vor den Damen auf- und abspazierend)*: Hier ist schon der schmucke Bernstein von dem schmucken Gerd Kruse! Meine Damen, ich begrüße Sie alle von Herzen und wünsche Ihnen einen wunderschönen guten Tag! Hier – in dem schmucken Oldersum.
Frau Meyer *(lachend)*: Oh herrijeh! Was hab´ ich mich erschrocken!
Frau Gerken *(erfreut)*: Gerd Kruse! Da ist er ja!
Frau Oltman *(schwärmerisch)*: Unser braver Tambourmajor! Leider aus Emden…
Frau Meyer *(verzückt)*: Unser großer Künstler! Schau´n Sie doch mal, Frau Gerken, Frau Oltman, was für schöne Sachen er wieder mitgebracht hat. Oh nee, oh nee – wenn ich das meinem Mann, dem Amtmann, erzähle… *(nüchtern)* dann krieg´ ich Ärger!
Gerd Kruse: Och, das müssen Sie dem Herrn Amtmann doch gar nicht erzählen, Frau Amtmann! Ich rate immer: Eine schöne Kette gleich kaufen und am nächsten Sonntag in der Kirche öffentlich anlegen! Passend zum besten Kleid. Dann wird kein braver Ehemann auf dieser Welt es wagen, noch etwas dagegen zu sagen.
Frau Gerken *(drängt sich vor und begutachtet interessiert die Bernsteinkette)*: Wollen wir mal gucken… ich hab´ ja auch immer noch für den Notfall was in meiner Börse unterm Mieder… naja, hier ist aber noch ein Fleck auf dem Bernstein, Gerd Kruse!
Gerd Kruse *(fachmännisch)*: Einen Fleck? Aber liebste Frau Schüttemeister Gerken, das ist kein Fleck! Das ist ein großes Wunder der Natur. Das ist zwanzig Millionen Jahre alt! Das

ist eine alte, neugierige Fliege, die damals hier mitten in das noch weiche, warme Baumharz reingeflogen ist – aus Versehen, versteht sich – und eingeschlossen worden ist, nur für ´n paar Milliönchen Jährchen. Nun ist die Fliege nur noch für Sie da, Frau Gerken, wenn Sie die Kette kaufen und tragen – versteht sich.

Frau Gerken *(sehr beeindruckt)*: Oh! So ist das also… gar kein Fleck… vor zwanzig Millionen Jahren schon! Haben Sie das gehört, Frau Meyer?

Frau Meyer: Klar! Ich habe sogar schon eine Bernsteinkette gekauft mit einer verstorbenen Fliege mitten drin, die sogar vierzig Millionen Jahre alt ist! … sagt Gerd Kruse.

Gerd Kruse: Und das ist die historische Wahrheit! Ich kann deutlich eine Fliege von zwanzig Millionen Jahren von einer mit vierzig Millionen unterscheiden. Wissen Sie, wir Bernstein-Forscher sehen das sofort an den Schattierungen auf den Flügeln der Fliegen.

Frau Oltman *(ungeduldig)*: Gerd Kruse! Du Schlaumeier! Frau Gerken muss noch überlegen. Habt Ihr denn auch noch was für mich?

Gerd Kruse: Aber selbstverständlich, Frau Vogt Oltman! *(Er will seine Tasche öffnen, da kommt Mette aus der Rosskamme)* Oh, da kommt ja Mette! Moment bitte, meine Damen… ich komme gleich…

Natürlicherweise musste sich der Tambourmajor nun von den drei freundlichen Damen ab- und der Jungfer Mette Janssen zuwenden, was Frau Amtmann Meyer mit der durchaus realistischen Bemerkung kommentierte: „Na siehste! Schon ist die ältere Generation abgemeldet."

Gerd küsste seine Mette jugendlich intensiv und säuselte: „Meine süße Mette! Ich bin so schnell zu dir hergeflogen wie ein Albatros!" Dieser Vergleich beeindruckte Frau Gerken überhaupt nicht. Sie sagte: „Jung waren wir auch mal, aber wir haben uns nicht in der Öffentlichkeit abgeknutscht!" Mette zog ihren Geliebten langsam ein Stückchen weg und schmollte: „Aber warum bist du ´rasender Albatros´ ziemlich lange bei den drei Frauen stehengeblieben? Und auch die Törfwievkes hast du noch vorher beglückt!" Gerd tröstete sie damit, dass die Törfwievkes seine armen, alten Freundinnen seien, denen er stets kleine Geschenke mache – und ob sie, Mette, denn auch schon den Feldscher für die arme Hilke mit dem Armbruch benachrichtigt habe? Ja, das hatte sie schon erledigt. Und dann schmeichelte er seiner Verlobten und sagte flüsternd, sie beide könnten das Geld vom Bernsteinverkauf doch gut gebrauchen. Das sei doch leicht bei den lieben Bürgersfrauen von Oldersum zu verdienen! Dies überzeugte sofort die praktisch denkende Ostfriesin und sie schlug vor, die Bürgersfrauen auf die Veranda der Rosskamme einzuladen, wo Gerd dann noch weitere Verkäufe von Bernstein tätigen könne. Aber nicht bitte den ganzen Tag und womöglich noch den ganzen Abend!

Und so geschah es – immerhin für gut eine Stunde. Auch Stina gesellte sich mutig dazu und versuchte, allerdings vergeblich, auch in ein Handelsgeschäft einzusteigen – ohne eine Fliege im Bernstein, weil ihr das viel zu teuer war.

Am anderen Ende des Marktplatzes kamen gegen Mittag auch die drei wichtigsten Männer – und gleichzeitig Ehemänner der drei vornehmen Damen – aus der „Burg" heraus, um sich die Beine zu vertreten. Es waren dies – in der festgelegten Reihenfolge ihrer politischen und gesellschaftlichen Bedeutung – der Amtmann Hermannus Remetius Meyer, der Vogt Oltman und der Schüttemeister Gerken. Auch in ihrer kurzen Freizeit unterließen sie nicht ihre amtlichen Gespräche zum Wohle des Fleckens Oldersum. Sie wurden überall höflich gegrüßt, und sie überprüften dabei mit Seitenblicken gleich die Ordnung auf dem Hopfenmarkt und an der Landungsstelle am Tief.

Amtmann Meyer führte das Gespräch an: „Ich kann nicht verstehen, dass die Ems angeblich zu klein für die Handelsschiffe geworden ist. Seit Jahr und Tag fahren unsere Segler über die Ems und niemand hat uns gesagt, dass das Wasser bei Flut nicht tief genug sein soll. Was soll diese Meckerei!"

Vogt Oltman gab zu bedenken: „Wir müssen mit der Zeit gehen und das heißt, dass auf unserem Fluss heute auch größere Schiffe fahren als es die uralte Hansekogge ist."

Schüttemeister Gerken ergänzte: „So ist das, Vogt Oltman. Es gibt heute sogar schon Schiffe, wo die Damen und Herren nur noch zum Vergnügen auf der Ems rauf und runter juckeln. Rauf und runter! Als wenn sie nix anderes mehr im Leben zu tun haben. Reine Spaßfahrten sind das! Nicht ein einziger Fisch wird dabei gefangen!"

„Was, Schüttemeister?", Amtmann Meyer schüttelte sich, „Es gibt also Schiffe nur zum Vergnügen? Was soll das denn? Schiffefahren nur zur Lust! Segeln und Fischen auf Schiffen ist immer harte Arbeit. Auch auf unserer Ems. Bei dem starken Tiedestrom." Ja, antwortete Gerken, er habe sogar schon gehört, dass da unten weiter in Papenburg noch größere Schiffe gebaut werden sollten. Die würden überhaupt keine Frachten mehr transportieren, sondern nur noch faule Menschen mit dickem Portemonnaie! Das sei so krank wie… wie… Trüpfelessen schon zum Frühstück.

Amtmann Meyer entrüstete sich: „Was? Keine Kisten und Ballen mehr auf den Emsschiffen? Kein Torf, keine Steine? Kein Bier mehr? Nur noch reiche Pfeffersäcke, die das Volk für sich arbeiten lassen? Das ist doch Gotteslästerung!" Und Gerken konnte ergänzen: „Diese Schiffe haben sogar Musikanten an Bord. Und viele Frauenzimmer reisen mit. Nicht nur aus Emden, nein, aus dem ganzen deutschen Reich. Die wollen nur zum Spaß und Jux auf der Nordsee herumgondeln. Bis nach London und Schottland."

Vogt Oltman konnte da nur zustimmen: „Frauen an Bord! Das bringt Unglück! Hat mein Opa immer gesagt. Und der war Käpten auf ´nem Zweimast-Schoner. Aber das nützt ja alles nix. Wenn wir mit der Zeit gehen wollen, müssen wir in Oldersum unseren Hafen wohl auch langsam größer bauen. Sonst werden wir abgehängt, Herr Amtmann!"

Diese Aussicht bekümmerte Amtmann Meyer natürlich erheblich, weil er sich als redlich denkender Oldersumer Spitzenpolitiker verantwortlich fühlte für seine Bewohner. Er regte sich aber noch einmal auf über die Aussicht, dass er für Faulpelze und Tagträumer außerhalb von Oldersum den Hafen vergrößern sollte. Er dürfe doch keine Taler ins Wasser schmeißen für dicke Reiche und schlappe Herumtreiber!

Aber nicht der Amtmann, sondern der Vogt Oltmann beendete dies zufällige Grundsatzgespräch über die Zukunft von Oldersum mit der Feststellung, dass Emden und Papenburg ja schon längst mit dem riesigen Ausbau ihrer Häfen begonnen hätten und dass eine neue Zeit angebrochen sei: „Die Leute wollen immer mehr Vergnügen, immer größeren Spaß. Und sie bezahlen auch freiwillig Unmengen an Talern dafür. Daran könnten und müssten wir doch auch mit verdienen."

Als die drei Herren nun plötzlich auf der Veranda ihre drei Ehedamen erblickten, nahm das Gespräch eine unerwartete Wendung:

Amtmann Meyer: Nanu? Was ist das denn? Das sind doch...
Schüttemeister Gerken: Das sind unsere Gemahlinnen.
Amtmann Meyer: Unsere Frauen? Was machen die denn am hellichten Tag in der Kneipe? Haben die nichts mehr in der Küche zu tun?
Schüttemeister Gerken: Ach... ich glaub, die trinken bloß ihren Tee, mal außerhalb.
Vogt Oltman: Und dieser... Bursche, dieser Gerd Kruse aus Emden sitzt dabei wie der Hahn im Korbe.
Amtmann Meyer: Gerd Kruse? Dieser Tambourmajor, was will der schon wieder hier?
Vogt Oltman: Das ist doch der Bräutigam von Mette Janssen, der Tochter von unserem Wirt Janssen.
Amtmann Meyer: So? Ist er das... Bräutigam von der Mette? Davon hat meine Frau noch gar nichts erzählt. Sie sagt immer nur, dass dieser Emder so schönen Bernsteinschmuck macht – und leider auch verkauft. Sage ich...
Vogt Oltman: Allerdings, ich glaube... wenn ich das so sehe... die haben dort wieder den Bernstein am Wickel.
Schüttemeister Gerken: Was? Bernstein? Meine Frau ist auch bernsteinverrückt! Wenn da nur nicht was passiert...
Amtmann Meyer: Das gefällt mir auch überhaupt nicht. Immer, wenn dieser Kruse in Oldersum gewesen ist, hat meine Frau eine neue Bernstein-Kette am Hals bammeln. Was soll das denn – verdien ich denn meine Taler bloß zum Vergnügen?!

Vogt Oltman: Tscha, was sollen wir bloß tun… unsere Frauen machen, was sie wollen…

Amtmann Meyer *(empört)*: Die Schiffe in der Welt werden immer größer, die Ems muss immer tiefer gemacht werden und… und unsere Frauen bammeln sich immer mehr Bernstein an den Hals! Die Welt wird teurer und schlechter!

Schüttemeister Gerken *(verschwörerisch)*: Haben wir denn kein Gesetz gegen Bernstein-Schmuggel?

Amtmann Meyer: Nee, haben wir leider nicht. Und dieser Gerd Kruse… was sucht denn ein Tambourmajor aus Emden bei uns in Oldersum?

Vogt Oltman: Eine hübsche Frau… das ist doch klar.

Amtmann Meyer: Aber das steht auch nicht in den Statuten, dass ein Tambourmajor aus Emden unseren schönen Mädchen in Oldersum den Kopf verdrehen darf.

Schüttemeister Gerken: Lieber Herr Amtmann, Ihr habt ja so recht: Wir sollten versuchen, dass wir diesen Emder bald wieder loswerden.

Vogt Oltman *(bedeutungsvoll)*: Aber was werden unsere Frauen dazu sagen? Ich weiß nicht…

Schüttemeister Gerken *(er zeigt auf die Veranda, wo die Frauen, Mette und Gerd Kruse gerade aufstehen)*: Achtung, meine Herren, ich glaube… ich glaube, Gerd Kruse will gerade abziehen – und das freiwillig!

Amtmann Meyer *(er zieht die beiden anderen Herren zum Eingang der Burg zurück)*: Gut so, das ist wohl das Beste im Moment. Ich kann keinen neuen Streit mit Emden gebrauchen. Und auch nicht… mit meiner Frau. Lassen wir doch den Tambourmajor freiwillig abziehen, meinetwegen kann er auch gleich die Mette Janssen mitnehmen.

Vogt Oltman: Ach, schau´ an… die Mette geht ja schon mit!

(Sie beobachten, wie Gerd mit Mette – verliebt umarmt – zur Anlegestelle geht.)

Schüttemeister Gerken: Ih wo… die Beiden wollen bloß Abschied voneinander nehmen.

Vogt Oltman: Hoffentlich gleich für alle Zeit… Können wir dem Tambourmajor Gerd Kruse nicht was Böses anhängen?!

Vogt Meyer: Ach, ich weiß nicht…

Die drei Honoratioren von Oldersum hatten wieder ihre „Burg" betreten und begaben sich dort an ihre nachmittägliche, fleißige Verwaltungsarbeit.

Gerd Kruse betrat seine Tjalk, die ihn wieder nach Emden zurückführen sollte, nachdem er sich küssenderweise von Mette verabschiedet hatte.

Alle anwesenden Frauen und Mädchen von Oldersum – darunter auch Geske – winkten der Tjalk hinterher. Die übriggebliebenen Kerle und jungen Männer – darunter auch Jan – hielten sich betont im Hintergrund und machten dort teils schlecht gelaunte, teils schmutzige Bemerkungen.

Damit ging wieder einmal ein normaler Besuch des Tambourmajors Kruse aus Emden in Oldersum zuende. Es sollte nicht der letzte sein.

Jung gegen Alt in Oldersum – oder umgekehrt…

Einige Tage später schlenderte Mette mit ihren munteren Freundinnen Swantje, Tochter von Amtmann Meyer und Frau, Aafke und Rieke wieder über den Hopfenmarkt. Alle Jungfern trugen Sommerkleider und hielten kleine, modische Sonnenschirme über ihren Köpfen – obwohl die Sonne gar nicht mal übermäßig heiß an diesem Frühsommertag in Oldersum brannte. Aber es gibt ja auch andere Gründe für junge, hübsche Mädchen, sich modisch zu kleiden sowie sich tändelnd und plaudernd über einen öffentlichen Platz zu bewegen.

Aafke machte sich gerade lustig über Swantje, die ihr Kleid angeblich gestern mit Buttermilch übergossen hatte. Sie schob die Schuld an dem Unglück auf ihren Freund Siebelt: „Der blöde Kerl hat mich angestoßen!" Aafke bohrte weiter und fragte, wo Swantje eigentlich ihren Sonnenschirm gekauft habe, in Leer oder Weener? Doch hoffentlich nicht in Emden? Oder sei der Schirm nur von ihre Mama, der Frau Amtmann, ausgeliehen? Bevor Swantje antworten konnte, schritt Mette ein:

„Vorsicht, Mädels! Da kommt Pastor Schomerus! Mit Frau Pastor!" Swantje warnte: „Pass auf, das gibt gleich wieder eine Strafpredigt."

Schon trat Pastor Schomerus an die Mädchen heran: „Na, junge Damen? Habt ihr eine gute Zeit miteinander?" „Ja, Herr Pastor", sagte Mette. Frau Pastor tadelte: „Das sieht man doch – nur, ich frage mich, warum müssen Jungfern vier Sonnenschirme tragen, wenn die Sonne doch nur knapp durch die Wolken scheint?" „Das wird noch heiß heute, Frau Pastor", meinte Aafke. „Wir haben bald Siebenschläfer, und dann bleibt es sieben Wochen lang heiß", sagte Swantje vorlaut.

Der Pastor wunderte sich, dass man in Oldersum wohl sieben Wochen lang mit solchen bunten Sonnenschirmen herumlaufen wolle. Ob das denn eine neue Mode sei, die er noch gar nicht mitgekriegt habe. „Junge Mädchen sollen lieber an ihre Zukunft als Mütter denken", gab Frau Pastor zu bedenken.

Spökenwievke Stina näherte sich neugierig und hatte die letzten Worte mitgehört. Sie unterstützte die Mädchen, indem sie darauf hinwies, dass Sonnenschirme sehr wohl die zarte, jugendliche Haut schützen könnten. Sonne würde sehr schaden, das zeigten eindeutig die häufigen Hautkrankheiten bei Schiffern und Bauern.

Das wollte der Pastor nun überhaupt nicht gelten lassen: „Papperlapapp, Stina! Hört nicht darauf, Mädchen! Ihr seid noch jung und unschuldig – und ihr müsst nicht alles glauben, was die Leute so reden, und besonders nicht das glauben, was das Spökenwievke euch einreden will. Denk daran, woher ihr kommt und was eure Aufgabe in der Welt ist. Und eure Bestimmung ist sicherlich nicht, dass ihr sieben Wochen lang mit Sonnenschirmen über dem Kopf herumlaufen sollt. Denkt an meine Worte!"

Da war also schon die erwartete Strafpredigt. Aber Pastor und Frau ließen es für heute dabei bewenden und zogen weiter über den Markt, nach rechts und links gnädig grüßend. Stina konnte sich nicht enthalten, ihnen hinterher zu zischeln: „Da gehn sie hin… mit solchen Worten… und denken daran, bald Bischof zu werden!" Swantje lachte: „Ihr müsst mal erleben, was der Pastor und mein Vater alles so räsonieren, wenn sie bei uns im Garten zusammenstehen und sich gegenseitig übertreffen wollen." „Amtmann und Pastor…", fragte sich Aafke, „Oh Gottogott, da halte ich mir lieber die Ohren zu!"

In diesem Moment kam wieder die schnittige Tjalk mit Gerd Kruse aus Emden an. Mette lief sofort an die Anlegestelle am Tief, mit den fadenscheinigen Worten: „Ich hab´ jetzt keine Zeit mehr... tut mir leid!" Die Kommentare der Mädels und von Stina hörte sie nicht mehr: „Der schöne Gerd aus Emden!" „Muss Mette sich ausgerechnet einen Kerl aus Emden anlachen?" „Mette braucht eben immer was Besonderes!" „Wenn ihr das bloß nicht noch leid tut!"

Mette und Gerd begrüßten sich liebevoll unter den mehr oder weniger neidvollen Blicken von Swantje, Aafke und Rieke. Die drei Mädels traten dann aber auch näher heran und Swantje erkundigte sich nach der neuen Bernstein-Kette für ihre Mutter. Gerd sagte zu, die Frau Amtmann gleich aufzusuchen. Vorher müsse er aber noch zu den Törfwievkes, um kleine Geschenke zu überbringen. Darüber maulten dann nicht nur Mette, sondern auch die drei Mädchen.

„Verbummel nicht so viel Zeit, Gerd!", mahnte Mette. „Pass nur auf, Mette, dass du deinen Gerd nicht teilen musst.", sorgte sich Aafke. „Teilen? Mit den Törfwievkes? Spinnst du!", schnappte Mette zurück. „Pah! Es gibt auch noch andere schöne Weiber in Oldersum!", wusste Aafke.

„Mein Gerd ist aber gar nicht so...", antwortete Mette nur leicht verunsichert, aber doch bekümmert.

Dieses Mal dauerte es aber gar nicht so lange und Gerd kam bald zurück von seinen Freundinnen, den Törfwievkes, für die er „mal wieder den Weihnachtsmann gespielt" hatte – wie Mette kommentierte. Dabei hatte er nur einige Wollknäuel verteilt, mit denen die armen Wievkes sich warme Sachen stricken konnten. Und damit hatte der Tambourmajor aus Emden natürlich auch seinen guten Ruf als Wohltäter untermauert.

Eine Schatzkiste? Oder was...

Er zog Mette jetzt schnell in die Rosskamme zurück, um sie endlich mehr oder weniger alleine für sich zu haben. Das kam auch Mettes Wünschen entgegen. Doch Gerd Kruse hatte vorher noch was Anderes, Wichtiges, auf dem Herzen, beziehungsweise in seinem Rucksack. Er öffnete diesen und zog einen mittelgroßen, recht schweren und eigentlich ganz unscheinbaren Kasten hervor, der einen großen Deckel hatte, in dem ein dekorativer Schmuck-Schlüssel steckte.

Gerd sagte, eher gleichgültig: „Du Mette, gestern ist mir in Emden was Seltsames passiert."

Mette: Was ist denn? Dir…?
Gerd *(druckst herum und greift dann in die Tasche)*: Naja, guck mal hier… was ich hier habe…
Mette: Was ist das?
Gerd: Das ist… das ist…
Mette: Das ist – tatsächlich – das ist wohl eine Geldkiste!
Gerd: Gut! Eine Geldkiste ist das! Woher weißt du das?
Mette *(versucht, die Kiste zu öffnen)*: Sowas seh´ ich doch gleich. Ist da auch was drin?
Gerd *(triumphierend)*: Guck mal hier. Hier hab´ich den Schlüssel zu dieser Schatzkiste!
Mette: Her mit dem Schlüssel! *(Sie öffnet den Deckel – überwältigt)* Die Kiste ist ja voll mit Gulden und… echten, deutschen Talern!
Gerd: Mit tausend Talern! … Und ´ne paar einfache Gulden aus Holland. Ich habs schon gezählt.
Mette: Tausend Taler?! Lieber Gerd, hast du geerbt?
Gerd *(klappt den Deckel schnell wieder zu)*: Nun mal langsam, liebe Mette, so viel Geld gehört mir natürlich gar nicht.
Mette *(sichtlich enttäuscht)*: Das ist aber schade… und ich dachte… wir wären nun reich!
Gerd *(lachend)*: Mette! Bis jetzt hast du immer gesagt, du hättest mich wegen meinem Charakter, meiner Stimme und meinem Gesicht lieb – aber doch nicht für tausend Taler.
Mette *(stotternd)*: Ja, Gerd… wegen Charakter – nein, Gerd… nicht für Geld. Aber… ich meine ja nur…
Gerd: Also was nun: Charakter oder Geld?
Mette *(hängt sich an seinen Hals)*: Och Gerd, wenn wir so viel Geld hätten, dann könnten wir doch auf der Stelle heiraten! Ist doch so!

Gerd *(pathetisch)*: Heiraten können wir auch mit weniger Geld – Hauptsache, wir haben uns lieb. Das hat schon meine liebe Oma gesagt, als ich sie – als Fünfjähriger – mal gefragt habe, warum sie denn den bettelarmen Opa geheiratet habe, über den sie immer klagte.

Mette *(weinerlich)*: Ja, Gerd... aber... das ist doch nun mal so...

Gerd: Was ist so?

Mette *(schmollend)*: Das ist doch so in der Welt: mit etwas mehr Geld hätte ich dich vielleicht auch noch ein kleines Stückchen <u>mehr</u> lieb!

Gerd *(ein bisschen eingeschnappt, er klappt die Kiste zu)*: Tut mir leid! Diese tausend Taler gehören mir nicht!

Mette *(hat wieder den Deckel geöffnet und gräbt in den Münzen)*: Tausend Taler... tausend Taler! Und wem gehören denn die tausend Taler?

Gerd: Das wollte ich dir ja schon die ganze Zeit erzählen, Mette! Also, diese Geldkiste ist die Kasse von unserer Bürgermiliz in Emden. Und ich habe diese Kasse gestern Abend sozusagen in Kommission übernommen, weil sie auf der Straße am Delft lag.

Mette: Das Geld lag auf der Straße? Tausend Taler?!

Gerd: Ja, so einfach ist das: Diese Geldkiste lag auf der Straße, mit dem Schlüssel im Schloss, weil unser Schatzmeister sich mal wieder besoffen hatte.

Mette: Dann lag der Schatzmeister auch auf der Straße?

Gerd: Richtig! Er lag neben der Kiste, total beduunt. Als er mich sah und ich ihn anschrie, raffte er sich auf und torkelte davon.

Mette: Und die Geldkiste?

Gerd: Und die Geldkiste hat er einfach vergessen und liegen lassen.

Mette: Mit tausend Talern!

Gerd: Mit tausend Talern...

Mette: Und was hast du dann getan?

Gerd: Was konnte ich denn tun? Ich <u>musste</u> aber was tun! Also hab´ ich die Geldkiste aufgenommen – und nun ist sie hier.

Mette: Hier – bei uns in Ollersum, die Kasse von eurer Bürgermiliz in Emden!

Gerd: Ja, so einfach ist das. Ich konnte die Kasse doch nicht auf der Straße liegen lassen. Es war schon spät und dunkel. Kein Mensch mehr auf der Straße. Ich hab´ die Kasse genommen und hier in meinen Büdel gesteckt. Und heute morgen bin ich damit gleich hier zu dir gefahren.
Mette (*nachdenklich*): Und was machst du nun mit dem schönen Geld, mein lieber Schatz?
Gerd: Tscha, was macht dein Schatz mit einem anderen Schatz… Ist doch klar: Morgen in Emden bringe ich die tausend Taler wieder zu unserem Schatzmeister zurück. Der wird sich freuen, dass ich noch niemandem – außer dir, mein Schatz – was erzählt habe. Der wird mir dankbar einen großen Genever ausgeben – aber ich trink ja nichts.
Mette (*zurückhaltend*): So… zu deinem Schatzmeister hin…
Gerd: Ja, morgen wird er wohl wieder einen klaren Kopp haben.

Mette (*sinnend*): Zeig mir doch noch mal die tausend Taler…
Gerd (*öffnet den Deckel der Geldkiste*): Schönes Geld nicht? … Kann man sich fast dran gewöhnen.
Mette (*gräbt mit den Händen in den Münzen*): Sag mal, mein lieber Schatz…, und unter diesem Geld… da ist doch auch dein Sold, zumindest dein Monatslohn dabei? Oder hast du das schon bekommen?
Gerd: Nein, nein – hab´ ich noch nicht bekommen. Das ist hier auch noch drin.
Mette: Und du… du, als der Tambourmajor… dir steht doch ein ganzer Batzen davon zu ! Oder… ?
Gerd: Ja, ich kriege sogar etwas mehr als die Anderen.
Mette: Eben! Und deshalb denke ich… eigentlich…
Gerd (*etwas beunruhigt*): Nanu, was denkst du wieder, Mette… eigentlich?
Mette: Ich denke… eigentlich könnten wir doch deinen Sold jetzt und hier schon … rausnehmen.
Gerd (*erstaunt*): Du meinst also…
Mette (*schnell, freudestrahlend*): Ja, das meine ich!
Gerd: …meinen Sold hier… einfach rausnehmen?!
Mette: Ja, das steht dir doch zu – als Tambourmajor.
Gerd: Aber – das macht sonst immer nur der Schatzmeister!

Und der gibt es mir dann… in einer verschlossenen Tüte – so wie den Anderen.
Mette *(verächtlich)*: Oh Mannomann, was seid ihr Kerle umständlich!

Plötzlich näherten sich von der südlichen Seite her die bekannten drei Bürgerdamen: Frau Meyer, Frau Oltman und Frau Gerken – in der üblichen Reihenfolge gestaffelt und jeweils einen Schritt hinter- beziehungsweise nebeneinander. Mette und Gerd hatten sich ja inzwischen, auch um Luft zu schnappen, auf die Veranda der Rosskamme gesetzt und Gerd Kruse eilte sofort den Damen entgegen, in Erwartung eines guten Bernstein-Geschäftes. Dabei vergaß er sogar, die Geldkiste zu verschließen.

Wohin gehören „tausend Taler"? Oder wem…

Die Bürgerdamen mimten Gleichgültigkeit, waren aber doch erfreut, dass der Tambourmajor sich ihnen gleich zuwandte. Es war sowieso heute recht langweilig auf dem Hopfenmarkt, kein großer Auflauf, keine weiteren Tjalken aus Emden oder Papenburg.

Gerd Kruse aktivierte gleich seinen ganzen Charme: „Zu Diensten, meine gnädigen Damen! Ich bin Euer gehorsamer Diener! Ich hab´ mich zerrissen in Emden… für meine schönen Damen in Oldersum! Und hier ist das wundervolle Ergebnis!" Er griff in seine Umhängetasche und holte verschiedene, sorgfältig gepackte Paketchen hervor, die er verteilte: „Hier… für Frau Amtmann… und das für Frau Schüttemeister… und Frau Vogt nicht zu vergessen! Das ist die beste Bernstein-Lieferung, die seit langem in Emden angelandet worden ist. Und das zu einem sensationellen Preis!"

Frau Gerken erhielt sich ihren Realismus und sagte, dass man erst die Lieferung betrachten wolle und dann über den Preis dafür reden würde. Doch plötzlich stand Mette neben Gerd, mit der Schatzkiste aus Emden in den Händen, die er bei Mette vergessen hatte. Und sie sagte, ein bisschen missmutig:

„Gerd! Vergiss´ deine Geldkiste nicht!"

Dieser kurze Satz mit nur fünf Wörtern elektrisierte die drei Bürger-Damen förmlich und brachte sie völlig von dem Bernstein-Geschäft ab:

Frau Gerken *(bemerkt Mette, die die Geldkiste in den Händen trägt)*: Nanu, was hat Mette denn da für eine… Kiste im Arm?

Gerd *(dreht sich erstaunt um)*: Mette? Och so, ja… nicht so wichtig!

Frau Oltman: Ist das <u>deine</u> Kiste, Gerd? Was ist denn das?

Gerd *(lachend, sich windend)*: Ach so, die Geldkiste da – nee, das ist gar nicht meine Kiste… die gehört der Kasse von der Bürgermiliz in Emden.

Frau Meyer *(Sie nimmt die Geldkiste in die Hände – ihre Hände sacken damit nach unten)*: Was? Verdammt schwer…! Soviel Geld hat die Bürgermiliz in Emden?

Gerd *(Beiseite)*: Mette! Was soll denn das…

Frau Oltman *(Sie nimmt von Frau Meyer die Geldkiste)*: Die Kasse von der Bürgermiliz? Aha! Da siehst du es: Die Emder schleppen ihr Geld in Kisten mit sich rum – wir brauchen dafür nur winzige Knipkes.

Frau Gerken *(nimmt die Geldkiste von Frau Meyer, knickt auch dabei ein)*: Ich hab´ doch immer gewusst, dass die Emder Raffgeier sind.

Frau Oltmans: Wenn die Emder Geld sehen, dann werden ihre Köppe so eckig wie diese Kiste. Haha!

Frau Meyer: Und wir sparsamen Oldersumer müssen scharf rechnen, wenn wir uns nur mal ´ne neue Bernsteinkette leisten möchten.

Frau Gerken: Das ist doch ungerecht!

Frau Oltmans: Und wieviel Geld ist denn nun in dieser Geldkiste?

Mette *(schnell)*: **Dusend Dalers!**

Gerd *(beiseite)*: Mette! Das ist doch gar nicht so sicher!

Frau Meyer / Frau Oltmans / Frau Gerken *(Voller Erstaunen und Bewunderung; sie greifen alle drei nach der Kasse)*: Tausend Taler… !?

Gerd *(windet sich)*: Nee, nee, ich hab´ noch gar nicht nachgezählt… nur so ungefähr tausend Taler.

Frau Gerken *(begierig)*: Naja, so 'n bisschen unter Tausend oder über Tausend… das ist ja dann auch egal.

Frau Oltmans: Da sind wir nicht kleinlich…

Frau Meyer: Und warum ist die Kasse nun hier in Oldersum, Gerd Kruse?

Gerd: Och – das ist 'n einfache Geschichte: Ich hab' die Kasse bloß aus Versehen hier mit nach Oldersum genomen.

Frau Gerken *(misstrauisch)*: … aus Versehen!

Frau Meyer *(skeptisch)*: … mitgenommen!

Gerd: Ja… das heißt: eigentlich in Verwahrung genommen, in Kommission sozusagen… weil unser Schatzmeister betrunken war.

Frau Meyer: Aha, in Verwahrung genommen…

Frau Gerken: Aha, in Kommission… komische Schatzmeister in Emden…

Frau Oltman: Lass doch mal sehen, Gerd… da steckt doch ein Schlüssel drin… *(sie öffnet den Deckel der Kasse)* Verdammiverdori! Soviel Geld!

Frau Meyer *(wühlt in den Münzen)*: Das ist doch nicht zu glauben!

Frau Oltman *(greift nach den Münzen)*: Diese Emder… diese Pfeffersäcke!

Frau Gerken *(wühlt gierig in den Münzen)*: Soviel Geld hab' ich noch nie in den Händen gehabt! **Dusend Dalers…**

Frau Oltman: Wie sich das anfühlt! **Tausend Taler!**

Frau Meyer: Wir haben ja immer viel zu bescheiden gelebt! **Tausend Taler!**

Mette *(unschuldig)*: Und dies schöne Geld will mein lieber Gerd gleich wieder nach Emden zurückbringen.

Frau Oltman: … zurückbringen… !

Frau Meyer: … nach Emden hin… !

Frau Gerken: …gleich wieder… ?

Gerd *(eifrig)*: Ja klar, wenn unser Schatzmeister wieder nüchtern ist, dann muss er ja gleich den Sold auszahlen. Da ist er ganz akkurat.

Mette *(blickt in die Luft)*: … wenn er nicht mehr besoffen ist…

Gerd *(verunsichert)*: Sicher macht er das… wenn er nüchtern ist… aber wenn er dann merkt, dass seine Kasse weg ist, dann schreit er Zeter und Mordio… *(Leise)* Mette! Warum hast du den Damen die Kiste gezeigt! Was soll denn das?!

Mette *(leise)*: Ich wollte dir nur die Geldkiste nachbringen. Du wolltest doch sofort damit nach Emden zurück.

Gerd *(leise)*: Doch nicht gleich… heute Nacht schlaf´ich noch bei dir…

Mette *(schnippisch)*: Dann ist ja gut… und ich dachte schon, du wolltest lieber bei der Kasse in Emden schlafen…

Frau Meyer *(wühlt weiter in dem Geld)*: Soviel Sold kriegt alleine schon die Bürgermiliz in Emden?

Gerd: Klar, die Emder sind reich.

Frau Meyer: Ja, reich durch unser Geld und unsere Steuern –

Frau Oltman: Ja, reich durch unsere Bier-Akzisen –

Frau Gerken: Ja, reich durch uns arme Oldersumer –

Frau Gerken: Also: Ich denke, dies Geld gehört eigentlich gar nicht alles nach Emden.

Frau Oltman: Also: Ich denke, dies Geld gehört auch zu uns.

Frau Meyer: Also: Ich fasse zusammen, tausend Taler müssten eigentlich hier in Oldersum bleiben. Mindestens…

Gerd *(verblüfft)*: Waaaas?!

Mette *(leichthin)*: Das denke ich doch auch schon die ganze Zeit in meinem Kopf! Aber, meine Damen, ich sage Euch: Die Kerle sind meistens langsamer im Nachdenken als wir Weiber…

Frau Gerken *(seufzend)*: Jawohl, so ist das mit den Kerls.

Frau Oltman *(wissend)*: Deren Köppe sind nicht zum tiefen Denken geeignet.

Frau Meyer *(entschlossen)*: Da müssen wir eben mal nachhelfen!

Gerd *(entsetzt)*: Meine Damen! Mette! Ihr meint doch wohl nicht…

Alle Vier *(greifen nach der Kasse)*: Genau das meinen wir!

Gerd *(ächzend)*: Was soll das heißen…?

Frau Meyer *(klappt den Deckel der Geldkiste zu, presst diese an ihren Busen, tritt dicht vor Gerd hin und redet eindringlich)*: Mein lieber Gerd Kruse! Du … Mann und Tambourmajor aus Emden! Dies Geld ist auch unser Geld! Das haben uns die Emder geraubt! Und wenn wir das in Oldersum behalten, dann ist das nix weiter als – Gerechtigkeit und finanzieller Ausgleich!

Frau Oltman *(zustimmend, in die Hände klatschend)*: Bravo! Diese tausend Taler müssen zurück nach Oldersum!

Frau Gerken: Und da sind sie ja momentan sowieso schon.

Gerd *(entsetzt)*: Aber wir dürfen doch nicht…

Frau Meyer: Paperlapapp! Wir wissen genau, was wir dürfen und müssen! Auf jeden Fall bleibst du, lieber Gerd aus Emden, hier erst mal in Oldersum, meinetwegen versteckt bei deiner Mette – mit der Geldkiste selbstverständlich. Mette, damit bist du doch auch einverstanden?

Mette *(freudig)*: Aber klar, Frau Amtmann Meyer!

Frau Gerken: Haben die Emder denn überhaupt schon geschnallt, dass du, Gerd, mit der Kasse nach Oldersum geflohen bist?

Gerd: Ich bin nicht geflohen!

Frau Gerken *(streng)*: Keine Widerrede, Gerd Kruse! Also: Haben die Emder schon was gemerkt?

Gerd *(zerknirscht)*: Nein, nein… ich will… ich muss die Kasse schnell zurückbringen!

Frau Oltman *(nüchtern)*: Tscha nun, da wird ja wohl nu nix mehr von…

Frau Gerken: Das haben wir einstimmig beschlossen. Auch Mette ist dafür.

Frau Meyer: Wahrscheinlich muss Gerd nun noch 'n paar Nächte bei Mette in ihrer Kammer schlafen. *(Mit erhobenem Zeigefinger)* Aber nicht in ihrem Bett! Du liegst davor, Gerd Kruse! Auf dem Boden! So gehört sich das, Mette!!

Mette *(gehorsam)*: Jawohl, Frau Amtmann Meyer. So gehört sich das… wohl…

Plötzlich kamen von der Brücke her zwei Reiter aus Emden angeritten. Es waren das der Amtsbote Siewert und der Schatzmeister der Bürgermiliz Egenga – beide total nüchtern, zum Entsetzen von Tambourmajor Kruse. Dieser schätzte die kritische Situation sofort richtig ein und versuchte, sich instinktiv hinter den drei Frauen und Mette zu verstecken. Er stammelte: „Oh Gottogott… Siewert und Egenga…", und drückte die Geldkiste an sich. Auch Mette ahnte die Gefahr und rief: „Gerd! Du musst verschwinden!" Aber dazu war es schon etwas zu spät.

Nur Frau Amtmann Meyer wusste noch Rat und behielt – in dieser ersten, großen Belastungsprobe für die Gemeinschaft der Freundinnen des Tambourmajors – die Nerven. Sie rief geistesgegenwärtig: „Mädels! Jetzt wird´s ernst. Gerd, schnell! Kriech´ hier unter die Bank am Brunnen! Vergiss die Kasse nicht! Wir Frauen setzen uns mit unseren langen Kleidern davor! Los, alle hierher! Mette, du… mit unter die Kleider!"

Wie befohlen duckten sich Gerd und Mette hinter und unter den feinen, langen Kleidern der drei Bürgersfrauen. Diese setzten sich schnell und eng nebeneinander auf die Rundbank am Brunnen und breiteten ihre bodenlangen Röcke sorgfältig und gepflegt nach allen Seiten und nach hinten hin aus. Die Geldkasse hielt inzwischen Mette an ihrem vor Aufregung wogenden Busen. Gerd schwitzte in der Enge unter den vielen Kleidern, sah nichts in der Finsternis und hielt den Atem an.

In diesem einmaligen Versteck hörten er und seine Mette nun das schwierige Verhandlungsgespräch zwischen den beiden Emder Männern und den drei Oldersumer Damen. Bote Siewert sprang hörbar von seinem wiehernden Pferd ab und verlangte den Amtmann Meyer zu sprechen. „Ich bin Frau Amtmann Meyer! Und ich bin weisungsbefugt!", rief mutig Frau Meyer. „Was wollt ihr von uns?" Siewert war fast schon eingeschüchtert von so einer Frau, wie er eine solche in Emden noch nie erlebt hatte. Dann fasste er sich und stammelte: „In Emden ist was Schlimmes passiert! Ich muss… ich muss Amtmann Meyer persönlich sprechen!"

In diesem Moment trat Amtmann Meyer tatsächlich aus seiner Burg, angelockt von dem Lärm auf dem Markt. Er erblickte zunächst seine Frau: „Du auch hier, liebe Frau…?" Worauf sie zischte: „Ich sorge dafür, dass hier Ordnung herrscht… aber dieser Kerl, er will ja unbedingt zu dir, Meyer!"

Jetzt drängelte sich Bote Siewert vor und sah seine Bestimmung gekommen: „Herr Amtmann Meyer, ich bin Bote Siewert und ich komme mit einer wichtigen Botschaft vom Magistrat in Emden – an Euch in Oldersum. Die Kasse von unserer Bürgermiliz in der Stadt ist gestern Abend geraubt worden. Und der Räuber und Dieb ist der Tambourmajor Gerd Kruse – und Gerd Kruse muss hier bei Euch in Oldersum sein. Er hat hier nämlich eine Braut, so sagen die Leute, und er hat die große Geldkiste mitgenommen. Und deshalb erwartet der Magistrat, dass Ihr sofort, ohne Verzug, den Gerd Kruse verhaftet und augenblicklich nach Emden überstellt. Zusammen mit der Miliz-Kasse, versteht sich! Und hier an meiner Seite ist der Schatzmeister Egenga. Er ist mein Zeuge. Außerdem ist er ein persönlich Geschädigte und Beleidigter."

Auch Schatzmeister Egenga steuerte nun seine Story bei: Er sei direkt vom Tambourmajor, den er leider bisher immer für einen ehrbaren Menschen gehalten habe, ausgeraubt worden! Das sei geschehen, als er – Egenga – auf der Straße im Dunkeln gestürzt war und hilflos dort gelegen habe. Da habe Kruse sich die Kasse geschnappt und sei einfach abgehauen. Er – Egenga – habe nur noch hinterher schimpfen und jammern können.

Frau Meyer lachte und ließ die Vermutung fallen, dass er – Egenga – nach allen Regeln der Wahrscheinlichkeit ein paar Bier über den Durst getrunken habe. Das empörte den Schatzmeister maßlos – er sei noch nie „duun im Dienst" gewesen! Nein, es sei ganz anders! „Ich wollte die Kasse unserer Bürgermiliz nach Hause bringen. Und da hat mir der Tambourmajor angeboten, mir zu helfen, die Geldkiste zu tragen. Und vorher hat er mit mir noch friedlich getrunken. Ich war aber niemals besoffen! Und dann bin ich am Delft hingeschlagen und war kurz weg. Und als ich aufwachte, waren meine Kasse und Gerd Kruse… alle beide weg!"

Nun mischte sich der Amtsbote Siewert wieder mit seiner behördlichen Kenntnis ein: „Alle in Emden wissen, dass der Räuber Gerd Kruse hier in Oldersum bei seiner Braut ist. Also ist auch die Kasse hier! Also wollen wir die Kasse sofort zurück!

Und Gerd Kruse muss ab ins Gefängnis. Erst, meinetwegen, hier in Oldersum, aber dann sofort in Emden!"

Amtmann Meyer atmete tief durch: „Das ist ja sehr kompliziert… was machen wir denn da…!"

Bote Siewert: „Wir verlangen, dass der Amtmann von Oldersum den Räuber Gerd Kruse hier sofort verhaftet!"

Das war eine glasklare Forderung – oder ein Befehl? Aber keiner der Männer – weder Amtmann Meyer noch sein Vogt Oltman, der hinzu gekommen war, noch Siewert oder Egenga – hatten dabei die Gefühle der Frauen in Oldersum auf ihrer Rechnung. Die Frauen, weiter auf der Rundbank sitzend, aber mit starken, entschlossenen Stimmen mischten sich ein:

Frau Meyer entrüstete sich: „Was ist denn das für eine Räuber-Geschichte. Das glaubt doch kein Mensch!"

Frau Gerken war empört: „Gerd Kruse? Unser bekannter Bernstein-Künstler? Ein Gauner und Taschenräuber? Das hat der doch gar nicht nötig!"

Frau Oltman war sich sicher: „Das ist nichts weiter als Verleumdung, Neid und Missgunst für den armen Gerd Kruse!"

Allerdings – Amtmann Meyer und seine Getreuen, Vogt Oltman und Schüttemeister Gerken, die beide inzwischen anwesend waren, vertraten nicht genau diese Meinungen ihrer Gemahlinnen oder sie waren sogar schon eingeschüchtert von dem resoluten Auftreten der beiden Gesandten aus Emden. Spaßen durfte man mit denen wohl nicht! Also formulierte Meyer vorsichtig seine Haltung, dass man sicherlich alles genau untersuchen müsse, um die Wahrheit ans Licht zu bringen. Oltman äußerte auch nur einen Verdacht, dass er selber den Kruse gestern schon hier in Oldersum gesehen habe.

Bote Siewert wurde langsam ungeduldig: „Ich muss nun nach Emden zurück. Und der Magistrat erwartet von mir eine Nachricht. Also, was kann ich jetzt dem Magistrat von Emden vermelden, Herr Amtmann Meyer?"

Und Amtmann Meyer wollte seinen guten Ruf als Diplomat und amtlicher Schlichter auf keinen Fall aufs Spiel setzen und sagte vorsichtig:

„Also, wir müssen Gerd Kruse ja erst mal finden, dann festnehmen und dann nach Emden gefangen zurückführen. Sagt bitte dem Magistrat von Emden, dass wir alles tun werden, was in unserer Kraft steht, um Gesetz und Ordnung wieder herzustellen. Gute Reise, meine Herren!"

Die beiden Emder waren erstmal zufrieden und ritten davon. Sie ließen ein ängstliches Liebespaar im sicheren Langrockversteck zurück sowie eine unschlüssige, ratlose Dreier-Obrigkeit von Oldersum nebst deren drei sehr entschlossenen, kämpferisch gesinnten Gattinnen. Diese drei letzteren – alle sehr weiblich – waren überhaupt nicht gewillt, sich die Butter vom Brot nehmen zu lassen…

Ehestreitigkeiten – auch in den besten Familien…

Die Männer blickten den Emdern hinterher, ziemlich planlos. Wo sollte man jetzt die Suche beginnen? Nur Schüttemeister Gerken hatte den Tambourmajor angeblich in Oldersum gesehen. Und zwar auf seinem Weg in die Rosskamme, mit einem Rucksack auf dem Rücken. Da passte natürlich auch eine Kasse hinein, versteckt – versteht sich. Es fügte sich also einiges zusammen. Und Amtmann Meyer beschloss, zunächst mal in das Ratshaus zurück zu gehen und einen offiziellen Haftbefehl aufzuschreiben. Alles müsse doch seine Ordnung und seine Zuständigkeit haben. Und der Haftbefehl müsse von Oldersum kommen, sonst könnte die Welt ja denken, man sei völlig der Willkür der Emder unterworfen.

Während sich also die drei Männer zum Eingang der Burg bewegten, bildeten ihre drei Frauen am Brunnen weiterhin einen engen Kreis um ihr Liebespaar und deren Versteck. Mette wagte sich nun vorsichtig aus der Deckung hervor und jammerte: "Was sollen wir jetzt machen. Herr Meyer kommt gleich mit dem Haftbefehl in die Rosskamme. Und wir…?" Gerd ängstlich: "Soll ich in dem Brunnen nach unten klettern? Oder das Geld runterschmeißen?" Mette fürsorglich: "Nein! Das ist doch viel zu gefährlich!" Frau Meyer entschieden: "Bist du verrückt, Gerd Kruse? Das schöne Geld! Ich weiß schon, was wir machen! Mette, du bleibst draußen. Für dich hat der Amtmann überhaupt keinen Haftbefehl, aber Gerd…

ja, für Gerd müssen wir unser Versteck noch verbessern! Und vor allem: Wir müssen unsere Ehemänner von der Rosskamme ablenken. Da musst du, Mette, auch mitspielen!"

Frau Amtmann tuschelte kurz mit ihren beiden Freundinnen – dann wurde gehandelt: Die Damen und auch Mette stellten sich ein wenig entfernt von der Bank am Brunnen im engen Kreis auf. Dann befahl Frau Meyer nur dem Tambourmajor, sich mit seiner Geldkiste in die Mitte des Kreises so zu begeben, so dass er halb gebückt, halb liegend unter den weiten Gewändern unsichtbar wurde. Gerd zögerte – aber Frau Amtmann Meyer zischte: „Schnell, Kerl! Versteck dich unter unseren weiten Röcken! Rette den Geldschatz! Mein Mann kommt gleich mit deinem Haftbefehl!" Gerd hilf- und entschlusslos: „Mette… darf ich…?" Mette, mit ergebenem Blick zum Himmel: „Ja doch… schnell… und halt dich still!"

Der Tambourmajor verschwand hinter, beziehungsweise teilweise auch unter, den Röcken der Frauen. Diese vier – einschließlich Mette – standen nun fest gegründet im engen Kreis mit ihren Rücken zueinander. Es sah sehr harmonisch aus.

Nur eine halbe Minute später erschienen wieder die drei führenden Männer von Oldersum aus der Burg. Meyer wedelte schon von weitem mit dem Haftbefehl. Er wunderte sich sofort über die Formation der Damen in der Nähe des Brunnens:

„Warum steht ihr denn alle hier so steif vor dem Brunnen? Ihr steht hier rum wie die Hühner auf der Leiter. Nur nicht auf einem Bein."

„Kerl! Meyer! Du warst ja noch nie bei uns im Hühnerstall!", konterte seine Frau. Frau Oltman sagte: „Es ist eben kalt heute – und wir wärmen uns am Brunnen gegenseitig… mit dem Rücken aneinander." Ihrem Mann, dem Vogt Oltman, kam das schon seltsam vor: „Komisch… sonst steht ihr doch immer voreinander mit den Münden zueinander… zum reden, reden… und … quakelieren! Haha!" Frau Oltman entgegnete beleidigt: „Wir können auch gut miteinander reden, wenn wir uns mal den Mors zudrehen! Oltman! Aber ‚quakelieren' tun wir nie, du Wortverdreher!" Vogt Oltman war eingeschüchtert: „Is´ ja schon gut… Frau."

Amtmann Meyer versuchte, das Gespräch wieder zu versachlichen und fragte, beinahe hilfesuchend, ob die Damen – und möglicherweise auch Jungfer Mette Janssen, die er nun höflich als Zeugin begrüßte – eine Ahnung oder sogar Kenntnis davon hätten, wo sich der gesuchte Tambourmajor aus Emden in Oldersum aufhalten könnte.

Die Damen stellten sich ahnungslos, sogar empört: „Den Bernstein-Künstler?" (Frau Oltman) – „Wir blicken doch nicht jedem Mann hinterher!" (Frau Gerken) – „Wir sind doch keine Kindergärtnerinnen!" (Frau Meyer).

Schüttemeister Gerken nahm sich nun Mette vor und wollte von ihr wissen, wo sich denn ihr Bräutigam befinde. Aber seine Frau stoppte ihn: „Sie ist seine Braut, aber keine angetraute Ehefrau! Sie weiß das also nicht und sie muss auch gar keine Aussage machen! Mann…!" Gerken wollte nun noch wissen, warum Mette denn plötzlich hier auf dem Hopfenhof anwesend wäre. Das klärte Frau Meyer schnell auf: „Mette hat gerade wieder, wie sie es fleißig jeden Tag tut, hier Wasser aus dem Brunnen geholt." Und sie reichte Mette einen Krug: „So, Mette, jetzt hole dein Wasser und gehe mal wieder nach Hause, zu deinen lieben Eltern!" Was Mette unsicher, aber gehorsam tat.

Plötzlich fiel Vogt Oltman, der schon zwei Mal das runde Quartett der Damen umkreist hatte, etwas auf:

„Nanu, was ist das denn! Liegt da was… hinter Euch… auf der Erde?"

„Vogt Oltman! Was erlaubt Ihr Euch, unter meinen Rock zu schielen", empörte sich Frau Amtmann Meyer. „Wie? Was…", Oltman war verwirrt, „ich bin kein Schürzenjäger!" Frau Oltman lachte kurz auf und bestätigte: „Nein! Is´ er nicht! Aber hör auf, Mann, mit Stieraugen so im Kreis zu laufen! Du blamierst mich ja!"

„Schon gut, ich guck ja gar nicht mehr…", gab der Vogt nach.

Nun wurde aber auch Amtmann Meyer misstrauisch. Auch er ging, allerdings nur einmal, um den Ring der Frauen herum und brummte: „Komisch… mysteriös…ihr steht hier rum… wie die Drei Heiligen Könige aus dem Morgenlande." „Heilige Drei Könige?", wunderte sich Frau Meyer, „das waren aber Kerls – und wir sind drei Prinzessinnen aus Ostfriesland."

„So, und jetzt gehe ich zu Wirt Janssen in die Rosskamme und frage ihn höchstpersönlich, ob er den Gerd Kruse gesehen hat", sagte entschlossen der Amtmann und folgte Mette Janssen in die Wirtschaft, in der vagen Hoffnung, dort vielleicht doch noch seinen Haftbefehl übergeben zu können. Nach kurzer Zeit kam er aber wieder zurück: „Nichts zu machen, Kollegen – in der Rosskamme ist der Tambourmajor nicht." Mette folgte ihm wieder, mit einem triumphierenden Lächeln in dem hübschen Gesicht.

Ratlos stand die Dreier-Obrigkeit beisammen. Schüttemeister Gerken machte einen letzten Versuch bei den störrischen Damen: „Bitte, bitte, helft uns doch mal… habt Ihr denn vielleicht eine große Kasse oder Kiste gesehen, die hier auf dem Hopfenmarkt herumlag?" Seine Frau säuselte, aber sie blieb unerbittlich: „Geldkasse? Aber nein, lieber Mann. Das wäre uns doch sofort aufgefallen!" Kollege Oltman schlug einen härteren Ton an: „Könnt ihr Frauenzimmer uns denn nicht mal bei unseren Amtspflichten behilflich sein?" Seine Frau antwortete: „Nein, mein Eheliebster! Wir Frauenzimmer mischen uns grundsätzlich nicht in Eure Geschäfte ein." Oltman resignierte und sagte zu seinen Kollegen: „Und was machen wir nun? Unsere Frauen haben ja auch keine Ahnung."

Amtmann Meyer: Wir setzen uns erst mal in mein Dienstzimmer auf der Burg und setzen ein Protokoll auf.
Schüttemeister Gerken: Na gut, dann können wir dem Emder Magistrat schon was Amtliches vorweisen. *(Alle drei Männer gehen resigniert in die Burg zurück.)*
Frau Meyer *(ruft hinter den Männern her)*: Und vergesst nicht bei Eurem Protokoll zu erwähnen: Eure Frauen haben Gerd Kruse auch intensiv gesucht. Aber er ist uns leider nicht untergekommen. <u>Sonst</u> hat er ja immer unsere Nähe gesucht…
Frau Oltman *(triumphierend)*: Aber vielleicht ist er ja heimlich an uns vorbeigelaufen.

Frau Gerken *(triumphierend)*: Oder… oder er lief hinter uns… und wir konnten ihn nicht sehen… wir drehen uns doch nicht nach fremden Männern um.

Frau Meyer: Keine ordentliche Frau dreht sich nach fremden, jungen Männern um…

Frau Oltman: …besonders nicht, wenn sie so gefährlich sind wie angeblich dieser Gerd Kruse!

Frau Gerken: Der könnte uns ja womöglich an die Wäsche gehen!

Schüttemeister Gerken *(aus der Tür der Burg, dreht sich um, verächtlich)*: Ihr habt viel zu viel Phantasie, Ihr Frauenzimmer…

Zwischenbilanz…

Nachdem die Herren von Oldersum in ihrer Burg verschwunden waren, entspannte sich für die übriggebliebenen Frauen die Situation ein wenig. Aber da wartete ja immer noch ein fremder Mann unter ihren langen Röcken! Gerd Kruse wagte sich unter dem Rockzipfel von Frau Meyer hervor und flüsterte: „Darf ich nun wohl rauskommen? Ich krieg´ keine Luft mehr." Frau Amtmann Meyer spottete: „Nanana, mein lieber Gerd Kruse, du übertreibst wohl… aber gut, komm´ man raus! Die Luft ist im Moment rein – und davon sollst du auch was haben."

Mette sah das alles nicht so optimistisch. Sie klagte, dass Gerd sich unbedingt weiter verstecken müsse, noch sei die Gefahr nicht vorbei. „Aber wo soll ich denn bloß hin, Mette?", jammerte Gerd, „ich kann doch nicht ständig unter euren Röcken hocken… Soll ich nicht lieber gleich nach Emden zurückfahren und die Kasse abliefern? Ich bin doch überhaupt kein Räuber!"

Frau Meyer: Gerd Kruse! Du Bangbüx! Du hast deinen Rubikon längst überschritten, wenn du mich verstehst… Hast du denn nicht mitgekriegt, dass der Emder Magistrat dich mit Ratsbeschlüssen und Haftbefehlen sucht?!

Frau Gerken: Gerd Kruse! Du hast nur noch bei uns Wievkes von Oldersum eine Zukunft im Leben.
Frau Oltman: Jawohl! Du bist jetzt in Emden ein gewöhnlicher Verbrecher. Aber bei uns…! Sei dankbar, dass du uns jetzt hast.
Mette *(sieht sich ängstlich um)*: Wir müssen hier weg vom Hopfenmarkt. Komm´ Gerd, in meine Kammer traut sich der Amtmann nicht rein.
Frau Meyer: Richtig, Mette. Du nimmst Gerd jetzt erst mal mit. Aber höre, Gerd: Du schläfst neben dem Bett von Mette!
Frau Gerken *(streng)*: Wir behalten das im Auge!
Frau Oltman: Auch die Geldkiste nicht aus den Augen lassen!
Mette: Komm, Gerd!

Unser inzwischen stadtbekanntes Liebespaar zog sich – auf ausdrücklichen Befehl der Honoratioren-Damen – in die Rosskamme zurück, beziehungsweise in die Kammer von Mette Janssen… mit Erlaubnis ihrer verständnisvollen Eltern. Frau Amtmann Meyer war müde und lud die Damen Oltman und Gerken zu sich nach Hause zum Spätnachmittagstee ein, damit „wir in meiner guten Stube über die gegenwärtige Lage Zwischenbilanz ziehen können".

Der Hopfenmarkt leerte sich allmählich. Geske und Jan, dazu natürlich auch Stina – diese drei tratsch- und intrigensüchtigen Menschen – zogen noch ein wenig umher und erzählten dabei alles Mögliche und noch ein bisschen mehr, was sie am heutigen Tag in Oldersum gehört und angeblich erlebt hatten. Am Abend dieses bedeutsamen Tages wusste also fast jeder in Oldersum schon über die Problematik von Mette und Gerd Bescheid. Und es hatten sich auch schon zwei Lager gebildet, die weiter um Anhang warben: In der Partei der romantischen Tauben versammelten sich die Gläubigen an die Liebe und die Schuldlosigkeit des Tambourmajors – dies waren fast nur Frauen und junge Mädchen. In der anderen Partei der Falken standen die Verfechter von Recht und Ordnung und auch die Angsthasen vor dem mächtigen Nachbarn Emden – dies waren vor allem mittlere und ältere Männer.

Eine dritte, kleinere Gruppierung von jungen Männern beneidete offen oder heimlich schlicht und einfach das Paar Gerd und Mette – und sie erfanden schmutzige Witze über sie und lachten sich ins Fäustchen.

Die Nacht senkte sich über ein nervöses Oldersum. Der Nachtwächter Jakobus drehte trotzdem seine Runden und sang dabei immer dasselbe Lied. Am frühen Morgen kabbelte er sich mit Spökenwievke Stina. Und die armen Törfwievkes an der Anlegestelle des Oldersumer Tiefs wunderten sich und waren traurig, dass Gerd Kruse sich heute nicht bei ihnen zeigte.

Der nächste Morgen nahte – und schon öffnete sich ein kleines Fenster, oben, in der Rosskamme – und Mette Janssen schaute mit aufgelösten Haaren heraus. Sie seufzte – und sprach: „Och, Gerd…" Der Angesprochene, noch im sicheren Dunkeln der Kammer, warnte: „Pass auf, Schnuckiputzi, dass dich keiner sieht!" Mette seufzte abermals und betonte, dass sie nun mal frische Luft brauche. Worauf Gerd antwortete, er brauche keine Luft, er brauche nur sie. Diese seufzte zum dritten Mal und sagte: „Ach Gerd, wie soll das mit uns beiden weitergehen?" Gerd, ganz lieb: „Ganz einfach: Ich stimme für lebenslänglich füt uns beide!"

Jetzt kamen schon einige Leute auf den Hopfenmarkt, und unser Liebespaar sah sich genötigt, vom Fenster und der frischen Luft zurückzutreten.

Auch auf der Veranda vor der Rosskamme tat sich was. Die Eltern von Mette räumten dort auf, als sich Frau Amtmann Meyer näherte. Freerk und Moederke Janssen bestürmten Frau Meyer sofort mit ihren Sorgen um Mette und Gerd. Sie könnten doch nicht noch tagelang in ihrem Hause bleiben. Das sei doch alles viel zu gefährlich. Und was sollten denn die Leute von ihnen denken? Ganz Oldersum wüsste doch schon Bescheid!

Frau Amtmann behielt, wie meistens, die Nerven: „Das lasst nur meine Sorge sein. Die Leute werden schon denken, was wir hier wollen und was ich ihnen sage. Mette und Gerd sind doch so ein romantisches Paar und Ihr, Moederke Janssen, Ihr wollt doch auch, dass Mette ihren schmucken Bernstein-Gerd kriegt. Und dann hat der Kerl auch noch Geld: Tausend Taler! Was kann sich eine Mutter noch mehr für ihre Tochter wünschen? Das ist doch so und dabei soll es bleiben. Wir müssen, ganz einfach, die Verteidigungsfront noch besser organisieren. Auf meinen Mann, den Amtmann ist da kein Verlass. Der hat ja schon fast kapituliert, vor den Emdern. Und auch der Vogt und der Schüttemeister haben viel zu viel Schiss in de Büx!"

Freerk und Moederke wunderten sich über die Ausdrucksweise von Frau Amtmann, aber lachen konnten sie auch nicht darüber. Im selben Moment näherten sich auch Frau Oltman und Frau Gerken, die bekannten Freundinnen. Frau Gerken rief schon von ferne:

Frau Gerken *(aufgeregt)*: Vorsicht, Vorsicht… da ist was im Busch!

Frau Oltman *(nervös)*: Mit meinem Mann, dem Vogt, kann ich gar nicht mehr sprechen.

Frau Meyer: Was hat er denn?

Frau Oltman *(erbost)*: Er meint, dass wir Frauen in Oldersum gar nicht mehr wissen, was Recht und was Unrecht ist. Wir sollten mal auf die Männer hören!

Frau Meyer: Das hat er wirklich gesagt?!

Frau Oltman *(weinerlich)*: Ja, und das meint er auch so. Ich kenn ihn doch.

Frau Meyer *(sarkastisch)*: Wenn das mein Mann, der Amtmann, gesagt hätte, dann hätte ich ihm gleich die Bratpfanne auf den Kopp gehauen! Mit ´nem heißen Spiegelei drin…

Frau Oltman *(klagend)*: Das wollte ich ja auch, aber da standen schon die vier Büttels aus Emden herum – und ich konnte nicht so zuschlagen, wie ich wohl wollte.

Frau Meyer: Was? Vier Büttels sind in Eurem Haus, Frau Vogt Oltman?

Frau Oltman: Ja, vier Gendarmen aus Emden.

Frau Gerken: Bei uns im Haus sind sie auch schon gewesen und dann gleich, mit meinem Mann, dem Schüttemeister, in die Burg zum Amtmann gezogen.

Frau Meyer: Was, nach meinem Haus? Unerhört! Was nicht alles passiert, wenn ich mal nicht zu Hause bin – ich muss gleich hin, in mein Haus kommt mir kein Emder Büttel!

Frau Gerken: Zu spät, Frau Amtmann – ich glaube, die Herren werden gleich hier sein. *(Frau Pastor Schomerus kommt von hinten dazu.)*

Frau Schomerus: Oh, da sind ja die gnädigen Damen! Wissen Sie schon? Ich hab´ was zu erzählen… was mein Mann, der Pastor, mir erzählt hat…

Frau Meyer *(von oben herab)*: Frau Pastor, wir kennen ja Euren Mann… aber nun haben wir im Moment in Oldersum andere Sorgen.

Frau Schomerus *(sie lässt sich nicht stoppen)*: Unsere Männer in Oldersum haben nur noch eine Sache im Kopf.

Frau Meyer *(ein bisschen anzüglich)*: Ach ja? Und das ist was Neues…?!

Frau Schomerus: Die wollen nur das Eine…!

Frau Meyer *(ironisch)*: Das ist ja prima, Frau Pastor Schomerus, dass Ihr das nun auch gemerkt habt.

Frau Schomerus *(versteht nicht)*: … die wollen alle bloß noch…

Frau Meyer: Pst! Frau Pastor! Sowas sagt man doch nicht.

Frau Schomerus: Was?

Frau Meyer: Pst! Frau Pastor! Vielleicht hören uns junge Mädchen hier auf dem Markt.

Frau Schomerus *(laut)*: Ja und?! Alle in Oldersum wissen doch schon, dass der Tambourmajor Gerd Kruse heute noch verhaftet werden soll!

Frau Meyer *(enttäuscht)*: Och so…! Das ist doch nichts Neues…

(Geske, Swantje, Aafke und Rieke kommen von der Landungsstelle hergelaufen.)

Moederke Janssen: Nanu, so schnell rennen die Mädchen?
Geske: Moederke Janssen! Moederke Janssen!
Moederke Janssen: Ja, was ist denn, mein Kind?
Geske: Moederke Janssen! Wir haben Gendarmen aus Emden gesehen, die sind mit dem Schiff angekommen.

Frau Oltman: Siehste, da haben wir den Salat…
Swantje *(läuft zu ihrer Mutter, Frau Meyer)*: Moder, Moder! Da sind fremde Männer in unserer Stadt!
Frau Meyer: Keine Bange, meine Tochter! Mit denen werde ich fertig.
Aafke: Frau Meyer, die Büttels sind schon in der Burg, bei Eurem Mann.
Frau Meyer: Macht nix – weiß ich auch schon.
Rieke: … und die fremden Kerls wissen auch schon, dass Mette und Gerd sich in der Rosskamme verstecken!
Frau Meyer: Oh – das ist Schiet! Da konnte wohl einer seine Schnuut nicht halten.
Frau Gerken: Was machen wir nun?
Frau Meyer: Wir halten unsere Schnuut – <u>und handeln!</u>
Frau Gerken: Was handeln wir denn?
Frau Meyer *(militärisch)*: Erst mal: Wache aufstellen! Und ruhig Blut!
Moederke Janssen *(ängstlich)*: Wache aufstellen…? Und ruhig Blut…?
Frau Meyer *(energisch)*: Jawohl, Wache aufstellen! <u>Hier vor der</u> Rosskamme! Das könnt <u>ihr</u> mal machen, Mädels! Und keinen Kerl oberhalb der Pubertät vorbeilassen!

Bratpfannen gegen Pike-Morgensterne…

In der Burg öffnete sich die Tür und heraus kamen die Männer: Amtmann Meyer, Vogt Oltman, Schüttemeister Gerken und Pastor Schomerus – gefolgt von vier Bütteln aus Emden und Utroper Manninga. Sie bewegten sich langsam und drohend quer über den Hopfenmarkt auf die Rosskamme zu.

„Zu spät! Sie kommen schon!", flüsterte Frau Oltman. Aber Frau Amtmann Meyer stemmte die Hände in die Hüften, ging den Männern langsam entgegen und schnaubte: „Tatächlich – Naja, dann geht es also los… na denn… wollen doch mal sehen, wer hier die Hosen anhat!"

Amtmann Meyer, auf der Gegenseite, nur noch zwanzig Meter entfernt, munterte seine Leute noch auf: „Wir müssen das mit geschicktem Verhandeln versuchen. Es hat doch keinen Zweck, wenn wir gleich mit Pike und Morgenstern auf einen kleinen Tambourmajor losgehen." „Und was machen wir mit Mette Janssen?", fragte Gerken. „Sie bleibt frei", sagte Meyer, „sie ist ja Oldensumerin. Sie hat Rechte." Und Vogt Oltman meinte dazu, dass Mette sicher eine Strafe von ihren braven Eltern bekommen und sehr schnell ihren Tambourmajor aus Emden vergessen würde. Verdammt noch mal!

Schüttemeister Gerken bemerkte als Erster die Front der vor der Wirtschaft Rosskamme versammelten Frauen, die sich zu einer festen, geradezu antiken Phalanx aufgestellt hatten. Immer mehr Marktbesucherinnen, schon offensichtlich wohlinformiert, reihten sich wortlos mit ein. Viele trugen sogar schon Waffen in den Händen, oder an ihre Busen gepresst: Verschiedene Haushaltsgerätschaften, Bratpfannen, Kochlöffel, Besen, große Rührkolben, Teppichklopfer, kleine handgerechte Töpfe, sie sich gut für den direkten Faustkampf eignen konnten – dann auch jede Art von Küchenabfällen, Tomaten, Eier, weichgekochte Kartoffeln, Salatköpfe – kurz, alles, was für einen Nahkampf einsetzbar war. Ja, einige der Damen hatten sogar Geschirr, irdene Töpfe und hölzerne Schemel dabei. Alles, was man bis auf zehn Meter Entfernung gut schleudern konnte.

Schüttemester Gerken: Ohjeminch! Unsere Frauen!
Amtmann Meyer: Was, auch meine Frau? Den ganzen Tag hab´ ich sie schon gesucht. Hier ist sie also!
Frau Meyer *(finster, mit verschränkten Armen, schwenkt eine Bratpfanne)*: Was willst du, Meyer?!
Amtmann Meyer: *(bemerkt seine Tochter Swantje)*: Auch du, meine Tochter?!
Frau Meyer: Swantje steht an meiner Seite! Das verstehst du sowieso nicht, Mann!
Swantje *(bittend, lässt einen Kochlöffel sinken)*: Papa! Mette ist doch meine beste Freundin.
Amtmann Meyer *(streng)*: Swantje! Ich bin hier in Amtsgeschäften. Da darfst du mir nicht in den Arm fallen.
Swantje *(schwenkt den Kochlöffel)*: Papa, wenn du Mette was antust – das würde ich dir nie verzeihen!

Amtmann Meyer: Es geht doch nicht um deine Freundin Mette – es geht um den Räuber und Betrüger Gerd Kruse!

Frau Meyer *(resolut)*: Lass unsere Tochter in Frieden, Meyer! Sag mir mal… was willst du überhaupt hier… mit all diesen… Bluthunden aus Emden?

Vogt Oltman: Liebe Frau Amtmann Meyer…

Frau Meyer: Halt deinen Mund, Oltman! Ich hab´ meinen Mann was gefragt!

Schüttemeister Gerken: Wir wollen doch bloß…

Frau Gerken: Bist auch nicht gefragt, Gerken!

Amtmann Meyer *(tritt vor und hält eine demütige Rede)*: Liebe Damen und Mädchen aus unserem geliebten Oldersum! Wir sind doch nicht hierher gekommen, auf den Hopfenmarkt, um gegen Euch zu kämpfen. Nein, wir haben einen Haftbefehl gegen den Gauner Gerd Kruse. Und den müssen wir, leider, leider, auch durchsetzen. Gerd Kruse ist in der Rosskamme, das wissen wir schon, da können ihn die Gendarmen aus Emden doch schnell und einfach verhaften und nach Emden zurückbringen. Mette Janssen passiert gar nichts. Und wir leben wieder in Ruhe und Frieden miteinander. So einfach ist das. Nehmt doch Vernunft an, oder…

Frau Meyer: Was heißt „oder"… Amtmann Meyer?

Amtmann Meyer: … oder wir sind gezwungen, andere Maßnahmen zu ergreifen!

Frau Meyer *(verächtlich)*: Da bin ich aber gespannt drauf!

Amtmann Meyer: Also… wir gehen jetzt friedlich in de Rosskamme rein und da müssen wir dann alle Zimmer durchsuchen.

Frau Meyer *(scharf)*: Nein! Nix da! Das wird nicht passieren!

Frau Gerken *(schwingt einen Besenstiel)*: Nur über unsere Leichen!

Amtmann Meyer: Was?!

Frau Meyer: Wir Frauen und Mädchen von Oldersum erlauben das nicht, Meyer!

Amtmann Meyer *(erbost)*: Jetzt wollen wir doch mal sehen, wer hier der Herr ist! Du oder ich, Frau Meyer! *(Er wendet sich seinen Männern zu und teilt sie ein)* Büttels! Ihr geht rechts und links an der Seite in die Wirtschaft rein und passt

auf, dass da keiner uns durch die Lappen geht! Oltman und Gerken! Ihr kommt mir mir direkt in die Rosskamme! Und Ihr, Herr Pastor… ja, was machen wir denn mit Ihnen…?
Pastor Schomerus *(jämmerlich)*: Meine Frau, meine liebe Frau! Die ist ja auch da drüben… ich muss sie retten!
Frau Schomerus *(nüchtern)*: Das lass mal lieber…
Amtmann Meyer *(militärisch)*: Vorwärts! Voran! Der Pastor am Schluss…

(Die Männer formieren sich nur recht zögernd, wie von Amtmann Meyer befohlen. Sie machen sich pantomimisch gegenseitig Mut.)

Frau Meyer *(stellt sich vor den Frauen in Positur und hält eine flammende Rede)*: Da soll uns doch der Teufel holen! Wir lassen uns doch nicht von den Kerls in den Sack stecken! Frauenzimmer! Oldersumer Damen und Mädchen! Jetzt zeigen wir mal den Männern, wie stark wir sind. An die Fenster und Türen der Rosskamme! Und keinen einzigen Kerl reinlassen! Jedes Mittel ist recht! Wir streiten für Mette und Gerd! Für die echte Liebe! Die echte Liebe!
Die drei Mädchen Swantje, Rieke und Aafke *(begeistert)*: Für Mette und Gerd! Für die echte Liebe! Die echte Liebe!
Geske und Jan: Es geht los! Für Mette und Gerd! Für die echte Liebe!

Alle Frauen und Mädchen verteilten sich voll gerüstet mit ihren weiblichen Waffen schnell an Türen und Fenstern. Sie begannen sofort damit, den zögernd anrückenden Männern alle möglichen Gegenstände an Kopf oder Körper zu werfen. Ein heftiger, wüster Kampf brach aus, in dem die Frauen aus der Rosskamme heraus alles Mögliche gegen die Männer richteten: Meist Haushalts- und Küchengegenstände, altes Geschirr wie beim Polterabend, aber auch nicht ungefährliche Bierkrüge oder harmlose Kissen und Decken. Gerade die letzteren verwirrten die militärisch gut gerüsteten Emder Gendarmen nicht unerheblich. Dazu kamen Mengen von Essens- und Müllreste, die sehr gut geeignet waren, die Münder, Augen und Gesichter der angreifenden Männer zu vernebeln und zu verschleimen. Besonders weiche, rote Tomaten hatten große Wirkung, weil sie blutverschmierte Gesichter täuschend echt hervorzurufen schienen.

Dazu wurde auf beiden Seiten der Fronten geschrien, geflucht – aber erstaunlicherweise auch gelacht, geklagt, gejubelt oder gejammert, so dass insgesamt eine große Verwirrung entstand. Die beiden anfänglichen Fronten von Weibern gegen Kerle lösten sich bald in unzählige Teilgefechte auf, nachdem die Frauen und Mädchen mutig auch draußen auf dem Markt weiterfochten.

Die Emder Büttel, von einem völlig unerwarteten Feind geblendet, gedemütigt und letztendlich kampfunfähig gemacht, wandten sich als Erste zur Flucht auf die nahe Brücke über das Oldersumer Tief und von dort mit eilenden Schritten und schwer atmend auf ihre Tjalk im Emshafen. Dort warteten sie den Ebbstrom gar nicht erst ab, sondern pullten mühsam gegen den Flutstrom nach Emden hin.

Kurz darauf gaben auch die Oldersumer Männer mit den drei höheren Beamten an der Spitze auf und zogen sich schimpfend und immer noch rückwärts kämpfend in ihre Burg zurück.

Amtmann Meyer *(schwer atmend)*: Sowas habe ich noch nie erlebt!
Vogt Oltman *(jammernd)*: Ich glaub´, mein kleiner Finger ist gebrochen.
Pastor Schomerus *(reibt sich den Po)*: Mir tut der untere Rücken so weh.
Amtmann Meyer *(hält sich den Kopf)*: Ich glaub, ich hab Blut am Kopf.
Schüttemeister Gerken *(schadenfroh)*: Aber meiner Frau… meiner _eigenen_ Frau… hab´ ich die matschigen Tomaten zurückgeworfen. Das hat Spaß gemacht.
Pastor Schomerus: Mein Gott… das muss ich jetzt alles zu einer Bußpredigt verarbeiten…
Vogt Oltman: Und was machen wir nun?
Amtmann Meyer: Erst mal die Emder Büttels einsammeln… wo sind die denn?

Schüttemeister Gerken: Die sind schon abgehauen und auf ihrer Tjalk im Hafen. Diese Feiglinge.
Amtmann Meyer: Vogt Oltman, geht doch mal hin und sagt Bescheid: Die Gendarmen sollen nach Emden zurücksegeln und dem Magistrat sagen, dass hier heute nichts mehr zu machen ist. Sie können ja morgen wiederkommen. Oder besser: in zwei Wochen.
Vogt Oltman: Jawohl, Amtmann.

Und Amtmann Meyer verschloss die klotzige Tür der Burg hinter sich, indem er noch einen kräftigen Balken quer dahinter klemmte und sagte erschöpft: „Wir drei… wir drei Überlebenden… wir gehen in mein Dienstzimmer, trinken ein Oldersumer Bier und machen uns Gedanken. Sowas hat noch kein Amtmann hier erlebt… meine eigene Fau und meine liebe Tochter… alle gegen mich… die hätten mich aus Versehen tothauen können… "

Pastor Schomerus schleppte sich kraftlos hinter Meyer her: „Nicht zu fassen! Weiber gegen Männer! Das ist doch… Sodom und Gomorrha! Die göttliche Ordnung steht auf dem Kopf!"

Lysistrata: Die antike Methode…

Draußen auf dem Hopfenmark brauchten die Damen einige Zeit, um ihren Sieg zu realisieren, sich zu sammeln, sich auszutauschen über heldenhafte Einzelheiten von vielen Teilgefechten und erständlicherweise sich recht eifrig wieder zurechtzumachen. Kein Mann war mehr zu erblicken. Alle Oldersumer Kerle, auch die eigentlich unbeteiligten, waren inzwischen geflohen, nachdem sie – mehr oder weniger unfreiwillig – in den Geschlechterkrieg hineingezogen worden waren. Einige entdeckten plötzlich auf dem Rückzug ein Stück leckerer Braten auf ihrem Wams.

Die Siegerfrauen sahen aber auch recht zerzaust aus und begannen sofort, sich zu kämmen, ihre Kleider zu ordnen und zu säubern, in ihre Handspiegel zu schauen und blaue Flecken in

Gesicht, an Armen und sogar Beinen bis knapp übers Knie hinauf zu begutachten und zu betasten.

Geske: „Wir haben gewonnen!" Aafke: „War das nicht ein schöner Kampf?" Rieke: „Hat richtig Spaß gemacht." Swantje: „Ich hab den Büttels einen Topf mit kalten Erbsen ins Gesicht geschmissen." Geske: „Und ich… Pastor Schomerus eine verschimmelte Tomate!"

Frau Meyer tadelte, dass die Mädels ein bisschen zu rabiat vorgegangen seien. Aber Swantje wandte ein, dass ihre Mutter ja auch nicht gerade die Mutter Maria gewesen sei. „Na und…", erwiderte Frau Meyer, „…dein Papa war ja auch nicht gerade der Joseph an der Kinderkrippe."

Mette schaute vorsichtig aus der Rosskamme heraus – und als ihr erlaubt wurde, ins Freie zu treten, bedankte sie sich herzlich, auch im Namen von Gerd, für den harten und selbstlosen Einsatz aller Frauen von Oldersum. Dann äußerte sie aber auch ihre große Sorge, auch die von Gerd Kruse, dass der Sieg noch nicht endgültig sein könne. „Vielleicht ist das nur ein Pyrrhus-Sieg", habe ihr lieber Gerd am Schluss gesagt.

Das stürzte Frau Meyer in tiefe Nachdenklichkeit: „Ein Pyrrhus-Sieg? Also immer nur gewinnen und trotzdem alles umsonst? Nein! Das darf es nicht geben! Wir müssen den Männern noch eine tolale Niederlage wie den Römern bei Cannä bereiten! Aber wie nur?"

Alle dachten scharf nach. Alle schwiegen, etwas bekümmert. Plötzlich aber trat Frau Pastor Schomerus vor und sprach:

Frau Schomerus *(plötzlich)*: Ich weiß was! Auch etwas aus der Antike…, aber nicht von dem ollen König Pyrrhus.
Frau Meyer *(spöttisch)*: Nanu, Frau Pastor? Aus der Antike? Doch nicht etwa was Unchristliches?
Frau Schomerus *(bestimmt)*: Ich weiß ein Mittel… oder eine Methode, mit der wir unsere Männer sofort zur Räson bringen können.
Frau Oltman: Ein Mittel? Eine Methode?
Frau Meyer: Da bin ich jetzt aber sehr neugierig, wie Sie das machen wollen, Frau Pastor Schomerus?
Frau Schomerus *(legt die Arme um zwei Frauen, verschwöre-*

risch): Passt mal auf, meine lieben Freundinnen! Wir sind hier doch alles erfahrene Frauen – ist doch so?

Frau Gerken: Klar sind wir das. Wieso?

Frau Schomerus: Gut, wir sind also unter uns. Und als erfahrene Frauen haben wir eine wunderbare Methode, um unsere Kerle endgültig in die Knie zu zwingen.

Frau Meyer *(ungeduldig)*: Frau Pastor! Nun reden Sie mal deutlicher. Was ist das für eine „Methode"? Ist ihre „Methode" so gut wie damals diejenige von Hannibal gegen die Römer?

Frau Schomerus: Das ist eben keine männliche Methode, nein, das ist eine sehr weibliche…Diese Methode… *(sie weist auf die vier Mädchen – Geske, Swantje, Aafke und Rieke – hin)* … naja, eigentlich wäre das wohl schicklicher, wenn unsere vier jungen Mädels hier… ich meine… mal kurz in die Rosskamme verschwinden!

Swantje: Warum das denn?

Frau Schomerus *(windet sich)*: Naja, Swantje, ich glaube nicht, dass deine liebe Mutter das will, dass du… als unverheiratetes Mädchen… von dieser „Methode" etwas zu hören kriegst.

Frau Meyer *(ungeduldig, resolut)*: Also… Frau Pastor… wenn ich die Mädels jetzt wegschicke, verraten Sie uns dann endlich ihre „Methode"?!

Frau Schomerus: Aber ja: gern!

Frau Meyer: Also… Swantje und ihr anderen Mädels, geht mal in die Rosskamme!

Geske *(widerwillig)*: ich kenne doch schon alle „Methoden…" *(ab)*

Swantje *(widerwillig mit Geske, Aafke und Rieke ab)*: Und warum darf Mette hierbleiben? *(ab)*

Frau Oltman: Mette ist ja schon so gut wie verheiratet.

Swantje *(ärgerlich)*: Das ist aber ungerecht! *(ab)*.

Frau Meyer: So, Frau Pastor, nun sind wir unter uns.

Frau Schomerus: Prima! Also, die Methode ist schon uralt. Das ist die „Lysistrata-Methode", um Männer zu besiegen.

Die haben schon die Frauen bei den alten Griechen angewendet, vor über 2000 Jahren … bei ihren widerspenstigen Männern. Und die berühmteste dieser Frauen hieß Lysistrata.

Frau Meyer *(ungeduldig)*: So? Die Griechen? Vor 2000 Jahren? Und woher wissen Sie das alles, Frau Pastor?

Frau Schomerus: Das hat mir mal mein Mann, der Pastor, selber erzählt. *(stolz)* Er hat ja an der Universität in Utrecht studiert… Griechisch, Lateinisch und Hebräisch.

Frau Oltman *(ungeduldig)*: Jaja, prima… und wie geht nun die… Methode?

Frau Schomerus *(geheimnisvoll)*: Kommt mal näher, meine Genossinnen: die Methode ist ganz einfach und wirkt immer bei Männern! <u>Wir Frauen gehen mit unseren Männern nicht mehr gemeinsam ins Bett</u> – solange nicht, bis die Kerle ihren Haftbefehl gegen Gerd Kruse aufgehoben haben!

Frau Oltman *(klatscht in die Hände)*: Frau Pastor, das habe ich Ihnen überhaupt nicht zugetraut!

Frau Gerken *(triumphierend)*: Da wird mein Kerl, der Schüttemeister, aber ganz schön dumm gucken!

Frau Meyer *(nach Schweigepause)*: Gar nicht schlecht, Frau Pastor – das ist eine Methode, die könnte wirkten… Moment! Die Sache hat aber noch einen Haken.

Frau Schomerus: Einen Haken? Frau Amtmann?

Frau Meyer: Was machen wir mit Mette und Gerd?

Frau Gerken: Ist doch klar: Auch Mette muss „nein" sagen.

Frau Schomerus *(streng)*: Naja, ich hoffe doch, sie hat schon die ganze Zeit jetzt „nein" gesagt… in ihrer Kammer… das gehört sich doch wohl für eine unverheiratete Braut in unserer Zeit! Mette…wie ist das also?!

Mette *(ausweichend, stammelnd)*: Jaja, Frau Pastor Schomerus…äh… nein, nein, ich meine ja nur…

Frau Meyer *(nimmt Mette in den Arm)*: Das ist unfair, hier Mette aus uns Weibern rauszupicken, Frau Pastor! <u>Ich sage trotzdem</u>: Wir machen das so wie diese griechische Frau Lysistrata. Aber gleichzeitig müssen wir für Gerd Kruse ein neues Versteck finden – und zwar: ohne Mette! Die ist ja frei, hat der Amtmann gesagt, und sie gehört ja auch zu unseren Frauenzimmern in Oldersum.

Frau Oltman *(hebt drohend die Faust)*: Und ihr sollt mal sehen, schon nach ein paar Wochen…
Frau Gerken *(spöttisch)*: <u>Wochen?!</u> Nach ein paar <u>Tagen</u> schon…! Ich kenne doch meinen Mann!
Frau Meyer: Prima! Und nun müssen wir noch über ein neues, geheimes Versteck für unseren Tambourmajor nachdenken. Macht doch mal Vorschläge, meine Damen!

Und schon prasselten die Vorschläge für ein neues, absolut geheimes Versteck für den beliebten Gerd Kruse. Phantasie und Eifer der Damen waren keine Grenzen gesetzt, das heißt: zunächst mal redeten alle wieder durcheinander. Das stoppte aber Frau Amtmann, und sie befahl, sich in die Wirtschaft bei Familie Janssen zurückzuziehen, damit keine neugierigen Ohren draußen mithören könnten und man die Zeit des Waffenstillstands – denn ein offizieller Friede mit der Männerwelt war ja noch gar nicht geschlossen worden – für die sorgfältige Prüfung der Vorschläge nutzen könnte. Und dort, hinter verschlossenen Türen der Rosskamme, ging es nun los:

Frau Vogt Oltman schlug vor, Gerd in dem Baumhaus hinter ihrem Haus zu verstecken, in dem normalerweise ihre Kinder spielten. Sie versprach, diese für die Zeit der andauernden Kampfhandlungen zur Oma nach Rorichum zu schicken. Die geheime Versorgung von Gerd Kruse würde sie, Frau Vogt, übernehmen. Jedoch fast alle bezweifelten die Durchführbarkeit und Sicherheit dieses Baumhaus-Projektes. Zudem wäre auch wohl nicht sicher, ob die Äste des Baumes das alles aushalten würden. Und wie wollte denn Frau Vogt Oltman den Herrn Vogt Oltman im Hause neutralisieren?

Frau Schüttemeister Gerken mochte wohl Gerd Kruse als ihre Magd verkleiden. An Ort und Stelle in der Rosskamme. Dann sollte er ganz offen und sicher quer über den Hopfenmarkt zur Landungsstelle am Tief gehen und dort mit einer schnellen Tjalk entweichen. Wohin, das blieb noch unklar. Mette, als sie diesen Vorschlag anhörte, meinte allerdings, dass sie sich nicht vorstellen könne, wie Gerd sich als Magd bewegen würde. Er würde sich also möglicherweise gleich selber nach wenigen Schritten verraten.

Frau Pastorin Schomerus wollte Gerd in einem leeren Sarg innerhalb der Rosskamme verstecken. Mit unauffälligen Luftlöchern selbstverständlich, an einer Seite. An einen Sarg würden weder sich die Emder noch die Oldersumer Männer vergreifen, sowohl aus pietätischen als auch aus abergläubischen Gründen. Und Gerd Kruse müsste auch nur dann in seinem Sarg verschwinden, wenn Gefahr im Anzuge sei – das heißt, wenn die Kerle in die Rosskamme eindringen würden.

Spökenwievke Stina sah sich durchaus in der Lage, dem lieben Gerd einen wirksamen, aber untödlichen Zaubertrank einzuflößen, der ihn einige Zeit flachlegen könnte. Und sie schlug dann praktischerweise vor, diesen Vorschlag mit der Sarg-Idee von Frau Pastor zu verknüpfen, das heißt: der Tambourmajor müsste innerhalb des Sarg-Aufenthaltes nicht so leiden, also nicht bei vollem Bewusstsein bleiben, so meinte sie verständnisvoll.

Dann kam die große Stunde von Frau Amtmann Meyer, die sich ihren Vorschlag – nicht vornehm, sondern eher klugerweise – bis zum Schluss aufbewahrt hatte. Zunächst wischte sie alle vorausgegangenen Vorschläge als schwach, undurchführbar oder zu kompliziert vom Tisch. Und dann machte sie den einfachen und – nach ihrer Meinung – genialen Vorschlag, Gerd Kruse in einem geräumigen Schrank in der Speisekammer der Rosskammer, nicht weit entfernt von Mettes Kammer, zu verstecken. Dort könnte er sich dann jeweils in Momenten der Gefahr bequem begeben und aufhalten. Den Einwand von Frau Pastor, einen solchen großen Schrank könnten die Männer doch leicht öffnen, entkräftete sie durch die Versicherung, sie – Frau Amtmann persönlich – würde in Momenten der Gefahr jeweils zur Stelle sein, selber Wache vor dem Schrank halten und niemandem erlauben, im Schrank einen Haftbefehl zu überreichen. Das sei doch wirklich zu lächerlich, keiner könne sich sowas vorstellen… und ihre Männer sowieso nicht. Sie wisse schon, wie sie ihrem Mann solche Flusen austreiben könnte! Schließlich sei sein erster Versuch, den Haftbefehl zu überreichen und Gerd Kruse in der Rosskammer festzunehmen, gerade erst jämmerlich gescheitert.

Nun, der Vorschlag von Frau Amtmann Meyer wurde natürlich angenommen, wenn auch von einigen der Damen mit rollenden Augen und verkniffenen Lippen – weil jede verständlicherweise in ihre eigene Idee verliebt war. Freerk und Moederke Janssen präparierten sogleich einen geeigneten Fluchtschrank für Gerd und postierten ihn nicht weit von Mettes Kammer entfernt. So konnte der Tambourmajor schnell einen Stellungswechsel vornehmen. Und sowas ist an der Front ja oft entscheidend. Auch ausreichende Nahrung und Getränke für mindesten zwei Tage wurden im Schrank deponiert.

Anschließend dankte Frau Amtmann ihrem Generalstab – wie sie es mit feiner Selbstironie ausdrückte – recht herzlich und entließ alle für diesen Tag und die folgende Nacht nach Hause, aber nicht ohne die Damen noch einmal an die Lysistrata-Methode von Frau Pastor Schomerus zu erinnern.

Emder Fäuste oder Oldersumer Friedenstauben…

Der übernächste Tag brachte neue Überraschungen. Natürlich war der Rat der Stadt Emden in dieser Sache nicht untätig geblieben. Er hatte sofort die beiden Ratsherren Kannegieter und Rykena in einer repräsentativen Tjalk über die Ems auf den Weg gebracht, und diese legten gegen Mittag an der Landungsstelle am Oldersumer Tief gleich neben dem Hopfenmarkt an. Die Oldersumer Obrigkeit war durch Eilboten vorab informiert worden – und so standen die Herren bereit am Kai zum angemessenen Empfang. Diagonal davon entfernt, hinter der Veranda der Rosskamme, versteckten sich ihre drei Gattinnen und einige andere Frauen und Mägde, die längst über eigene, direkte Informationskanäle nach Emden verfügten. Die weibliche Partei hörte also, wie fast immer, aus eigenem Interesse mit.

Amtmann Meyer, müde und schon ziemlich entkräftet auf einen Stock gestützt, sagte: „Meine Herren, ich bin eigentlich überhaupt nicht in der Stimmung, für einen würdigen Empfang der Emder Ratsherren."

„Ich auch nicht", pflichtete Vogt Oltmann bei. Dasselbe vernahm man auch von Schüttemeister Gerken. Und auch Pastor

Schomerus, den man, um besänftigend zu wirken, auch schnell noch geholt hatte, stellte fest: „Unser Zustand ist erbärmlich und erniedrigend!" Meyer murmelte, es nütze ja nun alles nichts… da müsse man durch… und es kämen ja auch sicher wieder bessere Zeiten. „Ja", sagte der Pastor tiefatmend, „mit Gottes Hilfe."

Und schon waren die Emder angelandet. Ratsherr Kannegieter, im stolzen Emder Reeder-Wams, redete nach knapper, arroganter Begrüßung sofort Fraktur:

„Also, meine Herren! Ich sage es klipp und klar: Seit bald zwei Wochen ist der Räuber und Dieb Gerd Kruse hier bei Euch hinter Euren Mauern und Deichen versteckt! Das ist ein Skandal! Und ganz Ostfriesland lacht darüber!"

„Gerade das ist eine Frechheit, auf unsere Kosten!", entrüstete sich Ratsherr Rykena. „Sogar das gemeine Volk in der Grafschaft Oldenburg und südlich im katholischen Ems- und Münsterland reißt darüber geschmacklose Witze!"

„Das tut uns aufrichtig leid", antwortete Amtmann Meyer. Und: „Wir haben doch alles getan, was wir konnten. Wir haben mehrere Häuser durchsucht."

Aber Kannegieter empörte sich weiter: „Was? Mein neues BBK hat mir aber ganz was anderes berichtet!" „Was heißt denn BBK?", fragte Meyer matt. „Das ist unser Besonderes – Büttel – Kommando! Diese geschulten Leute sagen mir, dass Ihr hier in Oldersum ja noch gar nicht richtig nach Kruse und der Milizkasse gesucht habt." Kollege Rykena wusste es noch besser: „Ihr habt den Schwanz eingezogen und Euch zu Hause verkrochen!"

Das wollte Vogt Oltman aber nicht gelten lassen: „Nein, nein, wir tun wirklich doch alles…", „Naja, Ihr tut das, was Euch Eure eigenen Frauen erlauben, was? Das pfeifen die Spatzen von den Dächern und Deichen in Ostfriesland", wusste es Kannegieter besser. Und Rykena rief: „Wir hätten solche Frauenzimmer längst in die Nordsee geschmissen." Vogt Oltman blieb störrisch: „In Oldersum geht sowas aber nicht." Kannegieter lachte: „Jaja, hier tanzen die Mäuse den Katern auf der Nase herum! Tag und Nacht!"

Gerken klagte: „Seit zehn Tagen tun wir doch nichts anderes, als nach Gerd Kruse zu suchen." Rykena: „Dann macht doch rasch ein Ende!" Oltman: „Ihr Männer in Emden müsst verstehen, dass unsere Frauen und Mädchen alle, wirklich alle, hinter dem Tambourmajor stehen und ihn beschützen und leider auch verstecken." „Nee…" lachte Rykena, „das soll der Teufel verstehen!"

Kannegieter ruhig und scharf: „Und deshalb befehlen wir Euch jetzt: Wenn der ehemalige Tambourmajor Gerd Kruse mit der Kasse der Emder Bürgermiliz nicht in sieben Tagen im Kerker von Emden sitzt, dann müssen wir andere Maßnahmen ergreifen, die leider nicht mehr friedlich sind!"

Amtmann Meyer war fassungslos und stammelte: „Ist das… ist das… ein Ultimatum?"

„Bravo Amtmann! Ihr habt es begriffen!", tönte Ratsherr Rykena. Und Kannegieter: „Wir können jederzeit zwei bis drei Galeonen die Ems raufschicken."

„Und dann gnade uns Gott…", flüsterte Pastor Schomerus.

Sekunden später krachten zwei Böllerschüsse. Sie kamen, natürlich, von der Ratsherren-Tjalk. Die Oldersumer – Männer vorne und ihre Frauen im Hinterhalt – zuckten zeitgleich zusammen. Ratsherr Rykena lachte wieder und rief, dass dies nur ein Beispiel dafür sei, wie man in Emden mit einer solchen Weiberrevolution umgehen würde. Aber keine Angst – dieses Mal wären es nur Platzpatronen.

Kannegieter wandte sich mit seinem Freund und Kompagnon schon zum Gehen in Richtung Tjalk und Tief und sagte noch einmal drohend: „Vergesst nicht das Ultimatum! Sieben Tag, eine ganze Woche! Wir sind sehr großzügig!"

Die Tjalk legte ab – und die Oldersumer blieben wieder unter sich. Die männliche Obrigkeit schwieg betreten, und die weibliche Partei versteckte sich – noch. Schließlich stellte Vogt Oltman die schwerwiegende Frage: „Was machen wir jetzt bloß…?"

Amtmann Meyer ging langsam zurück in Richtung seines Amtsitzes. Er antwortet recht bekümmert: „Wir haben keine Böllerschüsse… und das will ich auch nicht! Wir müssen wieder nachdenken… aber ich sehe ein kleines Licht am Horizont: Das Oldersumer Marktfest steht doch bevor. Da gibt es vielleicht noch eine friedliche Gelegenheit, mit unseren Frauen zu verhandeln. Mit Hilfe von unserem Verstand und von unserer Vernunft…"

„Hier stehe ich – wir können nicht anders…"

Das Marktfest hatten die Oldersumer noch nie ausfallen lassen. Also auch nicht in dieser Woche, in der ja eigentlich ein Ultimatum gegen sie ablief. Aber sollten sich Oldersumer von Emdern in die Knie zwingen lassen? Nein! Das war die einhellige Meinung, bei Männern und Frauen – auch bei denen, denen das Schickal des Schönlings Gerd Kruse eigentlich völlig egal war.

Einige Tage später begann schon das traditionelle Marktfest als munteres Treiben von Ausstellern, Budenbesitzern, kleinen Händlern, Bier- und Würstchenverkäufern. Eine kleine Kapelle spielte auf. Geske und Jan alberten mit jungen Leuten herum und versuchten sich mit spielerischen, pantomimischen und teils akrokatischen Vorführungen – zur eigenen und fremden Belustigung. Sorgen um ein Ultimatum aus Emden waren hier nicht zu spüren. Auch Spökenwievke Stina schlich umher und bot ihre Dienste an.

Plötzlich teilte sich die Besucherschar auf dem Platz: Das Quartett mit der Obrigkeit Meyer, Oltman, Gerken und Schomerus formierte sich vor der Burg und schritt langsam nach vorne. Vor der Veranda der Rosskamme scharte sich lose eine Gruppe von Mädchen und Frauen um Frau Amtmann Meyer in ihrer Mitte. Dazu gehörten die vier Gattinnen der Obrigkeit nebst den Jungfern Geske, Swantje, Aafke und Rieke. Spökenwievke Stina hielt sich im Hintergrund, war aber sehr bemüht, die Frauen und Mädchen nach vorne zu drängen.

Die Fronten näherten sich bis auf wenige Meter an, schweigend und drohend – und sie wurden in kurzer Zeit von einer neugierigen und schweigenden Einwohnerschar von Oldersum eingekreist.

Dann begann ein wundersames Streitgespräch mit mehreren Höhe- und Wendepunkten:

Frau Meyer *(spöttisch)*: Na, ihr Jammerlappen? Was wollt Ihr uns sagen?

Amtmann Meyer *(gequält)*: Frau! Nun lass uns doch noch mal in Ruhe und Frieden miteinander sprechen, ja?

Frau Meyer: Können wir wohl machen – aber, wenn ihr anfangt, uns zu betrügen, dann gibt es Ärger!

Vogt Oltman: Wir haben doch heute, bis jetzt, schon miteinander das Marktfest gefeiert. Können wir nicht auch wieder… ich meine, wegen einem einzigen Kerl wie Gerd Kruse müssen doch nicht alle Männer in Oldersum zu Schaden kommen.

Frau Oltman: Zu Schaden kommt ihr nicht wegen einem einzigen Kerl. Zu Schaden kommt ihr wegen eurer Dickköpfigkeit!

Vogt Oltman *(ereifert sich)*: Wer hat denn hier „Dickköpfe"? Das seid ihr doch selber!

Amtmann Meyer: Und wir Männer haben nur Ärger dadurch.

Frau Meyer *(spöttisch)*: Nana, Meyer, nun übertreib´ mal nicht…

Frau Oltman: Die Last haben immer wir Frauen zu tragen.

Frau Gerken: Aber endlich hab´ ich auch mal Urlaub! *(Fröhlich)* Mir geht es so gut!

Amtmann Meyer *(tritt in die Mitte, vor dem Brunnen)*: Liebe Leute von Oldersum, Männer und Frauen, ich muss mal was klarstellen: Dieser Streit geht doch gegen jeden Verstand und alle Vernunft. Wir wollen doch nicht wegen einem einzigen Kerl, der nicht mal Oldersumer ist, unseren gesellschaftlichen Frieden aus Spiel setzen. Lasst uns über einen Ausweg sprechen!

Frau Meyer *(tritt ebenfalls vor)*: Amtmann Meyer, mein Kerl!

Amtmann Meyer *(gequält, weinerlich, leise)*: Bin ich das denn noch?

Frau Meyer *(großzügig)*: Ja, das bist du noch, auch wenn du dich im Moment daneben benimmst.

Vogt Oltman *(aufgebracht)*: Wie bitte? Ihr Frauen benehmt euch daneben!

Frau Meyer *(ignoriert Vogt Oltman)*: Wir Frauen haben ja meist gar nichts gegen euch Männer. Wir befinden uns im Moment nur in einem Kampf für die gerechte Seite von zwei jungen Menschen, die wir in unsere Herzen geschlossen haben. So sage ich, wie unser Martin Luther schon vor bald dreihundert Jahren gesagt hat: **Hier stehe ich – wir können nicht anders!** Und das Geld, <u>diese lumpigen Tausend Taler</u>, die spielen doch nur eine Nebenrolle. Macht das endlich mal den Emdern klar, den raffsüchtigen Ratsherren und Pfeffersäcken! Ihr Männer sollt mal mehr auf eure lieben Frauen hören!
Frau Gerken *(von links)*: Wir wissen genau, was ihr mit den Kerlen Kannegieter und Rykena verhandelt habt!
Amtmann Meyer: Woher das denn?
Frau Oltman: Wir haben doch gute Ohren!
Frau Schomerus *(von links)*: Habt Ihr denn nun das Ultimatum von den Emdern angenommen?
Amtmann Meyer: Och, das Ultimatum… ach, das war doch nur so 'n Gerede von Kannegieter und Rykena.
Frau Meyer: Bloß Gerede? Also <u>kein</u> Ultimatum?
Amtmann Meyer *(gequält)*: Na ja, doch… ich meine… das Ultimatum haben ja die Emder gestellt, aber wir müssen uns ja nicht daran halten. So denke ich…
Frau Meyer: Also kein Ultimatum! Das ist gut, dann wollen wir doch mal gleich die Probe aufs Exemplum machen: Wenn das alles nur Gerede war, dann können Mette und Gerd ja jetzt aus ihrem Versteck herauskommen und direkt mit euch verhandeln.
Amtmann Meyer *(gequält)*: Meinetwegen…
Frau Meyer *(Sie ruft hinüber)*: Geske, Jan! Holt mal Mette und Gerd aus ihrem Versteck!

Jan *(läuft zur Rosskamme hinüber)*: Jo, ich renne schon… Mette und Gerd! Rauskommen!

Gerd Kruse *(kommt aus der Rosskamme heraus, nach vorne)*: Ja, wir kommen. Was ist los?
Jan: Der Amtmann will mit euch verhandeln.

Amtmann Meyer: Was will ich?!

Vogt Oltman: Wir dürfen doch nicht mit einem Verbrecher verhandeln.

Amtmann Meyer: Zu spät – jetzt <u>müssen wir</u> verhandeln.

Mette *(kommt mit Gerd, Hand in Hand mit ihm)*: Das war auch langsam zu eng in dem Schrank…

Frau Meyer: Mette und Gerd, tretet näher! Keine Angst! Ihr habt freies Geleit!

Vogt Oltman: Freies Geleit? Nana…

Schüttemeister Gerken: Wer hat denn „freies Geleit" gegeben?

Vogt Oltman *(stürzt aggressiv auf Gerd zu)*: Gerd Kruse aus Emden! Wo ist die Kasse der Bürgermiliz?!

Frau Meyer: Hehhehheh! Vogt Oltman! Hab ich dir denn erlaubt, mit dem Tambourmajor ein Verhör zu führen?

Schüttemeister Gerken *(will sich auf Gerd Kruse stürzen)*: Da, da in seinem Büdel: die Kasse!

Gerd Kruse *(flüchtet sich zu Frau Meyer)*: Frau Amtmann! Frau Amtmann! Ihr habt mir doch freies Geleit gegeben!

Frau Meyer: Klar, hab´ ich das – *(Sie drängt Oltman und Gerken zurück)* Und wenn die Kerls sich nicht daran halten, dann müssen wir wieder andere Seiten aufziehen!

Amtmann Meyer *(ängstlich)*: Andere Seiten? Ihr habt doch schon…

Schüttemeister Gerken *(aggressiv)*: Oltman! Das ist eine günstige Gelegenheit, die Sache ein für allemal aus der Welt zu schaffen!

Frau Gerken *(drängt nach vorne)*: Du bist wohl leichtsinnig, Gerken! *(Sie rangelt mit ihrem Mann.)*

Frau Meyer *(erkennt die große Gefahr für Mette und Gerd)*: Alarm! Frauenzimmer von Oldersum! Groß-Alarm!! Alle her zu mir! Gerd Kruse: auch zu mir!

(Alle Frauen und Mädchen laufen zu Frau Meyer und scharen sich um sie. Auch Gerd Kruse flieht zu ihr.)

Amtmann Meyer *(händeringend)*: Meine liebe Frau, was ist denn nun wieder los… wir tun doch nix!

Frau Meyer *(giftig)*: Ihr tut nix?! Mann… Meyer! Du hast deine Leute wieder nicht im Griff. Das ist doch ein eklatanter Bruch von unserem Waffenstillstands-Vertrag!

Amtmann Meyer *(händeringend)*: „Waffenstillstands-Vertrag"… was für ein Wort… meine liebe Frau…

Frau Meyer: Ich bin nicht deine „liebe Frau"! Momentan! Verdammiverdorri nochmal! *(An die Frauen gerichtet)* Wir müssen Gerd Kruse wieder retten! Wir müssen… na, ihr wisst schon… Frauen und Mädchen! Alle wieder auf eure Positionen!

(Frau Meyer, Frau Oltman, Frau Gerken und Frau Schomerus bilden sofort ein Quadrat um Gerd Kruse. Mette bleibt zunächst draußen und wird von den sie umringenden Mädchen geschützt.)

Frau Oltman: Ja, es geht nicht anders!

Frau Gerken: Gut, dass wir vorausgedacht haben!

Frau Schomerus: In schweren Zeiten sind schwache Frauen stark!

(Alle vier Frauen heben ein bisschen ihre langen Röcke und scheinen Gerd Kruse zu ermuntern, darunter zu kriechen. Dieser dreht sich unschlüssig im Kreis und geht schließlich in die Knie, um zu kriechen…)

Amtmann Meyer *(steht mit Oltman und Gerken am Rand)*: Hat man sowas schon mal gesehen?

Vogt Oltman: Was sollen die Leute in Ostfriesland und Oldenburg bloß von uns denken!

Schüttemeister Gerken: Sowas muss verboten werden!

Frau Meyer *(mit halb erhobenem Rock, an die Männer)*: Dies ist mein letztes Wort an euch: Wenn ihr Gerd Kruse nicht sofort, auf der Stelle, freies Geleit gebt, dann… geben <u>wir</u> ihm das!!!

Frau Oltman: Jawoll!
Frau Gerken: Hier!
Frau Schomerus: Freies Geleit Unter unserer Garderobe!
Frau Meyer: Freies Geleit! In unserer <u>Besonderen-Frauen-Schutz-Zone</u>. **BFSZ.** Los hierher, Gerd Kruse! Rein in deine **BFSZ** !

Gerd Kruse *(dreht sich immer noch hilf- und entschlusslos im Kreis innerhalb des Quadrats der Frauen)*: Ich weiß nicht… soll ich das… Mette!
Mette *(jammernd)*: Mein Gerd – ich kann dir nicht mehr helfen…

Amtmann Meyer *(händeringend)*: Oh nee, oh nee! Erzählt das bloß nicht weiter… ich bin blamiert… in ganz Norddeutschland… so ein Skandal… Pastor Schomerus! Machen Sie doch mal was!
Pastor Schomerus *(jammernd)*: Was soll ich denn noch machen… meine eigene Frau gehorcht mir auch nicht mehr… sie ist auch bei den Putschistinnen!
Schüttemeister Gerken *(wütend)*: Wo sind denn die Gendarmen? Können die Büttels denn nicht endlich eingreifen!
Frau Gerken: Gerken! Seit wann dürfen die Büttels unter unsere Röcke greifen?!
Schüttemeister Gerken *(jammernd)*: Oh Himmelsakrament! Wir sind blamiert!

Amtmann Meyer *(entschlossen)*: Es hilft alles nichts – wir müssen Gerd Kruse freies Geleit geben.
Vogt Oltman: Freies Geleit?
Frau Oltman: Jawoll! Und zwar: das echte!
Amtmann Meyer: Wir können doch nicht zulassen, dass unsere eigenen Frauen – und Mädchen – ich meine… dass ein Tambourmajor unter ihre … Kleider kriecht.
Schüttemeister Gerken: Schon bei dem Gedanken wird mir schwindelig.
Vogt Oltman *(zählt wütend an den Händen auf, dreht sich im Kreise und wendet sich wütend an alle umstehenden Older-*

sumer)*: Das hier ist 1. Ein <u>Weiber-Putsch</u>, 2. ein <u>Frauen-Ultimatum</u>, 3. eine <u>weibliche Erpresssung</u>, und 4. das ist der… der <u>Feminismus</u>!

Pastor Schomerus *(jammernd)*: Jaja, Feminismus… so wie der Lateiner seggt. Hat es aber auch schon im Alten Testament gegeben, beim Turmbau zu Babylon.

Amtmann Meyer *(ergeben)*: Liebe Freunde… die Welt steht auf dem Kopf… wir müssen die Welt so nehmen, wie sie eben ist.

Vogt Oltman: Also: freies Geleit?

Amtmann Meyer: Ja, freies Geleit. *(An die Frauen gerichtet)* Liebe Frauen, wir wollen doch nicht unvernünftig sein – und wir wollen auch nicht den Anstand verlieren.

Frau Meyer *(hebt drohend den Rock vorne höher)*: Also, was willst du, Kerl?

Amtmann Meyer: Kraft meines Amtes als Amtmann von Oldersum…

Frau Meyer: … hast du <u>hier</u> nix mehr zu sagen!

Amtmann Meyer *(spricht mutig weiter)*: … schlage ich vor, dass wir Gerd Kruse und seiner Mette erstmal **ein gnädiges Asyl auf der Burg gewähren**. Da ist er dann auch sicher und die Emder können ihn nicht einfach verhaften – wie in der Rosskamme.

Frau Meyer *(lässt ihren Rock fallen)*: Ein wirklich „gnädiges Asyl" auf der Burg, Meyer!? Also mehr als nur „freies Geleit", Meyer? Hab´ ich dich da richtig verstanden, Meyer?

Amtmann Meyer: Ein wirklich gnädiges Asyl – Frau! und dann verhandeln wir noch mal mit den Emdern. Und ich bin sicher, dass ich eine Lösung finden werde.

Frau Meyer *(sie tuschelt im Quadrat mit ihren Frauen und geht dann aus dem Quadrat heraus zu ihrem Mann und legt den Arm freundlich um ihn)*: Ein so ganz dummer Kerl bist du eigentlich ja nie nicht gewesen, Amtmann Meyer – du hast eben doch noch Verstand. Nur bei der Vernunft hapert es noch, manchmal. Und irgendwie mag ich dich sogar leiden. *(hart)* Aber jetzt keine Tricksereien mehr! Und keinen

Betrug hinter meinem Rücken! Du weist ja, was dann passiert!
Amtmann Meyer *(geknickt)*: Jaja, ich weiß…
Frau Meyer: Gut, Mann! Ich vertraue dir, erstmal… *(an die Frauen gerichtet, militärisch)* Weiber von Oldersum! Der Alarm ist zu Ende! Lasst die Röcke fallen!

(Alle Frauen lassen die hochgehobenen Röcke fallen.)

Frau Gerken *(geht an ihrem Mann vorbei, schnipst mit den Fingern)*: Na also, Gerken, warum nicht gleich so!
Frau Oltman *(geht an ihrem Mann vorbei, schlägt ihm sanft auf die Brust)*: Siehste wohl, Oltman, geht doch!
Frau Schomerus *(geht an ihrem Mann vorbei, schlägt ein Kreuzzeichen auf seiner Brust)*: Sonst gnade dir Gott!
Mette: Können wir das alles glauben?
Gerd: Frau Amtmann, ich vertraue nur Eurem Ehrenwort!
Frau Meyer: Jaja, lieber Gerd. Das reicht, du siehst ja wohl, <u>wer hier das Sagen hat</u>!
Gerd *(ergeben)*: Ja, ein Glück – Frau Amtmann…

Das Marktfest ging also weiter. Das Quartett der männlichen Obrigkeit stand noch eine Weile herum, und wusste nicht recht, ob es feiern oder jammern sollte. Die Partei der Frauen und Mägde – einschließlich Gerd Kruse – waren sich auch noch nicht ganz sicher, ob man endlich einen Hannibal-Sieg errungen hatte oder wieder nur einen unsicheren wie König Pyrrhus. Die Wende war so überraschend gekommen. Zunächst aber mussten die Präliminarien des neuen Waffenstillstandes in Gang gesetzt werden. Frau und Herr Amtmann Meyer einigten sich per Handschlag, dass Gerd und Mette zwei Kammern in der Burg als Asylräume zugeteilt wurden – und sie beide geleiteten, Seite an Seite und untergehakt, das Paar dorthin. So waren das Liebespaar nun an einem Ort versteckt, von dem die Emder ja im Moment nichts wissen konnten – gewissermaßen direkt im Auge des Wirbelsturms.

Frau Meyer war natürlich so klug, dass sie das Gespräch nicht mehr auf den Verbleib der Kasse brachte. Und Herr

Meyer ging stillschweigend davon aus, dass diese sich weiterhin in dem Rucksack vom Tambourmajor befand und damit jetzt auch in der Burg. In Wirklichkeit ruhte die Milizkasse nunmehr warm unter dem Herzen und dem reichbestickten Gewand von… Frau Gerken.

Dort blieb sie auch in den nächsten Tage, an denen das Ultimatum der Emder langsam, stetig und unaufhaltsam ablief.

Rausbringen und Reinbringen…

Am fünften Tage des Ultimatums saßen die vier Damen, also die weibliche Obrigkeit, auf der Veranda der Rosskamme und fühlte sich leidlich sicher und zufrieden. Das Gespräch, an dem zeitweise auch Moederke und Freerk Janssen teilnahmen, entwickelte sich aber bald wieder zu einer Art Kriegsrat über die Maßnahmen zur endgültigen Rettung des beliebten Liebespaares.

Frau Meyer sinnierte: „Jaja, die Kasse haben wir gesichert. Wie ihr ja schon wisst, ist sie bei Frau Gerken. Aber das ist natürlich noch keine Dauerlösung. Ebenso gibt es noch keine dauerhafte Zukunft für Mette und Gerd. „Na, Frau Amtmann, da haben Sie doch sicherlich schon eine Idee", stichelte Frau Pastor.

„In der Tat, die habe ich", sagte Frau Meyer kühl, „genauer gesagt: zwei Pläne." „Na, dann legen Sie doch mal los…", meinte Frau Oltman. Frau Amtmann Meyer legte sich noch ein Stück Torte auf und legte dann los:

„Wir können langfristig nicht auf die Hilfe und Solidarität der Männer hoffen. Also müssen wir das Kuddelmuddel nur – nach meiner Meinung – durch zwei finale Aktionen beenden, die ich mal unter zwei Parolen stellen möchte: <u>Rausbringen und Reinbringen</u>! Das soll heißen: Unser Paar Mette und Gerd müssen wir geheim und frei aus Oldersum <u>rausbringen.</u> Und die Kasse müssen wir dauerhaft nach Oldersum <u>reinbringen.</u> Ganz einfach also. Nur dann hat sich der Kampf von uns Frauen für unsere Rechte auch gelohnt."

Frau Vogt Oltman war noch skeptisch: „Aber, liebe Frau Amtmann, wie wollen Sie denn das Rausbringen und das Reinbringen anfangen?" Frau Meyer plante weiter:

„Richtig. <u>Plan Rausbringen</u> muss so gehen: Gerd und Mette müssen so schnell wie möglich nach Holland, über die Ems rüber… sozusagen auswandern. Und <u>Plan Reinbringen</u> bezieht sich eben auf die Tausend Taler. Und genau die müssen wir vorher aufteilen, das heißt: Die eine Hälfte bleibt bei uns und die andere kriegen Mette und Gerd nach Holland mit. Damit können die beiden Süßen dann ihren Hausstand gründen, vielleicht in Amsterdam, weit weg von Ostfriesland, von Emden und Oldersum."

Frau Schomerus rechnete ganz benommen nach: „Also… 500 Taler für Mette und Gerd – und 500 Taler für uns…"

Frau Gerken *(begeistert, springt auf)*: Ein toller Plan! Was mein Mann, der Schüttemeister, wohl dazu sagen wird!

Frau Oltman: Jawohl! Der Plan ist reell und – sozialverträglich!

Frau Gerken: 500 Taler brauchen wir mindestens als Finanzausgleich von den raffgierigen Emdern!

Frau Schomerus *(springt auf)*: Die Kasse fördert die Einigkeit der Frauen!

Frau Oltman: Die Kasse ist eine Entschädigung für unsere Erregungen – wie heißt das neuerdings bei den englischen Kapitänen, die Emden anlaufen: Stress!!

Frau Gerken *(bedeutungsvoll)*: Und das ist ein Förderprogramm für abgehängte Regionen in Ostfriesland!

Frau Schomerus *(springt auf)*: Und die Kirche! Unsere Kirche muss auch mal renoviert werden! Die Gläubigen spenden viel zu wenig.

Frau Oltman *(springt auf)*: Wir eröffnen ein Büro für Frauenfragen!

Frau Gerken: Wir bauen einen neuen Kindergarten!

Frau Schomerus: Wir verbessern die Senioren-Betreuung!

Frau Oltman: Wir brauchen Geld für neue Straßen!

Frau Meyer: Richtig, meine Freundinnen, alles richtig! Wir werden diese guten Einfälle später alle protokollieren. Aber erstmal müssen wir die Emder abwimmeln.

Frau Oltman *(setzt sich)*: Ach so ja, die Emder… hatte ich schon vergessen…

Fast alle waren also begeistert von dieser Doppelstrategie „Rausbringen und Reinbringen". Nur Frau Pastor Schomerus erkannte noch eine gewisse Problematik. Sie monierte, dass man Gerd und Mette doch wohl schwerlich als unverheiratete Leute, sozusagen ohne den Segen der Kirche, aus Oldersum entlassen dürfte. Frau Gerken fand diese Bedenken in heutiger Zeit eigentlich überflüssig und fragte Frau Schomerus, ob sie denn wohl ihren Mann dafür rumkriegen könne, dass er Mette und Gerd heimlich trauen würde? „Wohl kaum...", räumte Frau Pastor ein, „mein Mann ist ja nun mal ein sehr korrekter Kirchenmann und außerdem eben... ein Mann."

„Dann machen Sie das doch, Frau Pastorin Schomerus!", kam aus der Runde ein Geistesblitz, wie aus der Pistole geschossen. Von wem wohl? Na, natürlich von Frau Amtmann: „Ganz einfach: Unsere Frau Pastor Schomerus kann doch Mette und Gerd auch selber trauen. Und das sofort! Die Zeit drängt – wie heutzutage ja bei vielen Eheschließungen. Hier, auf der Veranda der Rosskamme! Wir machen eine Haus-Not-Trauung in schwerer Zeit!"

Alle schwiegen überrascht. Man war ja an besondere Ideen und Gedanken von Frau Meyer gewöhnt, aber dies war ja eigentlich gegen jede Konvention und alle Kirchen- und Sittengesetze. Und auch Frau Amtmann hatte das erst gar nicht so ganz ernst gemeint. Die Idee war ihr einfach so rausgerutscht – eigentlich wollte sie damit Frau Schomerus mal wieder ein bisschen ärgern und ironisch vorführen. Doch zu ihrem Erstaunen zögerte Frau Pastor Schomerus nur kurz und stimmte dann zu:

„Naja, warum eigentlich nicht... eine Not-Hochzeit... das ginge wohl... das hat es auch schon in unserer schweren Zeit des Dreißigjährigen Krieges gegeben."

Und Frau Gerken ermunterte: „Sehr schön, Frau Pastor! Sie machen eine Not-Trauung. Das können Sie doch genauso gut wie Ihr Mann!"

„Na prima", bestätigte Frau Amtmann, „Los, Leute, holt das Brautpaar schnell und heimlich aus der Burg – bevor die Emder kommen – und wir trauen es hier gleich auf der Veranda, bevor viele Zuschauer kommen."

Und so geschah es. Freerk Janssen, als Vater und Schwiegervater, holte das Brautpaar aus der Burg. Zum Glück war dort schon Dienstschluss und es gab keine Augenzeugen. Moederke Janssen umarmte ihre Tochter Mette und flüsterte, dass nun der schönste Tag ihres Lebens nahe: Sie dürfe jetzt heiraten! Mette: „Oh Gerd, wir sind frei!" Gerd missverstand aber die Situation und verfiel in Aktionismus: „Was? Ich muss weg! Ist der Pastor schon hier? Wo sind die Emder Büttel?" Er wurde aber schnell ruhig, als Mette ihn streng anschaute und ihm sagte, dass doch Frau Pastor die geheime Trauung vornehmen würde. Und als Mette und Gerd dann noch aus dem offiziellen Munde von Frau Amtmann Meyer erfuhren, dass sie beide nach ihrer, zugegeben etwas kleinen und schlichten Hochzeit sofort nach Holland auswandern dürften und dahin die eine Hälfte der Kasse mitnehmen sollten, da entwickelte sich bei unserem Liebespaar fast schon ein unverwartetes Glücksgefühl.

Frau Pastor hatte inzwischen auf einem kleinen Tisch zwei Kerzen angezündet und eine offene Bibel ausgelegt. Auf ein Kreuz hatte sie verzichtet, das wäre denn doch wohl zu viel der Amtsanmaßung gewesen. Das Brautpaar nahm Platz, mit zwei Trauzeugen an seiner Seite – und zwar Freerk Janssen und Frau Meyer – und Frau Pastor Schomerus, geschmückt mit einem langen schwarzen Umhang, hielt eine würdige Traurede:

„Mein liebes Brautpaar! Liebe Freundinnen! Liebe Eltern der Braut! Wir sind hier zusammen gekommen, um die süße Mette aus Oldersum und den tüchtigen Tambourmajor Gerd Kruse aus Emden als ein Ehepaar in die Welt gehen zu lassen. Die Beiden haben gezeigt, dass sie sich lieb haben und dass sie eine gute Ehe in guten wie in schlechten Tagen führen können. Wir wollen hoffen, das ein großer Teil der schlechten Tage schon vorbei ist. Wir Frauen von Oldersum – und auch der liebe Brautvater Freerk Janssen – haben in den letzten Tagen großen Anteil daran genommen, welches Schicksal das Brautpaar erleiden musste. Wir sind so glücklich, dass ihr beide nicht von bösen Menschen auseinander gerissen wurdet und nun munter vor uns sitzt. Wir wollen Gott den Herrn bitten, dass ihr beide, Mette und Gerd, in Holland eine neue Heimat finden werdet und dass ihr dort eine glückliche Familie gründet. Amen!

Alle Anwesenden sagten gerührt auch „Amen" – und Frau Pastor gab Mette und Gerd zusammen, „in guten wie in schlechten Zeiten", was wiederum Schluchzen bei manchen Augen- und Ohrenzeuginnen auslöste:

„Damit erkläre ich – und Gott ist mein Zeuge – dass Mette und Gerd nun als Mann und Frau in das Leben und in die weite Welt hinausgehen dürfen!"

Eine kleine, schlichte Familienfeier bei Janssens auf der Terrasse folgte, bei der sich die Eltern von Mette auch nicht lumpen ließen mit gutem Wein und Kuchen. Und nach gut einer Stunde nahte die Zeit des Abschieds von Gerd und Mette. Inzwischen hatte nämlich Frau Meyer – mit listiger Unterstützung von Spökenwievke Stina – Kontakt zu den Törfwievkes am Tief aufgenommen, den guten Freundinnen von Gerd. Diese verstanden den Plan sofort und handelten: Sie präparierten in Windeseile eine Törf-Tjalk, so dass Mette und Gerd sich darauf verstecken und damit augenblicklich über die Ems nach Holland entfliehen konnten – versteckt unter trockenem Torf aus dem Hochmoor – sauber und liebevoll gestapelt von den Törfwievkes.

Nur die Teilung der Kasse musste vorher noch vollzogen werden. Frau Gerken zog die Kasse – inzwischen unter ihrem Stuhl deponiert – hervor und öffnete sie, unter den aufmerksamen Augen aller Hochzeitsgäste. „Hier ist die Kasse. Und die werde ich jetzt reell aufteilen." Sie begann zu zählen, und das tat sie beinahe ehrfürchtig: „Fünfzig, sechzig… siebzig…", sie stutzte, blickte auf und sinnierte: „Wie mein Mann, der Schüttemeister immer sagt: Geld verdirbt manchmal den Charakter. Und wem das Geld durch die Hände rollt, der kriegt dann dabei leicht ein Kribbeln in den Händen… den Armen… den Schultern… und dann kriecht das Kribbeln den ganzen Rücken hinunter… ein schönes, aber auch gefährliches Gefühl… tausend Taler sind sehr schön und angenehm, aber man muss aufpassen!"

Frau Meyer wurde ungeduldig: „Machen Sie doch einfach zwei gleich große Haufen aus den tausend Talern, Frau Gerken! Und dann stimmt die Sache! Wir sind doch nicht kleinlich!"

Frau Gerken: Na gut – alles klar (*sie macht in der Geldkiste zwei Haufen*) hier Mette und Gerd: das ist euer Haufen!
Gerd (*steckt das Geld schnell in seinen Büdel*)**:** Besten Dank auch, meine lieben Damen!
Frau Meyer: Aber, aber, lieber Gerd! Nicht gleich leichtsinnig werden und alles ausgeben… in den Flitterwochen!
Frau Oltman (*träumerisch*)**:** Was habt ihr schöne Flitterwochen – dahinten in Amsterdam!
Mette: Und wie kommen wir nun nach Holland?
Frau Meyer: Na, lieber Gerd, du hast doch außer uns noch andere liebe Freundinnen in Oldersum, oder?
Gerd: Aber nein, Frau Amtmann – ich liebe doch nur Sie, Frau Gerken, Frau Oltman und… Mette.
Mette: Und was ist mit deinen Törfwievkes, Gerd?
Gerd: Ach so, die… das sind auch… meine sehr lieben Neben-Freundinnen…
Frau Meyer: Also kurz und gut: Ihr sagt uns jetzt schnell Tschüß und versteckt euch auf der Torftjalk der Torfwievkes. Und dann: ab… nach Holland!
Frau Gerken: … in Eure Flitterwochen!
Frau Schomerus: … als verheiratetes Paar!
Frau Oltman: … und das Geld nicht gleich verprassen!

So bewahrheitete sich für den Tambourmajor und seine junge, glückliche Frau das alte Sprichwort: Wer Gutes tut, dem wird auch gut getan! Die dankbaren Törfwievkes erwiesen sich als sichere Fluchthelfer, die weder bei der Oldersumer noch der Emder Obrigkeit in irgendeinem Verdacht standen. So entkam unser Liebespaar nach Holland.

Vorher verabschiedeten sie sich kurz, aber herzlich. Mette umarmte Frau Meyer: „Adjöh! Frau Amtmann! Und tausend, tausend Dank!" „Sie haben uns das Leben gerettet!", schloss sich Gerd Kruse an – und er küsste Frau Meyer mutig rechts und links auf die Wangen. Frau Amtmann versuchte ihre Rührung zu beherrschen: „Und wo krieg´ich in Zukunft meinen Bernstein her?"

„Und wir…?", monierten die Damen Oltman, Gerken und Schomerus – wobei unklar blieb, ob sich diese unscharfe Frage auf das Küssen oder den Bernstein bezog. Gerd Kruse war das egal. Er schwelgte: „Ihr seid so tapfere Frauen! Mit Ihnen könnte ich wohl alles machen… Pferde klauen… und alles!"

„Alles…?!", echoten die drei Damen gemeinschaftlich und sahen in die Luft. Aber ehe sie nachfragen konnten oder wollten, hatte der Tambourmajor sich noch einmal umgedreht und alle drei Bürgerfrauen höflich und routiniert nacheinander auf jeweils eine Wange geküsst. Alle winkten mit ihren geklöppelten Taschentüchern… und mit feuchten Augen.

Dann wurden Mette und Gerd von einer fünfköpfigen Frauschaft der Törfwievkes umringt und in eine sichere, ausländische Zukunft geführt. Einschließlich der Hälfte der Kasse. Frau Pastor wischte sich noch eine Träne weg: „Nun sind sie also weg, die beiden Süßen!"

Aber Frau Meyer sah wieder die Realität: „Keine Sentimentalitäten, Mädels! Wir stehen noch im Krieg! Also vorwärts!"

Die letzte, weibliche Kriegslist: Theater…

Das Marktfest ging am nächsten Tag ungestört weiter. Amtmann Meyer hatte inzwischen natürlich wahrgenommen, dass Mette und Gerd aus ihren „Freies-Geleit-Kammern" in der Burg verschwunden waren, und er nahm an, dass sie wieder in der Rosskamme von den Frauen versteckt würden. In diesem Verdacht bestärkte ihn auch mit vagen Auskünften seine Frau. Natürlich kein Wort von Holland und den Törfwievkes!

Dann kam der siebenten Tag des Ultimatums heran. Und plötzlich, schon gegen Mittag, erschienen die Emder Störenfriede und forderten ihre vermeintlichen Rechte ein. Sie kamen nicht nur mit ihrer protzigen Tjalk, sondern auch gleich in Begleitung von Emder Gendarmen und ihres BBK, dem „Besonderen-Büttel-Kommando".

Auch Bote Siewert und Schatzmeister Egenga waren dabei. Schon beim Anlegen am Tief böllerten sie drei Warnschüsse ab und demonstrierten damit ihre Ungeduld trotz des noch bestehenden Waffenstillstands. Die Schüsse zerfetzten einen Baumwipfel am Ufer – sie waren dieses Mal also scharf!

Eine kleine Oldersumer Schützenwehr unter Führung von Utrooper Manninga, Eilert Joesten, Freerk Janssen und Nachtwächter Jakobus stellte sich den Emdern mutig entgegen. Es kam zu einem kurzen Gerangel und Beschimpfungen auf beiden Seiten, aber keinem Waffeneinsatz. Schlimmeres verhinderten die Ratsherren Kannegieter und Rykena sowie die Oldersumer Hausherren Meyer, Oltman, Gerken und Schomerus, die aus der Burg herbeieilten.

Kannegieter rief Meyer entgegen: „Meine Leute können nicht mehr warten. Sie wollen auch nicht mehr mit Euch verhandeln!" Amtmann Meyer war brüskiert: „Das Ultimatum läuft aber erst in sechs Stunden ab!" „Kannegieters Antwort: „Wir besetzten jetzt die Rosskamme und fangen Kruse und die Kasse."

„Dann gibt es Mord und Totschlag, Herr Ratsherr! In der Rosskamme verteidigen sich unsere Frauen und Töchter. Bitte – lasst uns nach der friedlichen Lösung suchen. Noch einmal" „Noch einmal…", zweifelte Kannegieter, „habt Ihr denn noch eine friedliche Lösung, Amtmann?"

„Jawohl, die habe ich", sprach Meyer, „wir feiern hier gerade seit Tagen friedlich unser großes Marktfest. Dabei gibt es Möglichkeiten, das Gaunerpaar aus seinem Versteck heraus zu locken und zu verhaften. Ganz ohne Blutvergießen." „Aha", überlegte Kannegieter, „ein Marktfest in Verbindung mit einer guten Kriegslist… was meint Ihr, Rykena?" Der Angesprochene war auch nicht abgeneigt, weil er sich in der Zwischenzeit in Ostfriesland umgehört hatte und wusste, dass ein blutiges Vorgehen von Emden gegen das kleine Oldersum eine böse Reaktion in der übrigen Welt gegen Emden hervorrufen würde.

„Gut!", sagte Kannegieter, „wir versuchen es zum letzten Mal. Wenn es schiefgeht, naja… wir sind sowieso die stärkere Macht!"

Ratsherr Rykena verteilte seine Soldaten rund um den Hopfenmarkt, die Rosskamme, an der Anlegestelle und hinter einigen Häusern. So war der ganze Bezirk abgeriegelt. Hier konnte niemand mehr entfliehen.

Amtmann Meyer führte, an der Seite, ein letztes Strategie-Gespräch mit seinem Stab:

Amtmann Meyer: Schnell jetzt! Wir müssen alle Leute auf dem Hopfenmarkt zusammentrommeln. Und wenn dann die Emder den Kruse schnappen, dann ist das nicht unsere Schuld, sondern dann geht das ausschließlich auf die Rechnung der Emder Männer.
Vogt Oltman: Da können wir Oldersumer Männer dann auch nichts mehr dran ändern.
Schüttemeister Gerken: Das müssen unsere Frauen dann auch einsehen und wieder friedlich mit uns sein. Das wäre eine elegante Lösung für uns Männer in Oldersum.
Pastor Schomerus *(beiseite)*: So richtig gefällt mir die Sache nicht – was meine Frau ist, die Pastorin, die riecht bestimmt den Braten…

Meyer, Oltman, Gerken und Schomerus schwärmten aus und forderten nach allen Seiten hin die Oldersumer Marktbesucher auf, sich zu nähern. Der Utrooper Manninga verkündete im Auftrag von Meyer, dass die Musik aufspielen und dass der Amtmann Freibier spendieren würde. Die Emder Besucher wären auch zu dem Friedensfest eingeladen worden.

Das hörte auch der weibliche Generalstab auf der Veranda. Sofort kam dort Misstrauen auf. Wollten ihre Männer die Frauenzimmer wieder reinlegen? Eine „Friedensfeier" zusammen mit den „Emder Besuchern"? Das war doch, nach Lage der Dinge, völlig ausgeschlossen! Die vier Damen steckten die Köpfe zusammen, ignorierten die aufmunternden Blicke und Gesten ihrer Männer auf dem Markt – sogar heuchlerische Luftküsse waren dabei – und überlegten:

Frau Meyer: „Wenn mein Mann glaubt, dass er mit Freibier und falschen Friedensaussichten unser Liebespaar dazu verlocken würde, sich freiwillig hier öffentlich auf den Markt zu begeben, ja, dann hat er sich aber in den Finger geschnitten."

Frau Gerken: „Nein, die ganze Hand hat er sich abgeschnitten! Erstens sind die beiden Süßen ja schon in Holland und zweitens lehnen wir Frauen eine solche Intrige grundsätzlich ab!"

Frau Meyer: „Intrige, Frau Gerken? Wieso sollen nur Männer eine Intrige machen können? Aber das können wir doch auch! Und wir brauchen doch tatsächlich noch eine Intrige, um auch noch die bösen Emder loszuwerden."

Frau Schomerus: „Achtung, Frau Amtmann hat wieder einen neuen Plan…"

Frau Meyer zögerte, dachte scharf nach und sprach dann: „Jawohl, Frau Pastor, den habe ich: ich rede jetzt mal heimlich mit Jan und Geske. Die beiden sind nämlich wunderbar geeignet für meinen neuen Plan…"

Noch wusste niemand, was Frau Amtmann wieder vorhatte. Aber man hatte grenzenloses Vertrauen in ihre Führung, sogar Frau Schomerus, auch wenn sie manchmal anders tat. Und sofort wurden Jan und Geske herzitiert. Sie kamen gleich, sehr erstaunt und mit Ausreden für irgendwelche Vergehen schon auf den Lippen. Aber dann wurden sie immer zufriedener, als man sie zunächst mit Tee und ausreichend Kuchen auf der Veranda versorgte und dann in einen raffinierten Plan von Frau Meyer einweihte.

Es war dies ein Doppelplan – ein Plan, geeignet für einen komplizierten Krieg an zwei Fronten: Die Oldersumer Frauen einmal gegen die bösen Emder und an der anderen Front dieselben Oldersumer Frauen gegen ihre eigenen, eigentlich ja doch lieben Männer.

Der finale Plan von Frau Amtmann Meyer war der folgende: Jan und Geske sollten ein kleines Theaterspiel improvisieren und in wenigen Minuten auf dem Markt, vor den Oldersumern und den Emdern, vorspielen. Ein Theaterspiel, das eigentlich eine Intrige war – also Lug und Trug, aber doch gut geeignet zur Abwehr von männlichen Überlegenheitsphantasien – also dem Hauptfeind an beiden Fronten.

Und, zum Glück, Geske und Jan spielten sofort mit und erwiesen sich als begabte Künstler… für ein Spiel, welches Frau Amtmann Meyer ihnen als begnadete Regisseurin und Politikerin kurz und knapp erläuterte.

Der Tambourmajor und die Braut von Oldersum…

Geske und Gerd verschwanden unauffällig in der Rosskamme und kamen nach fünf Minuten betont auffällig wieder heraus: nunmehr in der perfekten Verkleidung eines Tambourmarjors aus Emden und seiner hübschen Oldersumer, der stadtbekannten Geliebten Mette – deutlich zu indentifizieren an Frisur, Kleidung, Gestalt und Bewegungen.

Alle Aufmerksamkeit der Menschen auf dem Markt richtete sich schlagartig auf die Beiden: Ein großer Kreis bildete sich, in dem Jan und Geske – beziehungsweise Gerd und Mette – ein parodistisches Spiel aufführten:

Jan: Liebe Leute! Schaut mich an! Ich bin nicht Jan, nein, ich bin der berühmte Gerd Kruse, der Tambourmajor aus Emden!
Geske: Liebe Leute! Schaut mich an! Ich bin gar nicht Geske, nein, ich bin die schöne Mette, die „Braut von Oldersum"!

Im Hintergrund wurde jetzt Ratsherr Kannegieter aufmerksam und wollte sich sofort auf „Gerd und Mette" stürzen. Er wurde gerade noch von Amtmann Meyer aufgehalten und beruhigt – mit der amtlichen Versicherung, dass es sich hier wohl um einen Irrtum des Ratsherrn handelte, dass hier nur ein lustiges Spielchen, wie häufig üblich auf dem Marktfest in Oldersum, aufgeführt würde, von einem stadtbekannten Gauklerpaar. Kannegieter stutzte, hörte weiter zu und stimmte bald ein in die Lachsalven der umstehenden Oldersumer. Auch Ratsherr Rykena kam hinzu und… lachte!

Jan: Was? Du bist die „Braut von Oldersum"? Dann bin ich aber der Kaiser von China!
Geske: Du? Du bist nicht der Kaiser von China, du bist ein Tambourmajor aus Emden – und auch… mein lieber Dieb! *(Sie streichelt ihn).*
Jan: So, dein lieber Dieb?
Geske: Tja, du hast mir doch etwas gestohlen… gestern Nacht!
Jan *(verlegen)*: Ach so ja… hab ich gerade vergessen…
Geske: Und das will ich auch gar nicht mehr wiederhaben…

Jan: Was? Nee… ist auch gut so…
Geske *(energisch)*: Aber ich will was anderes von dir haben!
Jan: Was denn nun noch?
Geske *(hart, fast schreiend)*: Ich will die Kasse von der Bürgermiliz in Emden haben!
Jan *(weinerlich)*: Die hab ich dir doch schon gegeben.
Geske: Und… wo ist sie denn nun?
Jan: Na – dort, unter deinem Kleid!
Geske *(fasst an ihren dicken Bauch)*: Ach so, da hab´ ich die Kasse versteckt – und ich hab gedacht, ich krieg ´n Kind von dir.
Jan *(nüchtern)*: So schnell? Nee, das ist die Kasse.
Geske *(trotzig)*: Ich will aber auch ´n Baby!
Jan: Na gut, aber später. Erst musst du die Kasse austragen.
Geske *(empört)*: Austragen? Nein – von Geld wird man nicht glücklich! **(Sie reißt einen Beutel unter ihrem Kleid hervor)** Hier hast du deine Kasse zurück! Ich will sie nicht mehr!
Jan: Und was soll ich damit anfangen?
Geske: Na das, was alle treuen Männer mit viel Geld damit tun: Ausgeben! Und zwar: für ihre treuen Frauen!
Jan *(weinerlich)*: Aber – das ist doch gar nicht mein Geld…
Geske *(nüchtern)*: Ach so, ja – da hast du auch wieder Recht.
Jan: Also – was soll ich tun?
Geske: Na, was wohl – bist du nun ein ehrlicher Tambourmajor oder nicht?
Jan: Klar, ich bin der ehrlichste Tambourmajor der Welt!
Geske: Na, dann musst du doch wohl wissen, was man mit der Kasse der Bürgermiliz in Emden machen muss.
Jan: Du meinst… nach Emden zurückbringen?

(Ratsherr Kannegieter *(im Hintergrund, begeistert)*: Richtig! So ist das! So gehört sich das!)

Geske: Ja, die Kasse gehört nach Emden, so gehört sich das!
Jan: Ja, wenn du das auch meinst…
Geske: Das mein ich! Ich bin ein ehrliches Mädchen – und deine Braut!

Jan: Und wie soll ich das machen?
Geske: Was machen?
Jan: Die tausend Taler nach Emden zurückbringen?
Geske: Lass mich mal scharf nachdenken… ich hab´s! Du gehst morgen zu unserem lieben Amtmann Meyer hin und gibst ihm die ganze Kasse. Und Amtmann Meyer zählt dann die tausend Taler nach und liefert sie in Emden ab. Und alles ist gut.

Amtmann Meyer *(im Hintergrund, er gibt Ratsherr Kannegieter zufrieden die Hand)*: So machen wir das, Ratsherr Kannegieter. Abgemacht!

Jan *(reumütig)*: Meine liebe Braut, so will ich das machen – und dann werde ich vielleicht auch wieder ein guter Mensch.
Geske: Erst musst du aber noch bei Pastor Schomerus all deine Sünden beichten.
Jan: Wirklich alle Sünden?
Geske: Nee, <u>nicht alle</u> – <u>diejenigen, wo ich</u> dabei bin, <u>die</u> kannst du ruhig auslassen.
Jan: Gut – welche waren das noch mal…?
Geske: Du Töffel! Hast du die alle schon vergessen? <u>Die</u> waren doch… unvergesslich und schön!
Jan: Ich denk nach – die Sünden mit dir fallen mir bestimmt wieder ein.
Geske: Na, hoffentlich…
Jan *(schwärmerisch, singend)*: „Ach, wenn ich dich nicht hätte… Mette!"
Geske *(ärgerlich)*: Willst du mich veräppeln – mit deiner Reimerei?!
Jan: Nein, nein… ich meine das alles ehrlich!
Geske: Na, dein Glück – und nun lass uns endlich tanzen!

Jan und Geske hielten erschöpft inne und schauten auf den Amtmann und die Ratsherren. Ein Sturm der Begeisterung brach los! Die Zuschauer und noch stärker die Zuschauerinnen klatschten und trampelten. Die Oldersumer Frauen und Männer hatten sich miteinander vermischt, also waren auch die alten Fronten plötzlich aufgelöst. Ja, ganze Gruppen von Oldersumer Frauen und Männern umarmten sich wieder und tanzten zusammen.

Amtmann Meyer: War das nicht ein feines Spiel!
Frau Meyer: So richtig was fürs Herz.
Vogt Oltman: Endlich mal ein Theater, das was mit dem echten Leben zu tun hat.
Frau Oltman *(pufft ihren Mann in die Seite)*: … und endlich ein Theater, wo die Frauen auch mal was zu sagen haben.
Amtmann Meyer *(richtet sich erleichtert an die Ratsherrn Kannegieter und Rykena)*: Meine lieben Herren aus Emden! Ihr habt also gesehen, wie gut wir das hier in Oldersum mit Euch meinen. Damit ist die Sache ja wohl klar…
Ratsherr Kannegieter: Das war ein sehr vernünftiges Spiel, allerdings.
Ratsherr Rykena: So was hätte ich den Oldersumern überhaupt nicht zugetraut.
Amtmann Meyer: Danke, meine Herren! Und deshalb meine ich, Sie könnten jetzt Oldersum in Ruhe und Frieden verlassen und darauf warten, dass wir euch – recht bald – die Kasse nach Emden zurückbringen werden. Ihr seht ja: unsere lieben Frauen haben wieder Vernunft angenommen! Ich bin glücklich…
Ratsherr Kannegieter: Jaja, geht so in Ordnung – aber eine Bedingung habe ich noch: die Beichte von Gerd Kruse bei Eurem Pastor ist nicht ausreichend. Wir verlangen eine tüchtige Strafe! Und zwar nach einer Emder Gerichtsverhandlung.
Amtmann Meyer: Jaja – darüber sprechen wir dann noch mal…
Ratsherr Kannegieter: Na, Freund Rykena, dann wollen wir wohl abziehen.
Ratsherr Rykena: Meinetwegen – ich rufe unsere Mannschaft zusammen.
Amtmann Meyer *(beflissen)*: Ich wünsche den Herren aus Emden eine sichere und angenehme Reise nach Hause!
Ratsherr Kannegieter: Guten Tag noch, Amtmann Meyer!

Ratsherr Rykena: Schönen Tag noch, Amtmann!

(Ratsherr Kannegieter und Ratsherr Rykena ziehen mit den Emder Bütteln ab.)

Amtmann Meyer *(legt erleichtert einen Arm um seine Frau)*: Siehste wohl, meine liebe Frau, es geht doch!
Frau Meyer *(sie lehnt sich zärtlich an ihren Mann)*: Das hast du gut gemacht, Meyer!

Als die Emder verschwunden waren, brach ein großer Jubel unter den Oldersumern aus. Das Marktfest wandelte sich zu einer Siegesfeier. Und im Mittelpunkt standen nicht nur das Künstlerpaar Jan und Geske, nein, auch die armen Törfwievkes – denn diese vollführten inmitten der Menge einen Reigentanz, mit Begleitung der Kapelle. Und schon davor und danach erzählten sie allen, die es heimlich wissen wollten, dass Gerd und Mette längst in ihrem Törfmuddje auf dem Weg nach Amsterdam in ihre Flitterwochen waren. Was für eine Freude und – man muss es so benennen – auch eine große Schadenfreude!

Plötzlich setzte die Musik aus – und es wurde ganz still auf dem Hopfenmarkt. Die Frauen formieren sich links vor der Rosskamme in einer Reihe gestaffelt von vorne nach schräg hinten zum Tief hin: an der Spitze, natürlich, Frau Amtmann Meyer, dann Frau Vogt Oltman, Frau Schüttemeister Gerken, Frau Pastor Schomerus und Geske. Danach die anderen Mädchen, Moederke Janssen, die Törfwievkes mit Stina und fast alle Frauenzimmer aus Oldersum.

Die Männer formieren sich ebenfalls rechts vor der Burg: vorne Amtmann Meyer, dann Vogt Oltman, Schüttemeister Gerken, Pastor Schomerus, Freerk Janssen und Jan. Auch Nachtwächer Jakobus und Eilert Joesten gesellten sich dazu. Danach auch andere Männer, darunter auch etliche nicht aus Oldersum, aber aus umliegenden Dörfern südlich von Emden.

Diese beiden Geschlechterfronten schauten sich nun eine Weile erwartungs- und sehnsüchtig, ja, sogar liebevoll, an. Freundliche Gesten, Blicke, Luftküsse flogen unkontrolliert und unzensiert hin und her.

Dann trat eine große Stille ein und Frau Meyer hob ganz langsam und vorsichtig ihren langen Rock an – nur ein wenig, vorne – und schwenkte ihn wie eine Tänzerin hin und her. Die anderen Frauen folgten sofort ihrem Beispiel. Und jetzt brachen alle Dämme: Kapelle mit lautem Tusch! Trommelwirbel! Die beiden Geschlechterfronten stürzten aufeinander zu! Sie vermengten sich! Freudenrufe! Jubel! Oder war es mehrheitlich weibliches Triumphgeschrei…?

„Dusend Dalers"
Freelüchtspöl
üm 1700

Uraufführung: 14. Juli 2006 in Oldersum, „Theater im Park"

Heimatverein Oldersum /
Arbeitsgemeinschaft Ostfriesischer Volkstheater

Autor: Erhard Brüchert

Regie: Elke Münch

Intendant: Jakob Janshen

Rote Wut am Wattenmeer

1.

Langsam und unaufhaltsam wurden die graublauen Schlickflächen des Jadewatts von den brackigen Fluten des Abendhochwassers aufgefressen. Das Salzwasser schob träge glucksend einen schmutzigen Schaumgürtel vor sich her, der sich brandungslos wie eine dreckige, am Horizont endende, müde Front auf das noch heiße Watt hinaufwälzte. Kein Lüftchen rührte sich; und das Wasser der Nordsee bewegte sich träge wie unter einem bleiernen, flüssigen Spiegel. Ein schwüler Julitag näherte sich seinem Ende.

„Kommt, Edzard, Wilhelm, wir müssen runter ins Loch!"

Obermatrose Bernhard Kuhnt war froh, dass er noch etwas Luft schnappen konnte. Zusammen mit seinen Freunden und Kameraden Edzard Starke und Wilhelm Dittmann stand er an der Reling des kaiserlichen Schlachtschiffs „Prinzregent Luitpold", das sanft schnaufend vor der großen Seeschleuse an den Dalben im Innenhafen von Wilhelmshaven lag. Sie blickten nach Süden, auf den Jadebusen, und nach Westen, auf die grüne, friesische Küstenlandschaft, über der die Sonne unterging. Noch ein paar Minuten – dann müssten sie hinabsteigen in den nach Kohle, Eisen, Öl und Schweiß stinkenden Bauch des riesigen, grauen Kriegsschiffes.

Bernhard wollte sich schon müde zum Niedergang hinwenden, doch da hielt Edzard ihn mit einer leisen, fast zarten Handbewegung zurück:

„Moment, Bernhard, für das Anheizen haben die Kessel schon genug Kohle", meinte er, stützte sich auf die Persenning eines Rettungsbootes, holte tief Luft und fuhr fort:

„Stabsingenieur Schneider, dieser Schubiack, hat sich ja auch noch nicht sehen lassen."

Wilhelm Dittmann spuckte seinen Priem in hohem Bogen ins Wasser, rund fünfzehn Meter unter ihnen und packte sein Schachspiel ein, dass er noch bis vor wenigen Minuten in der herrlichen frischen Luft mit Bernhard gespielt hatte:

„Klar, der Schneider sitzt bestimmt noch in der Offiziersmesse und trinkt sein Bier für 15 Pfennig, das für uns in der Mannschaftskantine 30 Pfennig kostet!"

„Eben! Und wenn der auch noch saufen und fressen kann, dann dürfen wir auch noch atmen!" sagte Edzard und stopfte seine Pfeife.

In den Kohlebunker der „Prinzregent Luitpold" war noch nie ein Sonnenstrahl gelangt. Dort war ihr Arbeits- und Dienstplatz für „Kaiser und Vaterland" in diesem Kriegsjahr 1918, das wohl nicht mehr so glorreich wie die Jahre zuvor werden würde. Jedenfalls konnte man zwischen den Zeilen der Zeitungen und auch zwischen einigen Sätzen der Offiziere häufig Unmut, ja, Enttäuschung über gewisse Entwicklungen an der Front entdecken. Aber die deutsche Hochseeflotte, der Stolz des kaiserlichen Deutschlands und aller Deutscher, denen an Seegeltung gelegen war, lag immer noch kraftvoll und fast unbeschädigt hier im Hafen und auf der Reede von Wilhelmshaven an der Nordseeküste.

Die Matrosen und Marinesoldaten der Flotte waren untätig und langweilten sich. Zwar hatte die Seeschlacht vor dem Skagerrak am 31. Mai und 1. Juni 1916, also schon vor mehr als zwei Jahren, für rund zweieinhalb Tausend Kameraden den Tod bedeutet und den Verlust von elf Schiffen verursacht – darunter einen Schlachtkreuzer, ein älteres Linienschiff, vier kleine Kreuzer und fünf Torpedoboote – aber man hatte wenigstens die sieggewohnte englische Flotte zum Rückzug gezwungen; und deren Verluste waren wesentlich höher: 6000 Tote, drei Schlachtkreuzer, drei ältere Panzerkreuzer, ein kleiner Kreuzer und sieben Zerstörer.

Das Sterben der „Helden von Skagerrak", wie ihre gefallenen Kameraden jetzt genannt wurden, war fürchterlich gewesen, das wussten Bernhard, Wilhelm und Edzard. Sie hatten auch an der Seeschlacht teilgenommen, damals, aber sie waren unversehrt geblieben. Und doch beschäftigte sie oft in der Hitze des Maschinenraums der Gedanke an all die Gerüchte, die in der Marine umliefen.

Skagerrak war dennoch auch für Bernhard, Wilhelm und Edzard so gut wie ein Sieg gewesen, auch wenn die deutsche

Flotte unter Oberbefehl von Admiral Scheer schließlich den Rückzug vor der übermächtigen Feuerkraft der britischen Flotte unter Admiral Jellicoe angetreten hatte.

Allerdings mussten sich die Drei auch eingestehen, dass die Flotte seitdem kaum noch einen Schuss gegen die Engländer in der Nordsee abgegeben hatte. Und zwei Jahre lang mehr oder weniger untätig in Häfen oder auf Reede zu liegen oder hin und wieder zu langweiligen Patrouillefahrten in die ruppige Nordsee auszulaufen, das war wahrhaftig nicht die Art von Marineleben und, die sich Bernhard, Wilhelm und Edzard vorgestellt hatten.

Dieser wochenlange Flottenzirkus von drei Tagen „Sofort-Bereitschaft" auf Schillig-Reede, drei Tagen in Bereitschaft auf Wilhelmshaven-Reede und dann noch einmal drei Tagen im Hafen war manchmal doch recht nervtötend gewesen.

Allein die flotten Nachrichten vom U-Bootkrieg, wo ja so allerhand ablief, hatten die Marinerherzen noch höher schlagen lassen. Allerdings waren die Verlustziffern bei deutschen U-Booten in den letzten Monaten, seitdem die Amerikaner mit ganzer Kraft in diesen Krieg eingestiegen waren, so hoch geworden, dass man die U-Boot-Helden auch nicht unbedingt beneiden konnte. Auch hier gab es inzwischen grausame Geschichten von untergegangenen U-Booten, von Booten, die getaucht auf dem Meeresgrund lagen, die noch intakt waren, aber deren Antrieb und Tauchsystem durch neuartige Wasserbomben der Engländer beschädigt worden war… die nicht wieder hochkamen, nie wieder! Kein Mensch sollte jemals erfahren, was in den zehn bis zwanzig Stunden in der engen, heißen Röhre geschehen war… in den zehn bis zwanzig Stunden, für die nach menschlichem Ermessen der Sauerstoffvorrat an Bord noch ausreichte. Aber was bedeutete überhaupt noch „menschliches Ermessen" in diesem Krieg, der seit dem Einsatz der Amerikaner tatsächlich vom „Großen Europäischen Krieg" zum „Weltkrieg" geworden war?

Die großen Landschlachten waren inzwischen längst geschlagen worden, ohne dass dadurch eine Entscheidung erzwungen worden wäre: Tannenberg, Marne, Chemin du Dame, Verdun.

Wilhelm und Edzard schwiegen und schauten, von ihrer erhöhten Position hinter der vierten Hafeneinfahrt aus, über den grünen Deich auf den dahinter liegenden südlichen Jadebusen, dessen Wattflächen bis nach Dangast hin inzwischen vom Hochwasser verschlungen waren. Das nur leicht bewegte Wasser glitzerte in der Abendsonne. Kein Fischerboot war zu sehen. Der noch nicht einmal zehn Jahre alte, rot-weiße Bilderbuch-Leuchtturm von Arngast mitten im Watt des Jadebusens leuchtete wie ein warnender, umringelter Zeigefinger zu ihnen herüber.

Plötzlich hörten sie schnelle Schritte und blickten sich um.

„Guck mal an, wer da zu spät kommt!", rief Wilhelm Dittmann und verschränkte die Arme über der Brust.

„Natürlich wieder mal Matrose Hans Petersen, dieser Casanova!", erwiderte Edzard und ging dem heranstürmenden Hans ein paar Schritte entgegen, um ihn breitbeinig zu stoppen. Dieser fiel seinem Kameraden Edzard halb erleichtert, halb erschöpft in die Arme:

„Mensch, Edzard, noch mal Schwein gehabt!"

Edzard fasste Hans an den Schultern:

„Ja, 'n paar Minuten später wär' das Fallreep hochgezogen gewesen und du hättest unserm Pott hinterherschwimmen können!" Und Wilhelm musste noch eins draufsetzen:

„Hänschen im Glück hat wohl wieder mal zu lange breitseits an seiner friesischen Deern gelegen, was? Ohne Fender dazwischen, wie? Mit tüchtig Schamfilen, was?" Matrose Hans Petersen fand das alles überhaupt nicht witzig und fragte flüsternd:

„Habt ihr Leutnant Hellberg hier irgendwo auf der Back gesehen?" Wilhelm antwortete: „Nee, wegen Hellberg brauchst du nicht bange zu sein. Der sitzt noch mit den anderen Offizieren in der Messe beim Menü."

„Aber Steckrüben mit Dörrgemüse gibt das heute bei den Herren ganz bestimmt nicht!", ergänzte Edzard. „Die speisen was Feineres!"

„Die ‚Prinzregent' soll aber doch gleich ablegen, oder?", fragte Hans und schaute zur großen Seeschleuse hinüber. Die Tore waren noch geschlossen, und dahinter sah man in der Schleusenkammer ein weiteres Kriegsschiff.

„Jaja... geht gleich los, aber erst muss ‚Friedrich der Große' noch mit seinem dicken Mors durch die Schleuse rutschen", meinte Edzard gleichmütig.

Hans wollte sich abwenden und schnell in seiner Koje für den Dienst fertig machen. Doch Wilhelm hielt ihn fest:

„Sag mal, Hans, wie schaffst du das bloß immer, dass du so lange bei deiner Deern längsseits liegen kannst und trotzdem aufs Schiff kommst? Oder hat deine Deern ein besonderes Zaubermittel, das dich so stark und schnell macht?"

Hans brauste auf: „Lass Frauke in Ruh! Und überhaupt... ihr Heizer wisst ja gar nicht, was an Land los ist!"

„Was soll denn schon an Land los sein, wenn wir nicht da sind, nich, Bernhard?", griente Wilhelm.

„Jaja, ihr Heizer macht eure Witze, auch wenn die Welt koppheister geht!", empörte sich Hans, der Matrose.

Nun wurde auch Wilhelm wieder ernst und meinte, dass die Welt doch schon seit mindestens vier Jahre koppheister ginge, was könne denn jetzt noch passieren.

Hans fasste sich an den Kopf und rief:

„Ja, wisst ihr denn noch gar nicht, dass sich viele Matrosen und Heizer von ‚Pillau', ‚Großer Kurfürst', ‚König Albert', ‚Schwaben' und ‚Ostfriesland' heute schon wieder im Wirtshaus ‚Weißer Schwan' in Rüstersiel getroffen haben? Es wird ernst diesmal!"

„Im Weißen Schwan?", fragte Bernhard und horchte auf. Davon wusste er ja gar nichts. Warum hatten ihn die Kameraden von den anderen Pötten dieses Mal nicht informiert? Es war doch allgemein bekannt, dass er, Bernhard Kuhnt, auf der „Prinzregent" der entscheidende Ansprechpartner und geheimer Sprecher der Matrosen und Heizer war. Er hatte selber auch schon einige Treffen mit den Vertrauensleuten von den anderen Schiffen organisiert und wusste besser als jeder andere über alle Vorgänge in der Flotte Bescheid. Naja, erst mal abwarten, dachte Bernhard und verschluckte seinen aufkommenden Ärger. Möglicherweise hatten neue Ereignisse ein sofortiges Treffen erzwungen. Es ist ja alles drunter und drüber heutzutage, dachte er. Jeder Tag brachte neue Verhältnisse und zwang zu neuem Denken und Handeln.

„Guck! ‚Friedrich der Große' ist raus aus der Schleuse. Jetzt kommen wir an die Reihe", sagte Edzard und wollte runter in den Kohlenbunker steigen.

Doch Wilhelm hielt ihn fest:

„Nein, noch nicht, Edzard! Wir bleiben noch hier. Warte doch, bis Stabs-Ingenieur Schneider uns den Befehl zum Hochheizen der Kessel gibt, dieser Blödmann!"

Edzard zog die Augenbrauen hoch und schüttelte den Kopf:

„Willem, Willem, du handelst wohl auch nur noch auf Befehl, wie?", wunderte sich Bernhard Kuhnt.

„Klar, meinst ihr denn, ich will noch meinen Arsch riskieren?", antwortete Wilhelm. Edzard grinste und und sagte:

„Nee, ich will auch nicht in letzter Minute noch den Heldentod fürs Vaterland sterben."

In diesem Moment schrillten die Alarmglocken, und die heisere Stimme von Leutnant zur See Hellberg bellte übers Deck:

„Alle Mann auf Station! Klar zum Schleusen!"

Wilhelm, Edzard, Bernhard und Hans eilten auf ihre Dienstplätze neben dem Kohlebunker. Das Schleusen war langweilig, weil ja nicht viel Maschinenkraft gebraucht wurde. Trotzdem musste man auf seinem Posten sein, so lauteten die Vorschriften. Denn das Schleusen gehörte mit zu den „Schiffsbewegungen". Sonst pflegten die Mannschaften in der Schleuse vor sich hinzudösen, aber heute waren Edzard, Bernhard, Hans und Wilhelm hellwach und tuschelten leise miteinander.

Sie erinnerten sich an die Meuterei im Jahre 1917 auf der „Prinzregent Luitpold". Sollte wieder so etwas im Gange sein? Grund genug dazu wäre ja wohl vorhanden: der langweilige Bereitschaftsdienst auf Schillig-Reede, das miese Essen, der hochmütige Ton der Offiziere den Mannschaften gegenüber, der öde Instandsetzungs- und Drilldienst, die falschen Alarme und das nicht endende Gerede von einer bevorstehenden, großen Endschlacht in der Nordsee gegen die Engländer! Bei Skagerrak hatte Wilhelm seinen Bruder verloren, mit einem Torpedoboot war er abgesoffen, sollte ihm dies Schicksal auch noch bevorstehen? Aber war nicht schon die Rede von einem baldigen Waffenstillstand? War der Friede etwa schon in Sicht?

2.

Ein ungemütlicher, schwülnasser Auguststurm kündigte sich über der Nordsee an. Am Himmel trieben graue Regen- und Sturmwolken hastig von Nordwest nach Südost über Rüstringen, den Jadebusen und Butjadingen hinweg. Noch vor einigen Tagen war es hochsommerlich heiß gewesen. Jetzt aber kam ein Tief von Westen. Die Möwen hielten sich lange in der Luft an einer Stelle über dem Deich am Juliusstrand, bis sie ihre eigenen Ausgleichbewegungen langweilten und sie ein bisschen beleidigt aufgaben. Sie kippten nach rechts oder links über ihre Schwingen ab und segelten vor dem Wind fast ohne Flügelschlag auf die östliche Seite der Jade hinüber.

Die „Prinzregent Luitpold" lag immer noch hinter der Seeschleuse im Binnenhafen. Nur der normale Dienstplan war an diesem Tag vorgesehen, aber schon gegen 7 Uhr morgens brodelte es im Schiff. Scharen von Heizern und Matrosen drängten zum Fallreep und verließen das Panzerschiff. Wer keinen Dienst hatte oder wer meinte, dass sein Dienst hier im Hafen wahrhaftig nicht mehr kriegswichtig oder gar entscheidend war, der schloss sich den Gruppen an. Das Ziel aller war zunächst der Exerzierplatz in der Nähe des Werfttores.

Der wachhabende Offizier schöpfte sofort Verdacht und ließ das Fallreep sperren. Aber auch das konnte niemanden mehr stoppen. Die Mannschaften sprangen einfach auf die zwischen Kaimauer und Schiffswand schwimmenden Holzflöße und kletterten von diesen aus über die rostigen und muschelbesetzten Spundwände an Land. Das hatte man schließlich in den Jahren zuvor oft genug bei heimlichen Landgängen während der Freiwache geübt! Wer war denn schon so blöd und ließ sich tagelang im Hafen tatenlos einsperren, während sich die Freunde oder die Liebste an Land vergnügten.

Nur die Zaghaften, welche sich immer an die Vorschriften gehalten hatten, holten sich blutige Hände an den alten Spundwänden, aber das hielt sie dies Mal auch nicht auf. Weg! Nur weg vom Schiff! Und hin zu den Kameraden und ihrer Versammlung an Land, wo wichtige Entscheidungen und Weichenstellungen für die Zukunft der Flotte und ihrer Angehörigen zu erwarten waren!

Die rote Wut in den Herzen und Köpfen der Mariner war stark wie nie und ließ das Blut in ihren Adern heftiger pulsieren.

Die Werftpolizei bekam schnell Wind von der Sache und sperrte das große Werfttor. Aber die immer selbstbewusster werdenden Massen der Heizer und Matrosen stemmten sich einfach gegen das Tor und sprengten es mit ihren eigenen Leibern auf. Und die paar Männer von der Wache wagten nicht zu schießen oder wollten es auch gar nicht mehr.

Auch Edzard war dabei und erzählte seinem Freund Wilhelm später immer wieder von den Ereignissen. Wilhelm hatte leider Wachdienst gehabt und keine Möglichkeit gefunden, sich den Kameraden anzuschließen. Noch lange haderte er mit diesem Schicksal. Aber so war es nun einmal in der Marine: Dienst ist Dienst und Schnaps ist Schnaps, auch in diesen Zeiten der Revolution. Wilhelm ärgerte sich allerdings immer öfter über dieses Denken, dass man auch ihm in jahrelangem Drill in der Flotte eingeimpft hatte.

Auf dem Exerzierplatz ließ der Heizer Köbis die Mannschaften antreten und abzählen. Er tat das mit den Worten und im Stil seiner Vorgesetzten, mit fester und entschlossener Stimme. Das hatte er sich gut abgeguckt. Und doch war seine Stimme leiser als die der Offiziere und nicht so bellend und schneidend scharf. Eher klang in dieser Stimme Freundschaft und kameradschaftliche Anerkennung mit – und Hoffnung auf ein neues Leben in der Flotte.

Man kam auf eine Zahl von etwa 40 Mannschaftsmitgliedern der „Prinzregent Luitpold". Nun marschierte man geschlossen, im Regen, am Deich entlang nach Rüstersiel. Dort, an der Rüstringer Strandhalle, wurde kurz Rast gemacht. Alle schauten erwartungsvoll zu Albin Köbis hin. Wäre es nicht an der Zeit, dass er ein klärendes Wort spräche? Und wer sollte das tun, wenn nicht Albin? Die Demonstration – von Streik oder gar Meuterei wollte man lieber nicht reden – hatte ständig an Kraft gewonnen und sie brauchte nun ein Ziel oder eine Richtung.

Also stellte sich Albin Köbis auf einen Tisch und hielt eine kurze Rede, während ein Wolkenbruch niederging. Er erklärte etwas über den Zweck und Sinn dieses „Ausfluges" vom Dampfer, wie er meinte. Er forderte die sofortige Freilassung aller inhaftierten Kameraden von den anderen Schiffen, die sich gegen die ständigen Urlaubsverweigerungen und Verpflegungsengpässe zur Wehr gesetzt hatten. Dann berührte er allgemeine, politische Fragen, bei denen Köbis mit Begeisterung auf die Ziele der USPD hinwies. Edzard war dieser Teil der Rede ziemlich unangenehm, da er sich immer noch mit den Zielen der alten SPD – also zugleich für die Arbeiter und das Reich – identifizierte.

Die USPD hatte sich schon im April des Jahres 1917 von ihrer Mutterpartei, der SPD, abgespalten. Sie wollte als „Unabhängige Sozialdemokratische Partei" nicht länger den kriegsunterstützenden Kurs der allgemeinen deutschen Sozialdemokratie mitmachen, die seit dem Juli 1914 sich in einem „Burgfrieden" mit dem kaiserlichen Deutschland befand, welcher aber in den Kriegsjahren ständig bröckeliger geworden war. Bei den Offizieren auf den Kriegsschiffen war jede Zustimmung von Matrosen zur USPD als klarer Vaterlandsverrat und offene Meuterei diskreditiert. Sie, die Marineoffiziere mit kaiserlicher und adliger Gesinnung, trugen meistens auch schon der SPD gegenüber eine Verachtung zur Schau, welche von der Mehrheit der einfachen Heizer und Matrosen als tägliche Beleidigung empfunden wurde.

Einige Heizer stießen sich bei den Worten von Köbis heimlich an und grinsten. Manche machten aber auch ernste Gesichter und warfen warnende Worte dazwischen. Auch Edzard wagte einen Zwischenruf und rief lauthals:

„Albin! Lass das! Die Zeit ist noch nicht reif!" Dafür bekam er sogar Beifall und Händeklatschen. Schließlich ging die Rede von Köbis auch im allgemeinen Stimmengewirr unter und man lief weiter.

In Rüstersiel zogen die Männer in den Saal der Wirtschaft „Zum weißen Schwan". Das war ein recht großzügig angelegtes Gartenlokal am Deich der kleinen Maade, die hier in die Jade mündete. Im Sommer war es hier stets voll von Marinern auf Freiwache oder im Urlaub, die oft in Begleitung ihrer Verwandten oder Freundinnen kamen. Im Winter war der „Weiße Schwan" beliebtes Ziel für traditionelle, friesische Eistouren über die zugefrorene Maade und die mit ihr verbundenen Kanäle und Tiefs, auf denen man bis nach Jever oder Horumersiel schöfeln konnte.

Auch hier im großen Saal des „Weißen Schwans" bestieg Albin Köbis wieder die Bühne und redete zu den Heizern und Matrosen. Von diesen machten sich nicht wenige nun doch schon Sorgen über die Folgen ihres Verhaltens und ihrer Entfernung von den Kriegsschiffen im Hafen; und überall hörte man Gespräche über die notwendigen Vorkehrungen und Ausreden beim Rückmarsch auf das eigene Schiff. Unter riesigem Beifall schloss Köbis seine Rede dann allerdings mit der Parole:

„Nie wieder Krieg!"

Hierauf eroberten die Unterhaltungskünstler unter den Matrosen die Bühne und brachten einige launige Einlagen mit Klavierbegleitung zum Vortrag. Bald herrschte eine geradezu ausgelassene Stimmung im Saal. Beim Sedanstag am 2. September oder bei irgendeinem Schützen- oder Klootschießerfest in Ostfriesland hätte es nicht lustiger zugehen können. Im Kneipenraum vor dem Saal der Wirtschaft hielten sich etwas dreißig Männer auf und tranken.

Plötzlich wurde die Tür aufgerissen und ein Marinewachtmeister stand mit gezogener Pistole im Raum und schrie: „Hände hoch!" Ihm folgten etwa acht bis zehn Posten mit Gewehren. Der Matrose Beckers hielt sich den Bauch vor Lachen und versuchte einen Bluff: „Das gibts doch nicht! Herr Wachtmeister! Sie wollen mit ihrer Pistole hundert Mann da drinnen festnehmen?" Er zeigte auf die Tür zum Saal. Der Wachtmeister wurde bleich. Mit solchen Zahlen hatte er nicht gerechnet.

Ihm, dem örtlichen Wachtmeister, war nur telefonisch der Befehl erteilt worden, einige besoffene Unruhestifter im „Schwan" in Arrest zu bringen. Wie man mit einer kompletten Meuterei umgehen sollte, damit hatte er keine Erfahrung und dafür fühlte er sich auch nicht ausgerüstet. Er zögerte. Hinter ihm drängten seine Posten mit angeschlagenem Gewehr. Er war froh, dass er noch nicht den Befehl zur Entsicherung gegeben hatte.

In diesem Moment wurde die Saaltür aufgestoßen und Albin Köbes stand schweigend im Türrahmen, hinter ihm eine dunkle Wand von finster dreinblickenden, unbewaffneten Heizern und Matrosen.

„Herr Wachtmeister! Legen Sie die Knarre weg! Hier ist kein Krieg!", sagte Köbes mit ruhiger Stimme.

Der Wachtmeister schwitzte vor Erregung und fuchtelte nervös mit seiner Pistole herum. Was sollte er bloß tun? Er war es gewohnt, hin und wieder im „Weißen Schwan" Besoffene oder Heizer, die ihre Urlaubsfrist überzogen hatten, einzusammeln und auf ihre Schiffe zum Arrest zu bringen; aber er war nicht darin geübt, fast hundert entschlossene Revolutionäre und Meuterer in Schach zu halten.

Da hatte der Wachtmeister einen Einfall:

„Haben Sie hier eben eine Rede gehalten?", fragte er den Matrosen Köbes und blickte ihn scharf an.

„Ja, Herr Wachtmeister, ich habe mich mit den Kameraden unterhalten", antwortete Albin verbindlich.

„Wir alle haben uns unterhalten! Das ist doch nicht verboten, oder? Nicht nur Albin Köbes hat gesprochen!", schrie von hinten eine geistesgegenwärtige Stimme dazwischen.

Doch der Wachtmeister wertete die erste Antwort von Köbes als Teilgeständnis und verfügte: „Da Sie offensichtlich hier der Rädelsführer dieser Meuterei sind, Matrose Köbes, so heißen Sie doch, erkläre ich Sie hiermit für vorläufig in Arrest genommen. Alle anderen haben das Lokal sofort und ohne Unruhe zu verlassen! Dies ist ein Befehl! Befehl! Sage ich!"

Das wirkte. Ob es sich nun um einen oder hundert preußische Heizer und Matrosen handelt: Sie sind gewöhnt, „auf Befehl" zu gehorchen. Und da viele nur zufällig und eigentlich ohne festen Plan mit zum „Schwan" gelaufen waren, gab es nicht wenige, die heilfroh waren, unauffällig aus der Sache herauszukommen, das heißt, ohne ihren Namen und Dienstgrad schriftlich niederlegen zu müssen. Denn eine „Meuterei" hatte man ja eigentlich nicht geplant, auch wenn in einigen linken Zeitungen, besonders denen der USPD, seit einigen Wochen gewisse Aufrufe kursierten, die der Flotte eine „Meuterei" nahelegten.

So endete der „Putsch zum Schwan" in einem kläglichen Kuschen der Matrosen und Heizer, welche ihre Kragen hochklappten, die Köpfe tief einzogen, die Hände in den Taschen vergruben und vor einer einzigen Pistole eines Marine-Wachtmeisters davonliefen. Einige murmelten ein paar Flüche vor sich hin, aber erst, als man hundert Meter vom „Schwan" entfernt war. Gewöhnt an Drill, Disziplin und blinden Gehorsam, trotteten die Mariner zu ihren Schiffen zurück – irgendwie zufrieden, dass die Sache einen halbwegs offiziellen Abschluss gefunden hatte. Viele waren tatsächlich heilfroh, dass sie nun nicht als Meuterer – und dann womöglich in Ketten – zurückkehren mussten. Nur einigen Wenigen dämmerte es, dass man auf diese Weise wohl niemals die ungerechten Verhältnisse in der Flotte würde ändern können.

Allerdings, Albin Köbis und sein Freund, der Matrose Reichpietsch von „Friedrich der Große" sowie drei weitere, sogenannte Rädelsführer konnten nicht mehr weglaufen. Sie wurden unter strengster Bewachung in Arrest genommen und sofort der unbarmherzigen Marinejustiz übergeben.

Und die Herren Marinerichter, alles ergraute Flottenjuristen mit hohen Marine-Offiziersrängen, zumindest als Reserveoffiziere, wollten in diesem Spätsommer des Jahres 1917 – während die amerikanischen Transportschiffe schon unablässig junge, kampfeslustige Boys aus der Neuen Welt in das zerrissene Europa hinüberschafften – unbedingt ein Exempel statuieren. Die Anklageschrift gegen die in Haft genommenen, rebellischen Matrosen und Heizer war in wenigen Tagen geschrieben.

Die fünf Angeklagten hofften auf ein faires Verfahren vor einem Marinegericht, vor dem man dann die schlimmen Zustände in der deutschen Hochseeflotte endlich einmal öffentlich würde darlegen können. Sicherlich würde man dann auch auf Verständnis für den begonnenen Widerstand finden. Doch es kam ganz anders.

Die fünf Angeklagten sahen sich plötzlich einer rein politischen Anklage gegenüber. Ihre Verteidigung, die auf die Darlegung der Missstände und Ungerechtigkeiten in der Flotte abzielte, fiel in sich zusammen, beziehungsweise wurde von dem Marinegericht gar nicht ernsthaft wahrgenommen. Man beschuldigte die fünf Männer des Hochverrats wegen ihrer nur teilweise wirklich aufgenommenen Verbindungen zur USPD, die ja eine staatsfeindliche Partei sei.

Aber für Hochverrat sah das kaiserliche Gesetz in schweren Fällen nur die Höchststrafe vor: den Tod.

Und so verurteilte das Marine-Kriegsgericht in Wilhelmshaven am 25. August 1917 die fünf Heizer und Matrosen wegen „vollendeter kriegsverräterischer Aufstandserregung" zum Tode durch Erschießen.

Das Urteil wurde allgemein als äußerst hart angesehen, sogar in Kreisen der Flottenoffiziere munkelte man von „kleinen Fischen", an denen die Herren Richter wohl ein, allerdings durchaus nötiges und disziplinarisch gesehen sehr verständliches, drakonisches Exempel hätten statuieren wollen. Admiral Scheer, der Chef der kaiserlichen Hochseeflotte und oberster Gerichtsherr der Marine, wurde von besonnenen Kreisen aus dem Reichstag sogar zur Abmilderung der Strafe gedrängt. In drei Fällen gab der Admiral auch nach und begnadigte diese Angeklagten zu 15 Jahren Zuchthaus.

Aber – Albin Köbes und Max Reichpietsch, denen man Beitrittsabsichten zur USPD nachweisen konnte, wurden nicht begnadigt. Sie sollten den Tod erleiden.

Am 5. September 1917 wurden sie in einem streng bewachten und geheim gehaltenen Gefangenentransport von Wilhelmshaven auf den Schießplatz Wahn in der Nähe von Köln gebracht. Die kaiserliche Marineführung befürchtete Demonstrationen oder sogar Befreiungsversuche der Verurteilten auf dem Weg über Varel, Oldenburg und das katholische Münsterland. Doch nichts dergleichen geschah.

Unter einer fahlen Spätsommersonne starben Köbes und Reichpietsch noch am gleichen Tag in Köln-Wahn durch die

Kugeln eines Erschießungskommandos aus rheinischen Landsturmmännern.

Bis zum Schluss mochten die beiden Delinquenten nicht recht daran glauben, in welch ernster Situation sie schwebten. Sie lachten und versuchten mit ihren Bewachern Witze zu machen, vielleicht war die ganze Aktion ja doch nur eine etwas makabre Erziehungsmaßnahme? Über solche rabiaten Methoden würde man aber doch noch einmal mit den Vorgesetzten reden müssen! Man hatte den meist schon älteren Männern des Hinrichtungskommandos erzählt, es handele sich bei den Verurteilten um Spione für England. Ohne viel zu reden oder gar zu fragen, verrichteten die Landsturmmänner ihren Todesdienst. Hinterher fühlten sie sich so angespannt, als wären sie an der Front gewesen. In Wilhelmshaven hatte die Marineleitung kein zuverlässiges Hinrichtungskommando unter den Flottenangehörigen gefunden. Außerdem befürchtete Admiral Scheer die Gefahr eines allgemeinen Aufruhrs unter „des Kaisers liebsten Kindern", seinen Marinesoldaten.

3.

Die „Prinzregent Luitpold" lag nun schon seit zwei Tagen in Sofort-Bereitschaftsdienst auf Schillig Reede in der Jademündung zwischen Wilhelmshaven, Wangerooge und der kleinen, unbewohnten Insel Mellum. Im regelmäßigen, sechsstündigen Rhythmus des starken Tidestroms drehte sie sich schwerfällig um ihren eigenen Anker und zeigte bei auflaufender Flut mit dem Bug nach Norden – in Richtung Helgoland und Skagerrak – und bei ablaufendem Wasser mit dem Bug in Richtung Festland, Varel, Oldenburg und München. Nur der in diesem Sommer 1918 recht starke Wind ließ die „Prinzregent Luitpold" mitunter mehr oder weniger unentschlossen in einer schrägen Ost-West-Haltung verharren, so als wisse der stählerne Koloss nicht recht, welcher der beiden Naturkräfte er sich anvertrauen sollte.

Die Möwen, die das graue Kriegsschiff unablässig umkreisten, hatten es da leichter: Sie hielten sich minutenlang, fast schwere- und bewegungslos in einer Segelstellung gegen den Wind über oder neben dem Schiff, äugten gierig und penetrant über ihre krummen Schnäbel hinweg auf alles, was sich unter ihnen bewegte, um dann plötzlich auf einen leichtsinnigen Fisch oder auf Essensreste, welche die Soldaten über Bord geworfen hatten, im Sturzflug niederzustürzen.

Das Wetter war unbeständig geworden. Kaum ein Matrose oder Heizer hielt sich in seiner Freiwache auf Deck auf, spielte dort Schach oder Skat oder schrieb einen langen Brief an seine Liebste daheim, so wie man es sonst im Sommer gewohnt war.

Der Grund für die ungewöhnliche Leere an Deck war aber noch ein anderer: Er lag in der Tatsache verborgen, dass immer häufiger Gruppen von Soldaten und Matrosen sich in den Mannschaftsmessen zusammenfanden, miteinander tuschelten und hin und wieder in heftige Reden ausbrachen.

Wilhelm Dittmann und Edzard Starke gehörten auch zu diesen Leuten – zu eben diesen Leuten in den unteren Mannschaftsrängen der kaiserlichen Marine, die sich noch längst nicht von dem Schock, ja, dem Entsetzen, über den Tod von Köbes und Reichpietsch erholt hatten und diesen auch nicht einfach vergessen wollten. Und nun, ein halbes Jahr nach der Hinrichtung ihrer Märtyrer, zogen weitere, dunkle Wolken über der kaiserlichen Marine in Wilhelmshaven und Kiel auf.

In der Mannschaftsmesse der „Prinz Luitpold" drängten sich fast hundert Menschen. Die Bullaugen waren fest verschlossen, so dass eine dicke, tabakgeschwängerte Luft durch den engen Raum wabberte, aber niemand wollte die Tür oder ein Fenster öffnen, man wusste ja nie, ob nicht auf der Back einer der Offiziere herumlungerte.

Wilhelm Dittmann übertönte mit seiner kräftigen Stimme das Wortgetümmel:

„Hans Petersen! Hans Petersen soll erst mal zu Ende erzählen!"

„Quatsch! Das wissen wir doch alles schon!", kaum prompt ein Ruf aus der Ecke von dem Matrosen Paul Leschik. Aber Edzard Starke stand seinem Freund Wilhelm bei: „Jaja, ihr Matrosen wisst Bescheid! Aber wir Heizer haben wieder mal keine Ahnung und sollen für dumm verkauft werden, was?! Nein! Lasst Hans Petersen sprechen!"

Auch Obermatrose Bernhard Kuhnt stimmte zu: „Ja, richtig, Heizer und Matrosen müssen an einem Strang ziehen. Also, Hans, erzähl mal zu Ende!" Und Hans Petersen berichtete:

„Na gut, ihr wisst ja, wir hatten doch diese drei Tage lang im Hafen gelegen, bevor wir wieder mal hier auf Schillig-Reede drifteten, um uns zu langweilen. Und ich hatte meine Freiwache und war an Land gegangen, naja, eben zu meiner Deern..."

„Hör auf von deiner Deern! Angeber!", schrie Paul Leschik dazwischen.

„Los, erzähl weiter, Hans!", drängte Bernhard Kuhnt.

„Aber keine Liebesgeschichten!", erboste sich Paul Leschik.

Doch Hans ließ sich nicht beirren: „Als ich von meiner Frauke komme, sehe ich am Deich vor Rüstersiel lange Kolonnen mit Lastautos und Pferdewagen, alle vollgestopft mit grauen Kisten. Ich denke mir, solche Kisten kennst du doch, oder? Ich gehe etwas näher ran und weiß Bescheid: das sind die üblichen Kisten mit Granaten, Torpedos und Seeminen! Ich will noch näher ran, da stoppt mich ein baumlanger Kerl von der Marine-Polizei: ‚Halt! Hier haben Sie nichts zu suchen!' ‚Ich will mir doch nur begucken, was ich gleich an Bord ausladen muss', sag ich, doch der Mariner lässt nicht mit sich spaßen: ‚Sie haben überhaupt nichts auszuladen! Verschwinden Sie!' Na, denk ich, das kann ja heiter werden, so viel Munition auf einen Haufen haben wir im ganzen Krieg noch nicht an Bord gehabt. Und wie nervös die Kerls von der Bewachung sind!"

Wilhelm Dittmann zischte durch die Zähne: „Noch mehr scharfe Munition für die Schiffe? Aber unsere Depots hier auf der ‚Prinz Luitpold' sind doch sowieso schon randvoll!"

„Eben", meinte Hans, „das hab ich mir auch gedacht, bin also in der Nähe der Kolonnen geblieben und nach einer halben Stunde wusste ich es."

„Was denn, nun sag schon!", drängelte Edzard. Hans lehnte sich gemächlich zurück und sagte mit flüsternder, eindringlicher Stimme:

„Den ganzen Haufen Munition haben sie noch in der Nacht auf alle Reserveschiffe und auf die kleinen Torpedoboote und Minensuchboote verstaut. Unsere gesamte kaiserliche Flotte mit jedem noch so kleinen Kahn ist bis unter die Mastspitze aufmunitioniert worden. Soviel Munition haben wir nicht mal am Skagerrak gehabt!"

„Ja, aber, was soll das?", fragte Edzard Starke.

„Ich hab schon lange gewusst, dass Admiral von Hipper noch was Schönes mit uns vorhat!", brummte Paul Leschik und zündete sich wütend seine Pfeife an.

„Ja, und nicht nur Admiral von Hipper! Ich weiß jetzt, wie unsere Offiziere denken und was sie vorhaben!"

Hans Petersen kam richtig in Fahrt: „Auf dem Rückweg zum Schiff ging ich nämlich am Offiziers-Casino vorbei. Und da hörte ich unter einem geöffneten Fenster mit, was drinnen gesprochen wurde. Ich erkannte deutlich die Stimme von unserem Kapitänleutnant von Levetzow. Und wisst ihr, was er ausrief? Er schrie: ‚Es liegt doch auf der Hand, dass wir unsere Ehre verlieren, wenn die Flotte nicht mehr zum Schlagen kommt. Lieber ruhmvoll gegen England untergehen, als unsere herrliche Marine der inneren Zersetzung anheimfallen lassen.' Und dann wurde geklatscht und ‚Hurra' geschrien."

Es herrschte eine Weile Stille in der Mannschaftsmesse. Dann holte Bernhard Kuhnt tief Luft, schob die Pfeife vom rechten in den linken Mundwinkel und sagte leise:

„Na, dann is ja woll alles klar, was uns blüht! Seeschlacht gegen Engeland!"

Paul Leschik zischte durch die Zähne: „Was? Fünf Minuten vor zwölf? Und in Frankreich steht der Waffenstillstand vor der Tür! Ludendorff und Hindenburg sind auch schon dafür. Und wir Idioten von der Marine sollen jetzt noch in der Nordsee für Kaiser, Reich und seine Admirale ersaufen?!"

Von ganz hinten erklang eine helle Stimme mit einem Schrei wie ein Peitschenschlag:

„Soll doch der Kaiser selber absaufen!"

Das Lachen, Klatschen, Trampeln und hämische Gröhlen der Matrosen und Heizer wurde schlagartig gestoppt, als die

Signalpfeife des 2. Offiziers die Mannschaften zu einer Rettungsübung in Schwimmweste auf die Stationen befahl.

**

Frauke blinzelte in die Sonne und wartete, bis Hans Petersen neben ihr eingeschlafen war. Sie deckte ihn liebevoll mit ihrem Umhängetuch zu, stellte den Sonnenschirm so, dass sein vom Bier und Reden gerötetes Gesicht im Schatten lag und suchte sich selber eine schattige Stelle im Schilf neben ihm am Kolk hinterm Deich. Dann holte sie ihr Strickzeug hervor. Bevor sie die Nadeln leise klappern ließ, rückte sie vorsichtig neben Hans unter den Sonnenschirm und deckte ihre nackten, sonnengebräunten Beine mit einem Handtuch ab. Lächelnd strich sie ihre langen, blonden Haare aus dem markanten, friesischen Gesicht, als sie auf ihren schnarchenden Freund herniederschaute. Hans war wieder die ganze Nacht in einer dieser Matrosenversammlungen gewesen, das war klar. Sie hatte ihn eindringlich gebeten, sich von den aufrührerischen Machenschaften fernzuhalten, aber er war einfach nicht zu bremsen gewesen. Immerhin war er trotzdem heute am Sonntagnachmittag zu ihr gekommen und sie beide hatten ihren üblichen Ausflug an ihre einsame Stelle am Deich gemacht – wo sollten sie auch sonst hin? Es war jetzt drei Jahre her, dass Frauke sich unsterblich in den schmucken Mariner Hans verliebt hatte. Normalerweise hätten sie längst verheiratet sein müssen. Aber dieser verdammte Krieg! Nicht mal eine anständige Verlobung hatte man feiern können, obwohl doch ihre Verwandtschaft ihr schon ständig in den Ohren lag, wann denn nun endlich klare Verhältnisse geschaffen würden, wann denn „die Unzucht" ein Ende hätte! Aber wie sollte sie klare Verhältnisse schaffen? Wo gab es heute noch klare Verhältnisse? Sie musste nach wie vor als Schreibgehilfin in der Kanzlei des Rechtsanwalts Schiff arbeiten. Nur so konnte sie auch ihre Mutter versorgen, die nach dem Tod ihres Vaters – dieser war vor sechs Jahren, noch vor dem Krieg, an Schwindsucht gestorben, weil er die rauhe Nordseeluft nicht vertrug – selber kränklich und gänzlich abhängig von ihr geworden war.

Die Mutter drängte sie, die immerhin schon fünfundzwanzigjährige Frauke, auch immer wieder, doch endlich einen „Ernährer" ins Haus zu bringen. Darunter verstand sie natürlich einen möglichst „mittleren" Beamten mit Pensionsberechtigung und eigenem Schreibtisch in einer Behörde, mit mindestens zehn „Leuten unter sich". Am besten Post oder Bahn, zur Not ginge auch noch die Polizei. Aber bitte keinen von der Marine! Die Matrosen des Kaisers seien doch alle treulos, brünftig und unzuverlässig und stammten meist gar nicht von der Küste! Nach einiger Zeit verschwänden sie spurlos im Reich und hinterließen Scharen von entjungferten und geschwängerten Mädchen an der deutschen Nordseeküste! Frauke streichelte ihrem schlafenden Hans über die Haare. Er schnaufte leise. Nein, er war nicht treulos... drei Jahre hatte er jetzt schon zu ihr gehalten, obwohl er doch wusste, dass ihre Verwandtschaft ihn ablehnte. Und geil? Sie lächelte. Er war lieb und stark, ja doch, aber er nahm immer Rücksicht auf sie. War sie es nicht selber allzu oft gewesen, die sich vergessen hatte, auch heute nachmittag wieder, hier, an dieser herrlichen, einsamen Stelle am Deich? Sie hatte, fast besinnungslos vor Glück, in seinen Armen gelegen, sie hatte nicht mehr gewusst, wo sie war, aber Hans hatte wieder einmal im rechten Augenblick aufgepasst. Ach, die Männer hatten es auch nicht einfach, wahrhaftig nicht! Dass sie in diesen drei Jahren nicht schwanger geworden war... dass sie nicht zu einer dieser schmierigen Engelmacherinnen hätte hinrennen müssen... nicht wenige Freundinnen von Marinern hatten das schon in Wilhelmshaven über sich ergehen lassen müssen… das hatte sie doch nur ihrem Hans und seiner Disziplin zu verdanken! Jawohl!

Frauke streichelte die Brust von Hans, die sich im Schlaf gleichmäßig hob und senkte. Er erwachte, schlug die Augen auf und lächelte.

※※※

Natürlich hatte Leutnant Hellberg am Schluss des Tages noch einmal eine dieser stumpfsinnigen Rettungsübungen durchführen lassen. Die hatte man nun in vier Kriegsjahren bis zur

Besinnungslosigkeit geübt und Bernhard war schon einmal vergeblich bei den Offizieren vorstellig geworden mit der Bitte, es bei einer Übung pro Woche zu belassen.

Müde traf sich ein gutes Dutzend Männer nach der Übung auf Freiwache in der Mannschaftsmesse. Dennoch waren alle aufgedreht und redeten, sobald sie sich von keinem Vorgesetzten belauscht fühlten, wild durcheinander:

Sollte man jetzt noch einen Endkampf um Leben und Tod gegen England riskieren? Waren die Engländer nicht gerade in diesem Jahr ungeheuer stark geworden durch den ununterbrochenen Nachschub aus Amerika? Schon in der Schlacht vor dem Skagerrak hatte es sich, wenn man ehrlich war, nur um ein Unentschieden gehandelt; war nicht heute ein Seesieg gegen England ein Ding der Unmöglichkeit geworden? Und wofür das alles? War dieser Krieg für Deutschland nicht tatsächlich schon längst verloren?

In diesem Moment wurde heftig von der Wache, die man vorsichtshalber draußen auf der Back aufgestellt hatte, an die Tür geklopft; unmittelbar danach wurde diese aufgerissen und jemand schrie:

„Leutnant Hellberg… Achtung!"

Die Mariner spritzten auseinander und erstarrten in ihrer Haltung als Freiwache. Hellberg schlenderte herein, von Kopf bis Fuß ein kaiserlicher Marineoffizier, der den berühmten preußischen Exerzierstock verschluckt zu haben schien.

„Nanu, was ist denn hier los?", schnarrte er, „Obermatrose Kuhnt, ihre Meldung!"

Bernhard Kuhnt schlug die Hacken zusammen und rief:

„Matrosen und Heizer auf Freiwache, Herr Leutnant!"

„Ach, seit wann halten alle Matrosen und Heizer ihre Freiwache gemeinsam ab! Das ist aber merkwürdig!", antwortete Hellberg und schlenderte misstrauisch an den strammstehenden Soldaten vorbei.

„Habt ihr einen neuen Verein gegründet? Wie? Einen Freiwachen-Verein! Haha!"

„Herr Leutnant, wir haben Skat gespielt", sagte Bernhard Kuhnt.

„So, Skat, und warum spielt ihr den nicht draußen an der frischen Luft, hier auf Reede, wie ihr es sonst auch immer tut?", fragte Hellberg.

Bernhard Kuhnt kratzte sich am Kopf und antwortete:

„Ach, Herr Leutnant, es ist ja so langweilig bei dem Sofort-Bereitschaftsdienst."

„So, langweilig!", schrie Hellberg und lief rot im Gesicht an. „Das können wir ja ganz schnell ändern. Keine Bange, keine Bange, ich glaube, es wird nicht mehr lange langweilig für Sie bleiben! Haha!"

Er machte auf dem Absatz kehrt und schritt steif, wie er gekommen war, wieder hinaus.

„Weitermachen!"

„Weitermachen, Herr Leutnant!", scholl es ihm im Chor nach.

Aber kaum hatte sich die Tür hinter dem ungeliebten Vertreter der Offizierskaste geschlossen, da brach es aus den Matrosen heraus:

„Der alte Fuchs!"

„Wollte uns bloß wieder ausspionieren!"

„Was hat der hier zu suchen?"

„Blöde Offiziere! Heuchler! Nicht mal auf Freiwache lassen die uns in Ruhe!"

„Die Karten auf den Tisch, jetzt!"

Aber Bernhard Kuhnt stieg auf einen Stuhl und verlangte das Wort:

„Halt! Habt ihr nicht gehört, was er gesagt hat? Es wird nicht langweilig bleiben..., wisst ihr auch, was er damit gemeint hat? Nein? Ich will es euch sagen: Hellberg weiß schon Bescheid, er weiß, dass es bald losgeht... zur letzten Fahrt gegen Engeland!"

„Und das mit uns Heizern und Matrosen als Menschenmaterial!", warf Edzard Starke ein.

„Natürlich! Was anderes sind wir doch nicht für die", fuhr Bernhard fort, „aber ohne mich, ich mach da nicht mehr mit!"

„Lasst doch erst mal Hans Petersen zu Ende erzählen! Er war doch noch gar nicht fertig!", forderte eine Stimme aus dem Hintergrund.

Es wurde still, und Hans Petersen berichtete weiter:

„Ja, also, nachdem ich das alles am Casino gehört hatte, wollte ich nicht gleich aufs Schiff zurück. Ich ging noch einmal in den ‚Weißen Schwan' und habe mit einigen Matrosen und Heizern von ‚Kronprinz Wilhelm', von ‚Markgraf' und von ‚Thüringen' gesprochen. Es waren ungefähr fünfzig Leute da und alle waren der Meinung: Kein Endkampf mehr gegen England! Man will uns da nur verheizen! Und wisst ihr, was wir dann beschlossen haben? Wir haben einen provisorischen Matrosenrat gebildet!"

„Einen Arbeiter- und Matrosenrat wie in Russland? Einen Sowjet?", fragte Edzard Starke.

„Du kannst ihn meinetwegen damit vergleichen, Edzard", fuhr Hans Petersen fort, „aber ich meine, es ist bei uns etwas anderes. Wir wollen keinen totalen Umsturz in unserem Vaterland, keine permanente Revolution mit endlosem Klassenkampf. Wir wollen nichts weiter als diesen sinnlos gewordenen Krieg beenden und ein neues Leben in Frieden, Gerechtigkeit und Würde. Leutnant Hellberg und seine Standesgenossen sollen nicht mehr länger über unser Schicksal willkürlich verfügen dürfen!"

„Jawohl! Keine Willkür mehr! Frieden, Gleichheit und Gerechtigkeit! Das fordern wir! Es lebe der Wilhelmshavener Matrosenrat!", scholl es aus der Runde.

„Es lebe die Weltrevolution!", ertönte eine schrille Stimme aus der Gruppe der Heizer.

„Ach, halt doch die Schnauze", rief Edzard, der seit zehn Jahren schon der SPD angehörte, und forderte Hans auf weiterzureden.

„Pst, nicht so laut", versuchte Hans Petersen zu beschwichtigen.

„Wir sind noch nicht so weit wie in Russland. Wir müssen erst noch eine Weile im Geheimen agieren. Es handelt sich um einen geheimen Matrosenrat, der zunächst mal nur die Aufgabe hat, alle Matrosen und Heizer auf sämtlichen Schiffen davon zu informieren, was die Admirale, der Kaiser und unser Offizierskorps mit uns vorhaben! Das ist erst mal ein Anfang. Wir werden sehen, wie es weitergeht. Also: Aufklärung und Solidarität! Das ist jetzt unsere Parole!"

Wilhelm Dittmann murmelte ergriffen vor sich hin: „Alle Räder stehen still, wenn dein starker Arm es will!" Im selben Moment ertönte die Schiffssirene. Jahrelang an die Macht dieses durchdringenden Tons gewöhnt, schreckten alle Männer in der Mannschaftsmesse hoch. Nur Hans Petersen behielt die Übersicht:

„Regt euch doch nicht auf! Das ist doch nur ein Probealarm! Die Offiziere langweilen sich!"

Von ferne bellte die Stimme von Leutnant Hellberg: „Alle Mann auf Gefechtsstation!"

„Ach ja, Hellberg macht seinen Probealarm", seufzte Bernhard Kuhnt, „aber vergesst nicht, was wir besprochen haben. Solidarität unter allen Heizern und Matrosen! Dienst wie immer, aber bereit sein für unseren gerechten Kampf gegen die Unterdrückung durch die Offiziere! Wir haben jetzt den geheimen Matrosenrat! Der passt auf!"

4.

Greta, die Kellnerin, zapfte missmutig das Bier in die schweren Krüge. Sie beobachtete aufmerksam die Tür des Lokals und die unablässig hereinströmenden Matrosen und Heizer. Das würde wieder ein langer und unruhiger Abend werden, hier im „Weißen Schwan" von Rüstersiel. Man merkte jetzt schon, dass es den Männern nicht nur ums Saufen ging. Sie wollten sprechen, politisch reden, und das war etwas, was Greta viel unangenehmer war als das sonstige Imponiergehabe dieser rauhen Männergesellschaft. Sie, Greta, wurde ja ganz gut damit fertig, war sie doch diejenige, die den Kerlen auch einmal Bescheid sagen konnte oder ihnen sogar auf die Finger haute, wenn sie wieder mal versuchten, ihr an den Po zu fassen. Eigentlich waren das ja auch arme Schweine, diese Heizer und Matrosen, so lange von Zuhause weg, getrennt von ihren vertrauten Frauen in Sachsen oder Kiel oder Hamburg oder sonstwo, wochenlang eingesperrt auf ihren schwankenden, nach Öl und Kohle stinkenden Pötten. Aber immer, wenn es politisch wurde, dann waren ihr die Mariner unheimlich, ja, unberechenbar. Besonders, wenn dieser Obermatrose Bernhard Kuhnt dabei war. Der war ja eigentlich eine ganz ehrliche Haut und er war ihr auch noch nie zu nahe getreten, aber wenn er seine politischen Reden hielt, dann konnte einem schon mulmig werden.

Es war schon schlimm genug, dass in Wilhelmshaven das Gerücht umging, im „Weißen Schwan" versammelten sich regelmäßig die „Roten". Das war natürlich Quatsch, Greta war sich da ganz sicher; den meisten Kerlen ging es doch wie überall nur um Bier und Busen in regelmäßig wechselnder Reihenfolge. Aber wie hieß es doch auf Plattdeutsch? „Do wat du wullt, de Lü snackt doch!" Noch vor wenigen Wochen hatte man ihr, Greta, zugetragen, der „Weiße Schwan" gelte als Freudenhaus, weil sich hier die Mariner mit ihren Mädchen träfen. Auch das war Quatsch. Hein Fleckmann, der Wirt, hatte überhaupt keine Stundenzimmer, und was konnte man schon dafür, wenn die Pärchen sich hier trafen, etwas aßen und tranken und anschließend verschwanden – was wusste sie, wohin! Aber eigentlich, wenn sie´s recht bedachte, war ihr der Ruf „Freudenhaus" sogar noch lieber als der Verdacht „Revolutionsnest".

„Hier herein! Alle Heizer von ‚Prinzregent Luitpold' kriegen hier heute Freibier, stimmt's Greta?", rief Hans Petersen.

Greta warf ihm einen grimmigen Blick zu: „Aber nur, wenn du bezahlst, Petersen!"

„Hier betahlt elkeen sien Beer sülben, anners schmiet ik em rut!" Die feste, plattdeutsche Stimme von Wirt Hein Fleckmann unterbrach die Kabbelei zwischen Greta und Hans Petersen.

„Na, Hein, is tja goot", lenkte Hans ein, „wir sind doch deine besten Kunden, oder möchtest du lieber, dass wir auf dem Grund der Nordsee liegen?"

„Ihr quatscht viel zu viel", sagte der Wirt auf Hochdeutsch und zeigte damit an, dass ihm etwas gegen den Strich ging und dass er scharf nachdachte.

In diesem Moment trat ein untersetzter, kräftiger Mann in die Schankstube. Augenblicklich wurde der Lärmpegel geringer, man zischte sich zu:

„Bernhard kommt!"

Der Angesprochene warf aufmerksame Blicke nach allen Seiten und schritt auf Wilhelm Dittmann zu. Er ließ dabei die Hände und Unterarme auf dem Rücken verschränkt und hielt den Mund unter seinem schwarzen, wilhelminisch nach oben gezwirbelten Oberlippenbärtchen fest geschlossen, wobei ein selbstbewusstes Lächeln um seine runden, etwas stechenden Augen spielte. Eine hohe, blanke Stirn kam zum Vorschein, als Bernhard Kuhnt seine Mütze abnahm. Die Stirn wurde scharf unterteilt durch einen schmalen Streifen von dunklen Haaren, die erst drei Zentimeter über der Nasenwurzel endeten. Ein kurzer, kräftiger Hals saß auf den runden, starken Schultern. Bernhard Kuhnt war das, was man im kaiserlichen Deutschland einen „schmucken Mariner" nannte.

Obermatrose Bernhard Kuhnt tat seit Sommer 1914 Dienst bei der Kriegsmarine in Wilhelmhaven. Eigentlich war er ja gelernter Maschinenschlosser, doch die Liebe zum Meer und zur Seefahrt trieben ihn zu den Schiffen hin. Schon seinen Wehrdienst hatte Kuhnt von 1897 bis 1898 bei der Kaiserlichen Marine in Wilhelmshaven abgeleistet. Danach war er dann wieder an Land bei der Gewerkschaft aktiv geworden, zum Beispiel seit 1906 als Geschäftsführer des Metallarbeiterverbands in Kiel und dann seit 1911 als Parteisekretär bei der immer stärker werdenden SPD in seiner Heimat Sachsen, in Chemnitz.

Bei Kriegsausbruch war er, der immerhin schon 1976 in Leipzig geborene Binnenländler, wiederum einberufen und in den Landtruppenteil der Marine in Wilhelmshaven versetzt worden.

Bernhard Kuhnt fuhr also gern zur See, wenigsten hin und wieder, und genoss anschließend das Leben an Land. Was ihn aber zunehmend ärgerte, das war die Tatsache, dass in der Marine nicht alle gleich waren. Selbst die Hafenmädchen ließen ihn das spüren. Sie verteilten ihre Gunst relativ zum gebotenen Geldeinsatz, das war ja klar, aber das sie es auch häufig nur nach dem Rang taten, bei gleichem Liebeslohn und dass er schon ein paar Mal einem mickerigen Obermaat den Vortritt lassen musste, der seine Dame kaum richtig umfassen konnte, das erbitterte Bernhard Kuhnt doch gewaltig! Und dann die

Herren Offiziere! Sie ließen sich natürlich nicht hinter den Schuppen am Kai blicken, wo die Mädchen mit geöffneten Blusen warteten, nein, das hatten diese Lackaffen nicht nötig! Sie schickten ihren Burschen mit einem Briefchen zu ihrem Dämchen und ließen diese dann in eine bestimmte Pension hinterm Deich kommen

All das wäre ja noch zu ertragen gewesen, wenn die Herren Offiziere den Dienst und ihr Privatleben hätten trennen können. Aber genau das taten sie eben nicht: Der Offizier war ein höheres Wesen und das in allen Bereichen des menschlichen Lebens, ob beim Gefechtsdienst hinter den Geschützen oder bei der Promenade am Südstrand von Wilhelmshaven. Der Offizier beanspruchte stets den Vortritt, stets den ersten Gruß, stets eine bevorzugte Behandlung. Ja, Bernhard lachte sich immer noch kaputt, wenn er davon erzählte, wie ein schnoddriger Leutnant zur See nur mit der Badehose bekleidet aus einem der fahrbaren Umkleidewägelchen am Südstrand trat, in die Sonne blinzelte, ihn, Bernhard Kuhnt, als seinen Untergebenen erkannte und mit schnarrender Stimme eine Meldung verlangte, so, als ständen sie sich beide bei der Parade auf der Back beim Besuch Kaiser Wilhelms gegenüber. Bernhard war in Uniform gewesen, und diese hatte den Leutnant wohl wie ein Köder dazu veranlasst, sofort in seinem Befehlston loszubellen. Bernhard aber, teils verdutzt, teils amüsiert über die Situation, hatte dem Leutnant fröhlich auf die nackten Schultern geklopft – wofür der ihm drei Wochenenden Urlaubssperre einbrockte.

Bernhard Kuhnt wusste, wer er war, was er wollte. Er war ein selbstbewusster Mariner und „blauer Junge" aus Überzeugung, nicht etwa nur, weil er hier zufällig an der Küste geboren war, nein, er stammte ja aus dem Hinterland, aber er liebte das großzüge Seeleben. Er wollte aber auch anerkannt werden in all dem, was er tat und was er darstellte, anerkannt nicht nur bei den Damen am Kaischuppen, nein, auch bei seinen Freunden und Kameraden und auch bei seinen vorgesetzten Offizieren! Das war natürlich ein mitunter schwieriger Punkt: aber Kuhnt hatte aus verschiedenen Situationen an Bord der Schiffe scharfsinnig geschlossen, dass man sich die Anerkennung der

Offiziere auch durch Furcht erzwingen könne, jawohl! Durch Furcht der Vorgesetzten vor einem starken, selbstbewusst auftretenden, auf seine schriftlich verbrieften Rechte pochenden Matrosen und Arbeiter. Und genau das war Bernhard Kuhnt als Gewerkschaftler! Er wusste, wo er hingehörte, er war schon seit seiner Lehrlingszeit als Maschinenschlosser politisch aktiv gewesen in der Arbeiterbewegung. Sein damaliger Meister hatte ihn mehrfach ungetadelt weggehen lassen, wenn Bernhard lauthals verkündete, dass er an einer Versammlung der Arbeiterpartei teilnehmen müsse. Allein ist der Mensch nichts, aber wenn er in einer Front steht, rechts und links die Reihen fest geschlossen und Arm in Arm mit Freunden, Kollegen und Kameraden, welche die gleichen Gedanken, die gleichen Sehnsüchte, die gleich Wut im Bauch haben wie man selber – dann ist man stark und muss niemanden im Leben fürchten! Das wusste Bernhard Kuhnt und danach handelte er seit vielen Jahren.

***

Wilhelm Dittmann drängte zusammen mit Bernhard Kuhnt nach vorne an die Theke. Der muskulöse Wilhelm ergriff einen Stuhl und hievte Bernhard hinauf:

„Los Bernhard, fang an, es sind jetzt genug Leute hier!"

Bernhard Kuhnt prüfte die Standfestigkeit des Stuhles und richtete sich dann zu voller Größe auf, so dass er alle Anwesenden um einen halben Meter überragte. Eine Armbewegung genügte ihm, um sich Ruhe zu verschaffen. Nun sprach er:

„Kameraden! Kameraden und Genossen von der ‚Baden', der ‚Prinzregent Luitpold', der ‚König Friedrich der Große' und von der ‚Markgraf'! Ich sehe, ihr seid alle meinem Aufruf gefolgt und heute abend hierher in den ‚Schwan' gekommen. Das ist gut so, denn es ist wichtig, dass Vertreter verschiedener Schiffe hier sind. Leute, es wird ernst! Der provisorische Matrosenrat hat euch hier zusammenrufen lassen, um euch die Lage zu erklären. Die wirkliche Lage, und nicht das Heldengedröhn, was uns die Offiziere täglich vorsetzen! Es ist eine Tatsache, dass der Krieg seinem Ende entgegengeht. Wie dieses

Ende aussehen wird, wissen wir noch nicht. Auf jeden Fall wird es keinen Siegfrieden mehr für uns geben. Kameraden! Kaiser und Adel in Deutschland haben unser Vaterland aufs Spiel gesetzt. Sogar der Großherzog in Oldenburg hat es nicht für nötig gehalten, in dieser schweren Kriegszeit einen Teil seiner Macht und seines Besitzes mit dem Volk und den Arbeitern zu teilen. Nein! Sie haben weiter geprasst, während wir hier unser Leben und unsere Gesundheit aufs Spiel setzen mussten. Wir taten es für unsere Frauen, Kinder und Eltern – nicht aber für die ausbeuterischen, überflüssigen Junker und Kriegsgewinnler! Diese Parasiten stehen heute nur noch für das Alte und Morsche und werden uns für ihren Leichtsinn büßen müssen! Jawohl! Büßen! Unsere Volksvertreter im Reichstag haben jetzt immerhin schon durchgesetzt, dass der neue Reichskanzler Prinz Max von Baden – zwar auch nur ein Adliger, aber immerhin ein etwas verständiger Mann – Waffenstillstands-Verhandlungen mit den Alliierten aufgenommen hat. Jawohl, es geht nur noch um Waffenstillstand in diesem sinnlosen Schlachten, vor allem an der Westfront, es geht also nicht mehr um einen gloriosen, phantastischen Siegfrieden, mit dem der deutsche Adel für den Rest dieses 20. Jahrhunderts seine Herrschaft sichern wollte."

„Wenn das Admiral Hipper hört, was du uns hier erzählst, dann schickt er dich gleich auf die Wahner Heide bei Köln!", rief Paul Leschik von hinten.

Kuhnt antwortete ruhig:

„Ich weiß, Paul, unser Hipper schwärmt immer noch vom Endkampf gegen England. Doch damit müssen wir jetzt ein Ende machen!"

In die zustimmenden und wütenden Empörungsrufe warf Wilhelm Dittmann die Frage ein: „Stimmt es eigentlich, was auf den anderen Schiffen erzählt wird, dass der Kaiser an Bord unseres Flottenflaggschiffs ‚Baden' gegangen ist, um an der Spitze seiner Geschwader den Heldentod zu sterben?"

„Na prima!", schrie Hans Petersen dazwischen, „auf ‚Baden' kann der Kaiser alleine absaufen. Die Mannschaft haut ab!"

Bernhard Kuhnt riet zur Mäßigung. Solchen Gerüchten sei nicht zu trauen. Wenn der Kaiser nach Wilhelmshaven gekommen wäre, hätte man das sicherlich gemerkt. Die Offiziere hätten ihr hündisches Schwanzwedeln vor dem Preußenthron sicherlich nicht lange verheimlichen können.

Edzard Starke meldete sich zu Wort und sagte mit ruhiger Stimme:

„Ich habe gehört, dass die Engländer gar nicht mehr kämpfen wollen, weil sie nur noch auf den Waffenstillstand warten. Aber unsere Marineleitung will unseren Untergang als Nibelungen durchführen: Wir sollen vollgepackt mit Minen, Torpedos und Munition rausfahren und uns auf hoher See selber in die Luft sprengen."

„Also ein Flotten-Menschenopfer mitten in den Friedensverhandlungen, stellt euch das mal vor!", entsetzte sich Hans Petersen. Und er fügte hinzu:

„Unsere Offiziere sehen nach diesem Krieg keinen Sinn mehr in ihrem Leben. Die wollen ihren Selbstmord! Aber wir machen da nicht mit!"

Wieder beruhigte Bernhard Kuhnt:

„Kameraden, Genossen! Ihr müsst nicht alles glauben, was da geredet wird. Aber wir müssen für die nächste Zukunft gewappnet sein. Der Matrosenrat ist auch der Meinung, dass wir nicht mehr einfach abwarten sollen, nicht mehr nur auf die Absichten der Marineleitung reagieren dürfen, nein, wir müssen selber das Heft in die Hand nehmen! Jawohl! Wir müssen hier und heute beschließen, auf keinen Fall eine letzte Angriffsfahrt gegen die englische Flotte in der Nordsee mitmachen zu wollen!"

„Das wäre der glatte Selbstmord!", rief Paul Leschik.

„Lieber spring' ich im Hafen über Bord!", kündigte Martin Weißbach an.

„Quatsch, mit Soße!", schrie Hans Petersen, „Warum kommt ihr nicht auf das Nächstliegende!"

„Und das wäre?", fragte Martin Weißbach.

Hans Petersen stieg auf einen Stuhl und antwortete sofort:

„Wir Matrosen und Heizer stellen uns schwerhörig und legen die Schaufeln beiseite!"

„Also Meuterei!", stellte Edzard Starke sachlich fest.

„Nenn' es wie du willst!", antwortete Hans Petersen, „Aber wir müssen jetzt endlich handeln!"

Der Abend endete so, wie schon oft in diesen trüben Tagen des Frühherbstes im Jahre 1918: man redete hin und her, man war sich einig in der Beurteilung der politischen Gesamtlage, im Hass auf die Vorgesetzten, im Ärger über den unbefriedigenden Marinealltag, man war sich uneinig in den Zielen und im Weg hin zu einem besseren Deutschland, zu einer gerechteren Gesellschaft, zu einer schöneren Zukunft für Kind und Kindeskinder. Und schließlich ließ man sich mit Bier und Schnaps volllaufen in dem allmählich immer dumpfer werdenden Bewusstsein, doch nur ein kleines Glied, ein unbedeutendes Rädchen in der gigantischen Fabrik der Weltgeschichte zu sein.

Nur Hans Petersen schlich sich rechtzeitig vor dem großen Besäufnis aus der Thekenrunde im „Schwan" davon. Er suchte und fand Trost am Busen von Frauke.

***

Wie zu erwarten, war das Wetter Ende Oktober auf Schillig-Reede alles andere als freundlich. Ein nasskalter Dunst waberte träge über Watt und Seeflächen, hin und wieder von einer Regenböe aufgerissen. Nur wenige Möwen umflogen die „Prinzregent Luitpold", die in Höhe von Wangersiel vor Anker lag. Es schien, als wollten die weißgrauen Vögel auf den öden Wattfächen Abschied nehmen von der fetten Zeit des Sommers und Frühherbstes. Sie kauerten träge an den weichen Rändern der Priele, hüpften widerwillig weiter das Watt hinauf, wenn die Flut kam, dösten vor sich hin und erwarteten tief abgeduckt, mit eingezogenen Hälsen, den Herbst und Winter.

In der Nähe der „Prinzregent" schwoiten noch einige Torpedoboote und zwei leichte Kreuzer um ihre Ankerketten. Es war auflaufendes Wasser, noch drei Stunden vor dem nächsten Hochwasser, und der Nordwestwind nahm allmählich zu.

Draußen, auf der Back des Kriegsschiffes, war niemand zu sehen. Doch in der Mannschaftsmesse brodelte es. Fast zweihundert Heizer und Matrosen drängten sich im Raum und in den Gängen davor, mit finsteren Mienen und geballten Fäusten. Die Männer der Freiwache waren nicht wie sonst an so einem trüben Tage auf dem schnellsten Wege zu ihren Kojen und Mannschaftsräumen geeilt, nein, sie standen in Gruppen zusammen, tuschelten, reckten die Köpfe hierhin und dorthin, drohten auch wohl mal mit den Fäusten. Es war eine große Unruhe in allen Männern auf diesem vibrierenden Eisenkoloß, der seine todbringende Kraft wie ein gefesselter Elefant zusammenhielt.

Obermatrose Bernhard Kuhnt schob sich langsam durch die Massen der Mariner im Gang nach vorn an die Stirnwand der Mannschaftsmesse, gefolgt von Heizer Wilhelm Dittmann. Dieser schwitzte vor Anstrengung und Nervosität und tuschelte Kuhnt unablässig etwas ins Ohr:

„Also, Bernhard, wir machen das genauso, wie abgesprochen. Du sprichst zuerst für die Matrosen und dann ich für die Heizer. Und wenn der Stabsingenieur auftaucht..."

„Mach dir keinen Kopp darum, Wilhelm", antwortete Bernhard und nahm beiläufig von einem Matrosen eine mehrseitige Schrift entgegen.

„Stabsingenieur Schneider kann jeden Moment den Befehl geben...", insistierte Dittmann. Doch Bernhard Kuhnt unterbrach ihn unwirsch:

„Befehle, Befehle! Du wirst schon sehn, wer hier die Befehle zu geben hat!"

„Is ja schon gut, Bernhard, aber wir müssen etwas tun. Jetzt! Die Kameraden sind unruhig. Noch ziehen wir alle an einem Strang..."

„Wilhelm, lass das nur meine Sorge sein. Ich kenne unsere Leute und organisiere nicht zum ersten Mal eine Aktion."

„Aber diesmal wird es ernst, Bernhard!", zischte Wilhelm.

„Es war immer ernst, Wilhelm, aber endlich ist das auch allen hier klar geworden."

Wilhelm Dittmann legte energisch seine Hand auf Kuhnts Schulter und rief: „Ich garantiere dir jedenfalls, dass alle 120 Heizer der ‚Prinzregent' hinter dir stehen, wenn du heute losschlägst, Bernhard!"

Bernhard Kuhnt war an der Stirnwand der Messe angelangt und stellte sich in Rednerpositur auf einen Stuhl. Die Gespräche verstummten augenblicklich.

„Kameraden, Genossen! Wir sind heute hier versammelt…", begann er. Aber sofort schoss ein Zwischenrufer mit heller, scharfer Stimme dazwischen:

„Wir wollen nicht reden! Wir wollen handeln!"

„Lasst Bernhard erst mal ausreden!", mahnte Wilhelm Dittmann. Kuhnt fuhr fort:

„Wir sind hier versammelt, um die Lage vor dem 30. Oktober zu überdenken. Ihr wisst, das ist schon morgen und ihr wisst auch, was uns droht: Die Hochseeflotte soll zum letzten Nibelungenkampf in die Nordsee auslaufen…"

„Das pfeifen die Spatzen von allen Dächern!"

„Richtig… oder besser: die Möwen scheißen es uns auf den Kopf.", meinte Bernhard Kuhnt lächelnd und verschränkte die Arme über der Brust. Sofort erhielt er eine Breitseite von einem Heizer, der mit hochrotem Kopf und dicken Zornesfalten losschrie:

„Wir lassen uns nicht verarschen!" Und noch ein Ruf:

„Die Zeit der Witze ist vorbei!"

Doch ein anderer mahnte:

„Lasst Bernhard ausreden!"

Bevor Bernhard Kuhnt weitersprechen konnte, konzentrierte sich alle Aufmerksamkeit auf den Gang vor der geöffneten Tür der Mannschaftsmesse. Die Leute wichen plötzlich an die Wände zurück und bildeten eine kleine, schmale Gasse, durch die mit kurzen, schnellen Schritten Stabsingenieur Schneider hereineilte. Der kleine Offizier, zuständig für alles, was tief unten im heißen, rußgeschwärzten Bauch der „Prinzregent Luitpold" an den Dampfkesseln vor sich ging, hatte seinen Kopf tief eingezogen, so dass kaum noch ein Hals sichtbar war. Er blickte starr geradeaus auf Bernhard Kuhnt und hatte den Mund zu einem schmalen Strich zusammengezogen.

„Was geht hier vor? Ich erwarte umgehend Meldung!", bellte es aus seinem Mund.

Bernhard Kuhnt setzte ein dreckiges Grinsen auf und nahm in aller Ruhe Achtungstellung ein. Den rechten Arm hob er so langsam zum Gruß an die Stirn, als ob die Adern mit Blei statt Blut gefüllt gewesen wären. Einige Matrosen in den hinteren

Reihen lachten, aber das übertönte der Stabsingenieur durch sein eigenes Gebrüll:

„Sie haben Meldung zu machen, Kuhnt!"

„Jawohl, Meldung, Herr Stabsingenieur! Bin schon dabei, also..."

„Was heißt ´also´, Sie Hornochse! Haben Sie alles verlernt?"

„Jawohl, Hornochse, äh, Herr Stabsingenieur Schneider, Hornochse... Obermatrose Kuhnt meldet gehorsamst: 150 Matrosen und 120 Heizer der ‚Prinzregent Luitpold´ zum Sofort-Bereitschaftsdienst auf Schillig-Reede angetreten!"

Schneider umkreiste drohend den Obermatrosen:

„Was heißt hier ‚Sofort-Bereitschaftsdienst´! Ich höre wohl nicht richtig, Kuhnt! Der Befehl von Admiral von Hipper war doch ein ‚Seeklar-Befehl´! Das heißt Gefechts-Bereitschaft, Obermatrose Kuhnt!"

„Alles klar, Herr Stabsingenieur! Kann auch sein: Gefechts-Bereitschaft! Der Admiral von Hipper sagt manchmal so was Komisches!"

Schneiders Stimme überschlug sich augenblicklich:

„Sind Sie wahnsinnig geworden, Mann!"

„Melde gehorsamst: dass nein, Herr Stabsingenieur!" Bernhard Kuhnt hatte immer noch die Hand an der Stirn und grinste wieder.

Schneider legte seine ganze Kraft in seine vor Wut vibrierende Stimme:

„Ich sehe aber keinen Qualm an unseren Schornsteinen, Obermatrose Kuhnt! Warum haben Sie die Gefechts-Bereitschaft nicht eingeleitet?"

Jetzt drängte sich Wilhelm Dittmann nach vorne und stellte sich mutig vor dem Stabsingenieur auf:

„Herr Stabsingenieur! Melde gehorsamst, wir Heizer haben die Kessel nicht befeuert!"

„Was? Sie haben kein Feuer unter den Kesseln gemacht! Sind Sie denn alle verrückt geworden!"

In dieser Sekunde löste sich Bernhard Kuhnt aus seiner Hab-acht-Stellung, verzog den Mund wie in der Taubstummensprache und dirigierte mit seiner pantomimischen Mimik den ganzen Saal. Die Matrosen und Heizer reagierten sofort. Aus fast dreihundert Männerkehlen dröhnte es im Chor:

„Melde gehorsamst: dass nein!"

Schneider drehte sich zweimal um seine eigene Achse, als wenn er von einem gewaltigen Echo an die Wand gedrückt worden wäre. Dann fing er sich, brachte aber nur noch ein heiseres Stottern hervor:

„Das ist ja, das ist...!"

Wilhelm Dittmann kam ihm zu Hilfe:

„Das ist eine Entscheidung des Soldatenrats auf der ‚Prinzregent Luitpold'. Alle Kessel bleiben kalt. Die 120 Heizer haben beschlossen: Jeder neue ‚Seeklar-Befehl' wird von uns mit dem Anstellen der Feuerlöschapparate beantwortet!"

Jetzt fand Schneider seine Stimme wieder:

„Die Feuerlöschapparate... Das ist glatte Befehlsverweigerung! Mann! Das ist ja – Meuterei!"

Bernhard Kuhnt verschränkte die Arme über der Brust und stellte sich breitbeinig vor dem kleinen Schneider auf:

„Herr Stabsingenieur! Nennen Sie es, wie Sie wollen. Der Soldatenrat der Heizer und Matrosen hat beschlossen, dass wir den Endkampf gegen Engeland nicht mitmachen wollen! So ist die Lage!"

Ein heller Ruf aus den hinteren Reihen, in rasender Geschwindigkeit, mit sich überschlagender Stimme, herausgeschrien, brach wie ein Lichtstrahl durch dunkle Wolken:

„Jawohl! Jeden anderen Dienst in der Deutschen Bucht bis nach Helgoland machen wir mit, aber kein Gefecht mehr! Der Krieg ist aus!"

Schneider ging langsam einige Schritte rückwärts und flüsterte:

„Ihr seid ja wahnsinnig, Leute! Nach vier Jahren Krieg riskiert ihr noch Kopf und Kragen! Meuterei in der kaiserlichen Marine! Ich muss sofort höheren Ortes Meldung machen!"

Kaum hatte er rückwärts den Gang erreicht, da drehte er sich blitzschnell um und eilte mit kurzen, hoppelnden Schritten davon.

Die Spannung in der Mannschaftsmesse löste sich in einem ungeheuren Sturm. Alles redete, lachte, schrie, klatschte und tobte durcheinander.

„Guck an, so einfach ging das!", rief Fritz Muchow und schlug Hans Petersen auf die Schultern, dass dieser fast zusammensackte. Hans umarmte Wilhelm Dittmann und lobte ihn für seine klaren Worte gegenüber dem Stabsingenieur. Bernhard Kuhnt war von zwei Matrosen auf die Schultern genommen worden und wurde im Triumphzug durch die Messe getragen.

Nur Edzard Starke stand an der Wand und murmelte vor sich hin: „So schnell lässt sich der Kaiser nicht absetzen."

Sicher, auch er war überrascht und erfreut von der Leichtigkeit, mit der man den mächtigen Stabsingenieur in die Flucht geschlagen hatte, von der Einigkeit unter Matrosen und Heizern, von der Wucht der Solidarität und Vernunft in ihren Reihen. Aber jahrelanger Umgang mit den Mächtigen, tausendfaches Ducken und Jawohl-Sagen vor den Offizieren und ihren schnarrenden Befehlen saßen noch wie eine Krankheit in seinem Hirn. Die lange eingeübte Vorsicht und das Taktieren beim Umgang mit den Vorgesetzten veranlasste Edzard, nicht einfach in den Jubel einzustimmen, sondern wie ein Schachspieler zu überlegen, welche heimtückischen Maßnahmen nun wohl von den Admiralen und Kapitänleutnants zu erwarten wären. Denn dass ein folgenreiches Handeln unmittelbar bevorstand, war ja wohl offenbar.

Die Euphorie ließ aber auch nach einer Viertelstunde noch kaum nach. Und so übersahen die meisten Matrosen und Heizer, dass sich auf der Back ein Trupp von zwölf Seesoldaten in Gefechtsausrüstung aufgebaut hatte. Vor ihnen stand Leutnant zur See von Hellberg und gab mit leiser, scharfer Stimme letzte Anweisungen. Koppelschlösser rasteten ein, Magazine knackten, Helme knirschten und Lederriemen schlossen sich mit heimtückisch zirpendem Ton.

Dann marschierte die vollbewaffnete Abteilung los und stand vor der Mannschaftsmesse. Kaum einer der Mariner hatte noch auf den Gang geachtet, nur Edzard Starke sah das Unheil kommen. Aber erst als die Stimme von Leutnant

Hellberg erscholl, wandten sich alle um und machten den Weg frei.

Hellberg holte einen Zettel hervor und schrie:

„Achtung! Auf Befehl Kapitäns zur See von Levetzow erkläre ich folgende Mitglieder des illegalen Soldaten- und Matrosenrates für verhaftet: Obermatrose Bernhard Kuhnt, Matrose Fritz Muchow, Matrose Hans Petersen, Matrose Paul Leschik, Heizer Wilhelm Dittmann und Heizer Edzard Starke! Heizer Martin Weißbach! Matrose Heiner Adomeit!"

Einen Moment lang herrschte Stille. Jeder ließ die genannten Namen in sich nachklingen.

Doch schon kam der nächste Befehl von Hellberg:

„Obermaate! Untersuchen Sie die Genannten auf Waffen!"

Der Festnahmetrupp, bestehend aus Obermaaten, die sich schon immer für was Besseres gegenüber Matrosen und Heizern gehalten hatten, trieb die Verhafteten an die Wand und ließ sie die Hände hochnehmen.

„Hehe, Kameraden! Ich hab keine Handgranate in der Tasche!", rief Wilhelm Dittmann und nahm langsam die Hände hoch. Bernhard Kuhnt versuchte es mit freundlicher Ironie:

„Sind wir nicht alle des Kaisers blaue Jungs? Wie könnt ihr uns sowas antun, Kameraden?"

„Sollen wir euch helfen?", kam da wieder die helle Stimme von achtern.

„Nein, nicht jetzt!", antwortete Kuhnt, „lasst uns ruhig ein paar Stunden in den Bunker gehn! Ich muss sowieso ausschlafen. Und ich sage euch: Kapitän von Levetzow wird das hier bald bereuen. Wir wollen die Sache ohne Blutvergießen hinter uns bringen, Kameraden!"

„Kuhnt! Halten Sie die Schnauze!", bellte der Leutnant.

„Jawohl! Schnauze halten! Aber nicht mehr lange! Herr Leutnant von und zu von Hellberg!," lachte Bernhard Kuhnt heraus.

Hellberg trat einen Schritt zurück und richtete seine Pistole auf Kuhnt:

„Diese Unverschämtheiten sollen Ihnen noch teuer zu stehen kommen!"

Wilhelm Dittmann besänftigte und drohte:

„Herr Leutnant, machen Sie nichts, was Sie morgen schon bereuen könnten! Die Zeit arbeitet für uns!"

„Sie sind meine Gefangenen!", schrie der Leutnant und wies mit seiner Pistole auf den Gang, durch den die Gefangenen hinausgetrieben wurden, begleitet von höhnischen, erbitterten, aber auch aufmunternden Zurufen der einfachen Heizer und Matrosen, von denen viele am liebsten gleich mit in den Bunker gezogen wären. Ja, einige machten sogar Anstalten, dem bewachten Trupp zu folgen, sie wurden aber von Leutnant Hellberg mit gezogener Pistole zurückgetrieben.

Paul Leschik rief den Zurückbleibenden zu:

„Kameraden! Immer noch besser, als heute Nacht nass und tot auf dem Grund der Doggerbank zu liegen!"

Und Wilhelm Dittmann ermunterte die Freunde:

„Leute, Heizer! Kameraden vom Kohlebunker! Lasst die Kessel kalt! Reißt alles Feuer unter den Kesseln weg! Dann wird uns nix passieren!"

„Halten Sie die Fresse, Dittmann!", schrie Leutnant Hellberg mit heiserer Stimme und wischte sich den Schweiß von der bleichen Stirn.

5.

Die Luft war zum Schneiden dick, hier unten, tief im Bauch der „Prinzregent Luitpold". Wilhelm, Edzard, Bernhard, Fritz, Paul, Martin und Heiner hatten nun schon drei Tage und Nächte in der Arrestzelle des Panzerschiffs verbracht, das immerhin ruhig im Ebbstrom vor Wilhelmshaven auf Reede lag, so dass niemand mit der leidigen Seekrankheit zu kämpfen hatte. Die sieben Männer dösten an diesem vierten Morgen vor sich hin. Bis jetzt hatten sie nur eine dünne Mehlsuppen, Wasser und trocken Brot bekommen, auch das ein klarer Verstoß gegen die Arrestbestimmungen in der Marine, wie Bernhard Kuhnt konstatierte.

„Kann nicht mal einer ´n Bullauge aufmachen!", klagte Martin Weißbach, der schmächtige, blasse Heizer, der sich ganz hinten in die Ecke zurückgezogen hatte. Niemand rührte sich, alle dämmerten noch müde vor sich hin an diesem Morgen. Nur Paul Leschik erhob sich schließlich schwerfällig: „Jaja, ich mach das schon – is´ ja auch wirklich nicht die Kaiserliche Yacht, hier!" „Was is ´n heute für ´n Tag?", fragte Edzard Starke. „Mittwoch, glaub´ ich. Und Anfang November", antwortete Wilhelm. „Und wir sitzen hier im Loch, und wissen überhaupt nicht mehr, was draußen passiert", fügte er fast weinerlich hinzu.

„Lerne weinen, ohne zu klagen!", murmelte Heiner Adomeit, der ostpreußische Matrose aus Pillau am Frischen Haff und fing plötzlich an zu kichern. „Es wird Zeit, dass ihr auf andere Gedanken kommt", meinte Bernhard Kuhnt und wälzte sich auf seiner harten Pritsche auf die andere Seite.

Edzard setzte sich auf die Kante seines Feldbettes: „Was meint ihr denn, wie lange wir hier unten in der der ‚Prinzregent´ bleiben müssen?" Wilhelm Dittmann wandte sich um und sagte: „Kann nicht mehr lange dauern. Die bringen uns ganz sicher bald an Land ins Gefängnis. Hier an Bord stören wir nur. Aber mir wär´s lieber, wir blieben wenigstens im Gewahrsam der Marine. Denkt mal dran, was mit Köbis und Reichpietsch passiert ist!"

„Musst du da ausgerechnet jetzt davon anfangen!", schrie Hans Petersen auf. Er war schon seit mehr als einer Stunde intensiv damit beschäftigt, einen Brief an Frauke zu schreiben, den er jetzt mit heftigen Bewegungen zerriss und in die Tasche steckte.

„Nana, mien Jung!", besänftigte ihn Wilhelm Dittmann, „noch is´ es ja nicht so weit. Und außerdem: Die Lage ist jetzt ganz anders. Wir stehen nicht mehr alleine da! Ich bin ganz sicher, du kannst bald wieder bei deiner Deern längsseits gehen." „Ach, lass mich in Ruhe!", fauchte Hans zurück.

Sie unterhielten sich lange über die Möglichkeiten, aus dem Arrest herauszukommen. Und sie erörterten die Anklage- und Verteidigungsmaßnahmen, die ihnen bevorstanden. Natürlich wussten sie, dass sie nicht die Einzigen auf ihrem Schiff gewesen waren, denen man „versuchte Meuterei" vorwerfen konnte. Und natürlich war die Aussicht nicht gering, dass inzwischen andere Kameraden versucht hatten, ihrem Beispiel nachzueifern und die Beschlüsse des Matrosen- und Soldatenrates in die Tat umzusetzen. Dass etwas geschehen musste, lag klar auf der Hand. Die Luft war reif für Veränderungen. Und wie der feuchte Novembernebel nun durch das geöffnete Bullauge in das halbdunkles Verlies im tiefen Bauch des stolzen, kaiserlichen Panzerkreuzers hereinwehte, da spürten die sieben Männer plötzlich den kalten, aber klaren Odem der Geschichte. Und als ein kurzer Sonnestrahl den grauen Himmel über Wilhelmshaven-Reede aufriss, da kehrte die Hoffnung in die Herzen der Meuterer zurück.

„Ich rechne fest damit, dass die Kameraden uns hier raushauen", sagte Bernhard Kuhnt.

„Auf den anderen Schiffen haben wohl auch ´n Menge Feuerlöschapparate hervorragend funktioniert, sonst lägen nicht so viele Pötte hier so lahm auf Reede!", frohlockte Edzard Starke. Fritz Muchow kratzte sich am Kopf:

„Da muss noch mehr passieren. Vor allem muss der Soldatenrat endlich eine klare Linie vertreten. Wenn wir bloß wüssten, was draußen in den drei Tagen alles wieder passiert ist!"

„Vielleicht ist der Krieg schon zu Ende!", rief Hans Petersen aus.

„Und deine Braut hat sich inzwischen ´nen entlassenen Obermaat angelacht, der im Frieden als Briefträger arbeitet!", lachte Fritz Muchow und erntete gutmütiges Beifallgekicher der übrigen Männer. Hans Petersen zeigte Größe und verzog keine Miene.

Bernhard Kuhnt nahm das Stichwort „Obermaat" zum Anlass, um ausführlich über die mangelhafte Solidarität unter den Marinern und überhaupt im gesamten Proletariat zu klagen. Wenn man sich einig gewesen wäre und wie ein Mann zusammengestanden hätte, dann würden auch Köbis und Reichpietsch heute noch leben! Aber nein! Die Arbeiterschaft fresse immer wieder den Herren aus der Hand und lecke ihnen die Ärsche für jeden Krümel Brot, der vom fetten Tisch der Reichen herunterrolle! Das müsse geändert werden in der neuen Zeit! Den Junkern und Adligen und auch den reichen Bürgern, jawoll, müsse ein für allemal eingebimst werden, dass alle Menschen gleich sind!

Heiner Adomeit schaute Bernhard mit begeisterten Augen an: „Du solltest Politiker werden, Bernhard!"

„Erstmal sitzt er noch hier im Loch bei Kaisers schimmernder Wehr!", entgegnete Fritz Muchow nüchtern.

Paul Leschik war inzwischen dicht an das offene Bullauge herangetreten, um noch mehr frische Luft zu schnappen. Als er in den grauen Morgen hinausschaute, stockte ihm der Atem:

„Leute, das ist doch...!" Es dauerte eine ganze Weile, bis er seinen Kameraden berichten konnte, was er draußen, auf Wilhelmshaven Reede erblickte:

Er sah einen Kampf zwischen David und Goliath, es war kaum zu glauben: Das kleine Torpedoboot B 97 näherte sich dem riesigen Panzerkreuzer „Thüringen", der ebenfalls vor Anker auf Reede lag, in eindeutiger Angriffshaltung. Paul glaubte erst, das sei eine Übung, aber hier, direkt vor der vierten Hafeneinfahrt, wurden niemals solche Übungen gefahren. Alle Mann auf B 97 waren deutlich erkennbar auf Gefechtsstation, die vier Torpedorohre geöffnet und auf „Thüringen" gerichtet, hektisch aufflackernde Lichter zeigten, dass der Signalgast auf B 97 ständig irgendwelche Nachrichten an „Thüringen" schickte, die Paul nicht identifizieren konnte.

„Lass mal Heiner ran, der versteht doch die Signale!", rief Bernhard und schob Heiner Adomeit an das Bullauge. Und Heiner buchstabierte langsam die Botschaft:

„Ultimatum B 97 an ‚Thüringen': Ergeben Sie sich! Gefangene werden an Land gebracht! Ergeben Sie sich!"

„Was soll das? Ergeben? Wer soll sich hier ergeben?" Edzard verstand die Welt nicht mehr. Jetzt drängte Bernhard an das Bullauge und blickte auf die verkehrte Welt da draußen. Auch er brauchte eine ganze Weile, bis er sich, die Augen hierhin und dorthin wendend, orientiert hatte. Aber dann war seine Analyse eindeutig:

„Ist doch klar: Panzerkreuzer ‚Thüringen' befindet sich in der Hand der Revolutionäre, unserer Freunde! Ihr wisst doch noch, wie viele Heizer und Matrosen von ‚Thüringen' dabei waren, im ‚Weißen Schwan'? Die Revolution marschiert! Kameraden! Das ist unsere Revolution! Aber leider machen einige auf den kleinen Torpedobooten wieder mal nicht mit."

„Und damit droht jetzt doch der Bürgerkrieg!", jammerte Edzard, „Das hab ich nicht gewollt!"

„Abwarten!", befahl Bernhard kurz und knapp.

Tatsächlich beobachtete Bernhard, wie auf der „Thüringen" nach und nach die Klappen der schweren Geschütze fielen. Offensichtlich machte man sich dort fertig fürs Gefecht. Allerdings sah er nur wenige Leute an Deck. Und diese liefen aufgeregt und nicht gerade gefechtsmäßig hin und her. Wollten die meuternden Kameraden etwa mit schwerem Geschütz auf das kleine Torpedoboot schießen? Mit Kanonen auf Spatzen? An der Backbordseite, dort, wo ein breites Fallreep an der Bordseite herunterhing, stand ein größerer Haufen von Matrosen nahezu regungslos. Allmählich vergrößerte sich der Haufen sogar und rückte eng zusammen. Was hatte es damit auf sich?

Das Torpedoboot war nur noch 200 Meter von dem Panzerschiff entfernt. Und nun sah Bernhard auch deutlich, dass Offiziere mit gezückten Pistolen auf der B 97 herumliefen und sogar die eigene Mannschaft bedrohten.

„Mensch, Leute, ich glaube… das gibt´s doch nicht…", murmelte Bernhard.

„Na, was denn, was siehst du, Bernhard?", drängelte Wilhelm.

„Ich glaube", sagte Bernhard Kuhnt „dass das Torpedoboot unter dem Befehl einiger fanatischer Offiziere den Befehl hat, die Revolutionäre auf der ‚Thüringen´ in Schach zu halten. Oder wollen die etwa…, nein, das kann doch nicht möglich sein… wollen die etwa das Panzerschiff zusammenschießen? Diese verdammten Feiglinge auf den Torpedo- und Vorpostenboote! Die haben sich doch wieder mal nicht getraut mitzumachen. Nein, jetzt seh ich es: Da kommt ein kleiner Dampfer, ein Ausflugsdampfer, der geht jetzt längsseits bei der ‚Thüringen´, ja… und jetzt, was meint ihr, Leute…?"

„Na, was denn, erzähl schon!", rief Fritz Muchow ungeduldig.

„Ja, klar, ist doch sonnenklar: Da sind Marineinfanteristen auf dem Dampfer, keine Kameraden von der echten Marine… und die lassen jetzt die Leute von der ‚Thüringen´ auf ihren

Scheißdampfer übersteigen. Massenweise! Unsere Kameraden auf der ‚Thüringen´ haben offensichtlich geschlossen gemeutert und gehen jetzt friedlich in Arrest! Leute! Ohne dass ein Schuss fällt! Wir sind nicht mehr die einzigen, hier im Arrest! Es passiert etwas! Und die Kessel bleiben kalt! Auf allen Schlachtschiffen! Da beißt keine Maus mehr 'n Faden ab!"

Bernhard konnte seine Freude nicht zügeln, obwohl doch der Aufstand auf der „Thüringen" nicht gerade erfolgreich gewesen war. Aber als erfahrener Arbeiterführer wusste er, dass dies nur ein Anfang sein konnte, dass der Anfang vielversprechend für die neue Bewegung war, dass es besser war, wenn drei-, vierhundert Mann in Arrest gingen als wenn nur sieben Männeken hier im Bauch der „Prinzregent" schmachteten. Köbis und Reichpietsch hatte man noch klammheimlich nach Köln am Vater Rhein verfrachtet und auf der Wahner Heide abgemurkst! Das war jetzt mit Sicherheit nicht mehr möglich!

Anscheinend hatten auch die Gefangenen auf der „Thüringen" dieses Bewusstsein, denn ruhig und diszipliniert ließen sie sich von den Marineinfanteristen abführen und stiegen über die inzwischen ausgefahrene Bordtreppe auf den Dampfer über. Einige winkten sogar fröhlich, und es gab viel Hallo und Gelächter. Sicherlich waren auch alle froh, dass es nicht zu einem Schusswechsel zwischen der „Thüringen" und dem Torpedoboot gekommen war. Nach und nach wurden denn auch die Gefechtsrohre auf der „Thüringen" wieder verschlossen und mit Schonkappen versehen, so wie es sich für eine ordentliche, deutsche Marine in Ruhestellung gehörte.

Bernhard Kuhnt teilte seine Gedanken den sechs Kameraden mit, und obwohl einige noch deutlich unter Anspannung standen, machte sich allmählich auch bei ihnen ein Gefühl der Genugtuung, ja, der Befreiung breit, das noch verstärkt wurde, als die Wache erschien und ihnen sagte, dass sie in einen kleinen Mannschaftsraum auf der Back verlegt würden, wo sie warten sollten, bis man sie an Land setzen würde. Da wussten alle, dass sie bald mit ihren Kameraden von der „Thüringen" zusammengelegt würden, und dass man ihnen nicht mehr ein Einzelschicksal als angebliche Rädelsführer zugedacht hatte.

„Die Revolution marschiert! Und wir marschieren mit! Kameraden, dies ist ein Freudentag für uns!" Bernhard Kuhnt schwitzte vor Aufregung und sang lauthals die Internationale, bis die Wache draußen die Tür aufriss und ihm das Singen verbot. „Is ja gut, is ja gut, Kamerad Obermaat! Wo man singt, da lass dich ruhig nieder, böse Menschen haben keine Lieder!"

Der unmusikalische und humorlose Obermaat wandte sich brüsk um und schlug die Tür des Arrestraumes zu. Er schloss aber von außen nicht mehr ab, sondern entfernte sich rasch und fast fluchtartig, so, als wenn er noch sehr viel zu tun hätte.

Inzwischen hatte Martin Weißbach weiter am Bullauge gehangen und nach draußen geblickt. Plötzlich brach es aus ihm heraus:

„Sechshundert! Es sind über sechshundert Mann!"

Er hatte versucht, so exakt wie möglich die Zahl der Kameraden, die von der „Thüringen" lachend und singend auf den Arrestdampfer überstiegen, zu bestimmen. Auf einer Seite seines Notizbuches hatte er lange Reihen von Strichen aufgeführt. Und nun gab er triumphierend die Zahl bekannt:

„Genau sechshundertunddrei Mann! Ich hab drei Mal gezählt!"

Es wurden tatsächlich an diesem Tage noch sechshundertundzehn! Denn der Arrestdampfer nahm von der „Thüringen" direkten Kurs zur „Prinzregent Luitpold". Die sieben Gefangenen vom „Weißen Schwan" wurden auf Deck geführt und wie im Triumphmarsch, unter dem Jubel und Beifall der Kameraden von der „Thüringen", die sich dicht an dicht auf dem weißen Dampfer drängten, über ein schnell herabgelassenes Fallreep auf das Arrestschiff übergesetzt, wo sie sich schulterklopfend und händeschüttelnd in die Reihen der Arrestanten einfügten, die sich gar nicht mehr als Häftlinge fühlten. Der Dampfer kehrte durch die große Seeschleuse in den Binnenhafen von Wilhelmshaven zurück, wo er unter Sprechchören und proletarischen Gesängen am Bontekai anlegte. Noch nie hatte man in der kaiserliche Marine so viele und so glückliche Meuterer gesehen. Die rote Wut am Wattenmeer schien sich bei den Matrosen und Heizern umzuwandeln in strahlende Freude.

6.

Langsam, ja, gemütlich rollte die Lok mit ihren zehn Waggons von Wilhelmshaven Richtung Oldenburg. Die Einwohner an der Bahnstrecke blickten erstaunt auf die mit Tannenzweigen und einigen roten Schärpen geschmückte Lokomotive und die singenden und lachenden Männer in den Abteilen. Nur seltsam, dass auf einigen Trittbrettern und auf den offenen Vor- und Rückteilen der Abteile einige Marineinfanteristen mit Gewehren saßen, die sie aber, wie verlegen, neben sich gestellt hatten und nicht anfassten.

Es war tatsächlich ein Gefangenenzug. Die über sechshundert Meuterer der Marine sollten von Wilhelmshaven in das Lager Lichtenhorst bei Rethem an der Aller gebracht werden. Aber niemand wusste genau, was dort mit diesen aufständischen Matrosen und Heizern aus der deutschen Hochseeflotte in Wilhelmshaven geschehen würde.

„Ik heff mol in Hamborg een Veermaster seen!"

„To my hoo-day, to my hoo-day!"

„De Masten so scheef as den Schipper sien Been!"

„To my hoo-day, hoo-day, hooooo!"

Wilhelm Dittmann gab den Vorsänger ab, und die fünfzig Männer in seinem Abteil fielen kräftig mit dem Refrain ein.

„Ich versteh´ nicht, dass ihr immer noch singen könnt!", maulte Edzard Starke, „wir sind schließlich Gefangene!" Egon Weiß, der irgendwoher eine Flasche Schnaps organisiert hatte und dieser selber schon kräftig zugesprochen hatte, wollte das nicht gelten lassen:

„Wir sind Luxusarrestanten seiner Majestät, des Kaisers! Jawohl! Wir sind arretierte, blaue Jungs! Aber..., mein Lieber, aber... pass auf und jetzt kommts: Wir benutzen einen Sonderzug des Kaisers! Jawoll! Dieser Zug ist für uns reserviert worden, stimmts Kameraden? Nur für uns!"

Die jubelnde und überkräftige Zustimmung von allen Seiten ließ keinen Zweifel daran, dass auch noch andere Männer an Schnaps herangekommen waren.

„Kein Arsch von den Marineinfanteristen lässt sich hier bei

uns blicken", rief Hans Petersen aus, „ob die überhaupt scharf geladen haben?"

„Probier das lieber nicht aus", meinte Edzard Starke.

„Mann, du, Edzard", eiferte sich Hans, „verdirb uns doch nicht den Spaß! Hier die Kameraden von der ‚Baden' und von der ‚Thüringen' machen doch alle prima mit. Pass auf, wenn wir in Lichtenhorst ankommen, ist der Krieg zuende."

Ein Matrose von der „Thüringen" erzählte gerade lachend und gestikulierend, wie sie die kaiserliche Kriegsflagge heruntergerissen hätten, zum Zeichen, dass ihr Schiff sich an keinem Flottenvorstoß in die Nordsee mehr beteiligen würde. Wie eine graue Flut sei die Mannschaft übers Deck geströmt, zum Flaggenmast hin, in Arbeitsklamotten, Seestiefeln oder Takelblusen, gerade so, wie sie von ihrer Station kamen. Nur der Adjutant des Kommandanten habe noch gewagt, sich ihnen entgegenzustellen, aber vergeblich:

„Er wird überrannt! Kein Widerstand mehr! Das Offizierskorps hat sich im Panzerdeck verschanzt und denkt nicht daran, ihre Reichskriegsflagge zu verteidigen: Die Flagge schwarz auf weißem Feld, mit dem Eisernen Kreuz in der linken Ecke.

Wir Aufständischen machen uns nicht mal die Mühe, die Knoten an der Flaggleine zu lösen. Ein wildes Geäst von sich windenden Armen und Händen reckt sich empor und zerrt und zerrt an der Leine. Die Leine reißt ab und die stolze Kriegsflagge flattert in torkeligen Schwüngen, wie eine kranke Möwe aufs Deck nieder.

Ein Schrubber taucht auf! Jemand hat plötzlich einen ordinären Deckschrubber in der Hand, wie wir Matrosen ihn tagtäglich, jahrelang zur Belustigung und Befriedigung der Ordnungsgeilheit unserer Offiziere benutzen mussten.

Nun wird der arme Schrubber endlich erhöht und unterm Gelächter der Deckskulis anstelle der Flagge hochgezogen. Was hatten wir Spaß dabei!"

Auch Kameraden von anderen Schiffen berichten von heruntergerissenen Flaggen und abgekühlten Kesseln. Einige Schiffe befanden sich ja sogar schon auf Fahrt in die offene Nordsee. Den Mannschaften wurde weisgemacht, es handele sich um eine Übung. Doch als plötzlich Gefechtsbereitschaft befohlen wurde, glaubte niemand mehr von den Heizern und Matrosen, dass dies nur noch eine Übung sein sollte.

Und nun sei es schon ein herzerfrischendes Bild gewesen – so wurde erzählt – wie nach und nach ein Schiff nach dem andern aus der Kiellinie ausscherte, sich schwerfällig und seitlich rollend in die Wellen legte und nicht mehr weiterfuhr! Die Heizer hatten die Feuer unter den Kesseln einfach gelöscht! Die Schiffe wurden manövrierunfähig! Sie liefen aus dem Ruder! Die Flotte war gelähmt! Und kein Kommandant oder Offizier hatte sich die Mühe gemacht, die Feuer eigenhändig wieder anzuheizen!

Bernhard Kuhnt beruhigte den immer noch ängstlich dreinblickenden Edzard Starke und sprach davon, dass seiner Meinung nach die Wachmannschaften gar keinen Schießbefehl mehr hätten. Hans Petersen konnte es aber nicht lassen, Edzard zu ärgern: „Ich werde mich im Frieden dafür einsetzen, dass Heizer Edzard Starke einen kaiserlichen Orden für vorbildliche Haltung und Disziplin in der eigenen, marinedeutschen Kriegsgefangenschaft bekommt!"

Edzard antwortete nicht, sondern zog nur mürisch das Wachstuch mit den aufgemalten Schachfeldern hervor und breitete es auf einer umgestürzten Kiste aus. Die Schachfiguren holte er aus einem Beutel seiner Jackentasche und stellte sie auf. Dann suchte er im Abteil nach einem Gegner. Aber unter den Heizern, die sonst ganz gerne Schach oder Skat zum Zeitvertreib spielten, fand sich heute keiner. Man hatte andere Sachen im Kopf.

Bernhard Kuhnt nutzte die Gelegenheit für eine kleine politische Information und gleichzeitig Beruhigung seiner Kameraden: Man dürfe die Lage nicht unterschätzen, auch wenn sie eindeutig anders sei als noch vor gut zwei Jahren, bei der Verhaftung von Reichpietsch und Köbis. Die Marineführung sei nervös, aber noch nicht am Ende. Sie stehe zwar mit dem Rücken zur Wand, aber gerade ein verwundeter Bär sei besonders gefährlich. Wichtig sei jetzt, dass sie, die Arbeiter, auch die politische Macht in die Hände bekämen, und das ginge nun mal nur über die Räte. Ob denn nicht in Berlin längst eine Entscheidung gefallen sei, rief jemand dazwischen, man höre doch was von einer Abdankung des Kaisers! Die werde schon seit Wochen diskutiert und von den Arbeiterführern gefordert, sprach Kuhnt, aber darauf könne man jetzt auch nicht mehr zuwarten. Er wiederhole deshalb seinen Gedanken: Nur die roten Räte könnten Abhilfe schaffen und müssten überall in den Fabriken, Städten, Kasernen und auf den Kriegsschiffen die Macht übernehmen. Ob er Kommunist geworden sei, fragte eine scharfe Stimme. Nein, antwortete Kuhnt, aber er befürworte die Gedanken der Unabhängigen Sozialdemokraten und sei im tiefsten Innern seines Arbeiterherzens davon überzeugt, dass das Volk die richtigen Vertreter als seine Räte auswählen und mit ausreichender Macht versehen werde.

„Und wie lange sollen die dann regieren?", fragte Edzard Starke skeptisch, „Nun, das werden wir ja sehen, auf jeden Fall so lange, bis das Alte, Morsche endgültig zusammengebrochen ist!", rief Bernhard Kuhnt begeistert aus und fünfzig Kehlen spendeten ihm tosenden Beifall.

Bernhard Kuhnt konnte zufrieden sein. Schon auf dem Bahnhof in Wilhelmshaven hatte er beobachtet, dass die Marineleitung den Zug nur oberflächlich bewachen ließ. Und schon keimte in ihm ein Plan –

Auf der Fahrt von Wilhelmshaven nach Oldenburg, durch Sande, Varel und Rastede, standen überall winkende Menschen an den Haltestellen. Offensichtlich hatte es sich wie ein Lauffeuer herumgesprochen, was für eine Art von Zug hier durch das Oldenburger Land fuhr. Und als der Zug langsam durch die Vororte von Oldenburg in den dortigen, großen Hauptbahnhof einrollte, standen auch hier Menschen an den Gleisen, auch sie winkten, zwar ein bisschen verhaltener und scheuer, aber es war klar, dass auch ein großer Teil der insgesamt eher bürgerlich gesinnten Oldenburger ihre Sympathie mit den meuternden Matrosen aus Wilhelmhaven nicht verhehlen wollte.

Plötzlich drängte sich Heiner Adomeit zu Bernhard Kuhnt hindurch: „Hier Paul, sieh dir mal den Zettel an, den mir ein Mensch draußen, ein Gleisarbeiter, durchs offene Fenster zugesteckt hat!"

„Was für ein Zettel?"

Bernhard Kuhnt faltete ein kleines, graues Stück Packpapier auseinander und las:

„Nicht aufgeben, Genossen! Der Großherzog von Oldenburg wird noch heute zum Teufel gejagt! Es lebe die Räterepublik Oldenburg-Ostfriesland!"

Die Räterepublik Oldenburg-Ostfriesland! Das war es! Bernhard Kuhnt faltete den Packzettel sorgfältig zusammen und steckte ihn in seine Brusttasche. Am liebsten wäre er jetzt auf den Sitz gestiegen und hätte sofort eine programmatische Ansprache an seine Leute im Abteil gehalten. Einige erwartungsvolle Blicke richteten sich auch schon auf ihn. Aber er beherrschte sich und sagte nur:

„Ich erfahre soeben: In Oldenburg wird heute die Republik ausgerufen. Der Großherzog dankt ab!"

Wieder folgte den Worten von Kuhnt ein unbeschreiblicher Jubel. Und die Oldenburger an den Bahnschranken am Pferdemarkt, im Zentrum der Stadt, rieben sich erstaunt die Augen, als der Marinezug mit offensichtlich sehr lustigen Gefangenen an ihnen vorüberzog.

***

„Bernhard! Wir sind gleich in Bremen!" Wilhelm riss Kuhnt aus seinen Gedanken. „Du weißt doch, dass wir dort gute Freunde haben!"

„Hab' ich doch auch schon dran gedacht, Wilhelm", antwortete der Angesprochene und fügte, zögernder als gewöhnlich, hinzu: „Wenn wir nur wüssten, was in den letzten Tagen in Bremen alles schon passiert ist! Wirklich sehr dumm, dass wir von allen Meldungen abgeschnitten waren!"

Während der Fahrt von Oldenburg nach Bremen war Bernhard Kuhnt auffallend schweigsam gewesen. Ihm war klar, dass in Bremen die Entscheidung fallen musste. Nur dort, in der alten Hanse-, Werften- und Arbeiterstadt konnte er noch darauf hoffen, dass sein kühner Plan für ihre Freiheit in Erfüllung gehen würde. Hinter Bremen kamen nur noch kleine, verschlafene Fachwerkdörfer und –städtchen, nicht mal verstecken konnte man sich dort, die Leute würden sofort nach dem Dorfgendarm schreien!

„Was soll schon groß passiert sein?", meinte Edzard Starke, „der Krieg ist zuende und die Leute werden sich darauf eingestellt haben, wie überall."

„Schön, wenn das alles so einfach wär...", murmelte Paul Leschik vor sich hin.

Als der Zug langsam in den Bahnhof von Bremen einrollte, trauten die an den geöffneten Fenstern hängenden Meuterer von Wilhelmshaven ihren Augen und Ohren nicht: Der Bahnhof war schwarz von Menschen! Mehrere Blaskapellen spielten Märsche! Und überall rote Fahnen!

„In Bremen ist Revolution!", schrie Hans Petersen und hängte seinen Oberkörper voller Begeisterung so weit aus dem offenen Abteilfenster, dass er fast von einem Signalmast getroffen worden wäre, wenn Edzard Starke ihn nicht blitzschnell zurückgerissen hätte.

„Danke! Edzard! Das war knapp!", murmelte Hans, noch ganz benommen in den Armen von Edzard hängend, der mit ihm, nach rückwärts fallend, auf den Boden des Abteils gestürzt war.

Ja, in Bremen war Revolution! Und die Revolutionäre von der Marine hatten nichts davon gewusst! Jetzt aber brachen sie in einen ungeheuren Jubel aus und kaum, dass der Zug hielt, wurden die Türen aufgerissen, die Männer drängten auf den Bahnsteig, umarmten die dort schreienden und gestikulierenden Werftarbeitern und Soldaten aus Bremen, klopften den Musikern auf die Schulter, tanzten, lachten, weinten vor Freude und schrien sich Freiheit und Hoffnung aus Leib und Seele.

Von den Marineinfanteristen auf dem Zug war nichts zu sehen. Angesichts der revolutionären Übermacht zogen sie es vor, im Gepäckwagen zu bleiben, der ohne Fenster war. Es war sicherlich das Vernünftigste und Sicherste zugleich, was ihnen in dieser Situation einfallen konnte.

Plötzlich schrie jemand: „Bernhard soll reden!"

Bernhard Kuhnt ließ sich nicht lange bitten. Seit zwei Stunden hatte er sich innerlich schon auf diesen Moment vorbereitet, seit zwei Stunden – seit der Fahrt durch Oldenburg – hatte er zwar noch ein wenig gezweifelt, ob der entscheidende Augenblick schon gekommen sei, aber seit zwei Stunden hatte er auch schon in Gedanken an der Rede gebastelt, die er jetzt vor seinen sechshundert Kameraden aus Wilhelmshaven und vor den Hunderten der solidarischen Freunde in Bremen hielt. Er sprang rasch auf einen leeren Gepäckwagen und sprach:

„Kameraden! Freunde! Genossen! Der große Augenblick ist da! Die Zeit der Befreiung ist gekommen! Niemand kann unseren starken Arm jetzt noch aufhalten! Niemand wird uns jetzt noch daran hindern können, das Werk des Friedens, der Freiheit und der Gleichheit für das arbeitenden, deutschen Volk zu vollenden. Ich höre soeben, dass hier in Bremen der Arbeiter- und Soldatenrat die Macht übernommen hat, dass die alten, morschen Gewalten zerbrochen sind. Und ich sage Euch, meine Kameraden aus Wilhelmshaven, Heizer und Matrosen, Arbeiter wir alle, dass auch wir die kaiserlichen Ketten endgültig zerbrochen haben. Ich erkläre Euch alle hier für frei und ledig von jeder Anklage der Meuterei! Wir sind und waren nie Verbrecher!"

Ein gewaltiger Jubel folgte diesen Worten und erst nach mehreren Minuten konnte Bernhard Kuhnt weitersprechen. Als Ruhe eingekehrt war, legte Bernhard Kuhnt alle Kraft in seine Stimme und ließ diese weit unter das Dach des Bahnhofs klingen:

„Mit Mühe nur sind wir einigen heimtückischen Offizieren der Flotte entkommen, die uns in letzter Minute noch gegen eine starke, englische Marine in den Tod schicken wollten. Nur unserer Solidarität haben wir das zu verdanken! Unsere

Kameraden Reichpietsch und Köbis mussten noch sterben, weil sie alleine standen, heute wagt es kein Offizier und kein Marinegerichtsrat mehr, uns zu verurteilen, die wir in Massen und Seit an Seit entschlossen wie ein Mann vor ihnen stehen! Genossen! Die Revolution hat gesiegt! Aber nun müssen wir auch dafür sorgen, dass die Revolution siegreich bleibt. Ich höre, dass sich in Berlin ein sozialistischer Rat der Volksbeauftragten gebildet hat, mit dem Genossen Friedrich Ebert an der Spitze. Das wird ein erster Anfang sein, um den Arbeiterwillen zum Durchbruch zu verhelfen. Ich höre auch, dass der Kaiser abgedankt hat und sich auf dem Wege nach Holland befindet! Soll er dort doch Kühe melken und Tulpen pflanzen!"

Ein Gemisch aus Jubel, Pfiffen und Buhrufen folgte diesen Worten. Viele Soldaten warfen ihre Mützen in die Luft und schrien Hurra, andere schüttelten nur den Kopf und machten bedenkliche Gesichter oder lachten sogar. Der Kaiser? Wer war schon der Kaiser! Viele Jahre lang hatte er die Mariner als seine „blauen Jungs" gehätschelt und getätschelt. Aber in der Stunde der Not, des Hungers und der Todesgefahr war er nicht da gewesen, hatte nichts von sich hören lassen und hatte sich als das entpuppt, was auch die meisten Kommandanten und Kapitäne waren: arrogante, aristokratische Lackaffen und Kotzbrocken!

Nach einer Weile konnte Bernhard Kuhnt weiterreden: „Wir müssen jetzt dafür sorgen, dass die Revolution auch hier bei uns, in Bremen, Oldenburg, Wilhelmshaven und Ostfriesland, also hier in unserer Heimat, siegreich bleibt. Passt auf, Kameraden und Genossen, dass nicht gleich wieder die Reaktion und die Konterrevolution marschiert! Der Kaiser soll in Holland bleiben und nie wieder nach Deutschland zurückkehren! Und wie können wir das durchsetzen? Wir müssen eine Republik begründen, nicht nur die große, einheitliche Republik im fernen Berlin, nein, auch die alten Länder, Herzogtümer und Königreiche müssen sich umwandeln in freie Republiken, in Räte-Republiken!"

Noch bevor Bernhard Kuhnt nun die Rede auf seine Lieblings-Republik bringen konnte, wurde er von einem großen Essenswagen gestört, den der Rat der Stadt Bremen, nun schon fest in Arbeiter- und Soldatenhand, geschickt hatte, um die Massen auf dem Bahnhof wenigsten notdürftig zu versorgen. Im Nu wogte die Menge zu der Ausgabestelle der Gulaschsuppe hinüber und Bernhard Kuhnt stand plötzlich alleine auf seinem Gepäckwagen.

„Ist doch immer dasselbe: Erst kommt das Fressen und dann die Politik!", rief Wilhelm Dittmann dem vom Wagen herabkletternden Bernhard Kuhnt zu.
„Aber macht nichts, Bernhard, du hast gut gesprochen!"
„Ja, und uns allen hier aus dem Herzen!", ergänzte Edzard Starke. „Wie soll es aber jetzt weitergehen, Bernhard?" „Na, ist doch klar", antwortete Bernhard, „die Leute fahren erst einmal nach Hause." „Und was machst du?", fragte Wilhelm. Bernhard Kuhnt zögerte ein bisschen, blickte auf die hin- und herwogenden Massen im Bremer Bahnhof und sagte dann:
„Ich glaube, ich kehre nach Oldenburg und Wilhelmshaven zurück. Dort werde ich noch gebraucht. Hier ist das Feld ja schon bestellt. Edzard! Wilhelm! Kommt mit! Die Republik Oldenburg-Ostfriesland ist noch nicht fertig! Sie wartet auf uns!"

***

Einen halben Tag später befand sich Bernhard Kuhnt – in Begleitung seiner Freunde Wilhelm Dittmann, Edzard Starke, Hans Petersen, Martin Weißbach, Paul Leschik, Egon Weiß und Heiner Adomeit – bereits wieder in Wilhelmshaven.
Am selben Tag noch organisierten sie eine Versammlung der Arbeiter- und Soldatenräte. Eine Massenversammlung, die in diesem Ausmaß noch nie im Nordwesten Deutschlands stattgefunden hatte! Über einhunderttausend Menschen, vorwiegend Marinesoldaten aus Wilhelmshaven nahmen daran teil.
Sie fand statt auf einem großen Freigelände in der Nähe der Gaststätte „Elisenlust" am 10. November 2018 in Wilhelms-

haven, an einem Sonntag; und sie war die größte und machtvollste politische Demonstration für das Ende des Krieges, für Frieden und für das Ende des Kaisertums in Berlin und der Fürstenherrschaften in den Ländern – einschließlich des kleinen Oldenburgs.

Noch einmal hielt Kuhnt die Rede, die er schon auf dem Bremer Hauptbahnhof gehalten hatte. Aber jetzt liefen ihm die Arbeiter und Soldaten nicht davon: Per Akklamation wurde Bernhard Kuhnt zum Vorsitzenden eines schnell gewählten „21er Rates der Nordseestation" gemacht, der nach dem Vorbild des „Rates der Volksbeauftragten" in Berlin nun hier in Oldenburg-Ostfriesland die Macht in den Händen halten sollte.

Und Bernhard Kuhnt zögerte keine Sekunde, um nun auch eine neue, revolutionäre „Sozialistische Republik Oldenburg-Ostfriesland" auszurufen, obwohl er natürlich wusste, dass der Großherzog in Oldenburg noch gar nicht abgesetzt worden war.

Die nicht enden wollenden Jubelstürme der Heizer und Matrosen vor „Elisenlust" umrauschten ihn minutenlang und spülten alle Bedenken und Ängste hinweg. Dies war jetzt sein Tag, der größte Tag seines Lebens, der von nun an als der „Friedenssontag" von Wilhelmshaven in die Geschichte eingehen sollte.

Und natürlich wurde Bernhard Kuhnt auch schon an diesem, seinem Tag zum „Präsidenten" der „Republik Oldenburg-Ostfriesland" ausgerufen, obwohl noch bei weitem nicht alle Oldenburger und Ostfriesen befragt worden waren. Dies geschah also tatsächlich nur wenige Stunden vor der Abdankung von Kaiser Wilhelm II. in Berlin und noch einen Tag vor dem endgültigen Verzicht und Rücktritt des Großherzogs Friedrich August im Oldenburger Schloss am 11. November 1918.

Dieser Rücktritt in der „Residenzstadt", die von da an keine mehr war, wurde von dem Oldenburger SPD-Landtagsabgeordneten Paul Hug wesentlich beschleunigt. Paul Kuhnt, der „Präsident" der neuen „Republik" war ja in Wilhelmshaven beschäftigt. Paul Hug hatte sogar persönlich die sozialistischen Räte-Demonstrationen in Wilhelmshaven miterlebt, in gebührender Entfernung und mehr oder weniger inkognito. Es war ihm bewusst, dass die Adelsherrschaft in der Residenzstadt keine Chance mehr hatte. Er fuhr schnell nach Oldenburg zurück und eilte zum Großherzog, den er zum sofortigen Rücktritt drängte. Das gelang ihm auch – denn er war sich mit dem Oldenburger Fürsten darin einig, dass jetzt eine sozialistische „Republik Oldenburg-Ostfriesland" nur noch verhindert werden könnte, wenn – ja, wenn eine parlamentarsch gestützte neue Regierung aus der Mitte des – bis dahin – schwachen Oldenburger Landtages etabliert werden konnte. Und, natürlich, auch dafür bot sich sofort Paul Hug, der gemäßigte SPD-Mann, an der Spitze eines schnell gegründeten „Direktoriums" an. Damit hatte Oldenburg blitzschnell eine provisorische Regierung nach Abdankung des Großherzogs. Durch die Geistesgegenwart – oder soll man sagen: politische Raffinesse – von Paul Hug hatte die Machtlücke zwischen Adelsherrschaft und einer noch provisorischen Regierung des Oldenburger Landesparlaments – aber nicht der Räte, Heizer und Matrosen aus der un-oldenburgischen Marinestadt Wilhelmshaven – nur knappe fünf Stunden bestanden.

Fünf Stunden, von denen „Präsident" Bernhard Kuhnt ja gar nichts wissen konnte und sollte! So konnte er auch nicht ahnen, dass in dieser Zeit sein politisches Schicksal, sein Scheitern, schon im Hintergrund festgelegt war.

7.

Konnte er wirklich zufrieden sein? Hatte er alles erreicht, wofür er so lange gekämpft hatte?

Bernhard Kuhnt saß wieder in einem Abteil der Reichsbahn, aber dieses Mal in der 1. Klasse und nur in Begleitung seiner engsten Freunde. Die Fahrt ging wieder einmal von Wilhelmshaven nach Oldenburg, aber ohne Bewachung durch Marineinfanteristen.

Bernhard Kuhnt war seit 48 Stunden „Präsident der Republik Oldenburg – Ostfriesland". Er war in dieser Zeit noch gar nicht richtig zur Besinnung gekommen und lehnte sich jetzt zurück, um in Ruhe nachzudenken. Seine Kameraden rauchten und unterhielten sich leise oder blickten aus dem Fenster auf die verbeifliegende, grüne Marschlandschaft.

Ja, das Ziel, eine Räterepublik zu errichten, war erreicht und der Großherzog in Oldenburg war gestern tatsächlich schon zurückgetreten. Nur, seltsamerweise, hatte er, der vom revolutionären Volk gewählte, neue Präsident Bernhard Kuhnt, dazu ja direkt überhaupt nichts beitragen können! Wie sollte man das jetzt einschätzen? Positiv oder negativ? Ein „Direktorium" sollte – nach den Vorstellungen einiger Landtagsabgeordneten in Oldenburg, darunter auch SPD-Leute – die Obrigkeit übernehmen. Das hieß ja wohl, man konnte davon ausgehen, dass die Sache sogar ohne Blutvergießen ablaufen würde. Das war es doch besonders, was sein Freund Edzard Starke in den nächtelangen Beratungen der vergangenen Tage immer wieder angemahnt hatte: Es lohne sich nicht, wegen dieses aristokratischen Holzkopfes im Schloss von Oldenburg in letzter Minute noch brave Mariner auf stumpfmütige Oldenburger Polizisten schießen zu lassen!

Aber wenn der Großherzog weg war, was kam dann? Sollte er, Bernhard Kuhnt, sofort alle Minister und Beamten entlassen und in die Wüste schicken? Wer aber sollte sie ersetzen? Kuhnt blickte in die Runde, er tastete mit dem Blick die Gesichter seiner Freunde ab: Alles brave, tüchtige Menschen, Schustergesellen, Maschinenschlosser, Bauern, Arbeiter, Bäckermeister – sie alle hatten viel im Leben aushalten müssen, ihnen war niemals etwas geschenkt, in den Schoß gelegt worden, wie den Herren Offizieren und den blutjungen, adligen Seeleutnants, nein, sie hatten sich alles erarbeiten und erkämpfen müssen. Der Ernst in ihren Augen zeigte ihm, dass niemand von ihnen jetzt leichtfertig mit der schon errungenen Macht umgehen würde. Alle waren sie beseelt von dem Ziel, der Verantwortung, die die 100000 Menschen bei der Demonstration in Wilhelmshaven vor der „Elisenlust" auf ihre Schultern gelegt hatten, auch wirklich gerecht zu werden, eine neue, solidarische Zeit anbrechen zu lassen, mit einer neuen, guten und gerechten Regierung für alle Menschen in Deutschland, nicht nur für den Adel und das Großbürgertum. Und das Wichtigste blieb: Endlich diesen unseligen Krieg zu beenden und ihn in einen sinnvollen Frieden hinüberzuführen!

Aber würden seine Freunde auch die Fähigkeiten besitzen, um die Verwaltung, die Ernährung, die Sicherheit, die Ruhe und Ordnung im Lande zu bewältigen und zu wahren, zu organisieren und durchzusetzen? Würden sie „regieren" können?

Bernhard Kuhnt schritt durch die langen Gänge des amtlichen Regierungsgebäudes am Dobben in Oldenburg. Dieses riesige Gebäude war das größte zwischen Weser und Ems – und der Großherzog hatte es sogar noch in der Zeit des großen europäischen Krieges, den alle jetzt schon „Weltkrieg" nannten, aus dem sumpfigen Boden zwischen den Flüsschen Haaren und Hunte stampfen lassen. Viel zu spät, um damit die Adelsherrschaft auch in einem so kleinen Land wie dem Großherzogum Oldenburg noch zu retten! Nur knapp zwei Jahre nach der Fertigstellung des Gebäudes musste der Großherzog auf seine Landgüter in Holstein fliehen, die ihm eine gnädige, mitleidige SPD-Regierung in Berlin als Eigentum gewährte.

In Kuhnts Gefolge reihten sich neben seinen Kameraden aus der Marine auch schon die übrigen Mitglieder des Direktoriums ein. Es war sicherlich notwendig, alle Beamten einmal kennenzulernen, aber hätte man das nicht besser und schneller auf einer Kundgebung, zum Beispiel auf dem freien Platz zwischen der Regierung und dem Dobben erledigen können? Aber der ehemalige, herzogliche Minister Scheer hatte darauf bestanden, dass „Herr Kuhnt" auch einmal durch die wichtigsten Ressorts gehen und sich persönlich als neuer Präsident dort in den Amtsstuben vorstellen sollte.

Aber was hatten die Abteilungsleiter daraus gemacht! Überall waren die Türen der Ämter weit geöffnet und die Beamten standen Spalier wie die Soldaten, schweigend auf dem Flur! Das war ja ein Spießrutenlaufen, aber kein individueller Antrittsbesuch! Was sollte das? Bernhard hatte gerade das Marinesoldatenjoch abgeschüttelt, und jetzt traten ihm hier in Oldenburg sogar die Zivilisten militärisch gegenüber.

Eigentlich hätte er laut lachen können, als er nun so an den Oldenburger Beamten vorbeiging, die ihn teils skeptisch, teils erwartungsvoll anstarrten. Aber Bernhard Kuhnt beherrschte sich, er blieb mal hier, mal dort kurz stehen und sprach ein Wort mit den Leuten oder richtete eine Frage an sie. Er erinnerte sich plötzlich daran, dass dies der Kaiser persönlich bei seinem letzten Besuch in Wilhelmshaven auch so gemacht hatte und musste kichern.

Die Leute schienen alle genau darüber informiert zu sein, was geschehen war und wer er, Bernhard, nun für sie darstellte. Und sicherlich wollten die meisten auch nicht unbedingt den Großherzog zurückhaben – oder vielleicht doch? Kuhnt hatte keine Zeit und auch nicht den Mut, direkt danach zu fragen. Aber er hätte es allzu gerne gewusst…

Die meisten der Beamten redeten auch nur über die Schwierigkeit ihrer Arbeit, über Probleme und Pläne ihres Amtes angesichts der großen Veränderungen in Stadt und Land. Ein Privatleben schien keiner der Beamten zu haben oder jedenfalls hielt keiner es für nötig, darüber zu reden oder zu klagen. Das war bei den Werftarbeitern in Wilhelmshaven doch ganz anders!

Keiner fragte Bernhard Kuhnt auch hier in Oldenburg nach den Umwälzungen in Wilhelmshaven, was ihn nicht wenig erstaunte, denn dort hatte doch wohl alles angefangen. Bernhard Kuhnt hätte gerne alle Beamte im großen Treppenhaus zusammengerufen und ihnen eine Rede über die Revolution in Wilhelmshaven und Kiel gehalten. Aber als er in die Gesichter der übrigen Direktoriumsmitglieder sah, wusste er, dass diese nicht an politischen Kundgebungen, sondern nur an dem verwaltungstechnischen Ablauf der Veränderungen interessiert waren, die man andernorts „Revolution" nennen mochte, der man aber im beamten-bürgerlichen Oldenburg höchstens den Rang einer außerplanmäßigen Etatkürzung durch höhere Gewalt einräumen wollte.

Plötzlich erscholl ein lautes Lachen hinter Kuhnts Rücken. Er wandte sich um und bemerkte, dass die Herren Scheer und Tantzen vor einer offenen Bürotür standen. Sie waren von mehreren Beamten umringt, die jetzt recht aufgeheitert alle in seine Richtung blickten. Kuhnt verstand nicht, was da gesagt worden war, aber offensichtlich war er selber, und zwar mit seiner Kleidung, der Grund für die allgemeine Heiterkeit, denn als er die lachenden Beamten erstaunt anblickte, erstarb ihre Freude augenblicklich.

Seit wann hatte er denn etwas Lustiges an sich? War seine Kleidung etwa unangemessen in diesem Hause? Er hatte sich doch extra einen Gehrock mit „Schwalbenschwanz" ausgeliehen! Leider hatte er dann heute morgen zu spät entdeckt, dass die anderen Herren des Direktoriums im schlichten dunklen Anzug für die Parade erschienen waren. Niemand hatte ihm da vorher eine entsprechende Andeutung gemacht, schließlich war er ja, als ehemaliger Mariner und Maschinenschlosser nicht gewöhnt, jeden Tag mit Fliege und Stehkragen herumzulaufen!

Es war einfach zu ärgerlich, dass kein Freund vom 21er Rat mit ihm zusammen im Direktorium saß, mit dem er sich zum Beispiel auch über so einfache und eigentliche ja wohl nebensächliche Fragen der Kleiderordnung hätte unterhalten können.

Kuhnt bemerkte, dass er wieder heftig anfing zu schwitzen, was ihm sehr unangenehm war. Er versuchte krampfhaft, die Beamten-Parade mit Anstand hinter sich zu bringen und ärgerte sich doch zunehmend darüber, dass die meisten Gespräche zwischen den Beamten und den Besuchern hinter seinem Rücken mit den übrigen Mitgliedern des Direktoriums stattfanden. Ja, einige der Leute hier schienen noch gar nicht anerkannt zu haben, dass er, Bernhard Kuhnt, der neue Präsident des Freistaates Oldenburg war.

8.

Zwischen Weihnachten und Neujahr hatte Frauke endlich ihren Hans Petersen geheiratet. Sie hatte es allen gezeigt: Es lohnte sich, in schweren Zeiten auf so einen Mann wie Hans zu warten! Er war kein „geiler" Mariner für ein paar Nächte, der dann auf Nimmerwiedersehen verschwand! Tante Meta in Wittmund hatte zwar die Nase gerümpft und gemeint, nach so vielen Jahren sei es ja auch nicht mehr schwer, einen entlassenen

Mariner zu heiraten. Der habe ja keine Existenz mehr und hätte sowieso keine andere gefunden! Daraufhin ließ Frauke, als Retourkutsche – auf demselben Wege, nämlich über ein „Vieraugengespräch" mit Vetter Enno – in der gesamten, ostfriesischen Verwandtschaft verbreiten, dass der Vater von Tante Metas drittem Kind, einem süßen, schwarzhaarigen Mädchen, ein thüringischer Obermatrose von „Prinz Albert" war. Basta!

Das hatte gesessen! Tante Meta war weder zur Hochzeit gekommen, noch hatte sie sich am Hochzeits-Geschenkkorb der Verwandtschaft aus Wittmund beteiligt – wie aus der beiliegenden Unterschriften-Karte eindeutig hervorging.

Das hatte Hans auch sofort festgestellt und unbändig dabei gelacht. Frauke hatte seine anschließende, ungestüme Umarmung kühl abgewehrt, ihn auf „bald" vertröstet und gesagt:

„Du, Hans, ich habe beschlossen, nicht nach Wittmund, sondern nach Harlesiel zu ziehen."

„Wieso das, ich dachte, Wittmund sei dir lieber und...", erstaunte sich Hans.

„Wittmund *war* mir lieber", korrigierte Frauke und entwickelte dann ihren neuen Plan:

Wittmund war eine Stadt und in den Städten, auch in den ostfriesischen, herrschten nun mal die Bürger. Hans war ein entlassener Seesoldat, dazu noch ein ehemaliges Mitglied des Wilhelmshavener Arbeiter- und Soldatenrats. Als solcher würde er es in Wittmund ungemein schwer haben, seine geplante Schlosserei aufzumachen. Erstens misstrauten die Ostfriesen allen Leuten aus Wilhelmshaven aus doppeltem Grund: Wilhelmshaven war preußisch und umgeben vom Oldenburger Land; und zweitens hielt jeder alteingesessene Wittmunder Bürger die meuternden Mariner für Hochverräter und Verbrecher, auch wenn kein einziges Gericht sie angeklagt hatte.

„Also hältst du die Beamtenmacht immer noch für ungebrochen?", fragte Hans enttäuscht. Frauke streichelte seine linke Hand und seine Finger:

„Natürlich! Kein Beamter würde seinen Platz in der Amtsstube mit eurem Flottenzirkus tauschen." „Aber unser Flottenzirkus, wie du ihn nennst, hat Deutschland verändert!"

„Das ist es ja gerade!", antwortete Frauke, stellte sich dicht vor Hans hin und plante weiter:

Man müsse in ein kleines Dorf in Ostfriesland ausweichen. Am besten in ein Sieldorf. Sie schlage Harlesiel vor. Dort könne Hans seine Schlosserei aufmachen, seine reichhaltigen Erfahrungen mit Schiffsmotoren auf die Kutterfischerei ausdehnen, wo immer mehr Kapitäne dazu übergingen, die Segel gegen Dieselmotoren auszutauschen. Das habe Zukunft und sichere ihnen beiden und ihren Kindern – sie legte liebevoll seine Hand auf ihr Herz – ein gutes Auskommen.

Frauke hatte natürlich die besseren Argumente. Und da Hans sie liebte und sie außerdem ein Organisationstalent besaß, geschah alles, wie sie es schon vorbereitet hatte. Hans brach alle Verbindungen nach Wilhelmshaven ab, und es machte ihm auch nichts aus, dass seine alten Kameraden ihn veräppelten und ihn davor warnten, sich in der Takelage einer blonden, schlanken Friesennixe zu verheddern. Das könne doch nur dazu führen, dass er nie wieder ein freier Mann sein würde! Und dass er die Knute in der Flotte doch nur mit den weichen Armen einer Frau vertauschen würde – das sei zwar angenehmer, aber habe im Prinzip den gleichen Effekt: Kadavergehorsam auf der ganzen Linie! Von morgens bis abends, nein, schlimmer! Jetzt in der Nacht auch noch!

Hans lachte, verkniff sich dann aber doch, die Wonnen und Seligkeiten der Nacht mit Frauke zu schildern – er wusste ja, dass die geile Matrosenmeute nur darauf wartete.

Und Frauke handelte schnell und entschlossen: Ein entfernter, älterer Verwandter von ihr vermachte Hans und Frauke für eine kleine Leibrente seine Schmiede mit angrenzendem Wohnhaus in Harlesiel und Anfang 1919, im ersten Friedensjahr, stand Hans schon in seiner leeren Werkstatt und überlegte, welche Maschinen und Werkbänke er bestellen müsse.

Frauke fuhr mit ihrem Fahrrad nach Wittmund, arbeitete dort als Schreibkraft in einem Steuerbüro und verhandelte außerdem mit Banken und Verwandten, ausgenommen mit Tante Meta, bis sie einen ausreichenden Kredit zusammengekratzt hatte. Währenddessen konnte Hans schon mit ersten Reparaturarbeiten auf den Kuttern in Harlesiel beginnen, soweit sie schon Motoren besaßen. Die Arbeit machte ihm Spaß und brachte erstes Geld ein.

Die ostfriesischen Fischer im Hafen wussten nicht, dass Hans bei der Flotte in Wilhelmshaven gedient hatte. Er selber erzählte auch nichts davon, denn man konnte nicht sicher sein, dass die Fischer genauso dachten wie die Matrosen und Heizer. Viele Fischer waren eher noch konservativ eingestellt, denn es ging ihnen ja „bi uns Kaiser, weetst woll", ganz gut – ihr Leben war eher den Gesetzen der Natur und des Meeres unterworfen und der Fischverkauf geschah noch fast ausschließlich im direkten Handel am Hafen. Er war seit Jahrzehnten klar geregelt ohne einen ausbeuterischer Kapitalisten dazwischen und sicherte den Küstenfamilien ein Auskommen, das durch die Dienste der zahlreichen, männlichen Nachkommenschaft in der Handelsmarine erfreulich aufgebessert wurde. Von Politik hielten die Fischer grundsätzlich wenig, und wenn sie darüber sprachen, dann nur in dem Sinne, dass es am besten wäre, wenn niemand sich einmische und alles beim Alten bliebe. Denn das Neue in Politik und Gesellschaft war für die sonnenverbrannten Friesen wie eine dunkle Wetterfront, die hinter dem Deich vom Festland her aufzog.

Weil Hans das Plattdeutsche gut beherrschte, kamen die Fischer auch gar nicht auf die Idee, ihn „für einen aus dem Reich" zu halten. Und da er sein Handwerk als Motorenschlosser verstand, war sein Rat und sein Wissen schnell geachtet und immer wieder erwünscht.

„Hans kann en Diesel mit Soltwater lopen laten", sagten sie bald, und Hans freute sich darüber und war besonders stolz darauf, dass seine Frauke – „kiek mol, dor löpt Hans sien moje Fro" – als das schönste „Wicht" in der Marsch galt. Wie er sich die denn bloß geangelt habe, wurde er immer wieder gefragt. Aber da lächtelte Hans nur selig und schwieg.

Eines Tages kam Frauke müde und bleich von Wittmund zurück. Sie hatte sich unterwegs schon mehrfach übergeben müssen.

„Vielleicht eine Grippe, Schätzelchen", meinte Hans und deckte sie zu, als sie mit geschlossenen Augen auf dem Sofa im

Wohnzimmer lag, von dem aus man einen weiten Blick über die Felder bis zum Deich hatte.

Frauke antwortete, ohne die Augen zu öffnen:

„Nein, es ist keine Krankheit."

„Wieso?"

Hans verstand nicht; also fügte sie in einem leicht vorwurfsvollen Tonfall jenen berühmten, weiblichen Satz hinzu, bei dem sich die Satzmelodie von einem anfänglichen Hoch zu einem vibrierend auslaufenden Tief hinneigt: „Meine Regel hat ausgesetzt."

„Ach…"

„Weißt du denn überhaupt, was das heißt, Hänschen?", fragte sie spöttisch, öffnete die Augen und umfasste Kopf und Schulter von Hans.

Hans wusste es und war zutiefst gerührt. Dann machte er allerdings den uralten, männlichen Fehler und fing an zu räsonieren: Er erwähnte den ungünstigen Zeitpunkt, die Notlage Deutschlands, ihre eigene, noch ungesicherte Existenz, kurz – die Gefahren einer Familiengründung gerade in dieser unruhigen Zeit nach dem Kriege und überhaupt, nur wenige Wochen nach der Hochzeit.

Fraukes Augen füllten sich langsam mit Tränen. Sie schnüffelte in sich hinein und sagte kein Wort mehr. Hans redete auf sie ein, relativierte dieses und jenes und baute goldene Brücken in eine wunderbare Zukunft. Er lag auf den Knien vor Fraukes Sofa, aber sie war nicht zu besänftigen. Sie lag still und hatte die Hände über ihrem Bauch gefaltet.

Am Abend verweigerte sie ihrem Hans zum ersten Mal den Beischlaf, bereute es allerdings schon bald und kroch zu ihm hinüber. Sie sprach wieder ausführlich mit ihm und bat ihn inständig, sich doch bitte genauso auf das Kind zu freuen, wie sie es tue.

Es würde schon alles gut.

Sie habe genug Liebe für ihn *und* das Kind.

Hans umfasste sie vorsichtig, seufzte tief und sagte nichts mehr.

Jetzt war natürlich nicht mehr daran zu denken, dass Frauke fast täglich mit dem Fahrrad nach Wittmund fuhr. Sie fing an, das doch ziemlich heruntergekommene Wohnhaus des alten Onkels, der nach Esens in eine Etagenwohnung gezogen war, zu renovieren. Hans schimpfte mit ihr und verlangte, dass sie sich schonen solle und keine schweren Maler- oder sogar Zimmerarbeiten verrichten dürfe, doch sie hielt sich nicht daran, wenn er fort war, und präsentierte ihm jedes Mal am Abend wieder ein neues, schönes Stück ihres gemeinsamen Heims.

Einer alten, verhutzelten Fischersfrau am Hafen, der Hans sein Leid mit seiner schönen, ungehorsamen, schwangeren Frau klagte, streichelte ihm die Wangen und sagte:

„Lat se man, de is nu an ´t Nüsseln! Dat leggt sük eerst, wenn dat Lüttje dor is. Un denn büst du weer an d´ Rieg, Hans!"

9.

Eines Tages erhielt Hans einen Brief von Edzard Starke, dem alten Kameraden aus dem 21er Rat in Wilhelmshaven.

Edzard klagte darin über die Schwierigkeiten, die Errungenschaften der Revolution in die neue Zeit hinüberzuretten. Er schrieb, dass es immer noch keinen idealen Weg gäbe, um das Alte und das Neue miteinander zu verbinden. Und dass die Menschen, die Bevölkerung besonders in den Städten, häufig abseits stünden und sich nicht recht trauten, ihre Rechte in Anspruch zu nehmen oder einfach geltend zu machen.

Der arme Edzard! Er war anscheinend immer noch der alte Idealist und Utopist. Er hatte gedacht, dass nach der Vertreibung der Offiziere in Wilhelmshaven und nach der Flucht des Kaisers sofort das Morgenrot der egalitären, gerechten Gesellschaft emporsteigen würde. Hans hatte nie daran geglaubt. Er begnügte sich mit den kleinen Schritten, den kleinen Verbesserungen, auch wenn er im Herzen seine große Hoffnung behielt.

Und dann bat Edzard Starke ihn im Schlusssatz darum, doch einmal nach Wilhelmshaven zu kommen und die technische Organisation des Kohlekraftwerks zu überprüfen. Man brauche dort einen Fachmann wie ihn, der auch bereit und in der

Lage sei, politisch zu denken! Das Funktionieren des Kraftwerks sei nun einmal, ebenso wie das der Verwaltung, Post oder Eisenbahn, ein zentraler Punkt des Alltags, auch in einer neuen Zeit.

„Ja, Hans, wir brauchen dich, deine Hand und deinen Kopf!"

Hans fühlte sich ergriffen von der Klage des alten Freundes und besprach die Sache mit Frauke. Diese war sofort voller Abwehr und Vorwurf:

„Ich hatte gedacht, dass du den Flottenzirkus hinter dich gelassen hast! Aber nein…"

„Frauke, es ist doch nur für ein paar Tage."

„Und wenn es länge dauert?"

„Edzard schreibt davon, dass genügend Gelder für das Kraftwerk zur Verfügung stehen. Wir können da was verdienen und damit unsere Schlosserei hier schneller aufbauen."

„Hab ich dir nicht schon genug Geld in Wittmund zusammengepumpt?"

„Ja doch, mein Goldengel, aber ich werde in Wilhelmshaven auch gebraucht und hier in Harlesiel ist das Wichtigste erst einmal erledigt. Alle Kutter laufen gut und vor dem Sommer werden sowieso keine neuen Motoren mehr eingebaut."

Dieses Mal behielt Hans die Oberhand. Die Aussicht auf das Geld und einen schnelleren Aufbau der Schlosserei lockten dann allerdings auch Frauke. Aber Hans musste versprechen, mindestens zweimal in der Woche den Weg von Wilhelmshaven nach Harlesiel zu machen, mit der Bahn, dem Pferdewagen oder auch mit dem Fahrrad.

Und so wurde Hans Petersen im Winter 1919 zunächst nur vorübergehend zum technischen Leiter der Kraftwerke in Wilhelmshaven bestellt, in einem Moment, als hier eine Entscheidung fiel.

***

Am Beginn des Jahres 1919 überschlugen sich die Ereignisse. In Berlin beendeten die neue Reichswehr und einige fanatische Freicorps den Spartakusaufstand der Kommunisten. Rosa

Luxemburg und Wilhelm Liebknecht wurden ermordet. In Oldenburg-Ostfriesland bröckelte die ohnehin schwache Akzeptanz der Räte in der Bevölkerung immer mehr ab. Paul Kuhnt war auch besonders enttäuscht über die Haltung vieler ostfriesischer Genossen und Kameraden auf den Schiffen und Werften in Emden, Oldersum und Leer. Dort war überhaupt keine Begeisterung für die neue „Republik Oldenburg-Ostfriesland" zu spüren! Die ostfriesischen Dickschädel und Eigenbrötler fürchteten sich offensichtlich immens vor einer Dominanz der „altfeudalen" Oldenburger. Sie träumten wohl immer noch von ihrer jahrhundertelangen „friesischen Freiheit, die aber doch hauptsächlich nur für Bürger und Großbauern gegolten hatte. "

Die Präsidentschaft von Bernhard Kuhnt bestand eigentlich nur noch auf dem Papier. Er selber konnte sich auch kaum noch gegen die bürgerliche Fachdominanz seiner Beamten am Dobben durchsetzen.

Aber dann fing das Jahr 1919 an, das ja eigentlich ein reines Friedensjahr werden sollte. Aber das war nun mal nicht im Sinne der Radikalen von Rechts und von Links, die den Bürgerkrieg probten: die Freikorps aus entlassenen Weltkriegssoldaten und die Kommunisten, die sich von der Leninschen Revolution in Rußland beflügelt sahen. Schon im Januar beherrschten der kommunistische Spartakusaufstand in Berlin und das gewaltsame Ende der Räteherrschaft in München das politische Geschehen.

Und auch in Wilhelmshaven, im Umkreis der alten, arbeitslosen Flotte, ging es noch einmal los.

Als Bernhard und sein treuer Begleiter Edzard am 20. Februar 1919 bei Schneegestöber auf dem Bahnhof in Wilhelmshaven aus dem Zug stiegen, standen sie plötzlich regierungstreuen Truppen der Reichswehr gegenüber, die überall auf dem Bahnsteig postiert waren und den Bahnhofsvorplatz abgeriegelt hatten.

„Was ist passiert?", fragte Edzard Starke einen Leutnant, der kriegsmäßig mit Stahlhelm auf und ab marschierte.

„Weeß ick ooch nich so jenau", antwortete der junge Mann deutlich im Berliner Ton und fügte hinzu: „Fragense doch Justav!"

„Welchen Gustav denn?"

„Na, den SPD-Noske in Berlin. Der hat uns doch hierher jeschickt, in dit Schlamm- un Nebelnest, un alles wieder mal wegen die Kommunisten! Mit die hammwa in Berlin längst reinen Tisch jemacht!"

Aha! Gustav Noske, der Berliner Volksbeauftragte und „Bluthund" der Revolution, wie er von den Spartakisten genannt wurde, steckte dahinter! Edzard tuschelte mit Bernhard und sie waren sich einig darin, dass der Rat der Volksbeauftragten in Berlin in seiner Kommunistenangst inzwischen wohl bis in die äußersten Ecken der Provinz zu agieren versuchte, das heißt, er schickte regierungstreue Truppen überall dorthin, wo er Nester von Spartakisten vermutete.

Nun also war Wilhelmshaven dran. Bernhard und Edzard beschlossen, sich zunächst nicht zu erkennen zu geben. Man saß ja sowieso schon zwischen allen Fronten. Man musste erst einmal versuchen, die Lage zu beobachten und vorsichtig aus dem Hintergrund zu beeinflussen.

Sie schritten zügig vom Bahnhof in Richtung Rathaus. Edzard starrte in den fahlen Schneehimmel über der Stadt und wollte einfach nicht glauben, dass auch hier jetzt der Bürgerkrieg ausgebrochen sein sollte. War nun doch die Zeit der Reden, der Demonstrationen, der Aufrufe für eine neue bessere Zeit vorbei? Hatte alles Argumentieren und Klagen nichts genützt? Mussten wieder einmal durch die Waffen vollendete Tatsachen geschaffen werden?

Schon in der Bahnhofsstraße stießen sie auf die ersten Barrikaden.

Bremer und Wilhelmshavener Spartakisten hatten sie errichtet, um den Reichstruppen den Weg zu versperren. Diese hielten sich noch im Hafengebiet auf. Vereinzelt fielen Schüsse. Die Barrikaden bestanden aus wüsten, wild übereinander getürmten Baumaterialien und Schiffsausrüstungen. Dazwischen standen einzelne, bewaffnete Zivilisten. Einige trugen Stahlhelme und alte Uniformjacken, stets mit weißem Hemd und Schlips. Bernhard erkannte sogar mehrere Gesichter wieder, die ihm von den Schiffen, von der Bahnfahrt nach Bremen oder von den Demonstrationen im letzten Jahr in Erinnerung geblieben waren. Er wunderte sich, wie viele doch zu den Spartakisten übergelaufen waren.

Dann fielen immer häufiger Schüsse. Bernhard und Edzard warfen sich sofort in den Dreck und krochen hinter eine Ballustrade aus Stapelholz.

Die Schießerei dauerte schon mehrere Minuten lang. Die beiden Freunde fühlten sich hinter ihrer Barrikade einigermaßen sicher, konnten jedoch überhaupt nicht ausmachen, woher die Schüsse kamen und wer sie abgab. Bernhard und Edzard krallten sich am Boden fest, fühlten sich hilflos den Waffen ausgeliefert und fürchteten um ihr Leben – und das ein halbes Jahr nach dem Ende des großen Krieges.

Nach einiger Zeit ließ die Schießerei nach. Als Bernhard und Edzard sich vorsichtig aufrichteten, erblickten sie in zehn Meter Entfernung Hans Petersen.

Hans lag im Schneeschmutz der Straße hinter einem umgestürzten Bauwagen. Er war ohne Waffe und in einen blauen Arbeitsanzug gekleidet. Wie war er hierher geraten?

„Den hab ich doch ins Kraftwerk geschickt!", sagte Edzard zu Bernhard.

In diesem Moment erblickte auch Hans seine Freunde Bernhard und Edzard hinter dem Stapelholz. Er richtete sich sofort halb auf und rief:

„Wartet, ich komme zu euch hinüber!"

Dann erhob er sich und rannte los. Edzard erkannte die Gefahr und schrie:

„Zurück! Hans!"

Aber es war schon zu spät.

Die Salve aus einem unbekannten Maschinengewehr traf Hans in vollem Lauf. Hans Petersen war sofort tot.

10.

Edzard drückte immer wieder sanft den Kopf von Frauke an seine rechte Schulter. Sein Hemd war von ihren Tränen durchnässt. Er hatte aufgehört, leise auf sie einzusprechen. Frauke war noch nicht in der Lage, Trost anzunehmen.

Sie hatte sofort etwas geahnt, als Edzard im schwarzen Anzug an der Tür ihres neuen Heims in Harlesiel klopfte. Unterwegs, im Zug nach Wittmund, hatte er sich viele Sätze aufgeschrieben, die er Frauke sagen wollte. Er hatte sie alle auswendig gelernt. Aber er sagte nicht einen auf.

„Wo ist Hans?", schrie sie mit entsetzlicher Stimme, als sie Edzard alleine vor der Tür erkannte. Er schaffte es nicht, große Umschweife zu machen. Er sagte ihr leise, stammelnd, mit gesenktem Kopf sofort die volle, die unerbittliche Wahrheit.

Sie stand minutenlang starr wie eine Salzsäule und blickte mit aufgerissenen Augen in eine unwirkliche Ferne, hinaus auf die Wiese, weit über den nahen Deich hinweg. Sie öffnete den Mund, aber es gelang ihr kein einziges Wort. Es gurgelte aus ihrem Hals heraus, als würde sie ersticken. Dann liefen Krämpfe durch ihren Körper.

Edzard fasste Frauke an den Schultern und schob sie vorsichtig ins Wohnzimmer. Doch schon in der Tür brach sich ihre Tränenflut Bahn. Sie trommelte gegen Edzards Brust, sie klatschte ihm ins Gesicht, sie biss auf seine Hände, sie schrie und weinte. Edzard konnte sich nicht anders helfen, als dass er sie mit aller Kraft umarmte und ihren Kopf festhielt. Schließlich ermattete sie, und er legte sie sanft auf das Sofa.

Dort lag sie mehr als eine Stunde. Edzard wagte kaum zu atmen. Er kannte Frauke ja schon jahrelang, auch er hatte sich manchmal geärgert über den Eifer von Hans, mit dem er sich um diese Deern kümmerte. Als er nun in das blasse, durchnässte Gesicht von Frauke blickte, wusste er, wie sehr er den Beiden Unrecht getan hatte. Am liebsten hätte er sich gleich bei Frauke entschuldigt, hätte vor ihr gekniet, ihre Hand gehalten, diese vielleicht sogar geküsst, und ihr gesagt, was für eine wundervolle Frau sie sei.

Nach einer Weile kamen die Nachbarn. Im Nu hatte sich auch unter den Fischern das Schreckliche herumgesprochen. Wie es friesischer Brauch ist, ließ man alles stehen und liegen und begab sich sofort zum Haus der Hinterbliebenen, stand davor, sprach leise und trauernd miteinander, drang aber nicht ins Wohnzimmer ein, wo Frauke lag. Man war da, man hielt sich bereit, man war bereit, alles Erdenkliche an Freundschaftsdiensten zu tun, um der jungen Witwe ein Überleben zu ermöglichen.

Als Edzard nach mehr als einer Stunde leise aus dem Zimmer gehen wollte, während eine Nachbarin sich um Frauke kümmerte, ihr etwas heißen Tee einflößte und ihr Gesicht mit einem warmen Lappen abtrocknete, richtete Frauke sich halb auf und sagte mit klarer, gefestigter Stimme:

„Bitte, bleib noch, Edzard."

***

Edzard zog es auch noch aus anderen Gründen als den politischen wieder ganz zurück von Oldenburg nach Wilhelmshaven: Dort war er näher dran an Harlesiel. Mindestens zweimal in der Woche fuhr er nun zu Frauke. Er half ihr beim Aufräumen der Werkstatt. Er verhandelte mit den Fischern über die Fortführung der letzten Aufträge für Hans. Er bot sich an, an Stelle von Hans, die Arbeiten zu übernehmen. Er kämpfte gegen das Misstrauen der Fischer und der Nachbarn von Frauke. Er besuchte einen Rechtsanwalt in Esens, und sprach mit ihm über einen Entschädigungs- und Kriegsrentenanspruch von Frauke, den sie in Berlin bei der Reichsregierung stellen sollte. Und er erfüllte jeden, meist nur sehr leise geäußerten, Wunsch von Frauke.

Frauke hatte sich in Schwarz gehüllt und sprach kaum ein Wort. Aber stets hielt sie eine Hand an ihrem Bauch, und gleichzeitig registrierte sie genau, was Edzard ihr berichtete, vorschlug, entwickelte. Sie hörte ihm meist schweigend, aber mit klaren, offenen Augen zu. Edzard redete immer lange und ausführlich, so wie es sonst eigentlich gar nicht seine Art war, aber er konnte sich meist nicht losreißen von Fraukes friesisch-blauen Augen. Und sie hörte ihm stets geduldig und aufmerksam zu. Sie war mit allen seinen Entscheidungen einverstanden. Sie warf nur kurze Bemerkungen ein, aus denen Edzard aber erkennen konnte, dass sie mitdachte und mitkalkulierte und genau Bescheid wusste, um welche wichtigen Zukunftsentscheidungen es für sie ging. Am Schluss der Unterredungen nickte sie meist nur zustimmend mit dem Kopf, legte eine Hand auf Edzards Unterarm und sagte:

„Ja! Hans hätte es auch so gemacht!"

***

Einige Wochen später standen Bernhard Kuhnt und Edzard Starke an der großen Seeschleuse zum Marinehafen in Wilhelmshaven. Es war ein warmer, fast schon schwüler Frühlingstag, und man konnte weit über das Jadewatt, bis nach Dangast, blicken.

Langsam wurden die weichen, ewig veränderlichen Schlickflächen des Jadewatts von den unaufhaltsamen Fluten des Abendhochwassers aufgefressen. Das Salzwasser schob träge glucksend einen dreckigen, stinkenden Schaumgürtel vor sich her, der sich brandungslos wie ein eintöniger, am Horizont endenden Demonstrationszug auf das noch heiße Watt hinaufschob. Kein Lüftchen rührte sich. Das Wasser der Nordsee bewegte sich leise ächzend wie unter einem bleiernen, flüssigen Spiegel. Der warme Frühlingstag näherte sich seinem Ende, und im Südosten, auf der anderen Seite des Jadebusens über dem Schwimmenden Moor von Sehestedt baute sich eine schwarzblaue Gewitterfront auf.

Bernhard hatte sein Amt als „Präsident einer Republik Oldenburg-Ostfriesland" längst wieder verloren. Er hatte einsehen müssen, dass er sowohl dem Sachverstand als auch dem Intrigantentum der bürgerlichen Beamten in Oldenburg nicht gewachsen war. Es kam ihm im Rückblick alles wie ein Alptraum vor. Edzard hatte sich auch enttäuscht von der Rätepolitik abgewendet, war aber noch entschlusslos, wie seine Zukunft aussehen sollte.

„Komm, Bernhard, es wird sich schon noch etwas für uns finden", sagte Edzard müde zu seinem Freund und Kameraden, der seine Arme auf das Geländer der Seeschleuse gestützt hatte und finster in die Ferne stierte.

„Wir sind doch noch keine alten Männer."

„Nein, aber wir sind ziemlich verbraucht", antwortete Bernhard Kuhnt und spuckte in das unter ihm gurgelnde Wasser der Schleusenkammer.

„Und alle unseren schönen Dampfer sind weg hier – weg von Wilhelmshaven, irgendwo interniert in einer öden schottischen Bucht, in Scapa Flow, wo sie vielleicht schon auf dem Grund des Meeres liegen. Die Engländer werden sie dort bestimmt versenken."

„Nein, das werden unsere Leute wohl selber tun", flüsterte Edzard und sah sich um, als wenn er englische Spione fürchtete, „Hast du nichts von diesen Gerüchten gehört?"

„Ja, sicher", erwiderte Bernhard müde, „meinst du, dass die ‚Prinzregent Luitpold' auch dabei sein wird?"

„Na klar! Die wird mit wehenden Fahnen untergehen – und ohne dass ein einziger Heizer in ihrem Bauch dabei krepiert! Das finde ich großartig!", schwärmte Edzard.

„Vielleicht wäre es besser für uns, wenn wir im Bauch der ‚Prinzregent' krepiert wären", sagte Bernhard finster.

Edzard blickte verwundert auf.

„Nun,", fuhr Bernhard fort, „dann wären wir jetzt Helden und keine abgehalfterten Arbeiter- und Soldatenräte."

„... und tot!", ergänzte Edzard heftig. „Tot für eine faule Sache, für die Sache des Kaisers, der Admiräle und..."

„... und der Beamten in Oldenburg", sagte Bernhard grimmig und spuckte wieder ins Wasser.

Plötzlich richtete Bernhard sich kerzengrade auf und schaute Edzard ins Gesicht:

„Hat sich das alles eigentlich für uns gelohnt, Edzard?"

Edzard legte erschrocken eine Hand auf Bernhards Schulter:

„Bernhard! Diese Frage sollten wir jetzt noch nicht stellen. Vielleicht später einmal. Die Geschichte geht weiter. Im Moment denke ich hauptsächlich an Hans Petersen – und an seine arme, junge Witwe. Wir müssen das Vermächtnis von Hans hochhalten! Er darf nicht umsonst gestorben sein! Und ich meine, dass es wirklich besser ist, wenn wir jetzt hier stehen, über das Watt blicken – und nicht im Bauch unserer Schlachtschiffe im Schlamm der Nordsee liegen. Denk doch mal daran, wie vielen Kameraden wir wahrscheinlich durch unser Handeln das Leben gerettet haben!"

In diesem Moment erblickten sie beide eine große, blonde Frau, tief in Schwarz gekleidet und mit einem deutlichen Schwangerschaftsbauch, die den Schleusenweg heraufkam und zu ihnen herüberwinkte.
„Das ist doch..."
„Ja, das ist Frauke!", rief Bernhard erstaunt aus, „Will sie wieder was von dir, Edzard?"
„Ich weiß nicht, ich hab sie doch gestern erst in Harlesiel besucht. Und sie ist doch noch nie… und es ist anstrengend für sie…", antwortete Edzard und fühlte, dass sich seine Brust verkrampfte.
„Hier seid ihr also.", sagte Frauke lächelnd und gab Bernhard und Edzard die Hand. Dann wandte sie sich Edzard zu:
„Ich wollte sehen, wie es jetzt in Wilhelmshaven aussieht und wie du hier wohnst, Edzard."
„Hättest du mir doch gestern etwas gesagt... jetzt kann ich dich nicht einmal richtig bewirten!" Edzard fühlte sich befangen wie ein Konfirmand.
„Was macht ihr denn hier auf der Schleuse?", fragte Frauke neugierig.
„Ach, wir jammern!", meinte Bernhard lässig.
„Träumt ihr von den alten Marinezeiten?", fragte sie.
„Nein, wir denken mehr an die Zukunft", erwiderte Edzard.
Frauke hörte nicht auf zu forschen:
„Hat die Sache mit dem Laden der alten Frau in Oldenburg denn nun geklappt?"

Edzard staunte, dass Frauke davon sprach. Sie hatte sich also doch etwas gemerkt von seinen Erzählungen über seine Fahrten und Pläne in Oldenburg und Wilhelmshaven. Und zum ersten Mal fragte sie auch danach.

„Nein", antwortete er, „die Sache hat sich zerschlagen. Die Frau wollte auch zu viel Geld, was ich nicht habe."

„Und was macht ihr jetzt?", fragte Frauke.

„Ich weiß nicht, was Edzard vorhat", antwortete Bernhard und blickte ins dreckige Wasser der Schleusenkammer, „ich für mein Teil werde wohl irgendwann zurück in meine Heimat nach Sachsen, nach Chemnitz-Zwickau, gehen. Dort werd´ich vielleicht auch noch in der Gewerkschaft gebraucht, anders als hier... aber erst einmal müssen wir beide uns wohl ´ne Zeitlang arbeitslos melden. Is doch so, Edzard?"

„Nein! Das tut ihr nicht!", unterbrach Frauke abrupt und stellte sich entschlossen zwischen Bernhard und Edzard auf. Sie zögerte keinen Moment, legte dann ihre Hände rechts und links auf die Unterarme der beiden Männer und sprach entschlossen weiter:

„Das hätte Hans auch nicht gemacht! Ich hab eine bessere Idee", sagte sie mit fester Stimme und schaute abwechselnd in Edzards und Bernhards Gesicht, während sie die längste Rede ihres Lebens hielt:

„Ich habe mir alles genau überlegt. Ich wollte es zuerst mit Edzard besprechen, aber der Vorschlag betrifft auch Dich, Bernhard, und deshalb ist es gut, dass ihr beide hier steht und ich hier nach Wilhelmshaven gekommen bin. Es ist nun ja alles ganz anders gekommen, als wir uns das gedacht haben. Aber Edzard hat mir in den letzten Wochen gezeigt, wie ich weiterleben kann und dafür werde ich ihm ewig dankbar sein. Und da auch ihr beide vor einer neuen, noch unbekannten Zukunft steht, möchte ich euch beiden ein Angebot machen: Ich biete Euch meine gut eingerichtete Schlosserei-Werkstatt an! Zunächst in günstiger Pacht. Ihr könnt sie natürlich auch von den Kutter-Dieselmotoren auf die alte Klempnerei umstellen. Oder beides betreiben. Ich traue euch das zu. Ihr seid doch alte Mariner! Die Werkstatt wartet auf euch: Die Werkstatt von Hans Petersen in Harlesiel – falls ihr bereit seid, von Wilhelmshaven und Oldenburg wegzugehen. Hans wird sich da oben freuen, wenn ihr für ihn weiterarbeitet. Und ich wünsche mir, dass ich weiter in Harlesiel leben kann und dass mein Kind in Harlesiel geboren wird."

Bernhard Kuhnt öffnete den Mund und sagte erfreut, dass er dieses großartige, unerwartete Angebot gerne annehme – allerdings mit der kleinen Einschränkung, dass er, für sein Teil, nur für eine gewisse Zeit zusagen wolle, wegen Sachsen und Chemnitz, seiner eigentlichen Heimat. „Aber du, Edzard, du sagst doch sofort und aus vollem Herzen ja!"

Da erst schaute er in das Gesicht von seinem Freund Edzard und bemerkte erstaunt, wie dessen Wangenmuskeln heftig zuckten und seine Augen, die er unverwandt auf die schöne Frauke richtete, sich mit Tränen füllten.

Frauke blickte, auch schon während Bernhard zu ihr sprach, nur Edzard an – fest, tief, ernst und entschlossen. Dann lächelte sie, nahm sein Gesicht zärtlich in beide Hände, wischte mit bloßen Fingern seine Tränen von seinen Wangen und flüsterte:

„Sag ja, Edzard…bitte… ich hab dich lieb!"

Der Inselmester von Juist

1.

Der Großbaum schlug unerwartet um. Ein plötzliches, heimtückisches Japsen begleitete den Ruck im Segel; es klang so, als hätte jemand noch einmal tief Luft geholt, als er seinen Entschluss unerbittlich in die Tat umsetzte.

Eine klassische Patenthalse, dachte Martin Luserke, das hatte er seinen Schülern nun jahrelang als den schlimmsten aller Segelfehler gepredigt! Während er die Pinne mit dem Knie von sich wegdrückte, um seine in den Wellen schlingernde Tjalk „Krake" wieder auf Kurs zu bringen – er saß noch auf der tief ins Wasser eintauchenden Steuerbordseite – suchte er hastig unter sich auf der Gräting nach der Großschot und holte sie mit beiden Händen dicht. Dann kroch er, steif vom langen Sitzen an der Pinne, auf die hohe Backbordkante hinauf. Das Segelboot krängte immer noch stark in der Böe. Der Wind kam jetzt eindeutig raumschots aus Südwest, wie hatte er das nur übersehen können! Aber so war es oft, wenn man alleine an Bord war. Man hing seinen Gedanken nach und schaltete den sechsten Sinn für die Gefahren ab. Dabei durfte man sich im Spätsommer, heute war doch schon der 1. September, niemals auf der Nordsee sicher und unbelästigt fühlen.

Luserke schaute am Klüverbaum vorbei, der wild- auf und abtanzte, zur grauen Silhouette der Insel Norderney. Er hatte gehofft, mit dem auflaufenden Wasser noch nach Norddeich zu kommen, aber jetzt schwamm er mitten im unangenehmen Busetief, zwischen Juist und Norderney; und er hielt direkt auf den dicken Wasserturm der Insel zu, den er nie gern ansteuerte: Dieses frühfaschistische Ungeheuer aus rotgrauen Ziegeln, viereckig, ohne Kopf, wuchtig, dumpf drohend und stets wie auf dem Sprung und gewaltbereit! Der Klotz war weithin sichtbar, sogar deutlicher als der Leuchtturm in der Mitte der Insel erkennbar – und dabei für die Seefahrer eigentlich gar nicht gedacht. Er war Anfang der Dreißiger Jahre errichtet worden, als Deutschland sich nur allzu bereitwillig den

Nazis ergeben hatte. Trotzdem taten ihm die Fischer und Segler immer wieder mal die Ehre an und hielt auf den Brocken zu, weil er als Landmarke einfach unübersehbar war.

Martin Luserke hatte Norderney auf seinen Fahrten meistens gemieden. Erstens war dort ein lauter Fährhafen, in dem die redseligen Berliner oder Hannoveraner Kurgäste aus den modernen Frisiadampfern stiegen und auf die Insel einfielen. Und oft machten sie dabei beim Anblick der kräftigen, holländischen Tjalk von Luserke dumme Bemerkungen über die Vorzüge der Rennjollen vom Wannsee oder Maschsee, über die sie dann selber wiehernd lachten. Und drittens verachtete er die Bereitschaft der Norderneyer Inselbewohner, sich aus kommerziellen Gründen den jeweils Mächtigen in dieser Welt bereitwillig anzupassen. Im 19. Jahrhundert waren das auch sogar einige jüdische Kaufleute und Intellektuelle gewesen, darunter der Dichter Heinrich Heine, heute nun war es die neue Schicht der völkischen Emporkömmlinge. Und diese warb man neuerdings damit an, dass in den Prospekten die Insel als „judenfrei" gepriesen wurde. Dabei hatte gerade Norderney den Juden beim Aufstieg zum anerkannten Kurseebad, eines von den ältesten an Deutschlands Küsten, Einiges zu verdanken.

Die See hier kurz vor dem Hohen Riff begann bei „Wind gegen Strom" nicht nur kabbelig zu werden, nein, sie lief in langen Wellen immer deutlicher zu einer gefährlichen Brandung auf, die sich querab in südöstlicher Richtung von der „Krake", keine hundert Meter entfernt, schon viele Meter breit schäumend zu überschlagen begann. Martin Luserke schaute mit Unbehagen zu den weißen Wellenlämmern auf Steuerbord hinüber. Er änderte den Kurs einige Grad nach Norden hin, um ja nicht vom Flutstrom auf das Hohe Riff im Watt zwischen Norderney und Norddeich getrieben zu werden. Außerdem konnte er die Wellen so besser anschneiden. Seine alte, holländische Tjalk konnte zwar eine Menge an Wind und Wellengang vertragen, aber nur, wenn sie genügend freien Seeraum um sich herum hatte. Quer in einer gefährlichen und hohen Brandung liegend würde sie ihre berühmte Kentersicherheit wohl kaum mehr unter Beweis stellen können.

Besorgt schaute er nach oben auf das ungereffte, braune Großsegel. Er wusste, dass die Tjalk für diesen Wind zu viel Segel trug. Aber was sollte er machen, alleine an Bord? Er hatte mit allen Händen zu tun, um die „Krake" auf Kurs und fern von der Brandung zu halten. Natürlich wieder ein schwerer Verstoß gegen gute Seemannschaft. Hätte er nicht schon früher reffen können, als er noch gemütlich übers Watt dümpelte, als aber fern am Horizont schon die blaue Wand aufzog? Wie jeder gute Lehrer, war er selbstkritisch und dachte mit Unbehagen daran, was die Schüler von ihm sagen würden, wenn sie ihn jetzt sehen könnten.

Er merkte, dass er nur knapp am Hohen Riff vorbeikommen würde. Höher an den Wind konnte er nicht mehr gehen, weil er zuviel Segelfläche hatte. Abfallen durfte er nicht, denn der Flutstrom setzte stark auf das Watt zu. Kreuzen wollte er möglichst nicht, weil das zu viel Kraft kostete. Finster starrte er auf den dunklen Wasserturm von Norderney, den er knapp am Klüverbaum vorbei ansteuern musste. Leider waren die wenigen Fahrwasser-Tonnen in diesem Gebiet in der milchigen Septembersuppe des heraufziehenden Sturmtiefs längst verschwunden. Also musste er sich wieder einmal an den blöden Wasserturm halten, an dieses böse Zeichen des nordischen Stumpfsinns.

Der Sommersturm heulte. Regenböen peitschten übers Watt. Glücklicherweise hatte Luserke sein Ölzeug schon vor zwei Stunden, zum Schutz gegen den kühlen Wind, angezogen. Es war sechs Uhr abends, in zwei Stunden würde es dunkel sein. Bis dahin musste er im Hafen von Norderney angelegt haben. Oder sollte er ankern? Nein, die Aussicht auf eine Sturmnacht bei Hochwasser und fast noch im Seegatt zwischen Juist und Norderney war alles andere als aufmunternd. Er würde kein Auge zumachen und nichts essen können. Er musste in den Schutz der Insel gelangen und dort versuchen, die Segel zu bergen.

Aber auch das würde schwer werden. Bei Südwest könnte er erst im Hafen einen Aufschießer wagen und das Großsegel fallen lassen. Vielleicht wäre es doch besser gewesen, sich in diesem Sommer noch einen dieser neuartigen Dieselmotoren in die Tjalk einbauen zu lassen. Dann hätte er jetzt wenigstens ein ruhigeres Leben. Aber andererseits... die Kosten! Und das Prinzip! Er war ein echter Segler, nicht einer dieser aus dem Reich hergereisten, bramarbasierenden Wehr- und Motorsportler! Und wie sollte er jetzt wohl Segel und Motor gleichzeitig bergen, beziehungsweise bedienen? Luserke war es gewohnt, alleine zu segeln, doch bei solchem Wetter fühlte er sich immer irgendwie im Stich gelassen.

Doch Martin Luserke kämpfte, wie stets in seinem Leben. Und dieser Kampf mit den Elementen dauerte exakt zwei Stunden, dann hatte Martin Luserke ihn gewonnen. Da wusste er noch nicht, dass dies einer seiner letzten Siege sein würde. Zwei Stunden lang dauerte sein Ringkampf mit den Naturgewalten – mit Wind, Wellen, Strömung und Dunkelheit; aber er kannte seinen Gegner seit vielen Jahren, er wusste ihn richtig einzuschätzen und achtete ihn. Es war ein ritterlicher Kampf, bei dem es um viel, ja, um das Leben ging, bei dem aber alle Gefahren, Angriffe und Aufbäumungen klar erkennbar und berechenbar waren. Wenn man, so wie Mester Luserke das tat, seine Mittel und Kräfte richtig zuordnete und einsetzte, wenn man die kleine Nussschale, sein Boot, sicher über die Wellen und fern von den Untiefen des Watts führte, dann wurde man auch mit dem Erreichen des angesteuerten Ziels belohnt. Über solchen Gedanken vergaß Martin Luserke sogar, dass er bis auf die Haut durchnässt war.

Befriedigt drehte er die „Krake" im letzten Dämmerlicht vor der geschützten Fährmole von Norderney in den Wind, ließ das Großsegel fallen und holte die knatternde Fock ein. Zum Glück hatte er das Klüversegel nicht gesetzt. Nur vom achterlichen Südwestwind getrieben, ohne Segel, driftete die „Krake" in das Hafenbecken. Erstaunt rieben sich einige Hafenarbeiter die Augen, erkannten dann aber rasch die an der ganzen, ostfriesischen Küste bekannte „Krake" mit dem Inselmester Luserke und legten beim Anlegemanöver mit Hand an.

Mit Mühe hatte Luserke den Hafen von Norderney erreicht, mit Mühe hatte er das Hohe Riff umsegelt. An diesem Abend wunderte er sich nur, dass die Hafenarbeiter nicht wie sonst bereit waren für eine kleine „Proteree", wie sie auf Plattdeutsch sagten. Nein, sie wandten sich nach dem Anlegen der „Krake" sofort wieder ab, standen aber überall auf der Mole in Grüppchen herum und tuschelten gedämpft miteinander. Luserke konnte aus der Entfernung nicht hören, worum sich die ganze Aufregung drehte. Er war auch zu müde, um selber hinüber zu gehen und zu fragen.

Plötzlich kreischte der überdrehte Schiffslautsprecher der Frisiafähre zur „Krake" herüber. Und Martin Luserke hörte mit Entsetzen die Nachricht, welche an diesem 1. September des Jahres 1939 die Welt erschütterte und die der selbsternannte Führer Adolf Hitler mit heiserer, japsender Stimme über den Äther hinausschrie: „Seit 5.45 Uhr wird zurückgeschossen..."

In der folgenden Sturmnacht tat Martin Luserke auf seiner Tjalk im sturmsicheren Hafen von Norderney kein Auge zu. Er schlief nicht, weil der Septembersturm unablässig in allen Wanten, Tauen und Fallen seiner Tjalk und der benachbarten Fischkutter jaulte und wimmerte. Das Hochwasser gegen Mitternacht, das höher als normal auflief, verursachte einen gewaltigen Schwell im Hafenbecken, der die festgemachten Schiffe wie Korken auf dem Wasser an der Kaimauer auf- und abtanzen ließ.

Aber vor allem schlief der entlassene Inselmester auch deshalb nicht, weil wieder Krieg war, wieder Krieg nach einundzwanzig Jahren eines trügerischen Friedens. Diesmal, anscheinend, war es nur ein kleinerer Krieg mit Polen, aber wer wusste schon, was daraus noch werden konnte?

Es war eben Krieg – und Martin Luserke begehrte, nicht schuld daran zu sein. Seine Sorgen vor der Zukunft vermengten sich mit düsteren Erinnerungen aus seinem Leben.

2.

Der junge, neunundzwanzigjährige Lehrer schaute an dem gelblichen Sandsteinportal des Kaiser-Wilhelm-Gymnasiums empor. Das würde jetzt also für unbestimmte Zeit seine

Wirkungsstätte sein. Die Ähnlichkeit mit einer Kaserne ist unübersehbar, dachte er melancholisch. Ein Schüler schlenderte vorbei. „Guten Morgen, Herr Doktor!", rief dieser fröhlich. „Bin keiner...", murmelte Martin Luserke hinterher.

Er schaute noch einmal zurück auf das Gewimmel der Kutschen und Fußgänger auf der Straße vor der Schule. Zeitungsjungen riefen Extrablätter aus. Irgendwo war wieder eine „Bosnische Krise" ausgebrochen. Luserke dachte an das Wort des alten Reichskanzlers Bismarck, wonach der Balkan nicht die Knochen eines einzigen, pommerschen Grenadiers wert sei, und beruhigte sich mit dem Gedanken, dass dieses Mal wohl wieder, wie so oft, das ferne Gewitter abziehen würde.

Jetzt wurde es aber auch Zeit, sich beim Herrn Direktor vorzustellen. Martin Luserke schritt langsam die wuchtige Treppe hinauf, deren Steinstufen von vielen Schülergenerationen abgewetzt waren. Kurz darauf stand er vor der grauhaarigen Sekretärin des Direktors Dr. Wuttke.

„Der Herr Direktor erwartet Sie schon!", sagte die Dame streng und musterte ihn mit dem Blick einer Frau an entscheidender, aber dennoch formal untergeordneter Stelle, von der aus sie sicherlich schon jahrzehntelang unzählige Lehrer hatte kommen und gehen, sich aufplustern oder scheitern sehen. Luserke dachte, sie sieht aus, als wenn sie selber hat Lehrerin werden wollen, doch nicht hat werden können, weil sie entweder überstürzt geheiratet hat oder einen alten, kranken Vater zu pflegen hatte. Jaja, das Los der Frauen: Im Schuldienst waren sie ja immer noch, selbst jetzt im Jahre 1909, nur unverheiratet zugelassen. Warum eigentlich? Konnten die sich nicht viel leichter als die Verheirateten an einem schmucken Oberprimaner vergreifen? Aber nein, an so etwas dachte ein preußischer Schulrat nicht mal im Traum. Vielmehr konnte oder wollte man sich nicht vorstellen, dass verheiratete Frauen zugleich ihren Ehe- und Schulpflichten nachkommen würden. Ehefrau zu sein war ein Beruf und – ein Joch. Martin dachte grübelnd an seine Mitschülerinnen, die vor wenigen Jahren zu den Ersten gehört hatten, die in Berlin ihr Abitur ablegten. Wie selbstbewusst, kritisch und intelligent sie doch gewesen waren! Ob die sich noch lange ein solches Joch gefallen lassen würden?

Fräulein Schlößke, so ließ sich die Sekretärin von den ins Vorzimmer eintretenden Lehrern nennen, Fräulein Schlößke also hielt es nicht einmal für nötig, dem jungen, neuen Lehrer einen Stuhl anzubieten. Martin Luserke wartete also geduldig stehend vor ihrem Schreibtisch, bis sie mit dem Ausfüllen irgendeiner Statistik fertig war. Dann erst klopfte sie an die Tür des Herrn Direktors.

Direktor Wuttke wiederholte exakt das Spielchen seiner Sekretärin, murmelte ein schnelles „Guten Tag", blickte dabei nur kurz hoch, vertiefte sich minutenlang in ein Schreiben, raffte sich dann schließlich auf und bot Martin Luserke einen hochlehnigen, unbequemen Stuhl an.

„Sie sind also der Assessor Martin Luserke!", begann er.

„Jawohl, Herr Direktor", antwortete Luserke, „29 Jahre alt, mit einjähriger Unterrichtspraxis am Realgymnasium Halberstadt in den Fächern Deutsch und Geschichte. Hier sind meine Unterlagen." Er reichte seine Mappe hinüber.

„Nun, davon später", sagte der Direktor. „Ich würde gerne noch ein wenig mehr von Ihren Vorstellungen über den Pflichtbegriff in unseren Schulen erfahren, natürlich nicht nur ausschließlich im Kantschen Sinne, sondern auch mit den erweiterten Aspekten unseres volkstümlichen Kaisertums in einer großen, preußischen Zeit in Deutschland."

Martin grauste es. Am liebsten hätte er jetzt auch gleich auf die Rechte hingewiesen, die Lehrer und Schüler am Beginn des 20. Jahrhunderts laut Gesetz und Reichsverfassung zugewiesen bekommen hatten. Aber er verkniff sich das. Wusste er doch zu gut, was der Herr Direktor da vor ihm erwartete. Er musste nun mal mit den Wölfen heulen, wollte er diese Anstellung bekommen, auf die er dringend angewiesen war. Was er dann später hinter den geschlossenen Klassentüren machte, war zwar auch nicht ganz ohne Öffentlichkeit, aber bei geschicktem, einvernehmlichem Eingehen auf die Schüler würde er viel Neues und Aufklärerisches in die jungen Köpfe pflanzen können.

Also näselte Assessor Martin Luserke einen Essay über Kant und dessen Pflichtbegriff herunter, den er schon seit einigen Jahren, seit seinem „Philosophikum" an der Universität in Göttingen, eingeübt hatte und den er im Ton der schlagenden

Burschenschaftler vortrug. Erfahrungsgemäß war dies der beste Sprach- und Sprechstil, mit dem man einen schon weit über fünfzig Jahre alten Bildungsbeamten in Preußen beeindrucken und täuschen konnte.

Die Täuschung gelang. Martin Luserke wurde noch am gleichen Tag als „Hilfslehrer" mit halbem Gehalt am Kaiser-Wilhelm-Gymnasium zu Berlin eingestellt.

Er unterrichte Deutsch und Geschichte hauptsächlich in der Untersekunda, also in der Klasse, in der die Schüler kurz vor ihrer „Mittleren Reife" standen. Martin Luserke wollte das Altmodische stürzen. Es sollte doch nicht mehr die Regel sein, dass nur adlige und großbürgerliche Dummköpfe auf den Schulbänken der Gymnasien saßen und sich mit modernen Naturwissenschaften abplagten, obwohl diese kleinen, hochnäsigen Quälgeister nichts anderes im Kopf hatten als ihre ostelbische Rittergut-Kornklitschen oder eine mittlere Fabrik am Rande von Berlin zu erben. Und junge Bengels träumten nur davon, Rekrutenmassen auf dem Kasernenhof im Potsdamer Garderegiment zu scheuchen. Bildung hatte nichts mit junkernhafter Landwirtschaft und preußischem Militär zu tun. Bildung war eine Sache des Verstandes und des Herzens, begründet in Deutschland auf Lessing, Kant, Goethe und Schiller. Alle vier waren Kosmopoliten gewesen, hatten sich primär als Weltbürger und nicht als Preuße, Sachse oder Hesse gefühlt, und Martin Luserke fühlte sich ihnen verbunden. Es durfte nicht mehr sein, dass klugen, wissbegierigen und lernbereiten Mädchen die Lehrbücher und Romane aus den Händen gerissen wurden, damit diese frei gemacht waren für Küchen-, Nacht- und Kindergeschirr oder zur krampfigen Umarmung eines stiernackigen Assessors oder Landrats. Es war Hochverrat am deutschen Geist, wenn aller Sinn, alle Kreativität und alle Begeisterung der Jungen und Mädchen in seiner Untersekunda auf die Ausdehnung des deutschen Kolonialreiches oder die Vermehrung der deutschen Hochseeflotte gerichtet war.

Doch wie konnte man hier Abhilfe schaffen? Martin Luserke dachte oft darüber nach, wenn er seine Korrekturen beiseite gelegt hatte und ein wenig spazierenging.

Klar war ihm nur, dass Schluss gemacht werden musste mit einem Bildungskasernismus, der besonders in der Zeit des zweiten Kaisers Wilhelm unerträglich geworden war, der keine Luft mehr ließ zum geistigen Atmen, zum Ausschreiten in neue Wissens-, Lern- und Erlebnisbereiche. Aber immer noch gab es genügend stocksteife Kathedergötzen und aschgraue Spinatwachteln – selbstverständlich unverheiratete und unbekinderte – an den Lehrerpulten, die wie Throne erhöht vor den Schülerbänken standen.

Martin Luserke wollte seinen Schülern abgewöhnen, bei seinem Eintreten in den Klassenraum ein „Achtung" zu brüllen, aufzuspringen, neben die Schulbänke zu treten und die Hände an die Oberschenkel zu legen. Er sagte ihnen, dass es ihm genüge, wenn sie stille wären und freundlich sein „Guten Morgen" erwiderten.

„Aber wir machen das doch bei allen Lehrern so", war das fast widerwillig vorgebrachte Argument des Klassensprechers. Und diese Kasernenhofmonotonie verhinderte schließlich auch, dass Luserke sich durchsetzte. Er gab es auf, die erstaunten Schüler immer wieder zum Sitzenbleiben in ihren Bänken aufzufordern. Doch er gab nicht auf, mit ruhiger, gleichmäßiger Stimme den Unterricht zu beginnen und fortzuführen, ohne jemals in eine kehlige Militärsprache zu verfallen.

Der Unterricht zog sich einige Jahre so dahin. Martin Luserke hatte allmählich das Gefühl, dass er auf einer Insel lebte. Einer Insel, in der die Wirklichkeit nur noch begrenzt wahrnehmbar war. Aber so war das wohl schon immer in einem deutschen, humanistischen Gymnasium gewesen.

Und dann kam der August 1914. Die Weltgeschichte hielt im heißen Julimonat davor noch einmal kurz den Atem an – und brüllte dann umso ungehemmter los.

Martin schlich bedrückt durch die Gänge der Schule und tat gerade das nicht, dessen sich viele seiner Kollegen in diesen Woche nicht enthalten konnten, nämlich vor den Oberprimanern pathetische Kriegsreden zu halten, die halb erwachsene

Schüler in die Meldebüros für Freiwillige und wenig später bei Langemarck in Belgien in den Tod schickten. Martin Luserke war froh, dass er in seiner Untersekunda immer noch im Fach Geschichte bei der Zeit der Reformation war, so dass es ihm erspart blieb, aktuelle Bezüge herzustellen. Sicherlich war auch er am Anfang des Krieges, den man schon bald den „Großen Europäischen Krieg" nannte, empört über die Scheinheiligkeit der französischen und englischen Regierungen, die Deutschland in die offenen Messer der Kriegserklärungen Ende Juli, Anfang August 1914 laufen ließen. Aber bei den hitzigen Diskussionen im Lehrerzimmer, bei denen die kriegsbegeisterten Reserveoffiziere im Lehrkörper das große Wort führten, vermied Martin es, seinen Unmut über die Tatsache auszudrücken, dass ja schließlich alle Kriegserklärungen, außer der englischen, zuerst von Deutschland und Österreich ausgesprochen worden waren. Und die englische Kriegserklärung war doch eindeutig durch den deutschen Einmarsch nach Belgien bedingt. Also wie konnte man unter diesen Umständen wahrhaft daran glauben, dass Deutschland von allen anderen europäischen Mächten, außer Österreich-Ungarn, überfallen und im Stich gelassen worden war?

Der Krieg zog sich hin und war keineswegs schon im Herbst – „wenn das Laub fällt", wie der Kaiser zu sagen beliebte – zu Ende. Martin Luserke – immerhin jetzt schon 34 Jahre alt und, da kein Reserveoffizier, nicht eingezogen – hielt weiter verdrossen seinen Geschichtsunterricht, redete von den Werten des aufgeklärten Absolutismus in Preußen, pries die Doppelfunktion der Ämter in der Römischen Republik, wich aber konsequent der in den Lehrplänen geforderten chronologischen Darstellung der preußischen Könige aus.

Die Zeitungen in Berlin waren voll von wunderbaren Berichten über die deutsche Hochseeflotte, die kampfbereit und angeblich siegessicher in ihren Nord- und Ostseehäfen bereit lag. Martin hatte das Meer noch nie in seinem Leben gesehen – war er doch in Berlin geboren – aber er liebte das Wasser und segelte hin und wieder mit Freunden auf dem Wannsee. Dass man aber, wie es der Kaiser Wilhelm offensichtlich tat, aus der

Freude am Wassersport heraus die englische See- und Weltmacht auf den sieben Weltmeeren gleichsam en passant herausfordern und möglichst demütigen wollte – mit Hilfe einer aufgeblähten Flottenrüstung – das befremdete ihn.

Und dann kam der Tag von Skagerrak. Die Seeschlacht in der nördlichen Nordsee am 31. Mai und 1. Juni 1916 wurde in den deutschen Zeitungen als großer Sieg gefeiert, obwohl sie tatsächlich höchstens ein Unentschieden sein konnte, wie Martin Luserke nach intensiver Lektüre der Berichte klar wurde. Zweieinhalb Tausend „blaue Jungs des Kaisers" hatten den Tod gefunden. Dazu kam der Verlust von elf Schiffen. Aber man hatte wenigstens die sieggewohnte englische Flotte zum Rückzug gezwungen; und deren Verluste waren höher: 6000 Tote.

Das Sterben der jetzt sogenannten „Helden von Skagerrak" war fürchterlich gewesen. Das erfuhr Martin bei einem zweistündigen Gespräch auf einer Parkbank am Rande des Wannsees von einem verwundeten Mariner aus Wilhelmshaven, der ihm sein Herz ausschüttete – mit Tränen in den Augen.

Der Matrose hatte an der Seeschlacht selber teilgenommen, hatte einen Arm verloren – aber was schlimmer war: Er hatte seine Zuversicht eingebüßt und ihn beschäftigten quälend die wilden Gerüchte, die in der Marine umliefen.

Zum Beispiel die Erzählung von den im Zwischendeck Eingeschlossenen: Mehrere Treffer hatten auf einem Kreuzer den Deckel im Panzerdeck verklemmt. Zwanzig Mann hielten darunter in der Finsternis den Atem an, lauschten auf die schwachen, metallischen Töne, die eine Reparaturgruppe oben hilflos verursachte, ohne jede Aussicht auf Erfolg. Dann fauchten wieder in flacher Flugbahn die englischen Granaten heran, rissen dem Schiff die Flanken auf, verwandelten das Vordeck in eine brodelnde Hölle aus Hitze, schwarzem Rauch und berstendem Eisen, verwandelten Stiefel, Werkzeuge, losgerissene Gegenstände und sogar die Leiber der auf Tragen liegenden Verwundeten in Geschosse, die losfegten und am nächsten Hindernis zerplatzten

Als die Überlebenden sich am Bug sammelten und in die Boote gehen wollten, hieß es:

„Im Panzerdeck sind noch welche!"

Der Kommandant schickte einen Bootsmann mit sechs Mann nach hinten. Die Männer verschwanden in dem rötlichen Brodeln und kamen nach einigen Minuten ächzend und keuchend aus dem glühenden Ofen zurück. Zwei von ihnen fehlten. Die anderen berichteten stockend, dass das Panzerdeck eine einzige glühende Platte sei. Der Deckel sei zwar durch die Hitze inzwischen von selber aufgesprungen, aber kein Kamerad sei herausgekrochen, kein menschlicher Laut sei mehr in dem Höllenfeuer zu vernehmen.

Später, als der Brand gelöscht worden war, hatte man die Bedienungsmannschaft im Panzerturm gefunden, äußerlich fast unversehrt, mit den Händen an den Bedienungsrädern, den hohlen, leergebrannten Augen an den Zielfernrohren, dem Finger am Abfeuerknopf. Als man sie aber anrührte und zu bergen versuchte, waren sie alle zu Staub zerfallen.
Das Panzerdeck als Krematorium.
Zurück blieben nur Staub und weiße Knochen.
Oder das Gerücht von der Selbstflutung der Abteilung III auf der „Seydlitz": Als der Turm Caesar und der Turm Dora in die Luft flogen, wurde der Befehl gegeben, augenblicklich die Flutventile zur Abteilung III zu öffnen, um den Brand zu löschen, der das ganze Schiff gefährdete. Alle oben wussten: Im blauen Schein der Notbeleuchtung warteten unten noch in den Gängen die Heizerfreiwache und die Reservemannschaft in gefechtsmäßiger Bereitschaft.
Und dann musste das geschehen, was den Kameraden das Blut in den Adern gefrieren ließ: Drei Mann – der Erste Offizier, der Pumpenmeister und der Pumpenmeistergast – sollen den Befehl in kameradschaftlicher und tödlicher Solidarität durchgeführt haben, sollen die Handräder der Flutventile langsam in der mörderischen Richtung gedreht haben, mit geschlossenen Augen: „Eins, zwei, drei... zuuuuuu-gleich!" Zehn volle Umdrehungen – bis das Wasser gurgelnd in die Abteilung III schoss und über hundert Kameraden – Matrosen, Heizer und blutjunge Seekadetten – wie junge Katzen ertränkte. Aber die „Seydlitz" war fürs erste gerettet.

Am Wannsee lernte Martin Luserke auch seine Frau fürs Leben kennen – mitten im Kriege, nach einer gemeinsamen Segeltour auf einem der Leihboote vom Grunewald. Martin und Annemarie waren schon ein paar Mal gesegelt, aber an diesem Tage, als nur ein schwacher Hauch wehte und die Segel wenig Aufmerksamkeit erheischten, an diesem Tage knisterte es zwischen ihnen. Annemarie war eine schlanke, blonde „Haustochter", wie es damals hieß, ein junges, bürgerliches Mädchen aus gutem Beamtenhaus – der Vater war Bahnhofsvorsteher in Potsdam – ein Mädchen mit guter Erziehung, allerdings nur bis zum sogenannten „Puddingsabitur" und mit ausgeprägten musischen Neigungen. Seit Kriegsbeginn arbeitete sie in einem Altersheim. Annemarie spielte Geige, Flöte, Klavier und Cembalo. Martin hielt sie zuerst für ein typisches, langweiliges Produkt der wilhelminischen Bürgerlichkeit, aber als er im Segelclub einige Male kurz vor einem Gewitter bemerkt hatte, wie umsichtig und mutig Annemarie die jüngeren Mitglieder anwies, die Segel zu reffen und das Gerät zu sichern, da ging ihm das Herz auf.

Und an diesem Tag der Flaute küsste er sie zum ersten Mal, wobei er sogleich merkte, dass sie schon darauf gewartet hatte. Bei anderen Frauen wäre dies Gefühl für ihn ein Grund zum Rückzug gewesen, bei Annemarie aber beflügelte und beglückte es ihn. Von diesem Tag an klebten sie beide aneinander. Es gab bald Getuschel im Segelverein und sogar eine mehr oder weniger augenzwinkernde Ermahnung von Herr Direktor Wuttke für Martin, dass er – bitte schön! – sich seiner männlichen Verantwortung – nicht wahr! – in angemessener Weise bewusst sein solle und doch keinesfalls nur leichtsinnigerweise die Wonnen des weiblichen Geschlechts – ä' hemm! – heimlich genießend sich anheischig machen dürfe! Der Lehrerstand habe nun einmal den Charakter der Würde und des Vorbilds und stehe insoweit im Blickpunkt der Öffentlichkeit, dass auch er – als Direktor dieser altehrwürdigen Anstalt – keinen Kollegen im Stande der Unkeuschheit und der faustischen Unentschlossenheit dulden dürfe! Kurzum! – ä' hem – wann er, lieber Kollege Luserke, denn nun endlich zu heiraten gedenke!

Martin hätte sich in anderen Fällen wiederum sofort von dem „weiblichen Wesen" entfernt und seinen Stand der Keuschheit und der Unabhängigkeit öffentlich wieder zementiert. Bei Annemarie war das aber anders. Er heiratete sie tatsächlich – mit ihrer liebenden Zustimmung und mit wohlwollender Genehmigung der stolzen Eltern – schon nach zwei Monaten. Da Krieg war, wurde die Feier klein gehalten und Annemarie erhielt sogar die Erlaubnis, weiter ihrer Arbeit in einem Altersheim nachzugehen, was normalerweise für eine verheiratete Lehrersfrau unschicklich gewesen wäre. Aber Martin war froh, dass er mit einer selber arbeitenden Frau ein gleichberechtigtes, weibliches Wesen, das er sehr liebte, an seiner Seite wusste. Er rechnete damit, schon bald Kinder zu haben und somit eine richtige Familie zu gründen. Doch so schnell ging das nicht.

In dieser Zeit entdeckte der Lehrer Martin Luserke das Laienspiel in der Schule. Er entdeckte es als einen praktischen, kreativen Weg, um nach dem reinen, ermüdenden Lesen der klassischen Dramen im Deutschunterricht die Lebendigkeit und Aktualität der Gedanken und Gefühle der Dichter in den großen Werken der Weltliteratur sichtbar auf der Schulbühne aufleben zu lassen. Er vermied es, die laienspielenden Schüler zum mehr oder weniger perfekten Dilettantismus aufzupeitschen, indem man den großen Bühnen und den Berufschauspielern nachäffte – nein, er benutzte eine Reihe von Schulaufführungen mit seinen Schülern dazu, die Gestaltung der Gesamtbewegung auf einer Bühne, die Durchdringung des Spiels mit Musik, die lebendige Beziehung zwischen Bühne und Zuschauerraum, die Gewöhnung an eine Öffentlichkeit und die Freude am eigenen Gestalten von dichterischen Figuren und Charakteren auszuprobieren und praktisch-handelnd wirksam werden zu lassen. Als Beispiele der höchsten Stufe, zu der solche Schulaufführungen als gute Skizzen von klassischen Werken sich steigern können, fand Martin Luserke sehr rasch die Lustspiele von William Shakespeare heraus.

Und während alle Welt in Deutschland vom „perfiden Albion" tönte, das Deutschland mit seiner Flotte an den Rand des „Platzes an der Sonne" auf dieser Erde zu drängen gedachte, spielte der Lehrer Luserke unbeirrt mit seinen Schülern ein bis zwei Mal im Jahr ein Stück des berühmten, englischen Dramatikers. Am meisten Freude und Anerkennung erheischten er und seine Schüler – verstärkt durch ältere Schülerinnen eines nahen Lyzeums – mit dem wunderbaren „Sommernachts-Traum". Und das in dieser Kriegszeit – es war wirklich ein Traum.

3.

Der Krieg ging weiter und blieb zunächst unentschieden. Doch dann schied Russland fast sang- und klanglos im Februar 1917 als ernstzunehmender Faktor im großen Ringen der Mächte aus: Die Februarrevolution, die einzige wirkliche, vom Volk ausgehende Revolution in dem östlichen Riesenreich, fegte das Zarenregime hinweg. Ein junger, knapp dreißigjähriger, Rechtsanwalt mit Namen Alexander Kerenski führte die Volksmassen an und setzte sich mit seiner Partei, den Sozialrevolutionären, an die Spitze der Regierung. Die Zarenfamilie wurde unter Hausarrest gestellt. Zusehr hatte sie in den vergangenen Jahren die Phantasie und die Geduld des russischen Volkes strapaziert.

Was waren nicht alles für unglaubliche Gerüchte im Umlauf: Die Zarin – eine gebürtige Deutsche auch noch! – erlag immer mehr den religiösen, und wie man tuschelte: vielleicht auch den sexuellen, Einflüsterungen des angeblichen Wunderheilers Rasputin. Nur Rasputin konnte nach Meinung der Herrscherin die Bluterkrankheit des jungen Thronfolgers Alexej im Zaum halten. Dabei wurde die unheilbare Erkrankung des Thronfolgers nicht nur von den Intellektuellen im Volk längst als untrügliche Vorausdeutung für den schicksalhaften Sturz des 300-jährigen Zarenthrons in Moskau angesehen.

Als dann immer mehr Gerüchte von sexuellen Ausschweifungen des gewalttätigen Rasputin in Moskauer Freudenhäusern in Umlauf gelangten, griff eine Gruppe von Moskauer Aristokraten zur äußersten Tat, zum Mordkomplott. Rasputin wurde im Dezember 1916 in besoffenem Zustand von mehreren

Revolverkugeln niedergetreckt, von denen ihn aber keine töten konnte. Erst sein Sturz ins Eiswasser der Moskwa brachte ihn wirklich um – und rettete den Zarenthron nur für eine kurze Frist von zwei Monaten.

Der Mörder von Rasputin, ein russischer Großfürst, war im Grunde genommen selber nur ein verbitterter, um seine eigenen Pfründe fürchtenden Großgrundbesitzer, und seine Tat führte nur vorübergehend zu einer Beruhigung der überhitzten Hofatmosphäre. Bald trat wieder die katastrophale Kriegslage für die meisten Russen in den Vordergrund und sorgte für gesteigerte Befürchtungen und Zukunftsängste. Ein Sieg gegen die deutsch-österreichischen Truppen im Osten Europas war fast unmöglich geworden, alles schien nur noch von der Entwicklung an der Westfront in Frankreich abzuhängen, auch das zukünftige Schicksal Russlands.

Ein gewisser Wladimir Iljitsch Lenin, der seit Jahren im Exil in Zürich lebte und radikal kommunistisch-bolschewistische Ansichten vertrat, meldete sich vehement mit Flugschriften und Artikeln in radikalen Zeitungen zu Wort. Er forderte die proletarische Revolution auf der Grundlage der materialistischen und dialektischen Klassenkampftheorie von Karl Marx. Und Lenin sagte, gemäß seiner eigenen Imperialismustheorie, den totalen Untergang aller kriegführenden, kapitalistischen Mächte voraus.

Das war im Grunde genommen für den einfachen, russischen Patrioten auch kein Trost! Dagegen konnte man wenigstens Alexander Kerenski noch folgen, der mehr Gerechtigkeit und Gleichheit durch Demokratie und die Einsetzung eines Parlamentes, der Duma, versprach. Allerdings verlangte er die aktive Mithilfe des Volkes und einen weiteren, unerbittlichen Kampf gegen die deutschen Feinde.

Doch das russische Volk war kriegsmüde. Es hatte schon allzu viele Opfer gebracht. Der russische Muschik war seit 1914 an vielen Fronten sinnlos verblutet, verhungert oder erfroren. Irgendwann ging auch die Geduld dieser so leidensfähigen Bevölkerung zu Ende. Und als im Februar 1917 der Zar gestürzt und mit seiner gesamten Familie von der sozialrevolutionären, provisorischen Regierung in Haft genommen worden war, da gab es nur einen großen, gemeinsamen Wunsch des russischen Volkes: Frieden, Frieden, Frieden!

In dieser Atmosphäre machte Kerenski den entscheidenden Fehler, der ihn schließlich die Macht kosten sollte. Er forderte weitere, bittere Opfer des russischen Volkes im Kampf gegen die, immer noch weit im eigenen Land stehenden, Deutschen. Im Juli 1917 wurde die Kornilov-Offensive – benannt nach einem dickköpfigen, ehemaligen zaristischen General – schwerfällig und unter neuen, ungeheuren Opfern in Gang gesetzt. Nach wenigen Wochen war auch diese letzte, große Offensive der Russen gescheitert.

Von nun an führte der Schicksalsweg von Alexander Kerenski unaufhaltsam abwärts, während auf der anderen Seite der Stern von Wladimir Iljitsch Lenin immer höher hinaufstieg. Und als im Oktober 1917 eine kleine, entschlossene Gruppe von Bolschewiki, den Anhängern Lenins, das Winterpalais in St. Petersburg stürmte und Kerenski und seine Regierung nach Finnland verjagte, da hatte das russische Volk selber zwar nur herzlich wenig Anteil an dieser sogenannten „Oktoberrevolution", aber es weinte der sozialdemokratischen Regierung um Kerenski auch keine Träne nach – zumal Lenin einen sofortigen Waffenstillstand mit Deutschland und Österreich versprach.

Doch zur gleichen Zeit waren auch schon wichtige Entscheidungen im Westen gefallen. Dort herrschte seit Anfang 1917 die große Ruhe vor dem Sturm.

Und wie alle großen Stürme im großeuropäischen Klima entwickelte sich dieser Schlusssturm des 1. Weltkrieges über dem Atlantik, dem Schicksalsozean zwischen der Alten und der Neuen Welt. Er wurde durch einen rapiden Barometersturz im deutsch-US-amerikanischen Verhältnis eingeleitet und betraf zunächst nur die deutschen U-Boote, während die deutsche Hochseeflotte, nach der Schlacht vom Skagerrak, weiter in ungeduldiger Untätigkeit in den Häfen Kiel und Wilhelmshaven vor sich hin dümpelte.

Am 9. Januar 1917 fasste der deutsche Kronrat in Pless den folgenreichen Entschluss, den uneingeschränkten U-Boot-

Krieg wieder aufzunehmen, wovon die Weltöffentlichkeit am 31. Januar in Kenntnis gesetzt werden sollte. Dass eine solche riskante Entscheidung den Kriegseintritt der USA an der Seite der Ententemächte geradezu provozieren musste, darüber waren sich die Militärs der Obersten Heeresleitung durchaus im Klaren.

Und wirklich: Nach der ruchlosen Versenkung des US-Passagierschiffes „Lusitania" im Winter 1917 durch ein leichtsinniges deutsches U-Boot erklärten die USA am 6. April 2017 Deutschland und Österreich den Krieg. Die überflüssige Katastrophe – für Deutschland und die Mittelmächte – nahm ihren Lauf.

Martin Luserke ahnte es bei jedem neuen Blick in die tägliche Zeitung: Die Zeit der trügerischen Siegeshoffnungen ging langsam zuende. Jedes neue Friedensangebot, das besonders von dem amerikanischen Präsidenten Wilson ausging, wurde von deutscher Seite mit lautstarken Forderungen nach Land- und Machterhalt beantwortet. Luserke wunderte sich über die Geduld des Amerikaners. Doch dann, Anfang des Jahres 1918, lagen plötzliche „14 Punkte" des Präsidenten auf dem Tisch. Und jetzt zeigte sich, dass auch die Geduld eines Demokraten auf eine zu große Probe gestellt werden konnte: Plötzlich war die Rede von einer absoluten Freiheit der Meere, von Räumung des russischen Territoriums und natürlich Belgiens, von Rückgabe Elsaß-Lothringens, von autonomer Entwicklung der Völker Österreichs-Ungarns, von freier Durchfahrt bei den Dardanellen, von einem unabhängigen polnischen Staat, ja, von einer „Vereinigung der Nationen" wurde von dem amerikanischen Präsidenten geträumt. Luserke war sich im Klaren darüber, dass alles dies wohl kaum mit einem deutschen und noch weniger mit einem österreichischen Kaiser zu machen wäre.

Luserke hatte die Zeitung mit den „14 Punkten" von einem befreundeten Lehrer aus Wien zugeschickt bekommen. In den Berliner Zeitungen hatte man nur Häme, Spott und Hass darüber ausgegossen, die Punkte aber nicht wörtlich abgedruckt.

Kurz darauf, im Sommer 1918, kam die Zeit der uneingestandenen Niederlagen des Deutschen Reiches und Österreichs. Während täglich mehr amerikanische Soldaten den europäischen Kriegsschauplatz im Westen betraten, während Deutschland hungerte und die Todesanzeigen der Soldaten in den Zeitungen den redaktionellen Teil überflügelten, schwafelte die Oberste deutsche Heeresleitung immer noch von einem „Siegfrieden". Direktor Dr. Wuttke ließ sogar noch Aufsätze schreiben zum Thema: „Warum ist das Festhalten am Siegfrieden ein unabdingbares Merkmal des deutschen Nationalcharakters? Begründen Sie diese Tatsache unter Verwendung von Elementen aus dem Nibelungenlied."

Und Dr. Wuttke schämte sich nicht, einige der besten Aufsätze im Lehrerzimmer auszulegen und ihr Durchlesen für alle Kollegen zu einer – mit Namenszeichen abzuhakenden – Pflicht zu machen. Ja, einmal erschien auf sein Betreiben hin sogar ein solcher Erguß in der örtlichen Zeitung.

Auch diese Anstrengungen eines wilhelminischen Bildungsapparats nützte nichts mehr: Anfang November 2018 meuterten die Heizer und Matrosen in Kiel und Wilhelmshaven, musste die deutsche Heerenleitung unter Hindenburg und Ludendorff einem Waffenstillstand zustimmen, der eigentlich eine Niederlage war, mussten der Kaiser Wilhelm II. und die Hohenzollern abdanken für alle Zeiten. Und auch alle deutschen Landesfürsten folgten unfreiwillig diesem Beispiel.

4.

Eine große Schulveranstaltung in der Aula des Gymnasiums, die weiter den Namen von Kaiser Wilhelm trug, fand einige Monate nach dem Ende des Krieges statt. Nach dieser Veranstaltung war Studienrat Martin Luserke fest entschlossen, der alten preußischen Paukschule nun endgültig Adieu zu sagen.

Direktor Wuttke hatte über den Kollegen Dr. Wittmann Verbindung mit der Reichstagsfraktion der Sozialdemokraten aufgenommen, die ja seit Beginn des Jahres 1919 und nach dem blutigen Spartakusaufstand in Berlin die Geschicke der jungen „Weimarer Republik" unter ihrem Vorsitzenden Ebert als erstem Reichspräsident maßgeblich beeinflusste. Man hatte zwei Abgeordnete der SPD eingeladen, an einem Vormittag in der

Aula vor den Schülern der Ober- und Unterprima über die gegenwärtige politische Lage zu sprechen.

„Vielleicht hätte man ja die Rosa Luxemburg eine Weile regieren lassen sollen, dann hätte sie beweisen müssen, ob es ihr mit der ‚Freiheit des Andersdenkenden' wirklich ernst gemeint gewesen wäre!", sagte Wittmann, mit ironisch funkelnden Augen in die Runde blickend: Der junge Lehrer, mit schwarzer Baskenmütze, dünnem Kinnbart und langem, grauen Staubmantel umfasste sein Bierglas im niedrigen Schankraum der Bierschenke in Köpenick mit beiden Händen und hob seine Stimme. Martin Luserke, der von Wittmann zu diesem Vorbereitungsgespräch mit den beiden SPD-Reichstagsabgeordneten auch eingeladen worden war, fühlte sich unwohl. War es angebracht, jetzt im Februar, also erst wenige Wochen nach der Niederschlagung des Spartakusaufstandes und der Ermordung der „roten Rosa" durch Freikorps-Schläger so zu sprechen?

Aber Kollege Wittmann hatte zweifellos Mut. Er unterrichtete Latein und Griechisch und hatte sich auf einigen politischen Versammlungen als leidenschaftlicher Redner für die Sache der Republik, für die „res publica" im alten, gerechten, römischen Sinne, wie er immer wieder betonte, eingesetzt.

Dabei war nicht ganz klar, ob Wittmann bei der Abschaffung der Tyrannei an die alten römischen oder an die hohenzollerischen Könige dachte. Er vermied es, sich tagespolitisch festzulegen und pflegte immer gleich ins Grundsätzliche der Geschichte auszuweichen, wie er zu sagen pflegte.

Aber Tatsache war auch, dass Wittmann sogar bei Versammlungen der USPD aufgetaucht war und deren Räte-Vorstellungen mit weitschweifigen Ausführungen aus der antiken Geschichte unterstützte.

Martin Luserke mochte seinen Kollegen Wittmann; er hatte sich ein wenig mit ihm angefreundet, obwohl er doch aus einer so andern Welt kam als er. Und Wittmann wiederum bewunderte Luserke wegen seiner praktischen Erfahrungen im Leben und wegen seines sportlichen Lebens.

Das war es doch, was ihm, dem Philologen, so sehr fehlte! Die Praxis!

Die alltägliche Politik!

Die beiden hatten schon viele Stunden in der Bierschenke zusammengesessen und über Politik und Geschichte gesprochen. Einige Male waren auch die beiden SPD-Reichstags-Abgeordneten Hennemeyer und Kalmer dazugekommen, aber ihnen war dieser Lehrer Wittmann doch ein bisschen unheimlich, zu sperrig mit seinen altrömischen Idealen und modernen Revolutionserwartungen, die er zudem noch mit lateinischen Sprüchen garnierte, die kein Mensch verstand.

Heute nun kam Wittmann mit einem großen Plan in die Bierschenke und präsentierte ihn vor Martin Luserke, Hennemeyer und Kalmer in einem gemeinsamen Vorbereitungsgespräch.

„Mein lieber Hennemeyer!", so begann er und Martin dachte schon, Wittmann würde aufstehen und dem SPD-Mann, der aus der Marine stammte, umständlich das „Du" anbieten, so wie dies in zeremonieller Form in den bürgerlichen Kreisen üblich war. Aber Lehrer Wittmann stützte lediglich beide Arme auf den Tisch und sprach:

„Es ist an der Zeit, dass wir unsere fruchtbaren Gespräche und unseren reichhaltigen Gedankenaustausch einer größeren Öffentlichkeit kundtun! Denn wie sonst können der historisch Gebildete und der politisch Aktive ihre Tatkraft über den engen Horizont ihres alltäglichen Lebens hinauswirken lassen? Aber! Wer dermaleinst vor dem höchsten Richter der Geschichte bestehen will, der muss sich doch schließlich und endlich fragen, ob er alles in seinem Leben getan hat, um eine Vielzahl von Menschen mit den Segnungen der Aufklärung und des republikanischen Denken vertraut zu machen. Ich selber...", und hier senkte Lehrer Wittmann demütig seinen Blick ins Bierglas und tat anschließend einen tiefen Schluck, „... ich selber stehe tagtäglich vor meinen mehr oder weniger interessierten Schülern im Gymnasium und versuche ihnen am Beispiel der Griechen und der Römer ein vernunftbetontes, sinnvolles Denken und Handeln in Theorie und Praxis, in Philosophie und Ethik nahezubringen. Aber wie schwer ist das doch! Sie, mein lieber Hennemeyer, haben mir in unseren langen, wertvollen Disputen über die gegenwärtige Politik unseres Vaterlandes klargemacht, dass es nicht nur darauf ankommt, die besten Gedanken und Argumente zu haben, nein, dass es ebenso, ja, wichtiger ist, diese Gedanken in die unmittelbare Tat, also in die Politik, umzusetzen."

Martin Luserke hörte schweigend zu und überlegte krampfhaft, worauf Wittmann jetzt eigentlich hinauswollte, aber er kam nicht drauf. Schon setzte der begeisterungsfähige, stark kurzsichtige Lehrer wieder an:

„Ich habe deshalb beschlossen, Sie beide, meine Herren Reichstagsabgeordneten Hennemeyer und Kalmer, in unser Kaiser-Wilhelm-Gymnasium hier in Berlin einzuladen. Sie, Herr Hennemeyer, sind sogar ein ehemaliger Teilnehmer des berühmt-berüchtigten Matrosenaufstandes in Wilhelmshaven und Sie, Herr Kalmer, sind sein Freund, auch ehemaliger Mariner und ebenfalls SPD-Abgeordneter. Ich bitte Sie also beide, am nächsten Freitage, Punkt elf Uhr in der Aula des Gymnasiums zu erscheinen und mir, meinen Schülern und allen Kollegen Rede und Antwort zur aktuellen Lage Deutschlands zu stehen. Mit Direktor Wuttke ist alles abgesprochen. Was sagen Sie dazu?"

Hennemeyer staunte: „Es ehrt mich sehr, Herr Wittmann, dass Sie uns einladen wollen, aber ist das auch wirklich im Sinne ihres Lehrplans?"

„Selbstverständlich!", fuhr da Wittmann auf, „Wenn es uns nicht gelingt, die heutige, gebildete Jugend mit den Aufgaben der Tagespolitik vertraut zu machen, dann werden sie nie die richtigen Lehren aus der Geschichte ziehen!"

Er rief dies so laut in den Schankraum, dass alles aufsah. Zum Glück befanden sich ausschließlich Fuhrleute und Viehhändler in der Gastwirtschaft.

Und dann entwickelte Wittmann Einzelheiten seines Plans. Er wolle alle Klassen der Oberprima in der Aula des Gymnasiums versammeln und vor ihnen einen Vortrag über das „Wesen des republikanischen Denkens in Antike und Gegenwart" halten. Anschließend würden Kalmer und Hennemeyer – ausgewiesen als Flottenrevolutionäre in Wilhelmshaven, frühere

Mitglieder eines Arbeiter- und Soldatenrates und als frisch gewählte Reichstagsabgeordnete – sich den Fragen der Oberprimaner stellen. Hei! Das müsste eine feurige Geschichtsstunde werden!

5.

Martin Luserke empfing die Abgeordneten Hennemeyer und Kalmer am Eingang der Schule und geleitete sie in die Aula. Kollege Wittmann hatte ihn darum gebeten. Dort trafen sie auf Gymnasialprofessor Wittmann, der mit gerötetem Kopf eine große Wandkarte des Römischen Reiches aufhängte.

„Willkommen in diesen heiligen Hallen, meine Herren", sagte Wittmann jovial und fügte hinzu: „Sicherlich hatten sie schon lange keine Gelegenheit und Zeit mehr, die Penne zu betreten", worauf Kalmer antwortete: „Ich bin noch nie in einem Gymnasium gewesen."

Martin sah dem schlichten Mann an, dass er sich sofort über diesen Satz ärgerte. Doch Wittmann schien ihn überhört zu haben: „Ich werde sogleich die Ober- und die Unterprima hier in die Aula einlassen und dann können wir beginnen. Auch ein großer Teil des Kollegiums hat sein Interesse und sein Kommen zugesagt."

Hennemeyer und Kalmer setzten sich auf ein kleines Podest an einen Tisch und beobachteten die hereinströmenden Schüler der Oberprima. Alle waren in dunkle Anzüge gekleidet, einige trugen sogar Schlipse und Fliegen. Die Jungen – Mädchen gab es nicht in diesem humanistischen Gymnasium, da man für diese das Erlernen von antiken Sprachen und höherer Mathematik für äußerst schädlich, ja, das Weibliche eher deformierend ansah – schienen alle siebzehn bis neunzehn Jahr alt zu sein, aus gutem Hause, nach der sorgfältigen Kleidung zu urteilen, und mit blassen, weichen Gesichtern, die oft ein wenig zu melancholisch für ihr Alter in die Welt blickten.

Beim Hereinkommen stutzten einige, verharrten aber nur kurz mit Blick auf die beiden fremden Männer vorne am Tisch, stritten sich ein wenig um die besten Plätze in den hinteren

Reihen und nahmen plaudernd Platz. Etwa 50 Schüler füllten die Aula.

„Achtung! Der Herr Direktor!", rief Herr Wittmann und reckte sein Kinn in die Luft.

Die Schüler sprangen auf, standen still und wendeten sich dem Direktor zu, der mit einem Ruck stehenblieb und die Anwesenden langsam musterte. Erst nach einer halben Minute rief er aus:

„Guten Morgen! Primaner!"

„Guten Morgen! Herr Direktor!", schallte es wie aus einem Munde durch die Aula.

Hennemeyer war perplex: „Das ist ja genauso wie bei der Marine!", flüsterte er Kalmer zu. Der hatte nicht Zeit zu antworten, sondern erhob sich höflich von seinem Stuhl, um Direktor Wuttke die Hand entgegen zu strecken.

„Guten Tag, Herr Direktor!"

„Guten Tag, Herr Abgeordneter! Ich kenne Sie ja bereits aus der Zeitung!", entgegnete Wuttke in einem leicht vorwurfsvollen Ton als wenn es unanständig sei, in der Zeitung zu stehen. Er musterte Kalmer von oben bis unten.

Dieser dachte, dass jetzt möglicherweise eine Frage zur Hohenzollern-Geschichte folgen würde – wie sollte er, Kalmer, darauf reagieren? Antworten oder banalisieren? Doch der Direktor schwieg und reichte kurz und knapp auch Hennemeyer die Hand:

„Aha! Sie sind dann Herr Hennemeyer! Sie kenne ich noch nicht!"

„Wohl kaum, Herr Direktor", antwortete Hennemeyer und fügte lächelnd hinzu: „Ich bin nicht so oft in der Zeitung."

Der Direktor stutzte nur kurz, blickte humorlos über seinen Zwicker und schoss zurück:

„Wohl nie in der vordersten Front des Arbeiter- und Soldatenrats gewesen, wie?" Darauf wusste Hennemeyer nichts zu sagen.

Doch der Herr Direktor wandte sich bereits seinen Schülern zu und sprach:

„Wir freuen uns, heute hier bei uns in der Aula zwei kompetente Männer des neuen Reichstages begrüßen zu können. Durch die unermüdlichen Bemühungen unseres verehrten

Herrn Kollegen Wittmann – Dank auch an Sie, Herr Kollege! – ist es der Anstalt gelungen, dieses Treffen zu ermöglichen. Wir wollen damit dokumentieren, wie sehr uns das gegenwärtige Schicksal des Vaterlandes am Herzen liegt, ja, wie sehr wir mitleiden an der Not unseres geliebten, deutschen Volkes, welches gar so unschuldig in eine der größten Notlagen seiner Geschichte geraten ist. ‚Sic transit gloria mundi', so vergeht der Ruhm dieser Welt – wie schon unsere weisen Lateiner sagten! Von der stolzen Hohenzollernmacht ist heute nicht mehr viel übriggeblieben. Und doch! In unser aller Herzen sind für ewige Zeiten die Ruhmestaten unserer Helden im Felde eingemeißelt, so, wie wir auch die Ruhmestaten der toten Lehrer und Schüler unserer ehrwürdigen Anstalt in der Ehrenhalle unserer Schule vermerkt haben. Mögen sie für alle Zeiten im Gedenken der Lebenden bleiben und sie ernst und würdig mahnen, der Ehre, des Stolzes und des Ruhmes der Vergangenheit stets eingedenk zu bleiben!"

Jetzt fängt er gleich noch an zu beten, dachte Martin Luserke und hätte am liebsten „Amen" gesagt. Aber er biss sich auf die Lippen. Direktor Wuttke sprach bereits weiter:

„Unser geschätzter Kollege, Herr Gymnasialprofessor Wittmann, hat sich die Arbeit und Mühe gemacht, uns in einem historischen Referat mit der weltgeschichtlichen Dimension der gegenwärtigen Lage unseres geliebten Vaterlandes vertraut zu machen. Jungens! Oberprimaner! Spitzt die Ohren, haltet Papier und Stift bereit und schreibt das Wichtige mit!

Bitte, Herr Kollege Wittmann!"

Wittmann stand auf, räusperte sich mehrfach, suchte seinen Zeigestock und trat zur Wandkarte des Römischen Reiches. Dann besann er sich plötzlich, machte hektische Schritte zurück zum Tisch, duckte sich darunter und kramte eine ganze Weile in seiner Aktentasche herum. Als er wieder auftauchte, hielt er eine kleine Gipsbüste in der Hand und sprach:

„Hochverehrter Herr Direktor, liebe Gäste, liebe Oberprimaner! Es ist mir eine Ehre, heute hier vor Ihnen sprechen zu dürfen."

Martin Luserke rutschte immer tiefer in seinen Stuhl, als Wittmann nun richtig loslegte. Was sollte diese Stelzerei? Was sollte dieser Eiertanz um Vaterland, Weltgeschichte und Ruhmestaten der Flotte? Was erwartete Wittmann in diesem Zusammenhang eigentlich von den beiden, müde dasitzenden Abgeordneten?

Wittmann fuhr fort und blickte dabei fast unverwandt den Direktor an, der kerzengrade auf seinem Stuhl, rechts abseits vom Podiumstisch saß und nur hin und wieder seinen Zwicker vor de Augen abnahm, ihn putzte und wieder auf dem Nasenrücken platzierte.

„Was habe ich hier in der Hand? Natürlich, Sie wissen es alle: Eine Büste von Julius Caesar! Wer war dieser Caesar und was können wir heute von ihm lernen?"

Da bin ich aber wirklich gespannt, dachte Martin Luserke und rückte seinen Stuhl zurecht. Wittmann trat wieder zur Wandkarte, drückte die Caesar-Büste mit der rechten Hand an seine Brust und nahm den Zeigestock in die Linke. Dann erklärte er umständlich die Größe und Bedeutung des römischen Imperiums zur Zeit des Triumvirats von Caesar, Pompeius und Lepidus. Er umriss mit begeisterten Worten die imperiale Dimension und weltgeschichtliche Bedeutung des Römischen Reichs zur Zeit der Republik und am Beginn der Kaiserzeit. Dies sei eine Zeit des Übergangs gewesen, eine Zeit der Veränderung von der Republik zur Monarchie. Auch heute lebe man wieder in einer solchen Zeit des Übergangs, allerdings mit umgekehrtem Vorzeichen. Aber davon später mehr. Caesar sei ein starker Mann gewesen, der sich rasch im Triumvirat durchgesetzt habe, der aber stets das Wohl und die Größe des römischen Staates im Auge gehabt habe. Seine Neider im Senat allerdings hätten ihn mit Hass verfolgt, bis hin zu seinem gewaltsamen Tod auf den Stufen der Curia, bei Mittäterschaft des eigenen Adoptivsohnes: Auch du, mein Sohn Brutus!? Dieser Mord sei aber eigentlich gänzlich überflüssig gewesen, man habe Caesar nur nicht genügend Zeit gelassen, um seine edlen Ziele in die Tat umzusetzen, nämlich eine starke Republik mit einer kräftigen Regierung ohne Parteienhader zu gründen. Immer wieder stoße man in der Geschichte auf dies Problem der Zeit: Große Männer bräuchten nun einmal Zeit, um ihre wahren Ziele zu offenbaren und gegen kleinliche Widerstände durchzusetzen. Das könne man bei Karl dem Großen beobachten oder bei Martin Luther oder bei Friedrich dem Zweiten oder bei Feldmarschall von Hindenburg! Caesars Ziel sei nicht die Königskrone gewesen, wie seine Mörder immer wieder behauptet hätten, nein, er habe nur selber stark und unabhängig von dummen Kritikern den römischen Staat, die berühmte „res publica" regieren wollen, um diese zur größten Macht der Welt zu führen und alle ihre Feinde zu zerschmettern! Denn die römische Gesellschaft sei zur Lebenszeit von Caesar durch ein Jahrhundert der Bürgerkriege gegangen. Seit der Zeit der Gracchen, der Brüder Tiberius und Gaius Gracchus um 130 vor Christus, hätte es innere Kämpfe in Rom gegeben. Gebe Gott, dass dem deutschen Volk eine so lange Zeit der Zerrissenheit erspart bleibe! Nichts sei schlimmer als die Dissonantia, das Gegenteil der Concordia. Nur durch Eintracht sei eine heile Gesellschaft, ein gesundes Volk überlebensfähig. Caesar habe verzweifelt versucht, den Parteienhader in der Republik zurückzudrängen, ja, auszumerzen. Und als es ihm fast schon gelungen sei, da sei er leider von seinen engstirnigen Feinden ermordet worden.

Der Abgeordnete Kalmer dachte krampfhaft darüber nach, was er noch aus der römischen Geschichte und von Caesar wusste. Viel war das nicht, in seiner kurzen Schulzeit hatte sein Lehrer in Geschichte fast nur über den Alten Fritz und den Sedanstag gesprochen. Aber war dieser Caesar nicht eigentlich ein Diktator gewesen? Hatte er nicht sich selber zum Alleinherrscher von Rom gemacht?

Bevor er mit seinen Gedanken zu Ende kam, forderte Wittmann ihn auf, nun doch bitte den Schülern eine lebendige Schilderung der Marinesoldaten In Wilhelmshaven am Ende des Krieges zu geben, an dem er doch mit seinem Freund, Herrn Hennemeyer, teilgenommen habe. Und die dortige Situation könne man doch sicherlich als ein gutes Beispiel für die Dissonantia und für die großen Gefahren des permanenten Bürgerkriegs ansehen.

Von „permanent" kann ja wohl keine Rede sein, dachte Kalmer, stand aber bereitwillig auf und begann zu reden. Er schilderte die Ausbeutung der Heizer und Matrosen durch die Offiziere, die Hinrichtungen von Köbis und Reichpietsch, die Gefahr eines unsinnigen Angriffs gegen England in der letzten Minute des Krieges, die Meuterei dagegen, das Nachgeben und Einlenken der Flottenführung und die Gründung des ersten Arbeiter- und Soldatenrates in Wilhelmshaven, dem sich dann ja alsbald eine ähnliche Gründung in Oldenburg angeschlossen hatte. Ja, sogar an eine freie Republik „Oldenburg – Ostfriesland" habe er eine Zeitlang geglaubt. Er sprach mit ruhiger, fester Stimme und versuchte seine Worte so zu wählen, dass sie die Hirne der Jugendlichen vor ihm erreichen würden. Auch unterschlug er nicht die Schwierigkeiten und Fehler, die beim Übergang von der Monarchie zur Republik gemacht worden waren.

Noch bevor er sich wieder setzen konnte, meldete sich ein langaufgeschossener Primaner, mit kurzen Haaren, einem scharfen Scheitel und mit einem bis hoch über die Ohren ausrasierten Nacken:

„Darf ich eine Frage stellen, Herr Abgeordneter!"

„Aber selbstverständlich, bitte!"

„Sie erwähnten gerade den Arbeiter- und Soldatenrat. Mein Vater hat gesagt: Der Arbeiter- und Soldatenrat ist ein Instrument der Bolschewiken!"

„Wie bitte? Welcher Bolschwiken denn!"

„Der Bolschewiken und jüdischen Marxisten in Russland, wo gerade eine Diktatur des Proletariats errichtet wird. Meine Frage lautet also: Wollen Sie eine solche Diktatur auch in Deutschland einführen?"

Kalmer wandte sich bei dieser recht unverblümten Frage hilfesuchend an Hennemeyer. Doch der war tief in seinen Stuhl gesunken, stützte sein Gesicht in beide Hände und blickte zu Boden. Kalmer schaute zu Wittmann hinüber, der noch immer vor seiner Landkarte stand. Aber der lächelte nur matt und flüsterte verlegen:

„Es handelt sich um einen durchaus kritischen Schüler, sein Vater ist Obermedizinalrat an einer hiesigen Klinik."

Kalmer holte tief Luft und sagte: „Deine Frage ist leider völlig falsch gestellt. Die Diktatur des Proletariats ist in Russland ein zeitgenössischer Weg, um die großen Ungerechtigkeiten und die jahrzehntelange Ausbeutung durch die zaristische Autokratie und ein erstarrtes, russisches Fürstentum ein für alle Mal zu beenden. Die Diktatur des Proletariats ist aber in Deutschland kein erklärtes Ziel der Arbeiter- und Soldatenräte. In Deutschland herrschen ganz andere Verhältnisse: Hier herrschen Recht und Ordnung."

Jetzt schaltete sich Direktor Wuttke ein: „Herr Kalmer, Sie haben – meines Erachtens – die Frage unseres Schülers noch nicht klar beantwortet."

Kalmer schwieg einen Moment, um sich zu sammeln, dann sagte er:

„Herr Direktor, meine Antwort ist ein klares Nein! Wir wollen keine Diktatur des Proletariats, nirgendwo in Deutschland. Was wir wollen, ist eine gerechte Republik, in der allerdings jegliche Bevormundung, jegliche Ausbeutung und jegliche Ungleichheit zwischen Arbeiter und Beamter, Schüler und Lehrling, Mann und Frau ein Ende haben sollen!"

Kalmer hatte das heftiger und energischer gesagt, als er geplant hatte. Eine Weile herrschte Schweigen in der Aula, ein Schweigen voller Reserviertheit, wenn nicht sogar Ablehnung. Kalmer meinte sogar, Züge von Hochmut und Verneinung in den jungen Gesichtern vor sich zu erkennen.

Herr Wittmann, der jetzt neben Hennemeyer und Kalmer am Tisch Platz genommen hatte, bat die Schüler um weitere Fragen, die „allerdings nicht ins Persönliche gehen sollten". Daraufhin fragte ein Schüler, warum die Matrosen in Wilhelmshaven denn nicht gegen England hätten fahren wollen. Dafür habe man ihnen doch die schöne Flotte gebaut!

Kalmer verschlug es die Sprache. Hennemeyer lachte kurz und heftig auf, streckte alle Beine von sich, lehnte sich weit nach hinten und sagte mit Blick zur Auladecke empor:

„Der bourgeoise Rotzbengel sollte mal selber in einem Panzerschiffes um sein Leben schuften – eingeschlossen im Heizungsbauch!"

In der Aula herrschte für einen Moment betretene Stille. Sogar die Schüler in den hinteren Sitzreihen hörten auf, mit ihren Füßen zu schlurfen und fanden die Sache plötzlich spannend.

Wittmann bekam rote und weiße Flecken im Gesicht und Direktor Wuttke nahm ganz langsam seinen Zwicker von der Nase. Dann stand er auf und ging einen Schritt auf die vor ihm sitzenden Schüler zu. Er putzte die Gläser seiner Brille, wandte Hennemeyer den breiten Rücken zu und sagte mit einem nasalen Unterton: „Es gibt Erfahrungen im Leben, die nun einmal nicht jeder Stand machen kann. Ich bitte um weitere Fragen!"

Diese Arroganz der Lehrer, dachte Martin Luserke. Eigentlich sollte er jetzt gemeinsam mit Hennemeyer und Kalmer aufstehen und hinausgehen! Aber die beiden waren wie in einer Schockstarre. Nicht jeder Stand! Die Leute hier hatten doch überhaupt noch nicht begriffen, dass man gerade in Deutschland dabei war, alle Stände abzuschaffen! Dass man in Deutschland mit über hundertjähriger Verspätung jetzt erst anfing, die „Egalité", die Gleichheit der Französischen Revolution, wirklich ernst zu nehmen! Aber wahrscheinlich hatte das Berliner Bildungsbürgertum gar kein Interesse daran, solche republikanischen Errungenschaften auch für sich zu verinnerlichen. Sollten doch die Matrosen auf den Schlachtschiffen verrecken, wenn man nur eine „schöne Flotte" als Spielzeug und Eigentum des Staates pflegen könnte! Der Krieg hat nicht viel in den Köpfen dieser Schüler und ihrer Lehrer und Eltern verändert, dachte Martin noch, bevor seine Aufmerksamkeit auf die Frage eines schmalen, schüchtern wirkenden Primaners gelenkt wurde:

„Wird der Reichstag dafür sorgen, dass unser Kaiser Wilhelm schnellstens wieder in sein Schloss zurückkehren darf?"

„Ich möchte diese, eher unpolitische, Frage folgendermaßen beantworten", sagte Hennemeyer und zwang sich zur Ruhe. „Der frühere Kaiser der Hohenzollern gehört einer Zeit an, die ein für allemal vergangen ist, er wird also nicht zurückkehren und er will es wohl auch gar nicht mehr. Wir sind heute natürlich noch in einer Zeit des Umbruchs, in einer Zeit des Übergangs von einer monarchistischen Kriegswirtschaft zu einer demokratischen Volkswirtschaft mit den vielfältigen Problemen einer Massengesellschaft. Aber wir werden unserem deutschen Volke Mittel und Wege aufzeigen, um diesen Weg des

Umbruchs und der Veränderung hin zu einer wahren Republik erfolgreich und sicher zu beenden."

„Wir wollen aber gar keine Republik!", schallte es aus einer der hinteren Sitzreihen, ohne das der Rufer aufgestanden war.

„Ich bin mir sicher, dass Sie da nicht für die Mehrheit unseres deutschen Volkes sprechen", antwortete Kalmer und fuhr fort, „die Republik ist die gerechteste Staatsform für ein Volk und nur sie kann alle Ungleichheiten und Ausbeutungen der Vergangenheit beseitigen. Alle Vorrechte und Privilegien, nicht nur des Adels, müssen abgeschafft werden."

„Und wer soll jetzt in der Loge des Kaisers in der Oper sitzen? Das war doch auch ein Privileg, oder?", fragte der schmale Jüngling. Hennemeyer antwortete „In der Loge des Kaisers sollte niemand mehr sitzen. Vielleicht können die Bühnenarbeiter dort ihre Scheinwerfer aufbauen. Das wäre nach meiner Meinung noch die sinnvollste Nutzung einer ehemaligen Kaiser-Loge!"

Einige Schüler lachten, andere buhten. Martin Luserke war erschrocken über den Grad der politischen Unbedarftheit, ja, der bürgerlichen Verstockung der jungen Oberprimaner. Lag es daran, dass sie fast alle aus Beamten- Ärzten- und Kaufmannsfamilien stammten? Aber müssten nicht auch gerade diese höheren Berufsschichten an der Republik und ihren Errungenschaften interessiert sein? Hatte nicht der Adel und das Militär jahrzehntelang mit Dünkel und Hochmut auf die Bürger herabgeschaut? Aber die Fragen der Schüler hier im Gymnasium zeigten doch, dass die Bürger lieber weiter nach oben hin schielten und buckelten als dass sie ihre Bedrohungsängste gegenüber den „unteren Ständen" – gegenüber den Proletariern, Matrosen, Heizern, ja, auch den Bauern und Landarbeitern – freiwillig ablegten.

Das unerquickliche Frage- und Antwortspiel zwischen den zwei Männern aus dem Volke und den jungen, sich ihrer Sonderstellung jetzt schon sehr bewussten Oberprimanern setzte sich noch eine Weile fort. Man versuchte, sich gegenseitig zu provozieren, eigene Standpunkte darzustellen und zu bestätigen – man wollte aber gar nichts Neues lernen, keine veränderten Aspekte der Politik und der Gesellschaft erkennen und akzeptieren. Im Grunde genommen redete man aneinander vorbei. Hennemeyer und Kalmer antworteten zunehmend nervös, ja, verbittert über diese Betonmauern in den Köpfen so junger Menschen, die offensichtlich von ihren durchaus betuchten Eltern mit großer familiärer und beruflicher Eigenliebe und mit unerschütterlichen Ressentiments gegenüber dem neuen Staat zugepflastert worden waren.

Die beiden Lehrer, Wittmann und Wuttke, neigten eindeutig der Haltung ihrer Schüler zu, ja, sie schienen erfreut zu sein, wenn diese die beiden Besucher hart angingen. Martin Luserke schwieg, aber er ballte innerlich die Faust und schwor sich, kein Gespräch mehr mit Herrn Wittmann in der Köpenicker Bierschenke zu führen. Wie hatte er sich nur so täuschen lassen können! Das republikanische, römische Gefasel von Wittmann hatte nichts, aber auch gar nichts mit der gegenwärtigen, schwierigen Politik des Deutschen Reiches zu tun. Und dieses Gymnasium mit diesen Vorstellungen aus der alten Zeit war nicht mehr in der Lage, eine neue, freie, liberale deutsche Jugend heranzubilden.

Eigentlich müsste eine neue Schule her.

Schnell, viel schneller als sie gekommen waren, verließen Kalmer und Hennemeyer wieder das Gymnasium – nachdem Direktor Wuttke abrupt mit dem Klingeln der Schulglocke am Ende der letzten Stunde des Vormittags die Diskussion abgebrochen hatte, mitten in der Rede von Kalmer und mit einem kalten, wegwerfenden Dank an die beiden „Herrschaften aus der Ecke der früheren Räte".

Martin Luserke ging nachdenklich zum Essen in seiner kleinen Wirtschaft. Diese jungen Leute sollten in wenigen Jahren wichtige Aufgaben in Staat, Kultur, Kirche, in der Wirtschaft und Gesellschaft übernehmen – als Richter, Offizier, Lehrer, Pfarrer oder Kaufmann: Würden sie bereit und in der Lage sein, die gerade erst geborene Verfassung der jungen „Weimarer Republik" in Deutschland zu fördern und zu stützen? Die Antwort musste wohl lauten: Nein. Oder würden die jungen Leute, wie ihr Gymnasialprofessor Wittmann, am Ende nach einem neuen „Caesar" Ausschau halten?

6.

Von diesem Tage an wusste Martin Luserke, dass er nicht mehr an dem Gymnasium in Berlin bleiben konnte und wollte. Er schaute sich um. Und plötzlich bemerkte er, dass an vereinzelten, versteckten Stellen neue Pfanzen aufwuchsen und frische Blüten hervorbrachen.

Manche, meist jüngere Lehrer wollten Praktiker sein: Theorie, körperfeindlicher „Intellektualismus" und eine „dekadente" Großstadtkultur wurden abgelehnt. Charakterbildung statt Verderbnis der Jugend durch seelenlose Vergnügung, neue Erziehung statt wiederkäuendem Beharren auf Vergangenes, Wandern und Leben in der Natur statt blindem Vertrauen auf Industrie und Technik! Das stand auf ihren Fahnen!

Ein gewisser Hermann Lietz machte von sich reden. „Wahrhaftigkeit, Pflichttreue, Arbeitskraft, Heimat- und Vaterlandsliebe, Hingebung", das waren für ihn Grundtugenden, die den Schülern in der Erziehung vermittelt werden sollten. Auch bewertete er die „englisch-germanistische Literatur" wesentlich höher als die „französisch-romanische", was Luserke aber nicht nachvollziehen mochte, besonders, da ihm der modische Zungenschlag gegen den „Erbfeind" arg missfiel. Überhaupt wäre ihm die Betonung des Kosmopolitischen lieber gewesen. Aber die Liebe zu Shakespeare teilte er mit Hermann Lietz.

Andere Namen wurden in den aufgeschlossenen Pädagogenkreisen mit Achtung genannt, zum Beispiel: Kurt Hahn, der eine „Schloßschule Salem" und Paul Geheeb, der die sogenannte „Odenwaldschule" gründete.

Ferner gab es Rudolf Steiner, den etwas unheimlichen, harten Mann mit den scharfen Gesichtszügen und dem stechenden, pädagogischen Blick. Im Jahre 1919 hob er mit erheblicher finanzieller Unterstützung eines reichen Mäzens – es handelte sich um Emil Molt, den Direktor der Zigarrettenfabrik Waldorf-Astoria – die „Waldorfschule" aus der Taufe.

Alle folgten sie mit Begeisterung dem Motto: „Vom Kinde aus!" Und alle nannten sie sich „Reformpädagogen". War Martin Luserke inzwischen auch so einer? Er mochte die Frage nicht verneinen, wenn es galt, sich von den alten, verknöcherten

„Wuttkes" abzusetzen, er scheute aber auch davor zurück, von begeisterten Anhängern pädagogischer Heilslehren in Beschlag genommen zu werden. Alles, nur nicht von der einen abgelebten Ideologie in eine neue verfallen! Es war viel im Schwange, das war klar, aber es zeichneten sich auch noch keine eindeutigen Konturen einer wirklich neuen Schule ab. Allzuviel lief da noch durcheinander. Allzuviele Köche und Köchinnen versuchten sich da an der Mahlzeit und waren dennoch gegen das Anbrennen nicht gefeit.

Eines Tages geriet Martin in Berlin-Kreuzberg in eine parteipolitische Bildungsinformation der USPD mit dem Thema: „Die neue Schule". Und obwohl Martin an einem kräftigen Schnupfen litt, ging er hin. Auch Annemarie, die sich immer mehr für Schul- und Bildungsfragen interessierte, begleitete ihn.

Die Lehrerversammlung wurde im Namen des Arbeiter- und Soldatenrates von einem ehemaligen Unteroffizier eröffnet, der betonte, dass er an eine harte, aber gerechte Volksschule von acht Jahren gewöhnt sei und dass er diese Art von Volksbildung nach wie vor favorisiere:

„Im Winter brachte jeder von uns Knirpsen ein Stück Torf oder ein Brikett mit in die Schule, und so hatten wir es den ganzen Vormittag lang mollig warm. Allerdings heizten uns die Schläge von Hauptlehrer Kunze auch immer ganz schön ein!", fügte er launig hinzu und freute sich mächtig über die Tatsache, dass er eine so rauhe Erziehung so gut überlebt hatte – wie man ihm doch wohl ansehen könne!

Die meisten der anwesenden Lehrerinnen und Lehrer blickten recht betreten drein, waren doch viele von ihnen vom Geist der „Reformpädagogik" beseelt und legten jegliches Schlagen in der Schule entschieden ab. Das schien den einfachen, ehemaligen Unteroffizier aber kaum zu stören.

Anschließend stand ein junger, drahtiger Lehrer im langen Staubmantel und mit Ballonmütze auf und entwickelte in umständlicher, immer lauter und leidenschaftlicher werdender Rede seine Ideen von einer neuen, republikanischen Einheitsschule: Das Erste und Wichtigste sei die Abschaffung jeglicher kirchlichen Schulaufsicht! Die Pfaffen und Priester, egal, ob von Luther oder vom Papst abhängig, hätten lange genug die Gemüter der Kinder verfinstert, nun sei es an der Zeit, das helle Licht der Aufklärung und des Atheismus in die frischen, unverkrampften Hirne der jungen Menschen zu lenken und sie einzustimmen auf eine neue Zeit der Gleichheit, der Gerechtigkeit, des Friedens und der Freundschaft unter allen arbeitenden Menschen. Die Schulzeit müsse natürlich verlängert werden, und zwar ausnahmslos für alle, nicht nur für die „Edeljünglinge der Gymnasien". Ebenso wichtig sei ihm aber auch die Befreiung des „Kinos", also der von Amerika herüberschwappenden Kinematographen, von jeglichem Schund, Schmutz und Verderbnis der guten Sitten. Denn es sei doch wohl keinem an Kant und Hegel geschulten, deutschem Gemüt zuzumuten, sich bewegliche, amerikanische Lichtbilder anzusehen, in denen unablässig die Frauen rauchten, wilde Kerle im Wald auf Indianerpferden herumgaloppierten und amerikanische, frei laufende Wild-Rinder abschössen – ja, sogar daran beteiligten sich die amerikanischen Frauen, die offensichtlich jedes Anstandsgefühl und jeden Familiensinn verloren hätten. Das Allerwichtigste aber sei endlich die kostenfreie, gleiche Schulbildung für die Massen – eine republikanische Bildung für ein freies und gleiches deutsches Volk, unabhängig von Stand, Beruf oder Eigentum. Man müsse eine neue Bildungssteuer erheben, die diese gerechte Bildung endlich für das ganze deutsche Volk ermögliche und – so schloss er mit einer vor Rührung ersterbender Stimme – die Erben Goethes und Schillers in eine neue, lichte Zukunft der Bildung, des Wissens und der Geistesfreiheit führen werde.

Lang anhaltender Beifall belohnte den jungen Pädagogen, der sich setzte und das Gesicht abwischte – man wusste nicht, ob er weinte oder schwitzte. Martin fiel auf, dass die Soldaten weniger heftig klatschten als die anwesenden Lehrer und einige wenige Lehrerinnen. Nicht jeder war offenbar dazu bereit, sich unter eine neue, idealistische Knute zu begeben, nachdem man die alte, obrigkeitliche gerade erst abgeschüttelt hatte.

Als weitere Redner aus der Lehrerschaft ihre konkreten Pläne für eine Umwandlung des preußischen Schulsystems entwickelten, versuchte Martin im Kopf zu überschlagen, was das wohl alles kosten würde: Die Neubauten von Volksschulen, die Einstellung neuer Lehrer und Lehrerinnen, die Verköstigung der unterernährten Schüler.

Als Martin Luserke dann selber aufstand und einen, zunächst natürlich rein hypothetischen, Plan für die Umwandlung des Bildungswesens darstellte, kam nur schwacher Beifall auf. Als er dann darauf hinwies, dass alles dieses erst noch von den Behörden abgesegnet werden müsse, buhten die Lehrer heftig. An die umständlichen, legalistischen Wege in einem parlamentarischen Rechtsstaat waren sie offensichtlich noch nicht gewöhnt, beziehungsweise hielten sie – angesichts ihrer selbsternannten, edlen Ziele – für Zeitverschwendung.

Martin und Annemarie verließen die Versammlung der Lehrerschaft mit dem Gefühl, dass hier eine fanatische Rotte von Bildungswölfen die Lefzen bleckte und nur darauf wartete, ihre Geisteszähne den armen, jungen, unschuldigen Lämmern aus dem Volke in die Hirne zu schlagen.

Sicherlich musste man auch auf dem Gebiete der Bildung und der Wissenschaft den früheren, herrschenden Schichten des Adels und des Großbürgertums die Vorherrschaft entziehen, natürlich konnte sich auch Martin Luserke keine neue Republik vorstellen ohne eine gleiche und gerechte Volksbildung, aber sollte man diese tatsächlich auf alle jungen Menschen bis hin zu einem Alter von sechzehn bis achtzehn Jahren ausdehnen?

Zwei Wochen später, am 29. November besuchten Martin und Annemarie eine ähnliche Versammlung in der „Union", bei der die Lehrerschaft zum neuen Thema „Gleichberechtigung der Frau" eingeladen hatte. Annemarie war ganz elektrisiert von dem Thema und hatte sich tagelang vorher Notizen dafür gemacht.

Seltsamerweise waren auch bei diesem Thema die Männer, das heißt: die männlichen Lehrer, in der Überzahl. Aber immerhin waren die zwei Hauptrednerinnen die Lehrerinnen Willa Thorade und Bertha Ramsauer. Die erste wurde von einem bärtigen, älteren Lehrer mit steifem Vatermörderkragen als „unser liebes Fräulein Thorade" angekündigt, die andere als „unsere hochverehrte Kollegin Oberlehrerin Bertha Ramsauer". Beide seien gebürtig im fernen Oldenburg an der Nordseeküste.

Fräulein Thorade, die sicherlich nicht mehr die Jüngste war, verbreitete sich mit schwacher, aber recht heller Stimme eifrig und glockenrein über die „Kraft der Frau". Sie, die „Kraft der Frau", sei eine wunderbare Ergänzung zur „Allmacht des Mannes". Die Aufteilung des Lebens in der Weise, dass dem Weib die Natur und dem Mann die Kultur zufalle, sei lächerlich und in höchstem Maße diskriminierend für die Frau. Und Fräulein Thorade wusste gar wunderliche Anekdoten aus der Historie zu erzählen, mit denen sie beweisen konnte, dass große Männer niemals ohne den Rat und die Tatkraft ihrer Frauen gehandelt hätten: „Was war Cäsar ohne seine kluge Julia, was Antonius ohne die schöne Kleopatra, was der König von Preußen ohne die wundervolle Königin Luise, was Bismarck ohne seine treue Johanna! Alle diese großen Männer in der Geschichte hatten mutige, schöne, tüchtige und aufopfernde Frauen an ihrer Seite oder hinter sich, auf die sie sich jederzeit verlassen konnten, ja, die ihnen in entscheidenden Momenten den Rücken stärkten, Kraft gaben und Mut machten, ihren eingeschlagenen Weg einzuhalten und ihre geschichtliche Mission zu vollenden. Ja, bei dem einen oder anderen dieser berühmten Männer möchte ich sogar behaupten: Ohne ihre tüchtigen Frauen wären sie keine Helden geworden, sondern wären das geblieben, was Männer leider vielfach von Natur aus sind, nämlich Feiglinge, Schlapphähne und Heulbojen!"

Oh Mannomann! Das waren neue und deftige Töne! Die Lehrermänner, die sich alle selber als äußerst fortschrittlich einordneten, hörten teils amüsiert, teils stirnrunzelnd zu. Sie klatschten zusammen mit den begeisterten Lehrerinnen auch ein wenig Beifall, der sich erst steigerte, als Fräulein Thorade auch für alle Frauen das Stimmrecht in der neuen Republik forderte, „und zwar ein geheimes Stimmrecht, bei dem sichergestellt ist, dass nicht der Ehemann oder Vater den Griffel der Frau führt!"

Oberlehrerin Ramsauer wurde gleich konkret. Sie wies durch direkte Ansprachen und Fragen nach, dass alle anwesenden Lehrerinnen vor Antritt ihres Schuldienstes in ein Zwangs-Zölibat gedrückt worden waren. Alle hatten, noch vor den kaiserlichen Schulräten natürlich, ein Revers unterschreiben müssen, wonach sie sofort aus der Schule ausscheiden würden, wenn sie heirateten! Die Möglichkeit, dass sie sogar vor einer Heirat ein Kind bekommen könnten, war gar nicht erwähnt worden, so schrecklich, ja, fast undenkbar wäre ein solches Schicksal für eine verbeamtete, kaiserliche Lehrerin gewesen! Frau Ramsauer wusste jedoch von einigen Tatsachen-Beispielen in Potsdam und Brandenburg zu berichten, wonach unehelich geschwängerte Lehrerinnen mit Schimpf und Schande vom Katheder vertrieben worden waren. Natürlich ziemlich geheim, aber ohne viel Federlesens oder Diskussion über die gegebene Situation. Die Schüler und deren Eltern seien in der Regel mit den üblichen Ausreden über das Ausscheiden von Frauen aus dem Schuldienst abgespeist worden: Berufswechsel, mögliche Heirat, kein Durchhaltevermögen, keine Lust und Ausdauer mehr zu kontinuierlicher Schularbeit!

Die Hälfte von diesen verjagten Kolleginnen habe Selbstmord begangen! Das sei polizeilich erwiesen! Umgekehrt konnte sie eine Reihe von Orten im Lande nennen, wo Lehrer weit vor ihrer Hochzeit Kinder gezeugt hatten, immer noch im Dienst waren und – wie ungerecht! – sogar noch lebten! Nicht einer von diesen Lümmeln habe Selbstmord begangen!

„So sieht es heute doch bei uns in Deutschland aus: Faust darf Kinder machen und lustig weiterunterrichten! Gretchen wird verführt und anschließend in den Selbstmord getrieben!", so rief sie mit sich überschlagender Stimme in die Menge, welche in einem Gewirr aus Beifallsmurmeln und Lachen ihre gemischten Gefühle kundtat.

Martin Luserke vermied es auf dieser Versammlung, das Wort zu ergreifen. Er wusste nicht recht, was er hier hätte sagen sollen und er schielte auch unsicher zu seiner Frau Annemarie an seiner Seite. Aber Annemarie blieb ganz ruhig und zugleich nachdenklich neben ihm sitzen, stützte ihren Kopf mit der linken Hand auf und machte sich mit der rechten Notizen.

Natürlich war Martin auch für die Gleichberechtigung der Frau, er und Annemarie hatten schon oft darüber gesprochen. Sie waren sich nur uneinig über die Schnelligkeit des Weges dorthin. Er kannte auch genau die politische Argumentation der Arbeiterbewegung dafür. Aber mit manchen Gedankengängen, die hier vor allem von den Frauen selber vorgetragen wurden, hatte er sich bisher noch nicht beschäftigt. Einiges verwunderte und beunruhigte ihn. Er staunte aber über den Mut und den Verstand der beiden Rednerinnen und dachte noch lange an Faust und Gretchen und daran, wie unterschiedlich man doch das deutsche Geisteserbe betrachten könne.

Als Martin in seinem Kollegenkreis im Lehrerzimmer über diese vielversprechenden Anfänge von Meinungsfreiheit im Volke sprach, erntete er allerdings nur Kopfschütteln und Widerspruch. Ob er denn nichts Besseres zu tun habe, als den keifenden Schreikrämpfen von überkandidelten, mannslosen Frauenzimmern zu lauschen, die zuviel Bücher über die Befreiung der Frau gelesen hätten! Und ein weißhaariger Mathematiklehrer hielt ihm einen Artikel aus dem „Verbandsorgan der akademisch gebildeten Lehrer Deutschlands" unter die Nase und zitierte unter dem dröhnenden Gelächter der umstehenden Männer folgenden, Satz: „Mit aller Energie muss der gesamte Oberlehrerstand gegen die Möglichkeit einer amtlichen Unterstellung von Oberlehrern unter Frauen Einspruch erheben und mit allen Mitteln das Gesetz zur Anerkennung zu bringen trachten, dass im öffentlichen deutschen Dienst unter keinen Umständen eine Frau die Vorgesetzte eines Mannes werden darf."

Martin verzichtete darauf, Annemarie zu Hause von diesem unsäglichen Satz zu erzählen. Aber von diesem Tag an suchte Martin Luserke nach einem Weg, dass Kaiser-Wilhelm-Gymnasium endgültig zu verlassen.

Abends, wenn Annemarie sich schon hingelegt hatte, schrieb er oft an Entwürfen für eine neue, seine Schule. Er schrieb, dass die Zeit nach dem Krieg eine günstige Stunde sei für neue Gedanken, ja, für eine Revolution, auch in der Bildung; dass die Notwendigkeit für eine geistig soziale Neuschöpfung jetzt ganz offen zutage liege; dass man eine Sozialisierung des Wirtschaftslebens, der Gesellschaft und auch der Schule brauche; dass es eine neue, soziale Schule geben müsse, ohne den übertriebenen Nationalismus der Vorkriegszeit und ohne die Barrieren des Schichtbewusstseins der bürgerlichen, kaiserlichen Zeit; dass man Jungen und Mädchen in der Schule gleich behandeln, gleich erziehen, gleich bewerten, ihnen gleiche Zukunftschancen geben müsse; dass man eine Schulrevolution in Gang setzen müsse, bei der die Kulturideen der Wissenschaft, Kunst, Religion und der Persönlichkeit gleichberechtigt neben die Idee der Menschlichkeit als Idee des Sozialismus treten müssten.

„Die Schulrevolution will auch die Jugend mit diesem neuen Geiste erfüllen. Die Kultur spricht als eine Kultur, zu der auch der Sozialismus gehört. In der Jugend ist der neue Geist erwacht, und so ist es an der Zeit, die neue Schule zur Tat werden zu lassen."

Und: „Die eigentliche Schulgemeinde soll für jeden ein vierfaches Erlebnis von Geist bringen. 1. Das Erlebnis des reinen, auf sich selbst gerichteten Geistes in Mathematik und Musik, 2. Erlebnis des auf den Menschen gerichteten Geistes in Geschichte und Biologie im weitesten Sinne, 3. Erlebnis des auf die Natur gerichteten Geistes in Physik, 4. Erlebnis des auf Zusammenfasssung und Einheit gerichteten Geistes, der also auf Kultur und Weltanschauung hinaus will, in Deutsch und Religionsgeschichte. Außer diesen sieben Fächern rechnen wir zur allgemeinen Bildung einen Realunterricht, den man als Weltkunde bezeichnen könnte und der Tatsächliches aus Geographie, Technik, Bürgerkunde, Astronomie, Chemie usw. bringt. Diese allgemeine Bildung wird dadurch ergänzt, dass der Schüler in den letzten drei Jahren der Schulgemeinde den Kulturkreis als ein Außenstehender erlebt, indem von ihm einmal verlangt wird, eine Fremdsprache zu betreiben und zweitens sich nach seiner individuellen Veranlagung und seinen praktischen Absichten zu spezialisieren, indem er mindestens in einem Kursus des wahlfreien Fachunterrichts mitarbeitet."

Er entwarf sogar eine Verfassung für ein neues Schulwesen. Darin war die Rede vom Grundrecht eines jeden Menschen auf Bildung, von der Abschaffung aller Schranken des Besitzes, des Standes, des Geschlechts und der Konfession beim

Zugang der jungen Menschen zu den Schulen. Der Staat solle sogar gezwungen werden, für jeden Jugendlichen bis zum 16. Lebensjahr eine Art Bildungsrente, ein staatlich zu gewährendes Schulgeld, auszugeben. Das würde dann gleiche Chancen für alle gewährleisten. Die öffentlichen Schulen sollten in Kinderschulen – vom 6. bis zum 10. Lebensjahr – in Mittelschulen bis zum 16. Lebensjahr und in Oberschulen gegliedert werden. Diese Einheitsschulen oder Kulturschulen sollten die freie Entwicklung eines jeden Jugendlichen sichern, ganz gleich, ob der Einzelne nun die Berufsvorbereitung oder das Hochschulstudium zum Ziel haben würde. Eine jede Schulprovinz würde dann auf ihrem Gebiet die drei Schularten in Form der Schulgemeinden zusammenschließen und ihre Offenheit und Durchlässigkeit garantieren. Das würde eine Menge Geld kosten, sowohl an materiellem Aufwand für die Schulbauten und die Bildungsrente, als auch an Gehaltskosten für viele, viele neue Lehrerinnen und Lehrer.

Und Martin Luserke war – nur wenige Monate nach dem Ende des bis dahin größten Krieges in der Weltgeschichte – fest davon überzeugt, dass nur mit einem so großem Aufwand an revolutionären Ideen und materiellem Einsatz die freie, geistige Zukunft der Deutschen gesichert sein würde.

7.

„Warum nicht einmal auf eine dieser Nordseeinseln fahren", sagte Annemarie eines Tages.

„Du meinst, Sylt?", fragte Martin zurück.

Doch seine Frau schüttelte mit dem Kopf: „Nein, es gibt nicht nur Sylt... ich hatte an die ostfriesischen Inseln im Westen gedacht."

„Ach die, die kennt doch keiner...", meinte ihr Ehemann ein bisschen enttäuscht.

Doch was seine Frau sich in den Kopf gesetzt hatte, verfolgte sie meistens auch mit Energie und Zielstrebigkeit.

Und so stand das Ehepaar Luserke eines Tages, am Beginn der zwanziger Jahre, im Sommer, auf der Norddeicher Mole, wohin sie die nordwestlichste Eisenbahnlinie im ganzen Deutschen Reich geführt hatte. Man wartete auf den Raddampfer nach Juist.

„Juist ist eine schmale, an den meisten Stellen nicht mehr als 500 Meter breite Sand- und Düneninsel von insgesamt 17 Kilometern Länge, wobei die Zahlenangaben natürlich vom natürlichen Tidezustand abhängig sind." So las es Martin Luserke in einem offiziellen Prospekt der Insel. Den letzten Satz verstand er nicht, trotz mehrmaligen Nachlesens.

Aber Annemarie wollte das alles gar nicht so genau wissen. Sie schaute dem Treiben der Fischer und Fuhrleute im Hafen von Norddeich zu, während sie beide, vom Frisia-Dampfer aus, auf die Abfahrt nach Juist warteten. Viele Fischkutter lagen im Hafen. Die Mannschaften waren damit beschäftigt, den Fang auszuladen oder die Netze und das Fanggerät auszubessern und zu pflegen. Fast alle Kutter führten noch Segel und waren den breiten, holländischen Plattbodenschiffen nachempfunden. Einige Boote hatten den schützenden, steinernen Leitdamm im Westen des Hafens umfahren und sich im Watt trockenfallen lassen. Breit wie Flundern saßen sie nun unverrückbar fest im Schlick oder Sand.

Annemarie war fasziniert vom Watt. Es herrschte gerade Ebbe und die Sonne glitzerte auf der unendlichen Sand-, Schlick- und Wasserfläche, die sich bis zu den Inseln Juist und Norderney hinzog.

„Schau mal, das ist weder Wasser noch Land", sagte sie zu Martin, der antwortete: „Ja, es wird eine Art Zwischenreich sein, eine Zone des Lebens zwischen Wasser und Erde."

Zwischen den trockengefallenen Fischkuttern liefen jetzt Matrosen geschäftig hin und her. Wie Ameisen bewegten sie sich zielsicher und als schwarze Punkte in der großen, glatten Fläche. Einige schrubbten eifrig am Schiffsboden ihrer Boote herum, andere trugen Körbe von einem zum anderen Kutter. In der Ferne flimmerte die Luft in der heißen Sonne und wie eine Fata Morgana zog ein Segler seine Spur in der Luft knapp über dem Horizont zwischen Juist und Norderney.

„Ich hab´ noch nirgends auf der Welt so weit blicken können", sagte Martin und drückte Annemarie an sich, „die Erde ist hier so leicht, weit und grenzenlos."

„Und das Wasser auch – und schau dir mal den Himmel an", antwortete Annemarie begeistert und wies auf die träumenden Zirruswolken, die über ihnen schwebten.

Dann wurden sie wieder vom Treiben im Norddeicher Hafen abgelenkt. Ein Zug, mühsam gezogen von einer rhythmisch stampfenden Dampflokomotive, bewegte sich langsam in der Mitte der Mole auf der eingleisigen Spur bis wenige Meter vor die Kaimauer. Zwei Lokomotivführer reckten ihre Hälse weit aus den Fenstern und waren aufmerksam und konzentriert damit beschäftigt, ja nicht zu schnell und dann womöglich ins Wasser der Hafenrinne zu fahren. Wenn man den winzigen Rammbock am Ende der Gleise – dem Ende der deutschen Reichsbahn im Nordwesten Deutschlands – mit der Wuchtigkeit der Lokomotive verglich, dann konnte man diese Bedenken durchaus teilen. Aber die Lokomotive kam fauchend, zischend, Wasser und Dampf spuckend und ihre ganze Kraft nur mühsam bändigend nur wenige Meter vor der Barriere tatsächlich zum Stand. Sie atmete noch einmal tief und erleichtert durch und dann ruhten ihre rot bemalten Räder und ölglänzenden Gestänge, und die dicken, grauen Dampfwolken am Schornstein formten sich zu kleinen, weißen Wattebauschen, die sanft den Zirruswölkchen oben am Himmel entgegenschwebten.

Martin hatte noch nie eine solche Einheit von Natur und Technik verspürt, wie an diesem Sommertag in Norddeich.

Die Türen der Abteile öffneten sich und entließen Dutzende von Reisenden mit Koffern und Taschen, einige sogar mit Angelgerät und in weißer Strandkleidung. Die Kurgäste strebten sofort zu den beiden bereitstehenden Dampfern nach Juist und Norderney. Und während die Fähre nach Norderney schon nach einer halben Stunde abfuhr, mussten Annemarie und Martin auf dem Raddampfer nach Juist noch gut zwei Stunden warten. Von einem Matrosen erfuhren sie, dass man noch „up dat hoge Water" warten müsse. Die Fahrrinne nach Juist führe direkt durchs Watt und sei nur bei Hochwasser für ihr Schiff tief genug.

Doch auch diese zwei Stunden vergingen wie im Fluge. Immer neue, kleine Episoden des Hafenlebens fanden ihre Aufmerksamkeit und ließen sie die Zeit vergessen. Allein schon die Vielzahl und Unterschiedlichkeit der Kurgäste auf dem Schiff lenkte ab und reizte zu eingehender, manchmal kopfschüttelnder Beobachtung.

Die Fahrt durch das Watt nach Juist war ein besonderes Erlebnis. Zunächst fuhr das Schiff sehr langsam durch eine an beiden Seiten mit Steindämmen befestigte Hafenrinne. Dahinter lag das Watt feucht glitzernd, ohne Wasser, in der Sonne. Am Ende der Steindämme ragten zwei kleine Leuchtfeuer empor und zeigten an, dass hier der sichere Weg zum Land beginne oder ende, je nachdem, in welche Richtung das Schiff fuhr. Der Raddampfer der Frisia Reederei nahm nun schnellere Fahrt auf und schaufelte sich heftig arbeitend durch eine mit Tonnen markierte Fahrrinne, die sich allmählich verbreiterte. Die großen Schaufelräder an beiden Seiten des Fährschiffes hinterließen eine saftige, weiße Schaumspur im Wasser. Jede einzelne der geräumigen Schaufeln peitschte im Sekundenrhythmus in das Salzwasser der Nordsee, stemmte das Schiff, sich unter Wasser rückwärtsdrehend, nach vorne, hob sich ächzend und das jetzt überflüssige Wasser abschüttelnd eine halbe Umdrehung lang in die Luft und stürzte sich dann erneut blitzschnell und machtvoll hinab in den nächsten Arbeitsgang. Martin beobachtete minutenlang das Werk der Schaufelräder und war beeindruckt von ihrer regelmäßigen, zuverlässigen Leistung.

Am Horizont vergrößerte sich allmählich rechts die Silhouette von Norderney und links die von Juist. Zwischen beiden lag eine Linie von hellem, schaumigem Wasser. Aus den Bemerkungen eines offenkundig routinierten Kurgastes entnahmen Annemarie und Martin, dass es sich dort vorne um die Brandungszone der offenen Nordsee vor dem Seegatt zwischen Juist und Norderney handelte. Dort lägen viele, gefährliche Sandbänke knapp unter der Wasseroberfläche.

Doch bevor man dort ankam, bog das Schiff nach links in eine kleinere Fahrrinne ein, die nicht mehr mit Tonnen, sondern mit kleinen, schlanken Bäumchen markiert war, welche offensichtlich fest in den Wattboden gerammt worden waren.

„Das sind Pricken aus jungen Birkenstämmen", sagte Annemarie, die in ihrem Reiseführer blätterte. Und tatsächlich zeigten einige der Bäumchen an ihrer Spitze noch ein paar grüne Zweige. Das Watt hatte sich in der Zwischenzeit weitgehend mit Wasser gefüllt, ja, in dem „Prickenweg" nach Juist herrschte jetzt, bei auflaufender Flut aus dem Seegatt, sogar ein starker Strom in westlicher Richtung, der das Schiff schnell vorwärtszog. Die Schaufelräder hatten dadurch deutlich weniger Arbeit zu verrichten. Nach einer knappen halben Stunde verringerte sich jedoch die Flutstärke und das Wasser schien zum Stehen zu kommen. Martin schaute auf eine Karte, die er in Norddeich am Kiosk erworben hatte, und bemerkte, dass das Schiff sich am Ende des Kalfamergatts und am Anfang der Juister Balje befand. Dazwischen war offensichtlich eine hohe Wattstufe, die es nun bei geringem Wasserstand zu überqueren galt. Die Schaufelräder arbeiteten langsam und vorsichtig und wühlten grauen Schlick empor. Das Wasser konnte hier höchstens einen Meter tief sein. Einmal schien das Schiff sich sogar festgefahren zu haben. Aber der Kapitän ließ die Schaufelräder kurz schneller drehen und schon glitt die flach gebaute Fähre vorsichtig weiter.

Nach fast zweistündige Fahrt erreichte das Schiff den Anleger von Juist, der weit in das Watt hinausgebaut worden war. Über einen Schienenstrang mitten durch den Schlick, auf teilweise zerbrechlich wirkenden Pfählen, wurden die Reisenden mit einer kleinen Inselbahn zum Dorf gebracht. Diese Bahn war ein Mittelding zwischen einer offenen Lorenbahn und einem Abteil vierter Klasse der deutschen Reichsbahn. Aber für die knapp halbstündige Fahrt, bei der Annemarie und Martin fasziniert auf das greifbar neben und unter ihnen liegende Watt und Wasser schauten und das Gefühl hatten, sich nasse oder verschlickte Füße zu holen, reichte der Komfort alle Mal aus.

Als sie das Dorf Juist erreicht hatten, fühlten sie sich wie in einer anderen Welt. Die meist ein- oder höchstens zweistöckigen roten Klinkerhäuser drängten sich auf einen Haufen zwischen der Wattseite und dem schmalen Dünenstreifen vor einem riesigen, weißen Sandstrand. Eine gepflasterte Straße gab es nicht, sie war auch nicht nötig, denn kein Auto gelangte auf diese sandige Insel. Nur wenige Pferdefuhrwerke zuckelten über die mit Muschelkalk verfestigten Dorfwege.

Sie quartierten sich in einer winzigen Pension am Westende des Ortes, schon kurz vor der Dünenkette, ein. Zum Strand waren es nur 200 Meter weit. Und als Annemarie und Martin das erste Mal über die Dünen stiegen und den kilometerlangen, bei Ebbe mehrere hundert Meter breiten Sandstrand vor sich ausgebreitet liegen sahen, da blieben sie minutenlang reglos nebeneinander stehen und entdeckten die Erde neu. Das Licht, die Weite, die Unendlichkeit, der Brandungsrand des Meeres überwältigten sie. Und als sie dann barfuß durch den sauberen, feinen Sand wateten, umschmeichelt von einer warmen und gleichzeitig kühlenden Brise, den Blick in die Ferne des Meeres oder auf die vielen kleinen Konturen des Strandes gerichtet – da ergriff dieser große Haufen von feinem, weißem Sand, der sich Juist nannte, endgültig Besitz von ihnen und ließ sie für den Rest ihres Lebens nicht mehr los.

Sie blieben drei Wochen in diesen Sommerferien auf der Insel Juist – und in dieser Zeit keimte bereits der Gedanke, ja, heftige Wunsch in ihnen, dieses paradiesische Fleckchen Erde auf Dauer bewohnen zu dürfen. Aber wie hier leben und arbeiten?
Annemarie war es schließlich, die auf einem ihrer zahllosen und langen Spaziergänge über den Westteil der Insel – zum Loog, um den Hammersee, zum Bill, am Strand wieder zurück zum Dorf – den Gedanken entwickelte, man könne hier doch vielleicht eine Art Privatschule aufbauen, eine Reformschule natürlich für die Kinder der hier doch recht zahlreich anwesenden Kurgäste aus dem Rheinland, aus Hannover, aus vielen Städten „im Reich". Diese Leute seien doch keineswegs minderbemittelt, es handelte sich meist um höhere Beamten, Geschäftsleute oder Ärzte. Und diese Leute hätten wenig Zeit für ihre Kinder, die, wie man doch am Strand beobachten könne, hier auf der Insel ebenfalls aufblühten, kreative Spiele entwickelten, Sport betrieben und offensichtlich mit

viel Freude die Tage auf Juist genössen – so wie die Erwachsenen auch. Und waren das nicht die Kinder und Jugendlichen, die auf Grund ihres Herkommens, ihrer einflussreichen Familien, ihres Besitzes, vielleicht auch ihrer Intelligenz bald die weitere Entwicklung in Deutschland wesentliche mitbestimmen würden? Und könnte man nicht gerade diese Kinder in dieser besonderen Atmosphäre auf der paradiesischen Insel Juist im Sinne einer aufgeklärten, liberalen, demokratischen Reformpädagogik erziehen oder besser – bilden?

„Ein Landerziehungsheim also?", fragte Martin und wies gleich darauf hin, dass es davon seit dem ersten von Hermann Lietz ins Leben gerufenen Privatschulen doch schon mehrere gäbe, die allerdings meist nur als „Pressen" für die verwöhnten Kinder reicher Leute anzusehen wären.

„Das möchte ich auf keinen Fall einrichten!", sagte Martin und fügte hinzu: „Wir müssten eine Erziehung schaffen, in der die Pflege von Theater, Spiel und Tanz neben den angestaubten Wissenschaften eine große Rolle spielen sollte! Das Musische und Kreative muss gleichberechtigt neben dem Buchwissen stehen. Eine solche, neue Schule wäre keine Presse, sondern eine Pflanzstätte für freie, schöpferische und selbstbewusste Menschen!" So schwärmte Martin von seinem Ideal einer wahren Reformschule.

„Und wo kriegen wir das Lehrpersonal her?", fragte Annemarie.

„Natürlich müssen wir dafür werben, aber ich bin überzeugt, dass es leicht sein wird, Gleichgesinnte zu finden", antwortete Martin und er fügte begeistert hinzu: „Du selber wirst deine Ausbildung zur Hauswirtschaftslehrerin beenden, und dann leitest du das Internat."

Annemarie entwickelte Gedanken über die Koedukation. Sie war sich mit Martin einig in der Einschätzung von einer gesunden, normalen Erziehung für beide Geschlechter gleichzeitig und nicht in getrennten Schulen, sondern miteinander.

Martin war begeistert von den neuen Plänen. Er hatte sich ja schon seit einiger Zeit damit beschäftigt, Berlin zu verlassen und etwas gänzlich Neues zu beginnen. Und am letzten Tag ihres Aufenthaltes auf Juist, als Annemarie und er wehmütig in Abschiedsstimmung noch einmal zur Bill hinauswanderten, rief er auf dem Rückweg plötzlich aus:

„Eine Schule am Meer! Das ist es! Das sollten wir gründen!"

8.

Die Fahrt nach Berlin zurück war ernüchternd. Noch waren die Züge voll mit heimkehrenden Soldaten aus vielen Wochen Sonderurlaub nach einem verlorenen Krieg. Und man sah es den meisten sehr genau an, dass sie nicht wussten, was sie jetzt überhaupt noch in ihren Kasernen anfangen sollten. Auch auf den großen Bahnhöfen in Oldenburg, Bremen und Hamburg standen trüppchenweise die noch jungen, aber bleich und grau aussehenden Gestalten herum, diskutierten, rauchten oder betranken sich. In Deutschland lebten große Teile der Bevölkerung ohne Perspektive.

Und in München riss inzwischen ein „Patient aus Pasewalk", der aber eigentlich ein Österreicher war, immer weiter sein demagogisches Maul auf: Adolf Hitler, ein arbeits- und schon immer berufsloser Weltkriegs-Soldat, der das Ende des Krieges mit einer schweren Augen-Gas-Verletzung überlebt hatte und im vorpommerschen Lazarett Pasewalk wochenlang gepflegt worden war.

Es gelang ihm, mit rückwärtsgewandten Sprüchen, Vorurteilen und Lügen wie „Dolchstoß gegen das deutsche Heer" – „Die Juden sind unser Unglück" – „Schandfrieden von Versailles" – „Germanisch-nordische Herrenrasse" einen immer größer werdenden Teil der dumpfen, unhistorisch dahinlebenden Deutschen an Stammtischen, Polit-Bier-Agitations-Veranstaltungen, ja, sogar in Zirkuszelten in München zu sich und seiner NSDAP herüber zu ziehen. Diese neue, populistische, deutschtümelnde Bewegung nach dem Krieg hatte nichts mehr zu tun mit den Parteien aus der Bismarck- und Kaiserzeit. Sie bekämpfte wütend die neue „Weimarer Republik" und damit auch die Sozialdemokratie und liberale Parteien. Monarchistische und konservative Strömungen auf der rechten Seite versuchte sie, mit immer größer werdendem Erfolg, zu kapern und sich einzuverleiben.

Vorbild war für Adolf Hitler der „Faschismus" eines gewissen Mussolini in Italien.

Martin und Annemarie kehrten also nach mühseliger, umständlicher Bahnfahrt nach Berlin zurück und interessierten sich zunächst gar nicht für die Schrei- und Wutvorträge von Hitler in München. In den Zeitungen las man ja von vielen Fanatikern und Neu-Ideologen, die auch bald wieder verschwanden.

Das junge Ehepaar Luserke war sich einig, dass auch sie ihr Leben verändern wollten, aber in eine friedliche, pädagogisch-humane Richtung. Sie lasen jetzt alles über die „Landerziehungsbewegung", jener neuen pädagogischen Richtung also, die bereits am Ende des 19. Jahrhunderts in Deutschland entstanden war. In Berlin gab es zahlreiche Lehrer und Lehrerinnen, die den neuen Vorstellungen einer Erziehung „vom Kinde aus" anhingen und in kleineren Zirkeln und Grüppchen versuchten, zunächst einmal in den Köpfen der Pädagogen einiges zu verändern.

Annemarie und Martin besuchten immer wieder diese kleineren Vortrags- und Diskussionsrunden. Sie lernten dabei, dass es abseits oder neben der immer noch offiziellen Autoritäts-Pädagogik in der neuen, der „Weimarer Republik", progressive erzieherische Vorstellungen gab. Es gab vielfältige Richtungen, die man in Jugend-, Frauen-, Milieu- und Volksbildungs-Bewegungen zusammenfassen konnte. Die Emanzipation der Frau, die Erziehung aus der Perspektive des Kindes und nicht des Erwachsenen, die Verbindung von abstrakter Wissenschaft und lebendiger Natur, die Ergänzung von Körper und Geist durch Tanz, Sport und musischer Erziehung stand dabei im Mittelpunkt. Es gab eine Kunsterziehungs-, eine Arbeitsschul- und eine Landerziehungsheimbewegung. Alle waren sie sich in der massiven Kritik an dem alten, verknöcherten Bildungssystem der Kaiserzet einig. Alle erprobten sie theoretisch und teilweise schon praktisch neue Methoden des Unterrichts und des Zusammenlebens von Schülern und Lehrern.

Schon 1898 hatte Hermann Lietz das erste Landerziehungsheim in Ilsenburg am Harz gegründet. Es gab dafür ein englisches Vorbild: Cecil Reddy und seine „New School Abbotsholm". Eine zweite Hermann-Lietz-Schule entstand dann in Haubinda und später auch auf der Insel Spiekeroog. Mit Erstaunen erfuhren Martin und Annemarie Luserke, dass bereits vor Kriegsbeginn 1914 im fernen Thüringen eine „Freie Schulgemeinde Wickersdorf" ein neues, lebendiges Schulleben entwickelt hatte, das im Kleinen hervorragend funktionierte und vielfältige Impulse für eine moderne Pädagogik bis nach Berlin aussandte. Namen von modernen Lehrern wie: Dr. Gustav Wyneken, Paul Geheeb, August Halm, Fritz Hafner, Rudolf Aeschlimann tauchten hier auf. Einige von ihnen wurden sogar hin und wieder zu Vorträgen nach Berlin eingeladen, was jedes Mal tagelange Erschütterungen in den Kollegien der „alten" Schulen auslöste.

Besonders in Wickersdorf wurde neben den wissenschaftlichen Unterricht, der sogar noch dem alten preußischen Lehrplan für Oberrealschulen folgte, die künstlerische Erziehung und die körperliche, sportliche Betätigung in den Mittelpunkt gerückt. Ja, in Wickersdorf hätte Martin Luserke auch gerne unterrichtet!

Das war etwas, was Annemarie und Martin besonders ansprach und interessierte und sie begannen sofort, Vorstellungen für ihre „Schule am Meer" auf Juist zu entwickeln. Denn dieser Traum einer fast schon paradisischen Insel dort oben an der Nordsee – fern ab von Berlin und München, von Kriegsverlierern und -gewinnlern – wich nicht mehr aus ihren Köpfen. Was gab es dort, auf diesem Haufen Sand, für Möglichkeiten! Was in Wickersdorf begonnen worden war, das müsste man doch auf Juist verbessern, ja, vollenden können!

Es gab auf Juist eine Landschaft zwischen Erde und Wasser, von den Gezeiten geprägt, durch Ebbe und Flut teils mit dem Festland halb verbunden, aber immer wieder auch heftig und deutlich getrennt.

Es gab für die jungen Menschen vielfältige Erlebnismöglichkeiten am Strand, in den Dünen, im Watt. Das unmittelbare

Erleben der Abhängigkeit von Mensch und Natur könnte dabei im Mittelpunkt stehen.

Es gab die Notwendigkeit eines ständigen Kampfes um die Sicherung des Lebensraumes auf einer Insel, das Bewusstsein der Bedrohung der Insel durch die Nordsee, die Notwendigkeit des existenziellen Handelns.

„Agitur, ergo sum = erst durch die Tat bin ich", diesen Satz schrieb sich Martin Luserke eines Tages auf einem großen Zettel und klebte ihn an die Wand vor seinem Schreibtisch.

Es gab auf Juist die Ruhe und Abgeschiedenheit für ein ungestörtes Lernen im geistigen Raum und den Strand, das Watt, die Nordsee, die Dünen für uneingeschränkte sportlich-körperliche Betätigung.

Es gab das herrliche Wattenmeer, das sich ständig veränderte, mal rauh, mal lieblich, ja, still – ein ideales Segelrevier für das Jollensegeln, wenn man mit den unerbittlichen Regeln von Ebbe und Flut vertraut war und sie beachtete.

Und: Es gab im Ortsteil Loog einen kleinen Gebäudekomplex, der zum Verkauf anstand und den man noch ausbauen konnte.

Von diesem wichtigen, letzten Punkt erfuhren Martin und Annemarie über den Vater eines ihrer Schüler. Der Vater war Rechtsanwalt und Notar in Bremen und mit dem Verkaufsauftrag betraut. Und dieser Vater hatte sich bei einem Elternsprechtag von Martins Idee einer „Schule am Meer" auch für seine beiden Söhne begeistern lassen. Er hatte sogar schon damit begonnen, weitere Eltern für diese Idee zu gewinnen.

Nach einigen Monaten stand das Konzept. Eine Stiftung „Schule am Meer" wurde gegründet, dem sich immer mehr reformwillige Eltern anschlossen, die bereit waren – und auch das Geld dafür bereit hielten – ihren Kindern eine besondere, eine liberale und weltoffene Privatschule zu gönnen.

Im Herbst des Jahres 1924 dann, nachdem die Inflations-Krise mühsam überwunden worden war, zog der „Inselmester" – wie er jetzt schon von den Einheimischen auf Juist genannt wurde – mit seiner Frau Annemarie und einem kleinen Kreis von gleichgesinnten Lehrern und Lehrerinnen auf die schmale, ostfriesische Insel. Es begann eine entbehrungsreiche, geduldige Zeit des Aufbaus der „Schule am Meer" für rund hundert Privatschüler und – natürlich – auch Schülerinnen.

Das Schulgebäude im Loog im Westteil der Insel war vorhanden, umgeben von Spiel- und Sportflächen und den einzigartigen Dünen. Die Lehrer und Lehrerinnen standen bereit, Eltern in ganz Deutschland zeigten sich aufgeschlossen für eine moderne Erziehung im Geiste der Reformpädagogik und junge, hoffnungsvolle Schüler und Schülerinnen freuten sich auf ein kreatives Internatsleben, in dem Mädchen und Jungen gemeinsam – wenn auch unter sorgfältiger Aufsicht – leben und lernen konnten.

Nun musste nur noch ein lebendiges Schulleben entwickelt werden.

9.

An jedem Morgen zog Martin mit einem Schallrohr durch die Gänge des Schlaftraktes und weckte die Jugendlichen mit selbstverfassten Gedichten oder „Tagessprüchen", die in die Jahreszeit oder den bevorstehenden Unterrichtsplan passten. Manchmal sang er auch ein Volkslied vor. Zuerst lachten die Schülerinnen und Schüler darüber, aber schon nach wenigen Tagen gewöhnten sie sich so daran, dass sie am Abend vorher schon Mester Luserke befragten, was er denn wohl morgen früh singen werde.

„Lasst euch mal überraschen", war stets seine Antwort.

Noch vor dem Frühstück sammelte sich die gesamte Schulgemeinde zum Frühsport in den Dünen, nahe beim Schulgebäude. Und wenn es nicht gerade regnete oder ein schwerer Sommersturm angesagt war, trabten alle – Lehrer wie Schüler – am Schluss der Frühgymnastik noch schnell zum Strand hinunter und stürzten sich wenigstens für eine Minute lang in die Brandung der Nordsee. Luserke übten dabei keinen Zwang aus und doch machten fast alle mit, obwohl an einem trüben Morgen manch zitternde, kleine Gestalt sich auf dem weißen Sand verlor. Aber wie groß war die Freude und Genugtuung – und der Appetit – beim anschließenden Frühstück bei allen! An den schönen, heißen Tagen aber wollte die Begeisterung für das Brandungsbaden kein Ende nehmen und Martin Luserke musste mehr als einmal heftig durch sein Schallrohr rufen, um seine Schülerschar zum Unterricht ins Haus zurückzubringen. Oft aber auch ließ er sich bei warmem Wetter erweichen, blieb länger als geplant in den Dünen und am Strand oder verlegte sogar seinen Deutschunterricht in eine windgeschützte Mulde der Dünenkette.

Noch vor dem Unterricht, gleich nach dem Frühstück, traf sich die ganze Schulgemeinde zur Klavier-Musikstunde. Martin Luserke selber, seine Frau Annemarie oder der junge Musiklehrer Eduard Zuckmayer gaben dann jeweils ein kleines Morgenkonzert, durch welches die Schüler kurz zur Sammlung und Besinnung auf die geistigen Inhalte des folgenden Unterrichts gebracht wurden. Immer wieder betonte Martin Luserke gegenüber seinen Kollegen, für wie wichtig er diesen gesunden Wechsel von Praxis und Theorie, von Sport und Lernen, von körperlicher Bewegung und musischer Besinnlichkeit hielt.

Musik und Bewegung, Kunst und Handeln, Denken und Ausführen: Das waren die immer wieder geübten Grundbegriffe der „Schule am Meer" auf Juist in den Zwanzigerjahren des zwanzigsten Jahrhunderts. Die Schüler und Lehrer selber bauten die Gebäude, Klassen- und Wohnräume aus; sie renovierten und bauten an, sie befestigten die Dünen rund um die Schule und bepflanzen sie mit Strandhafer gegen den Sandflug, sie richteten Schulgärten ein und betreuten sie das Jahr über, sie halfen in der Küche und auf dem Sportplatz und – sie spielten Theater und gingen mit Mester Luserke segeln, mit selbstgebauten Jollen auf dem riesigen Wattenmeer zwischen Juist und der Westermarsch.

Dabei entdeckten sie auch eine neue kleine Sandinsel: Memmert. Sie war erst vor wenigen Jahren durch Sandverschiebungen südwestlich von Juist entstanden, von Menschen unbewohnt, mit langsam wachsenden Dünen. Luserke erlaubte den Jugendlichen, dort zu landen und zu spielen – aber nur mit strengen Auflagen zum Schutz der Vogelwelt. Und nicht ein

Stück Butterbrotpapier durfte am neuen Strand zurückgelassen werden!

Den Tidenplan hatten die Schülerinnen und Schüler stets dabei. Es bestand ja immer die Gefahr, dass man gegen einen starken Flut- oder Ebbstrom über das Watt nicht zurück nach Juist hätte segeln können.

Das Abitur stand wie in den öffentlichen Schulen am Ende und als Bildungsziel auch auf der Juister „Schule am Meer" immer im Mittelpunkt. Dafür musste konzentriert und schwer in den traditionellen Fächern gepaukt werden. Aber niemals wurde dabei das Musische, das Sportliche, das Kreative und das Handwerkliche und Landwirtschaftliche vergessen.

„Agitur, ergo sum!" – Seinen Wahlspruch hatte Martin inzwischen auf ein Buchenbrett geschnitzt und über seinen Schreibtisch gehängt.

Und dann das Theaterspielen! Martin und Annemarie Luserke hatten keineswegs ihre Begeisterung für die Werke von William Shakespeare verloren. Und so dauerte es nur wenige Monate, bis eine Laienspielgruppe aufgestellt war, die seit dem Winteranfang probte, um dann pünktlich zum Sonnwendtag im Juni den „Sommernachtstraum" aufzuführen. Natürlich mit dem Schulorchester zusammen! Kaum ein anderes Stück war so gut geeignet, um die von Luserke immer wieder propagierte Einheit von Theater, Spiel, Tanz und Musik im lebendigen, kreativen Schulspiel zu verwirklichen.

Über der „Schule am Meer" und ihrer Umgebung schwebte eine leichte, warme Stimmung, als an diesem längsten Sommerabend des Jahres das Shakespearsche Meisterwerk im Innenhof des Schulgeländes aufgeführt wurde! Die Bühne war vor dem Hauptgebäude von der Tischlergruppe selber zurecht gezimmert worden und der Schein der untergehenden Sonne erreichte und vergoldete die Kulissen von Nordwesten, von der Dünenkette her. An diesem Tag und Abend war es fast windstill über Juist und so verstanden die über vierhundert Besucher aus ganz Ostfriesland und aus halb Deutschland – natürlich waren viele Eltern angereist – die gut eingeübten Sprechrollen tadellos.

Die spielerische, tragikomische Liebesgeschichte der drei Paare Hermia und Lysander, Helena und Demetrius, Titania und Oberon verzauberte Spieler und Zuschauer. Manch einer der älteren Zuhörer unter den Elternpaaren hatte sich seit dem Frühsommer des Jahres 1914, also vor der Julikrise, nicht mehr so unbeschwert, entrückt und wie in einer anderen, besseren Welt gefühlt. Die Blicke schweiften über Bühne, Zuschauer, Mitspieler, Gebäude, Dünen, Himmel, Wolken... und endeten bei der tiefroten, hinter Strand und Nordsee untergehenden Sonne. Eine zauberhafte Abenddämmerung senkte sich über die Insel und ging in eine helle, kurze Nacht über; sie vereinte den „Sommernachtstraum" mit dem Traum aller Darsteller, Lehrer und Zuhörer von einer neuen, friedlichen Welt, in der Harmonie, Ausgleich, Toleranz und Vernunft im Mittelpunkt stehen konnten.

Die Aufführung des „Sommernachtstraums" und die große Resonanz, die dieses Ereignis in Ostfriesland erfuhr, ermunterte die Theatergruppe, auch andere Stücke des großen Shakespeare in Angriff zu nehmen. In halbjährigem Abstand folgten nun mehrere Shakespeare-Aufführungen, immer begleitet und untermalt von der Chor- und Orchestergruppe des rührigen Musikpädagogen Eduard Zuckmayer. Martin Luserke führte eine konsequente Regie, bei der die Genauigkeit und Poesie der Shakespearschen Verse in der Übersetzung der großen deutschen Romantiker durch geduldige Probenarbeit herausgearbeitet wurden.
Gleichzeitig erarbeitete er damit eine Gesamtinterpretation der Stücke von „Hamlet" bis zu den Königsdramen, die seinen Deutschunterricht erfüllten und bereicherten. Dort stand nicht die trockene, philologische Interpretation im Vordergrund, sondern das Erspielen, Ertasten und Erproben der Shakespearschen Figuren, Dialoge und menschlichen Tiefen und Abgründe auf der Bühne selber –

„Ich handele und spiele, also bin ich!"

Bei den Bewegungen auf der Bühne dagegen und in der Gestaltung der Mimik und Gestik ließ Luserke den Schülern und

Schülerinnen viel Freiraum. Und so fühlte sich niemand gegängelt und wusste dennoch, dass er „seinen" Shakespeare richtig verstanden und seine Rolle im Stück gut mit Leben und Charakter erfüllt hatte. Und der Inselmester hörte nicht auf, seiner Kollegenschaft die Vorteile und Notwendigkeit des Laienspiels in der Schule zu predigen: „Das Bewegungsspiel und das darstellende Spiel muss Teil einer freien, selbständigen Schulbildung sein!"

Und dann das Segeln!

Natürlich hatte Martin Luserke schon nach wenigen Wochen von einem Juister Hotelbesitzer eine Wanderjolle gekauft. Sie lag an einer Boje vor Anker im Watt, fünfzig Meter von der Graskante entfernt, und sie fiel bei jeder Ebbe trocken. Martin und Annemarie wateten bei auflaufendem, knietiefem Wasser über den an dieser Stelle ziemlich harten, mit Sand versetzten Schlickboden und segelten dann hinaus in die Unendlichkeit des Wattenmeeres zwischen Juist, Memmert, der Leybucht, Greetsiel, Itzendorf-Plate und manchmal sogar bis nach Norderney oder zum Festland nach Norddeich.

Es dauerte gar nicht lange, da hatte sich eine Segel-Gruppe an der „Schule am Meer" gegründet. Einige Schüler erhielten von ihren Eltern das Geld für eine eigene Jolle, andere machten sich daran, aus alten, beschädigten Booten – oder sogar ganz von Grund auf – segelfähige Geräte zu bauen und herzurichten. Nun wurde im Sommer an mindestens einem Nachmittag in der Woche, wenn die Tide stimmte, ins Wattenmeer hinausgesegelt. Memmertsand, Mittelsand, das Kalfamergat, die Itzendorf-Plate, die Reste der geheimnisvollen, untergegangenen Insel Bant vor der Westermarsch, ja, selbst die gegenüberliegende Leybucht bis hin zum Leybuchtsiel und bis nach Greetsiel wurden angesteuert und erkundet. Die flachgehenden Jollen kamen fast überall hin. Nur die gefährlichen Seegatts zwischen den Inseln wurden gemieden, weil hier oft eine unberechenbare Brandung verbunden mit einer gewaltigen Strömung stand, gegen welche eine Jolle ohne Hilfsmotor keine Chance hatte.

Zum Glück gab es keine gravierenden Seenotfälle für Luserkes Schüler und Schülerinnen. Nur einige Male mussten Jollen, die im Prickenweg vor Juist gegen den ins offene Meer zerrenden Ebbstrom nicht mehr vorankamen, sich von Frisia-Dampfern in Schlepp nehmen lassen. Das gab jedes Mal eine Menge Ärger für den Inselmester und seine Kollegen und viele Telefongespräche mit der Frisia-Reederei in Norddeich und ihren empörten, selbstgerechten Kapitänen: „De Inselmester hett sien Kinner nich richtig to faten! Un van dat Seilen hett he woll ok keen Aahnung! He kummt tja ut Berlin…"

Das stimmte natürlich nicht – bis auf Berlin. Noch nie hatte es in Ostfriesland einen Lehrer gegeben, der seine Schüler und Schülerinnen so genau und umfassend auf die Möglichkeiten, Schönheiten und auch Gefahren des Wattenmeeres und der Nordsee vorbereitete und ihnen trotzdem die Freude am Segelsport vermittelte und lehrte. Ja, Martin Luserke war in Ostfriesland wohl derjenige Pädagoge, welcher den Segelsport im Wattenmeer erst so richtig aus der Taufe gehoben hat. Er hat das Segeln im Wattenmeer von der harten, existenzsichernden Arbeit der Fischer in die neuen Formen der Freude an Freizeit und Erholung, gerade auch für geistig arbeitende Menschen, hinübergeführt.

10.

Zehn Jahre lang, von 1924 bis 1934, bestand die „Schule am Meer" auf Juist, mit Martin Luserke als Leiter. Dann war ihre Zeit abgelaufen. Aber eigentlich waren es wohl die negativen, bösartigen Kräfte, welche der „Patient von Pasewalk" losgetreten hatte, die übermächtig geworden waren.

Es war kein schnelles Scheitern, sondern es war wie ein Ausklingen und Verstummen der zahlreichen Glocken für neue, menschliche und gerechte Ideen von Schule und Bildung. Ein Ausklingen, bei dem verschiedene Leute die Glockenseile führten und handhabten, oder besser gesagt: allmählich losließen – aus egoistischen oder oportunistischen Gründen – und so verstummten die vielfältigen, schönen, tragenden Klänge der vielen Glocken in der „Schule am Meer" auf Juist allmälich. Aber sie lebten im Herzen aller Beteiligten weiter, die sie jemals gehört hatten.

Zunächst nahm die Zahl der Schüler und Schülerinnen ab. Viele Eltern gerieten in wirtschaftliche und politische Schwierigkeiten in der Endphase der Weimarer Republik. Die „Schule am Meer" fiel wirtschaftlich immer mehr in die Minuszahlen und Luserke konnte irgendwann das Lehrpersonal und den Aufwand an Wohnen und Verpflegung nicht mehr bezahlen.

Dann begann sich das Lehrerkollegium zu spalten und in Cliquen und Parteien zu zersplittern. Der Aufbruchsgeist der Gründerzeit und der Reformjahre entfloh. Auch die neuen „völkischen" Ideen und aufklärungsfeindlichen Vorstellungen von Alldeutschen, Ludendorff-Freunden und den immer lauter krakeelenden Nationalsozialisten fassten leider besonders bei den jüngeren, begeisterungsfähigen und einsatzbereiten Kollegen Fuß. Plötzlich forderten einige Lehrer wieder „eiserne Disziplin" und „Vaterlandsgesinnung" von ihren Schülern. Der Frühsport wurde nicht mehr als gesunder Ausgleich und Vorbereitung für das geistige Schaffen angesehen, sondern als vormilitärische Erziehung. Ein von Luserke längst überwunden geglaubter Kommiss-Ton griff besonders bei einigen Sportlehrern wieder um sich. Mitschüler jüdischen Glaubens wurden gehänselt, in ihren Religionsvorstellungen angefeindet, von deutschnationalen Jugendlichen geschnitten, bis sie schließlich von ihren Eltern von der Schule genommen wurden. In der ostfriesischen Bevölkerung von Juist und der nahen Kreisstadt Norden liefen Gerüchte herum, dass die „Schule am Meer" eine jüdische Pflanzstätte der zionistischen Bewegung sei, dass sie den Geist der Freiheit und Liberalität vor die Notwendigkeiten der Vaterlandsliebe und nationalen Gesinnung setze, ja, dass diese Schule so gar nichts mit friesischem Stammesmut und Heldentum zu tun habe.

Martin Luserke sah manche Gefahren für seine Schule zu spät. Manche Stimmungen und Entwicklungen schätzte er falsch ein oder erkannte sie auch gar nicht. Noch erfüllt von dem toleranten Geist und kreativen Schwung der ersten Jahre, unterschätzte er die zähen, tonnenschweren Gewichte einer dumpfen, deutschen, autoritären Vergangenheit, welche die Menschen nach rückwärts, in die Zeiten der Vor-Aufklärung und anti-zivilisatorischen Vorstellungswelt zurückzog.

In dieser Krisenzeit wurde seine Frau Annemarie schwer krank und bedurfte der besonderen Pflege und Liebe. Nach langer Leidenszeit starb sie und fand in Hage bei Norden ihre letzte Ruhestätte.

Martin Luserke, schwer getroffen vom frühen Tod seiner Frau, angefeindet von nationalsozialistischen Kollegen und Bewohnern auf Juist und in Ostfriesland, unsicher geworden in seinen eigenen idealistischen Idealen und Hoffnungen von einer neuen Pädagogik, verlassen von vielen Schülern und ihren Eltern, rettete seine Reformschule noch durch ein langes, schwieriges, zerrissenes Schuljahr 1933/34 in die Zeit der sogenannten Machtübernahme des Nationalsozialismus hinüber – dann war es vorbei.
Die „Schule am Meer" war finanziell am Ende und passte politisch nicht mehr in die „neue Zeit", die eine Un-Zeit in der deutschen Geschichte, auch der Bildungsgeschichte, wurde. Die Schule am Meer auf Juist musste schließen. Ihre Schüler und Schülerinnen, Lehrerinnen und Lehrer zerstreuten sich in alle Welt, ja, die Mitbürger jüdischen Glaubens mussten zum Teil bis ans Ende der Welt vor dem Patienten aus Pasewalk und dessen Mordgenossen fliehen, wenn sie ihnen nicht zum Opfer fallen wollten. Unzähligen jüdischen Deutschen gelang dies nicht mehr rechtzeitig.

Der Inselmester Martin Luserke hatte sich kurz vor der Schließung seiner Schule noch eine holländische Tjalk gekauft, mit seinen letzten Ersparnissen, eine ZK 14, eine Zoutkamper Tjalk, die besonders gut für die Fahrt im Wattenmeer geeignet war. Er ließ sie auf einer Oldersumer Werft an der Ems für seine Bedürfnisse umbauten und nannte sie „Krake". Sie wurde nun für viele Jahre sein Zuhause, auf dem und in dem er leben, schreiben und segeln konnte.

Er blieb allein. Er unterrichtete auch nicht mehr. Annemarie und seine Schule am Meer waren tot. Er wollte nicht mehr Lehrer für verbogene, aufgehetzte Jugendliche in dieser hasserfüllten, geistfeindlichen Zeit sein. Es begann für Martin Luserke eine jahrelange Zeit des Wanderlebens auf dem Wasser, beziehungsweise im Wattenmeer, dem Zauberreich zwischen Inseln und Festland, das sich ewig wandelte und bei jeder Jahreszeit, jedem Wetter und jeder Tageszeit ein anderes Gesicht zeigt.

Luserke segelte und schrieb. Er schrieb viele geheimnisvolle, im Wattenmeer angesiedelte Erzählungen von Menschen und Geistern am Meer, von Seehelden und Seeungeheuern, von Wind und Wetter und den Launen und Geheimnissen des Meeres. Viele Erzählungen entstanden – unter romantischen Titeln wie „Windvögel in der Nacht" oder Jugendromane wie „Das Wrack des Raubschiffes" oder „Das schnellere Schiff" oder „Groen Oie am grauen Strom und die Bauern vom Hanushof". Er schrieb auch manche Jugend- und Schulstücke für seine geliebte Laienbühne: „Die Tragödie von Rittertum und Liebeszauber" als Parodie oder auch pädagogische Abhandlungen zum Schulspiel unter dem Titel: „Jugend- und Laienbühne". Er blieb auch in seinem Schreiben immer der Lehrer, der humane Pädagoge und der sportbegeisterte Inselmester, der nun allerdings wie ein Fliegende Holländer ruhelos auf dem Meer hin- und her getrieben wurde, der nirgends Heimat fand und sich an langen Sonnen-Untergangsabenden nach den Glücksmomenten seiner Shakespeare-Aufführungen in den Dünen auf Juist zurücksehnte.

11.

Kurz nach sechs Uhr am Morgen des 3. September 1939 hörte der schlaflose Martin Luserke einige polternde Schritte auf dem Vordeck seiner „Krake" und dann drei dröhnende Schläge mit einem harten Gegenstand an den Mast. Er riss die Türluke der Kajüte auf und sah vor sich das Koppelschloß des Hafenmeisters Gödeke.

„Dor is ‚n Anrop van de Polizei in Nörden koomen", sagte Gödeke finster und ohne Gruß.

„Wat schall dat heeten?" fragte Luserke erstaunt.

Gödeke ließ sich auf die Ruderbank fallen und kniff die Augen zusammen: „Se weten doch woll, dat wi siet güstern Krieg hebben, Mester Luserke? De Polacken hebben uns angräpen."

„Klor, weet ik, dat wi Krieg hebben", antwortete Luserke und verbiss sich jede weitere Anmerkung zu den „Polacken". Er kannte Hafenmeister Gödeke von mehreren, früheren Besuchen im Norderneyer Hafen und hatte mit ihm bisher fast nur seglerische und maritime Probleme besprochen. Daher war er sich nicht ganz im Klaren darüber, wie Gödeke zu den Nazis stand.

„Denn müssen Sie tscha auch woll wissen, dass wir von jetzt ab Kriegsrecht haben. Und das gilt auch für die Sportschiffer!", sagte Gödeke und verfiel dabei ins amtliche Hochdeutsch.

Luserke widersprach nicht, und so fügte Gödeke gleich hinzu: „Sportschifffahrt findet von heute ab nicht mehr statt! Wat hier Jo Tjalk is, Mester, de mutt ik nu an die Kett leggen. Un dat Schipp… darf den Hafen von Norderney für die Zeit des Krieges nicht mehr verlassen."

„Und wat is mit mi?", fragte Luserke.

„Sie dürfen hingehen, wohin sie wollen, Mester! Man mit dat free Lüstfohrn hier an de Küst is ´t nu zappenduster!", antwortete Gödeke.

Martin Luserke fiel schlagartig ein, dass er ja gar nicht wusste, wo er hingehen sollte. Sein Zuhause war seit Jahren die geliebte „Krake" gewesen. Sollte er nach Juist fahren und sich dort irgendwo in den Dünen verkriechen? Sollte er nach Berlin zurück? Nein, Berlin war jetzt das Zentrum eines kriegerischen, deutschen Staates, mit dem er nichts zu tun haben wollte. Und auf Juist war er seit 1934 nicht mehr gewesen und fürchtete sich davor, dort hinzugehen. Die Erinnerungen an die schönste Zeit in seinem Leben wären dort übermächtig. Er würde tagelang durch Dünen, Strand und Wattkante streifen, an jeder Ecke würden die Erinnerungen ihn würgen und fast zerbersten lassen und schließlich – nein, er würde sich nicht umbringen, aber er würde unendlich leiden und immer nur an Annemarie und an all das Schöne, Vergangene denken...

Langsam, unendlich langsam begann er seinen riesigen Schrankkoffer zu packen, den er im Vorschiff verstaut und als Kleiderschrank auf der „Krake" benutzt hatte. Er wog lange ab, welche Gegenstände von der „Krake" er mitnehmen sollte. Würde er die starke, schöne Tjalk überhaupt je wiedersehen? Würde sie vielleicht von den Norder Polizeistellen konfisziert, mit Dieselmotor versehen und zu einem ordinären Küstenwachboot umfunktioniert werden? Er streichelte wieder und wieder über das braune Innenholz der Kajüte und schluckte an dem Kloß in seinem Hals.

Mühselig gelang es ihm, den Koffer zu packen. Dann legte er sich zum letzten Mal in die Koje der „Krake". Draußen heulte immer noch der Septembersturm. Aber in den Ohren des schlaflosen Martin Luserke klang das Heulen und Klappern in der Takelage der „Krake" wie Musik. Die letzte Musik aus der riesigen Konzerthalle des Wattenmeeres und der Nordsee – hier, wo er die besten, erfolgreichsten, erfülltesten und traurigsten Jahre seines Lebens verbracht hatte.

Es war vorbei.

12.

Der Inselmester Martin Luserke ist nie wieder mit seiner Tjalk „Krake" gesegelt. Sie wurde wenige Tage nach Beginn des 2. Weltkrieges im Hafen von Norderney beschlagnahmt. Großdeutschland brauchte jetzt offensichtlich sogar kleine Segelyachten, um im Kampf gegen Engeland bestehen zu können. Aber vor allem konnten die Nationalsozialisten wohl nicht ertragen, dass ein neunundfünfzigjähriger, ehemaliger Lehrer sich aus der sogenannten Volksgemeinschaft ausklinkte und seinem individuellen Vergnügen des Segelns nachging.

Martin Luserke verließ sein Schiff noch am Tage der Beschlagnahme. Ihm war eingefallen, dass er in Meldorf in Holstein ja noch entfernte Verwandte besaß. Er musste nach Norddeich und zum Festland mit der Fähre zurückkehren; das hatte er seit Jahren nicht nötig gehabt. Mühsam gelang es ihm, seine Habseligkeiten in dem großen Koffer von der „Krake" auf die Frisia-Fähre zu schleppen. Niemand half ihm dabei. Einige Hafenarbeiter, die den Inselmester von Juist gut kannten, standen untätig dabei – mit den Händen in den Hosentaschen. Beim Ablegen der Fähre ging er schnell in den Salon unter Deck, um keinen Blick zurück tun zu müssen. Er wusste, dass er das markante Profil der „Krake" sehr genau neben den Fischkuttern entdecken könnte.

Es war ein diesiger Tag, als der Zug sich langsam von Norddeich-Mole über den Deich auf das Gleis nach Norden schob. Martin Luserke stand am Fenster seines Abteils, er lehnte sich weit hinaus und versuchte noch einmal, übers Wattenmeer bis nach Juist zu schauen. Es gelang ihm nicht.

Nach mehr als zwölfstündiger Fahrt über Oldenburg, Bremen und Hamburg erreichte er Meldorf, das er bis zum Ende seines Lebens kaum noch verließ. Auch hier schrieb er weiter. Er starb 1968.

Das Wattenmeer hat er nicht wieder gesehen, die Inseln Juist und Norderney nie wieder betreten. Gesegelt ist er auch nicht mehr.

Jan Vellinga aus Westfriesland

1.

In der Nacht vom 10. auf den 11. Januar 1945 – die Rote Armee setzte zum Sturm auf Ostpreußen an – wurde in Franeker in West-Friesland der zweiundzwanzigjährige Tischler Jan Vellinga aus seinem Versteck in einem Keller unter der Werkstatt seines Meisters geholt. Deutsche Wehrmachtspolizisten, mit mondförmigen Blechschilden wie bei mittelalterlichen Kampfknappen vor der Brust, entdeckten den jungen, blonden Friesen in einem Kohleverschlag, wo er sich aus Briketts, mit darauf gelegten, leeren Kohlesäcken eine dunkle, staubige und harte Lagerstatt gebaut hatte. Vier Wochen hatte er hier schon geschlafen – auf der Flucht vor einer Verordnung der deutschen Besatzungsmacht, in der alle männlichen Niederländer der Jahrgänge 1922 und 1923 zum Arbeitseinsatz in Deutschland verpflichtet worden waren. Das Versteck war durchaus gut gewählt, doch jemand musste Jan Vellinga verraten haben.

Noch in der gleichen Nacht wurde Jan Vellinga, zusammen mit zwanzig weiteren jungen Leuten aus Franeker, Sint Annaparochie und Stiens auf einem offenen Frachtauto nach Leeuwarden gebracht. Die Fahrt war eiskalt, die Temperaturen lagen um null Grad. In Leeuwarden wurden die Verhafteten in das Gefängnis eingeliefert, wo sie zu zwanzig Personen in Vier-Mann-Zellen tagelang bei dürftiger Verpflegung und katastrophalen, hygienischen Verhältnissen auf ihre weitere Bestimmung warten mussten. Niemand wusste, was geschehen sollte. Es gab Gerüchte, dass man zum Arbeitsdienst bei der „Organisation Todt" in Assen, in der Provinz Drenthe, eingesetzt werden sollte.

Einmal bekam Jan Vellinga noch Besuch in Leeuwarden von seiner Mutter, seinem jüngeren Bruder und seiner Verlobten Maartje. Als er Maartje zum Abschied innig küsste, steckte sie ihm ein Stück Käse und einen Apfel in den Hosenbund. Dazu einen kurzen Brief, in dem sie schrieb, dass sie ewig auf Jan warten würde und dass sie ihn unendlich liebe. Nach dem Besuch dieser drei Verwandten lag Jan Vellinga, gemäß dem Bericht seiner Mitgefangenen, eine längere Zeit lang mit Weinkrämpfen auf dem Zellenboden. Niemand konnte ihm helfen.

Am Morgen des 20. Januar wurden alle Gefangenen auf den Bahnhof von Leeuwarden geführt. Einige Familienmitglieder der Männer, darunter auch Maartje und Jans Bruder, hatten von dem Abtransport erfahren und versuchten, sich der Fünferreihe zu nähern, um Abschied zu nehmen. Sie wurden mit Gewehrschüssen in die Luft von den deutschen Bewachern auf Abstand gehalten. Dabei beklagten einige der deutschen Soldaten, dass ihnen ihr Offizier verboten hatte, gezielt zu schießen.

Die etwa 150 Männer wurden in Viehwaggons gepfercht, ungefähr 40 bis 45 in einem Waggon, den man anschließend von außen verriegelte. Bei der Abfahrt im ersten Morgenlicht rumpelte der Zug langsam am Hafenbecken von Leeuwarden vorüber, das mit einer festen, schneefreien Eisschicht bedeckt war. Mehrere Tjalks, Schokker und Aken und ein paar Lastschuten waren schon eingefroren. Jan Vellinga konnte einige Minuten lang, durch ein Astloch des Viehwaggons, das Eis im Auge behalten.

Der Gedanke stimmte ihn elend, dass er in diesem Jahr die Elfstedentocht, falls sie denn durchgeführt würde, wieder nicht mitlaufen könnte. Vor fast genau vier Jahren, am 30. Januar 1940, bei der 6. Elfstedentocht war er leider noch zu jung gewesen, um mitmachen zu dürfen. Er hatte aber am Ziel gestanden und den fünf Siegern zugejubelt, die im „Pakt von Dokkum" beschlossen hatten, gemeinsam über die Ziellinie zu gleiten. Ein Jahr später war er als Toertochter die 7. Elfstedentocht mitgelaufen und hatte auch das Kruisje erhalten. Den Sieger Auke Adema, der ja auch aus Franeker stammte, hatte Jan im Triumphzug von Leeuwarden nach Hause begleitet. Im Jahr 1942, bei der 8. Elfstedentocht, war er leider an Grippe erkrankt gewesen.

Stundenlanges Warten auf Bahnhöfen und ein zweitägiges Fahren im Schneckentempo über schlechte, beschädigte Gleise begannen. Einmal am Tag wurden die Waggons geöffnet und Wasser und eine dünne, lauwarme Brotsuppe in verbeulten Kübeln hereingeschoben. Das war auch die einzige Gelegenheit am Tag, um seine Notdurft zwischen den Büschen am Rand der Gleise zu verrichten. Da dies natürlich nicht ausreiche, hatte Jan Vellinga in einer Ecke des Waggons zwei Bretter herausgerissen, eine Art Rinne gebaut und durch ein großes Astloch nach draußen abgeführt. Obgleich einer der Jüngsten in dem Viehwaggon, wurde er für seine Tat von allen anderen gelobt.

Nach zwei Tagen gelangte der Zug von Leeuwarden über Groningen, Winschoten, Nieuwe Schans, Weener, Leer, Westerstede, Oldenburg, Varel und Sande nach Wilhelmshaven.

2.

Erschöpft, unterkühlt und hungry mussten die Gefangenen im Laufschritt ins Lager „Schwarzer Weg" bei Wilhelmshaven rennen. Dabei verlor mancher der Häftlinge seine Klompen und wurde auf Socken durch den Schnee weitergetrieben. Im Lager fand noch am Abend bei Dunkelheit und Schneetreiben der erste Appell statt – eine stundenlange, elende Prozedur des Aufstellens, Abzählens und Anschreiens, die sich jetzt täglich, mindestens einmal, wiederholte.

Der Lagerleiter, ein Oberfeldwebel, ermahnte die „holländischen Fremdarbeiter" – so nannte er die Niederländer – mit schnarrenden und bellenden Worten zur Ruhe und Ordnung, dann würde man es hier in dem Lager, das kein Straf- sondern nur ein Arbeitslager sei, viel besser haben als in den chaotischen Niederlanden, wo der Feind von Westen her für Unordnung sorge. Ja, eigentlich seien sie ja gar keine echten Gefangenen – er sagte wirklich „echte Gefangenen", mit einem deutlichen Unterton des Bedauerns – sondern man brauche sie wahrhaftig zur Arbeit und zur Unterstützung des Großdeutschen Reiches bis zum Endsieg. Leider sei die Einsicht in diese Notwendigkeit „in Holland" noch nicht so richtig verbreitet und deshalb müsse man „die Holländer" mit ein bisschen Druck zur Arbeit anhalten. Sie sollten das als Bewährung sehen. Von den Deutschen könnten „die Holländer" viel lernen! Nur der Deutsche könne richtig arbeiten! Und organisieren! Und wirkliche

Ordnung halten! Das sei ja bekannt. Besonders müsse er aber vor Fluchtversuchen warnen! Wer zu fliehen versuche, würde gnadenlos nicht mehr als Fremdarbeiter, sondern als erbärmlicher Feind und Ausländer behandelt. Da kenne er kein Pardon!

In den nächsten Tagen und Wochen der Monate Februar und März wurden die Niederländer auf die Marinewerft in Wilhelmshaven zur Arbeit geführt. Etwa 300 Mann arbeiteten auch auf der Bauwerft und der Westwerft. Um halb sechs war Wecken, um viertel vor sechs wurde für das Brot und einen Becher Ersatztee oder -kaffee angestanden. Jeder bekam 400 Gramm für einen Tag, mit einem kleinen Stück Margarine. Um sieben Uhr mussten die Arbeitssklaven antreten. Dann wurden sie unter strenger Bewachung durch die Stadt zum Marinehafen geführt, um dort den ganzen Tag bis fünf Uhr, bei einer halben Stunden Mittagspause, für die Deutschen zu arbeiten. Abends gab es einen Liter Kohlsuppe. Jan Vellinga war klar, dass eine solche Ernährung auf Dauer gesehen ein langsames Verhungern für einen erwachsenen Menschen bedeutete.

Auf den Märschen zur Arbeitsstelle durch die von englischen Bomben zerstörte Stadt Wilhelmshaven hielt Jan Vellinga nach geeigneten Verstecken Ausschau. Die vielen Ruinen müßten doch gute, verlassene Keller haben! Aber wie sollte man sich verpflegen? Wäre es günstiger, zu zweit oder zu dritt zu fliehen? Aber würde das die Ernährung nicht noch schwieriger machen? Könnte man auf Hilfe durch deutsche Einwohner der Stadt hoffen? Gab es in Wilhelmshaven vielleicht sogar eine Widerstandsbewegung, so wie in Leeuwarden? Er wusste es nicht.

Der Hunger, die Läuse und die Krankheiten vereinigten sich im Lager „Schwarzer Weg" zu einer Trinität der endlosen Plagen.

Viele Lagerinsassen suchten auf dem Weg zur Arbeit nach etwas Eßbarem. Sie fanden manchmal auf Abfallhaufen an den Wegen verfaulte Kohlstrunken und Kartoffelschalen, nachmal sogar Essensreste der Deutschen in Mülleimern. Viele wurden krank davon oder hatten ständig Magen- und Darmbeschwerden. Einige brachen auch in der Küchenbaracke ein, was am nächsten Tag wieder endloses Anstehen beim Appell und quälende Durchsuchungen bedeutete, andere stahlen das Kommissbrot ihrer Mitgefangenen. Jan Vellinga grub auf einem Feld einige Wurzeln aus, von denen er vermutete, dass es Kohl- oder Rübenreste waren. Sie erwiesen sich als durchaus schmackhaft. Er kaute stundenlang auf ihnen herum und betäubte damit sein Hungergefühl.

Die Abende und oft auch einen Teil der Nacht verbrachten die Gefangenen mit quälenden Versuchen, die Läuse aus den Kleidern, Strohsäcken, Bettgestellen, den Haaren und – was am schlimmsten war – den intimsten Körperfalten zu entfernen. Im Lager „Schwarzer Weg" gab es alle drei Arten von Läusen: die Menschenlaus, die Kleiderlaus und die Kopflaus. Man versuchte es durch Ausbürsten, Ausschütteln, Kratzen, Zerknacken, Auswaschen mit heißem Wasser – falls man etwas bekommen konnte – mit Wälzen im Schnee, mit gegenseitigem Absuchen der Körperoberfläche. Es war ein endloser und letztlich hoffnungsloser Kampf. Jan Vellinga wusste, dass er seine Läuse erst wieder loswerden würde, wenn er sich regelmäßig heiß baden könnte und wenn er ein Desinfektionsmittel in die Hand bekäme. Er sehnte sich nach einer Stunde ohne Jucken, Beißen und Brennen, ja, er schämte sich manchmal dafür, dass diese Sehnsucht meist stärker war als sein Begehren nach einer Umarmung von Maartje. Er las den Brief von Maartje jeden Abend vor dem Einschlafen.

3.

Bei Luftalarmen, von denen die Marinestadt Wilhelmshaven häufig heimgesucht wurde, mussten die Niederländer einen behelfsmäßigen Schutzkeller in der Nähe des Lagers „Schwarzer Weg" aufsuchen. In die großen und sicheren Schutzbunker bei der Marinewerft wurden sie nicht eingelassen. Diese blieben den Deutschen vorbehalten. Zum Glück suchten sich die englischen und amerikanischen Bombenflugzeuge meistens die Marineanlagen als Ziele aus. Als eine Bombe mit ungeheurem Knall knapp neben dem Keller einschlug und die Erde durch die Decke rieselte, schrie Jan Vellinga nach seiner Mutter und zitterte eine halbe Stunden lang am ganzen Körper. Zum Glück bemerkte dieses niemand in der Dunkelheit des Schutzkellers, und als sie hinausgingen, war der Angstkrampf vorüber.

Am Freitag, den 9. Februar, machten zehn Gefangene zugleich einen Ausbruchsversuch.

Alle kamen nicht weit. Am Sonnabend waren bereits sechs wieder gefangen. Sie wurden in die Baracke von Jan Vellinga geschleppt und dort vor den Augen der anderen Insassen so lange mit Gummischläuchen geschlagen, bis sie nicht mehr alleine stehen konnten. Am Sonntagmittag fehlten immer noch drei Leute. Es wurde ein Appell veranstaltet. Von halb drei Uhr nachmittags bis halb sieben in der Dunkelheit am Abend standen alle Lagerhäftlinge bei einem nasskalten Wintersturm draußen vor den Baracken. Die Namenlisten wurden immer wieder verlesen. Wenn es irgendwo eine Stockung gab, weil ein Mann sich falsch hingestellt oder seinen Namen nicht richtig verstanden hatte, wurde die Prozedur von vorne angefangen. Mehrere Gefangene wurden ohnmächtig. Man ließ sie im Dreck und Schlamm liegen. Erst nach einigen Minuten durften die Seitenleute den Ohnmächtigen aufheben und so lange stützen, bis er wieder alleine stehen konnte. Nach vier Stunden wussten die Deutschen endlich die Namen der drei Flüchtlinge und schickten die Häftlinge in die Baracken zurück.

An diesem Abend schwur sich Jan Vellinga, es bei der nächsten Gelegenheit auch zu versuchen.

Anfang März erwischte Jan Vellinga die Dysenterie, die schon seit Wochen im Lager grassierte.

Die Ruhr ist eine meist epidemisch auftretende Infektionskrankheit, die sich unter hygienisch schlechten Bedingungen rasch ausbreitet. Erreger sind die Ruhrbakterien (Shigella-Gruppe) mit zahlreichen Bio- und Serotypen; sie unterscheiden sich u.a. in ihrem Giftbildungsvermögen. Ihre wichtigsten Vertreter sind die giftbildenden Shiga-Kruse-Bakterien, meist Ursache schwerer Epidemien (Polen im 1. und 2. Weltkrieg), die Flexner und Kruse-Sonne (E)-Bakterien, letztere der häufigste Erreger der in Europa heimischen Säuglings- und Kinder-Ruhr (in Friedenszeiten). Die Ansteckung vollzieht sich durch Berührung mit Kranken, unsauberen und infizierten Händen Gesunder und Gegenständen, durch infiziertes Trinkwasser und Nahrungsmittel, auch durch Fliegen. Verlauf: Zu Beginn meist leicht erscheinende Allgemeinstörungen und Durchfälle; dann bis zu 30mal täglich unter heftigen Leibschmerzen und quälendem Stuhldrang Entleerung von grauweißem, meist bluthaltigem Schleim, später mit Eiterbeimengung, oft auch von reinem Blut oder reinem Eiter. Darmdurchbrüche können zu Bauchfellentzündung und zum Tod führen. Als Spätkomplikation können rheumatische Schmerzen, Reitersche Krankheit, chronische Durchfälle und andere bleibende Verdauungsschäden auftreten.

Jan Vellinga wurde auf die Krankenstation verlegt. Dort mußte er erleben, wie die Hälfte seiner etwa zwanzig Mitpatienten nach einer Woche gestorben war. Behandelt wurde die Epidemie lediglich mit Tee und Schiffszwieback. Der Arzt, ein älterer Sanitätsrat mit Glasauge und roten Schmissen im Gesicht, erklärte bei jeder Visite, dass es ihm durch unermüdlichen Einsatz gelungen sei, den Zwieback aus den Beständen der eisernen Rationen der Marine für seine „Kinder" loszueisen.

Jan Vellinga ging es nach einer Woche besser. Seine junge, gesunde Natur siegte noch einmal über die Krankheit. Vielleicht waren es aber auch seine Gedanken und Sehnsüchte nach Hause und nach Maartjes weicher, samtener Haut und ihren Gärten der Seligkeit. Er dankte in seinen Gebeten unermüdlich Gott und Maartje für die Genesung. Obwohl er noch längst nicht ganz gesund war, musste er aber bereits am achten Tag die Krankenstation wieder verlassen und Platz für andere Kranke machen. Bei der Arbeit in der Marinewerft wurde er nicht geschont. Immerhin musste er nicht mit hinausfahren zum Bahnhof von Sande. Dort wurde ein Hochbunker gebaut, ein mönströses Ungeheuer des Faschismus in der norddeutschen Tiefebene, das – von den Engländern später nur unzulänglich gesprengt – schief und störrisch die weiteren Jahrzehnte überdauern sollte. Bei dieser Schwerstarbeit am Hochbunker mussten die Arbeitssklaven das Baumaterial mit bloßen Händen und gekrümmten Rücken bis zu dreißig Meter hoch nach oben schleppen.

4.

Zum Glück besserte sich das Wetter Anfang März. Der Winter verlor seine eisige Kraft, es herrschte aber immer noch nasskaltes Schmuddelwetter. Die Männer im Lager hofften auf ein baldiges Ende des Krieges, auf Grund des Vormarsches der Alliierten im Westen, und sprachen heimlich und flüsternd darüber. Sie waren jedoch von genauen Informationen über die politische und militärische Lage abgeschnitten.

Mitte März wurde Jan Vellinga zusammen mit 400 Gefangenen von Wilhelmshaven mit der Eisenbahn nach Wittmund verfrachtet und dort auf Lastwagen geladen. Die Evakuierung endete im Lager Brockzetel, sieben Kilometer östlich von Aurich und ziemlich genau in der Mitte Ostfrieslands.

Das Lager bestand aus einer Wirtschaftsbaracke, zwei Wohnbaracken, einem primitiven Wasch- und Toilettenraum, einer Krankenbaracke, einer Wachtbaracke und einem Arrestbunker. In der Mittel zwischen diesen Gebäuden lag ein geräumiger Appellplatz. Die Wachmannschaften schliefen und aßen in der Gastwirtschaft Post, direkt vor dem Lager, an der Straße von Wittmund nach Aurich. Als die offenen Lastwagen in das mehrere hundert Meter lange und breite Lagergelände von Brockzetel einfuhren, fiel Jan Vellinga sofort auf, dass es nur notdürftig mit zwei Reihen Stacheldraht gesichert war, die an mehreren Stellen nicht geschlossen waren.

Die 400 Gefangenen wurden durch 40, meist ältere Männer der „Organisation Todt" bewacht. Der Kommandant hieß Fooke Gerdes, sein Stellvertreter Derwig. Beide waren im Zivilberuf Lehrer gewesen, so erzählte man sich.

Es dauerte über eine Stunde, bis der Appell abgeschlossen war. Daran anschließend hielt der Kommandant Gerdes eine markige Rede, in der er von der Notwendigkeit einer heroischen Kraftanstrengung für den Endsieg sprach. Dazu sollten die Fremdarbeiter, wie er sagte, in angemessenem Umfang und unter Ausnutzung aller Kraftreserven beim Ausbau des Flughafens in Wittmundhafen eingesetzt werden. Er persönlich sei an sich ein friedliebender Mensch, mit hoher Achtung vor jeder Kreatur, egal ob Mensch oder Tier – an dieser Stelle hielt er inne und streichelte seinen Schäferhund – wer allerdings sich der Arbeit zu entziehen und zu fliehen versuche, mit dem werde er Fraktur reden, der könne an ihm erleben, dass auch ein Deutscher zu einem grausamen Raubtier werden könne…

Fokke Gerdes hielt seine Rede zum Teil auf Plattdeutsch. Darüber waren nicht wenige der niederländischen Häftlinge erstaunt und sogar erfreut, denn sie beherrschen das Hochdeutsche nur begrenzt. Viele wollten in einer plattdeutschen Rede des Lagerkommandanten auch einen Hoffnungsschimmer erkennen. Jan Vellinga aber – als er den faschistischen Lagerkommandanten in einer Sprache reden hörte, die seiner friesischen Heimatsprache entfernt ähnlich klang – befiel eine tiefe Traurigkeit.

Während des Appells stand Jan Vellinga dicht neben der Wohnbaracke II und erkannte beim Blick durch ein zersplittertes Fenster, dass unmöglich alle 400 Menschen in diesen Räumen unterkommen konnten. Später stellte sich dann heraus, dass sie mit 26 Mann in einen Raum gepfercht wurden, in dem nur 10 Bettgestelle dreistöckig übereinander aufgestellt waren. Als sie mit fast dreißig Mann, noch unschlüssig, in einem Raum für höchstens zehn standen, ging plötzlich die Tür auf, und die Wachmannschaften warfen Strohballen in den Raum. Stroh halte warm und man könnte wunderbar darauf schlafen, riefen sie und lachten.

Jan Vellinga erhielt keine Bettstelle. Die älteren Gefangenen drängten ihn zurück. Das Stroh, auf dem er schließlich schlief, war nass, schmutzig und voller Läuse.

Auch die hygienischen Zustände in der Küche, in der Waschbaracke und auf den Toiletten waren katastrophal. Die Krankenbaracke starrte vor Schmutz. Bis Ende März waren fünf Kameraden im Krankenrevier verstorben. An Ruhr, Typhus oder Lungenentzündung. Die Gefangenen vermieden es jetzt, bei den ersten Anzeichen von Krankheit in die Krankenbaracke zu gehen. Man fürchtete, dort nicht lebend wieder herauszukommen. Damit stieg die Infektionsgefahr in den überbelegten Wohnbaracken erheblich an.

5.

Trotz der Rede von Gerdes gelang es in den folgenden zwei Wochen einer Reihe von Gefangenen zu fliehen. Der Stacheldraht war undicht, und die Bewachung ziemlich unaufmerksam. Auch während der Arbeit auf dem Flugplatz Wittmundhafen flohen einige. Die meisten wurden rasch wieder gefasst. Peter Dijkstra gelang es immerhin, in mehreren Nächten bis zur Ems zu laufen. Als er sich von einem Fischer, den er auf Gruninger Platt ansprach, übersetzen lassen wollte, verriet ihn dieser an die deutsche Polizei. Der Gendarm erzählte während der Rückfahrt nach Brockzetel, dass der Fischer vor einer Woche seinen einzigen Sohn im Kampf gegen die Amerikaner am Rhein verloren habe.

Die Rückkehrer wurden von Kommandant Gerdes sofort in den Arrestbunker gesteckt. Dort mussten sie einen Tag lang in geduckter Haltung ohne Essen und Trinken ausharren. Manche erhielten zusätzlich die Prügelstrafe mit Gummischläuchen. Diese fiel unterschiedlich schwer aus. Die Wachmannschaften waren sich anscheinend nicht mehr einig in der Beurteilung der Situation, manchmal, wenn Gerdes oder Derwig nicht zu sehen waren, sah man einige Deutsche zusammenstehen und miteinander tuscheln.

Jan Vellinga sog alle Berichte und Gerüchte über die Ausgebrochenen und ihr Schicksal begierig in sich ein. Er wusste, dass er jünger und gesünder war als alle anderen Geflohenen. Den Brief von Maartje las er immer wieder, obwohl er ihn längst auswendig kannte. Aber wenn er die Schrift von Maartje sah, fühlte er sich ein bisschen getröstet.

6.

Am 1. April – Adolf Hitler hatte sich selber bereits im Bunker der Reichskanzlei in Berlin, ziemlich in der Nähe des Brandenburger Tores, lebendig begraben – lief Jan Vellinga während der Arbeit in Wittmundhafen einfach fort. Die deutschen Bewacher schienen das überhaupt nicht bemerkt zu haben, sie saßen am Rande der von britischen Bomben durchlöcherten Rollbahn und spielten Skat.

Da es erst elf Uhr vormittags war, versteckte sich Jan Vellinga bis zur Dunkelheit in einem leeren Schafstall. Er überlegte, wo er seine Kleidung wechseln könnte und spähte ein Bauernhaus in fünfhundert Meter Entfernung aus. Als es dunkel und das Haus hell erleuchtet war, traute er sich aber doch nicht, einen Einbruch zu wagen, obwohl ihn jetzt auch der Hunger quälte. Den Durst löschte er in einer Regentonne.

Über Feldwege wanderte Jan Vellinga in der Nacht vom 1. auf den 2. April nach Westen. Zur Orientierung diente ihm der Sternenhimmel, der allerdings gegen Morgen durch dunkle Wolken verdeckt wurde. Es begann ununterbrochen zu regnen. Jan Vellingas dünne Häftlingskleidung war schnell durchweicht. Er zitterte vor Kälte. Er versuchte, den Brief von Maartje, den er immer bei sich trug, mit Stroh zu umwickeln und vor Nässe zu schützen. Doch bald war alles feucht.

Am Morgen legte er sich, geschwächt von Hunger, Nässe und Kälte, in einen vergessenen Heuschober. Für eine Stunde sank er in einen ohnmächtigen Schlaf. Als er erwachte, war es hell. In hundert Meter Entfernung verlief eine Straße, auf der sich Menschen mit Fahrrädern oder Pferdefuhrwerken bewegten. Jan Vellinga näherte sich, im Schutze eines Grabenufers hinter Büschen, der Straße. Er erkannte, dass es sich um die Straße von Wittmund nach Brockzetel handeln müsse, auf der sie täglich mit Lastautos zur Arbeit gefahren wurden. Er war also erst wenige Kilometer vom Lager Brockzetel entfernt.

Jan Vellinga kroch vorsichtig zu dem Heuschober zurück und verbrachte hier den ganzen Tag. Er vergrub sich tief in das Heu, doch das war sehr feucht und so konnten seine Kleider nicht trocknen. Mehrmals quälten ihn Anfälle von Schüttelfrost.

Er dachte ständig an Maartje. Als er ihren Brief aus seiner Brusttasche zog, sah er, dass das Regenwasser die Schrift inzwischen verwischt hatte. Er konnte nichts mehr lesen. Mit lauter Stimme sprach er sich wohl zehn Mal die längst auswendig gelernten Sätze seiner Geliebten vor. Dann fühlte er sich sicher, dass er den Text nicht vergessen hatte. Er würde Maartje den Brief neu diktieren, falls sie ihn selber nicht mehr auswendig wüsste. Das tröstete ihn ein wenig und er fiel in einen Halbschlaf. Als er erwachte und den aufgeweichten Brief immer noch in der Hand hielt, erfasste ihn ein Schluchzkrampf, der ihm für Minuten den Hals fast abschnürte. Danach döste er wieder eine Zeitlang erschöpft vor sich hin. Er erwachte – und der Wind hatte den Brief von Maartje fortgeweht. Jan Vellinga konnte kaum noch denken, fühlen, hoffen.

Am zweiten Abend raffte er sich todmüde auf und schleppte sich zur Straße hin, die in der Dunkelheit menschenleer war. Er lief nach Westen hin. Mehrere Male musste er sich aus Schwäche hinsetzen. Vor einem Auto mit abgeblendetem Licht versteckte er sich hinter einem Busch. So kam er einige Kilometer nach Westen voran – bis er die hellen Fenster der Gastwirtschaft Post vor sich sah. Auch dort schlicht er vorbei, hörte sogar einige dienstfreie Wachen in der Wirtschaft feiern und gröhlen. Dann stand er wieder vor dem Tor des Lagers Brockzetel.

7.

Jan Vellinga schleppte sich im Dunkeln bis zu einer Stelle an der südöstlichen Ecke des Lagers. Er wusste, dass dort der Stacheldraht nicht geflickt worden war. Er zwängte sich durch die losen Enden des Stacheldrahts und wollte geduckt zur Wohnbaracke II laufen – doch da trafen ihn gleichzeitig in Auge und Ohr der Strahl einer Taschenlampe und das Halt! Wer da! des Wachmannes. Wie vom Blitz getroffen erstarrte Jan Vellinga und ließ sich widerstandslos festnehmen.

Der Wachmann lieferte Jan Vellinga sofort im Arrestbunker ab, wo noch zwei weitere Flüchtlinge in Einzelzellen saßen. Jan Vellinga wartete hier etwa eine halbe Stunde lang, in gebückter Folterstellung stehend, die Decke des Bunkers war nur 1,50 Meter hoch. Wenn er sich niederknien wollte, zwang der Wachmann ihn mit vorgehaltenem Karabiner zum Aufstehen.

Kurz bevor Jan Vellinga glaubte, ohnmächtig werden zu müssen, erschien der Kommandant Gerdes und sein Stellvertreter Derwig. Gerdes tobte vor Wut und schrie, dass das nicht so weitergehe! Bald sei ja sein halbes Lager leer! Er müsse jetzt ein Expempel statuieren! Die Kanaillen müssten selber erkennen, dass Flucht sich in Brockzetel nicht lohne! Derwig stimmte allem zu und flüsterte Gerdes etwas ins Ohr, worauf dieser stutzte und dann grell auflachte.

Gerdes befahl dem halb ohnmächtigen Jan Vellinga, aus dem Bunker herauszutreten und ihm die Stelle zu zeigen, wo er soeben durch den Zaun ins Lager zurückgekrochen sei. Das müsse man ja schnellstens reparieren! Jan Vellinga wankte steif und mit krummem Rücken zur südöstlichen Ecke des Lagers. Als einige Häftlinge aus den Wohnbaracken traten und das Schauspiel im fahlen Licht der Laterne auf dem Appellplatz verfolgten, wurden sie von Derwig mit vorgehaltenem Revolver in die Baracken zurückgejagt. Trotzdem erkannten mehrere Leute ihren Kameraden Jan Vellinga und machten darüber später übereinstimmende Aussagen.

Als Jan Vellinga deprimiert, hungrig und völlig erschöpft mit halb geschlossenen Augen, bei Regen und Dunkelheit, vor dem Stacheldraht stand und mit leiser Stimme zu erklären versuchte, wo und wie er durch den Draht gekrochen war, trat Gerdes – oder Derwig – mit den weichen Schritten eines Raubtieres hinter den wehrlosen, jungen Tischler aus Franeker in Westfriesland und tötete ihn mit einem einzigen Genickschuß aus der Pistole. Gerdes und Derwig warfen den Toten in den Stacheldraht und ließen ihn dort bis zum Morgenappell liegen.

Wer von den beiden Mördern wirklich geschossen hatte, konnte das Schwurgericht in Aurich im November des Jahres 1951 nicht mehr aufklären – trotz genauer Untersuchung des Falles und zahlreicher Zeugenvernehmungen.

Derwig war zu diesem Zeitpunkt auch schon verstorben – im Kreise seiner dankbaren Familie, wie es in der Traueranzeige hieß. Gerdes, der die Schuld auf Derwig schob, wurde aus Mangel an Beweisen freigesprochen.

Das Nebelhorn von Norderney

1.

Erich drückte beide Hände gegen das kalte Abteilfenster. Ihm war, als wenn er das grüne, flache Land draußen anfassen müsste: „Fünfundvierzig Jahre lang hab' ich auf diese Fahrt gewartet, fünfundvierzig Jahre!" Seine Frau Christa blickte sich scheu nach dem letzten, verbliebenen Fahrgast um, hier im Zug zwischen Emden und Norden. Als sie sah, dass der junge Mann intensiv den Sportteil der Bildzeitung studierte, trat sie zu Erich ans Fenster, legte den Arm um ihn und flüsterte:

„Naja, du hast doch nicht nur auf solche Westreisen gewartet... die ganze Zeit... wir haben drüben doch auch gelebt oder nicht?"

Erich Bracht antwortete nicht. Er schaute hinaus auf das vorbeifliegende, satte Land im Sonnenlicht dieses späten Septembertages im Jahre 1990; und er dachte daran, dass er vierzig Jahre lang dem sogenannten deutschen Arbeiter- und Bauernstaat in Dresden als Lehrer und Dozent gedient hatte. Nicht übermäßig „treu", nein, eher widerwillig, leise und verbittert und in langer Hoffnung auf die große Veränderung. Als diese dann endlich kam, mit dem Fall der Mauer, da waren er und seine Frau gerade ins Pensionsalter vorgerückt und hätten nun sowieso reisen dürfen – ein Witz oder besser Frechheit der Weltgeschichte, über den er nicht lachen konnte. Wenn er nicht sein Hobby, das Briefmarkensammeln gehabt hätte – wie sonst hätte er zum Beispiel bis nach Australien vordringen können, mit Gedanken und Marken?

Er setzte sich wieder neben Christa. Aus dem Augenwinkel heraus registrierte er ihr grauweißes Haar. Sie war jetzt sechzig, er vierundsechzig Jahre alt. Drei Kinder hatten sie zusammen großgezogen, zwei waren schon lange hier im Westen, eins davon in Bielefeld.

„Wir müssen Günther aber gleich morgen anrufen und sagen, wann wir nun endlich nach Bielefeld kommen", sagte seine

Frau und drehte in ihren Händen den großen Fahrschein der Bahn hin und her, welcher die Rückreise von Norden über Bielefeld nach Dresden auswies.

Erich wollte erst gar nichts antworten, doch dann murmelte er: „Ich hab doch versprochen, zwei Monate lang bei Günther und seiner Familie in Bielefeld zu bleiben. Aber vorher gönne mir doch bitte die Tage hier in Ostfriesland, ja?"

Sie maulte immer noch: „Und alles nur, weil Du im Krieg auf Norderney 'ne schöne Zeit erlebt hast, wie?"

Erich zog es vor zu schweigen. Christa hatte ihm ja auch keine echte Frage gestellt. Aber in seinem Kopf spulte er das Band ab, welches er als Antwort schon mehrfach seiner Frau vorgetragen hatte: dass er eine freundliche Einladung von Bauer Lottmann aus Hilgenriedersiel erhalten habe, von jenem Karl Lottmann, bei dem er im Sommer 1945 einige Monate lang als Knecht gearbeitet hatte; und dass er drei gute Gründe habe, auch mal nach Norderney rüberzuschauen: Erstens ist das eine schöne Nordseeinsel, die Christa sich auch mal anschauen sollte, zweitens liegt die Insel direkt gegenüber von Lottmanns Hof, gewissermaßen gleich überm Deich, und drittens war er, Erich, doch selber im Jahre 1944 drei Monate lang als Marinefunker auf Norderney stationiert.

Christa hatte sich eine Illustrierte aus dem Fach über ihrem Sitz gegriffen und blätterte darin. Diese Welt hier im Westen war für sie wie ein Zoo, alles ungewöhnlich, verdreht, schrill und manchmal ziemlich affig. Ob Günther und Kathrin inzwischen hier auch schon so verrückte Wessis geworden waren?

2.

Als der Zug langsam in den Bahnhof von Norden einrollt, steht Erich schon eine Weile auf dem Gang am Fenster. Nur wenige Menschen sind auf dem Bahnsteig zu sehen. Erich erkennt sofort Karl Lottmann, noch bevor der Zug hält. Der Bauer Karl Lottmann. Sein Bauer.

„Na, wo ist denn nun dein Freund?", fragt Christa.

„Dort, neben dem Kiosk. Er hat mich noch nicht gesehen", antwortet Erich.

Der Zug hält. Erich lässt Christa vorgehen. Plötzlich läuft er noch einmal ins Abteil zurück und holt seinen Hut. Sein Herz schlägt und er schwitzt ein bisschen. Er klettert vorsichtig aus dem Waggon und ärgert sich, dass Christa nun schon bei Bauer Lottmann steht.

Erich reicht Karl Lottmann wortlos die Hand.

„Moin, moin, lieber Erich! Gut, dass du wieder bei uns bist! Und deine liebe Frau natürlich auch! Ich hab ja schon mit ihr gesprochen!" Die Stimme von Bauer Lottmann ist nach fünfundvierzig Jahren fast unverändert!

„Herr Lottmann, Sie sind das wahrhaftig..., ich freu mich...", sagt Erich mit belegter Stimme.

Lottmann drückt lange Erichs Hand und antwortet lächelnd:

„Sag man lieber gleich ‚Karl' zu mir... nach all den Jahren!"

„Ja, danke, Karl", sagt Erich und fügt immer noch zögernd hinzu: „Du weißt ja, ich war erst neunzehn... und du schon dreißig..."

Karl Lottmann lacht gemütlich und wendet sich an Christa: „Klar, damals waren das ‚n Menge Jahre zwischen uns, aber heute sind wir nun alle schon in Rente."

„Eben!", meint Christa und macht nun auch klar Schiff': „Und ich bin Christa, und du, lieber Karl, darfst mich auch duzen! Abgemacht?"

„Wunderbar!", lacht Karl.

Er greift sich den Koffer der beiden und stapft zu seinem Auto: „Kommt man mit! In zwanzig Minuten sind wir bei mir zu Hause und trinken erst mal 'ne Koppke Tee."

Dann rollen sie gemütlich über die Landstraße, in die beginnende Dämmerung hinein, nach Hilgenriedersiel. Am meisten reden Karl und Christa.

„Sehr schön hast du das hier, Karl, so eine geräumige Wohnung auf deinem Altenteil!" Christa schlendert durch Karls Wohnzimmer und ist beeindruckt. Karl schenkt Tee ein, legt Kekse dazu und erzählt:

„Ja, mein Sohn hat ja schon vor zehn Jahren den Hof übernommen, und das läuft alles prima hier bei uns. Ich kann wohl zufrieden sein, wenn nur meine Frau noch leben würde."

Christa wundert sich darüber, dass in regelmäßigen Abständen ein helles, starkes Licht durch das unbeleuchtete, noch im Schummerlicht des Septemberabends liegende, Wohnzimmer jagt. Sie will fragen, doch da hat Erich das Bild der verstorbenen Frau von Karl auf der Kommode entdeckt und in die Hand genommen:

„Zweiundsiebzig Jahre alt war deine Frau bei ihrem Tod, sagst du? Als ich sie das letzte Mal gesehen habe, war sie dreißig, so wie du damals. Ihr wart ein schönes, ostfriesisches Paar."

„Ja, und ich bin jetzt fünfundvierzig Jahre älter geworden", sagt Karl lächelnd.

Erich hält immer noch das Bild der jungen Frau Lottmann in der Hand: „Ist das nicht komisch: Für mich bleibt deine Frau für alle Zeiten dreißig Jahre alt! Ich hab' sie ja nie älter gesehen! Eigentlich schrecklich, dass die Zeit so stehenbleiben kann..."

„Wieso denn schrecklich?", fragt Christa.

Erich mag darauf jetzt nicht antworten und rührt nur schweigend in seiner Tasse Tee.

„Na, Erich, du hast aber doch wohl gemerkt, dass die Zeit bei uns hier in Ostfriesland nicht stehengeblieben ist, oder?", sagt Karl aufmunternd.

Erich will etwas gutmachen und antwortet eifrig: „Natürlich! Du hast recht! Euer Ländchen ist großartig, ich hab' das schon auf der Zugfahrt bemerkt. Und auch hier in Hilgenriedersiel ist so viel Neues... zum Beispiel: da fällt mir gerade auf, dass auch das Leuchtfeuer verändert ist, stimmts?"

„Du meinst unsern Leuchtturm auf Norderney?", fragt Karl.

„Ach so, das schnelle Licht kommt von einem Leuchtturm!", wirft Christa ein.

„Ja, das ist natürlich das Leuchtfeuer von Norderney. Aber die Kennung ist doch anders geworden", sagt Erich eine Spur zu hart und ungehalten. Er ärgert sich gleich selber darüber.

Karl wundert sich: „Das hast du erkannt, Erich? Die Kennung von dem Leuchtfeuer ist in den vergangenen fünfundvierzig Jahren tatsächlich mehrfach geändert worden. Ich glaube, immer wenn da ein neuer Direktor im Wasser- und Schifffahrtsamt in Norden eingesetzt worden ist, hat der auch die Kennung umgestellt."

Christa und Karl plaudern noch eine Weile über das neue Ostfriesland und über die neue Zeit in den neuen Bundesländern. Erich schweigt und ist erleichtert darüber, dass Karl kein elektrisch Licht anmacht. So kann er immer wieder mit den Augen das Leuchtfeuer von Norderney abfangen, das da in Sekundenabständen durchs Zimmer huscht. Jedes Mal muß er dabei kurz den Atem anhalten.

Karl will noch einen Grog ansetzen. Doch Christa ist jetzt doch zu müde geworden und zieht sich schon ins Gästezimmer zurück.

3.

„Darf ich mal das Fenster öffnen, Karl?", fragt Erich.

„Sicher", antwortet Karl und fügt hinzu: „Aber erkälte dich nicht, wir haben schon September; es ist frisch und dunstig draußen."

„Ich will doch mal hören, ob sich das auch geändert hat", sagt Erich halb zu sich selber. Er schaut durch das geöffnete Fenster zum Licht von Norderney hinüber, das hier in Hilgenriedersiel über den Deich kommt. Er hält tief lauschend die Luft an, und dann hört er es: Es ist immer noch der alte, heulende Ton, nur etwas weit weg, vielleicht steht heute der Wind auch ungünstig, aber immer noch ist das der alte, scharfe, blecherne Anfang und der heisere, metallische Abbruch... alle fünf Sekunden für zwei Sekunden lang: Das Nebelhorn auf dem Leuchtturm von Norderney.

„Erkennst du das auch wieder? Das Nebelhorn?", fragt Karl und tritt mit den Grogbechern neben Erich ans Fenster.

„Ja, das erkenn ich genau...", Erichs Stimme ist ganz leise, sie bebt ein bißchen, „das hat sich ja überhaupt nicht geändert! Immer noch der gleiche Ton... exakt der gleiche Ton! Wie ist das bloß möglich... mir ist... weißt du noch, damals, im Jahr '45... bei euch hier... damals hab ich jeden Abend hier vor eurem Haus gestanden und nach Norderney rübergehorcht... jeden Abend... nach der Arbeit auf dem Feld... jeden Abend hab ich hier gestanden... hör dir doch bloß mal das Nebelhorn an, Karl! Das ist noch genau der Ton von damals!"

Karl stellt den Grogbecher gelassen zurück auf den Tisch: „Ich erinnere mich, Erich, du hattest damals 'ne kleine Braut auf Norderney, wie?"

„Erika! Erika de Boer hat sie geheißen", sagt Erich leise.

„Richtig! Erika de Boer! Das hast du mir damals auch gesagt."

„Aber meine Braut ist sie nicht geworden."

„Warum eigentlich nicht? Entschuldige, Erich, geht mich ja auch gar nix an... außerdem, ich finde deine Frau Christa sehr nett!"

Erich dreht sich langsam zu Karl um. Soll er ihm die Wahrheit sagen? Soll er so unhöflich sein und dem netten, gastfreundlichen Ostfriesen Karl sagen, dass dieser Besuch bei ihm nicht der wahre Grund seiner Reise von Dresden nach Hilgenriedersiel ist? Den wahren Grund hat er ja bisher auch noch vor Christa verheimlicht. Er zögert, aber er will dann doch sprechen:

„Ja, jetzt kann ich viel besser mit dir reden als damals, lieber Karl. Du warst mit deinen dreißig Jahren schon zu alt für mich, damals. Jetzt sind wir beide alt. Ich hab dir wohl nicht alles erzählt, Karl, wenn du mir zuhören willst, kann ich das heute nachholen."

„Ich hör dir gerne zu, Erich!"

„Hab' ich dir damals eigentlich den Brief gezeigt?"

„Einen Brief von der Erika?", fragt Karl, „nein, du hast mir nie einen Brief gezeigt."

„Hier!" Erich zieht einen vergilbten Briefumschlag aus seiner Jackentasche. Die Briefmarke ist sorgfältig entfernt worden.

„Dies ist kein Brief von Erika de Boer, sondern von ihrem Vater... an mich. Ich hab' ihn damals hier bei euch auf dem Bauernhof erhalten."

Soll er Karl auch noch sagen, dass er diesen Brief seit fünfundvierzig Jahren in seiner Brieftasche versteckt hält? Nein, das versteht Karl sicherlich nicht. Was weiß so ein Wessie, der das westdeutsche Wirtschaftswunder vernascht hat, der in seiner modernen Landwirtschaft jahrzehntelang die besten Maschinen aus Amerika benutzen durfte, der nun in seinem wunderschönen Haus – direkt gegenüber vom Leuchtturm in Norderney – fein auf dem Altenteil sitzt, was weiß der schon von so einem albernen Ossietraum...

Karl liest sich die Anschrift laut vor: „An Erich Bracht, Hilgenriedersiel, bei Bauer Lottmann... tatsächlich, das sind wir ja... 15. Juli 1945, Norderney... da war der Krieg aber doch schon längst zu Ende... Sehr geehrter Herr Erich Bracht..."

Karl liest schweigend weiter und schmunzelt dann: „Naja, lieber Erich, der Vater de Boer schreibt dir hier genau das, was jeder Vater von einer Siebzehnjährigen, zumindest damals, einem neunzehnjährigen Jüngling geschrieben hat, der seine Tochter so Knall auf Fall heiraten will. Hier, auf der ersten Seite stehn die zwei Gründe: ‚Erstens haben Sie noch nicht das erforderliche Alter und die damit verbundene Reife und zweitens sind Sie nicht im Besitze jener sozialen Position, die ich für meine Tochter Erika als wünschenswert und dringend geraten erachte.' Naja, als entlassener Marinefunker und dann Landarbeiter warst du wohl nicht gut genug für Vadder de Boer!"

„Aber da ist noch der verdammte dritter Grund, auf der Rückseite!", sagt Erich ziemlich heftig.

„Dritter Grund? Wo?", fragt Karl und dreht das Blatt um. „Ach so, hier..."

Und noch bevor Karl die Stelle lesen kann, spricht Erich sie ihm vor: „Meine Tochter Erika hat die Bekanntschaft eines mittleren Dienstgrades der britischen Armee gemacht. Es bahnt sich eine stabile Beziehung an, die in diesen wirren Zeiten auch meine volle, väterliche Unterstützung findet. Der Bräutigam ist zudem deutschstämmig und hat eine sichere Existenz in Australien zu erwarten. Das Auswanderungsverfahren für meine Tochter ist bereits eingeleitet. Ich bitte Sie also, von weiteren Bemühungen Ihrerseits abzusehen."

„Stimmt! Das hast du ja prima auswendig gelernt!", wundert sich Karl, der mitgelesen hat, und gibt Erich den Brief zurück.

Der schließt das Fenster und sagt: „Ich kann es bis heute nicht begreifen, warum Erika mich mit diesem Australier betrogen hat. Wenn du wüsstest..."

Karl lacht: „Ich weiß! Ich kenn sogar zwei Deerns, die mich sitzengelassen haben, weil sie was Besseres heiraten konnten! Und die leben sogar heute noch hier im Nachbardorf! Aber das ist doch Schnee von gestern, Erich!"

Erich schweigt und beobachtet wieder das Leuchtfeuer, das sogar jetzt noch, bei brennender, elektrischer Stubenlampe, deutlich durch den Raum streicht.

Es ist spät geworden. Die beiden alten Männer sagen einander gute Nacht, und Karl verspricht für den nächsten Tag ein interessantes Besichtigungsprogramm.

Erich kann nicht schlafen. Er stellt sich vor die Tür, mit dem Blick nach Norderney hinüber. Der Septemberdunst ist in Nebel übergegangen. Das Feuer vom Leuchtturm ist fast nicht mehr zu sehen, aber das Nebelhorn heult monoton und durchdringend.

Karl hätte nicht so lachen sollen! Es ist nun mal schwer, einem anderen Menschen zu erklären, wie Erika ausgesehen hat und was für ein besonderer Mensch sie war. Und das nach fünfundvierzig Jahren! Zu ärgerlich, dass er nicht einmal ein Bild von ihr gerettet hat, damals. Außer diesem blöden Brief des Vaters hatte er doch alles verbrannt... aber er braucht ja gar kein Bild von Erika, er sieht sie ja immer noch vor sich: ihr feines Gesicht, ihre großen, lachenden Augen, wie sie sich bewegte, wie sie sprach, die leise, selbstverständliche Art, mit der sie alle Leute um sich herum in ihren Bann schlug. Dabei hatte er beim ersten Zusammentreffen mit Erika auf einem kleinen Marinefest kaum mit ihr sprechen können, doch tagelang danach dachte er nur an sie. Und er hatte beobachtet, dass fast alle Leute, die sich von Erika verabschiedeten, wohl fünf Mal „Tschüs" zu ihr sagten oder: „Lass uns bald wieder zusammen feiern!" Aber ihm war an diesem Abend das größte Glück passiert, er durfte mehrmals mit ihr tanzen! Von diesem Tag an war Erika für ihn die Welt gewesen. Und da Erika auf Norderney lebte, war die Insel für ihn die Welt. Er trug ja noch die

Marineuniform, und er musste tagelang in einem Tiefbunker ohne Tageslicht die Funkmesswerte in Stabskarten einzeichnen. Dort saß er nun und träumte. Es herrschte noch Krieg, aber viele Leute redeten heimlich schon von der Zeit danach. Seine Eltern lebten weit weg, in Schlesien, aber er lebte jetzt nur noch für Erika, hier, auf der ostfriesischen Insel. Mit seinen achtzehn Jahren war er zum ersten Mal unsterblich in ein Mädchen verliebt. Und ihm wurde das unermessliche Glück geschenkt, von ihr wiedergeliebt zu werden. Denn sie trafen sich bald fast täglich: Erika wurde sein Fixstern über einem Meer der Veränderungen und Unsicherheiten. Er sieht sie heute noch vor sich, wie sie vor ihm in die Brandung lief, er fühlt noch ihre Hand in seiner, wenn sie über den Strand, durch die Dünen oder durch das Wäldchen wanderten. Später küssten sie sich natürlich auch, obwohl – sie war ja erst siebzehn, und damals hatte man strenge Vorstellungen von der Liebe! Er sah und spürte nur... wenn sie beide eine Weile, nach dem Laufen oder Schwimmen, ruhig in der Sonne hinter einer Sanddüne lagen, dann spürte er ihren warmen Atem an seinem Hals, er roch den Duft ihres blonden Haares, er sah ihre braungebrannten Arme und Beine und ihren weichen Leib. Er träumte Tag und Nacht von ihr. Und in jeder freien Minute war er bei ihr. Aber zuhause durfte er sie nicht besuchen, denn ihre Eltern waren dagegen. Also liefen sie beide über ganz Norderney: durch den schiefen Wald mit seinen Krüppelkiefern, am Hafen und Flugplatz vorbei, durch die kleinen Straßen um den dicken Wasserturm, um die Windmühlen herum – aber meistens weit nach Osten hin zum Leuchtturm! Beim Leuchtturm waren kaum Einheimische zu sehen, keine von diesen missgünstigen Verwandten und Nachbarn Erikas, die nicht verstanden, dass man auch im Krieg verliebt sein konnte. Beim Leuchtturm waren sie fast immer ganz alleine. Beim Leuchtturm hatten sie ihre geheimen Täler und Nischen in den Dünen zwischen den Gräsern und niedrigen Sträuchern. Hier saßen sie sogar bei schlechtem, regnerischem und nebligem Wetter, wenn nur noch der Wind brauste und das Nebelhorn zu ihnen herüberheulte. Und an so einem düsteren Tag hatte er auch dort beim Leuchtturm von Erika Abschied genommen.

Erika sagte zu ihm: So gleichmäßig und beständig wie das Nebelhorn, so gleichmäßig und beständig soll auch unsere Liebe sein, Erich, besonders in schlechten Zeiten! Das war am Ende des Jahres 1944, als er seine Abkommandierung nach Dänemark erhalten hatte. An diesem grauen Novembernachmittag in dem Dünental beim Leuchtturm von Norderney hat er Erika wohl tausend Mal geküsst, vielleicht hatte er auch schon geahnt, dass er sie nicht wiedersehen würde, denn natürlich war da noch der Krieg. Aber er hat ihr einen heiligen Schwur gelobt, einen Schwur, der an eine bestimmte, allerdings nicht absehbare, Zeit gebunden war. Er lautete: Spätestens drei Monate nach dem Kriegsende – wenn ich dann noch lebe – komme ich zurück zu Dir nach Norderney, Erika! Wenn Du nichts mehr von mir hörst, bin ich tot, muss ich dann tot sein!

4.

Am nächsten Morgen sprechen Christa und Karl ausführlich über die Wende. Erich ist einsilbig. Er hat schlecht geschlafen. Als Karl besorgt nachfragt, gibt er der langen Bahnfahrt von Dresden bis Norden die Schuld.

Sein Blick fällt auf eine Tüte mit Brötchen, die Karl auf den Tisch gelegt hat. Darauf steht: „Bäckerei Jan de Boer, Westerende".

Christa telefoniert mit den Kindern und Enkeln in Bielefeld.

Später fahren sie alle drei mit Karls Auto nach Norden. Sie besichtigen die schöne, grüne Stadt mit den riesigen Bäumen mitten auf dem Marktplatz und mit den überquellenden Geschäften.

Auf dem Rückweg besuchen sie den Friedhof von Dornum, wo Karls Frau begraben liegt. Schweigend stehen sie vor dem schwarzen Stein mit der goldenen Inschrift. Erich denkt still an die freundliche Ostfriesin, Karls Frau, die ihn damals auf dem Bauernhof wieder hochgepäppelt hat, als er halbverhungert aus Dänemark zurückkam. Er hört jetzt noch ihre junge, warme Stimme.

Als er sich umwendet, liest er auf dem Grabstein gleich gegenüber: „Ubbo de Boer, 1902-1989, Ruhe sanft."

Christa und Karl sind schon weitergegangen. Erich kann erst nach einer Weile seine Augen von dem Grabstein „Ubbo de Boer" losreißen. Er schaut mit Unruhe auf die Namen der rechten und der linken Grabreihe.

Bis zum Ausgang zählt er noch sechs Mal den Namen „de Boer".

Am Nachmittag sitzt Erich mit Karl im Garten. Christa hält sich im Stall bei Karls Sohn auf und besichtigt den Kuhbestand. Sie ist begeistert von der ländlichen Struktur Ostfrieslands und lässt sich als Städterin alles genau erklären.

„Warum hast du der Erika denn nie nach Norderney geschrieben?", fragt Karl.

Erich springt auf: „Schreiben! Schreiben! Wie konnte ich ihr denn von Dänemark aus schreiben! Schon von Januar 1945 an hatten wir doch in Dänemark Nachrichtensperre!"

Karl hakt nach: „Aber nach Kriegsende bist du doch bei uns auf dem Hof aufgetaucht. Da hättest du doch sogar nach Norderney übersetzen können, oder?"

Erich lacht leicht beleidigt: „Für wie blöd hältst du mich eigentlich, lieber Karl? Ich hab' fast jeden Tag versucht, von Norddeich nach Norderney zu fahren. Aber die Engländer hatten die Insel gesperrt. Man durfte nur mit schriftlicher Sondergenehmigung nach Norderney. Und wie sollte ich die als Neunzehnjähriger wohl kriegen? Ich hab´s nicht geschafft."

„Und wie war´s mit dem Schreiben?", fragt Karl noch einmal.

Erich zögert ein bisschen, dann sagt er: „Ja, einmal hab' ich einen Brief an Erika geschrieben, einen sehr langen Brief an: „Erika de Boer auf Norderney". Aber ich hab' nie eine Antwort von Erika auf diesen Brief gekriegt! Nur ihr Vater hat mir geantwortet – und den Brief kennst du ja schon. Und nach diesem Brief des Vaters de Boer hielt ich es nicht mehr aus bei euch in Ostfriesland. Ich bin zurückgefahren zu meinen Eltern nach Schlesien, von dort in die damalige Ostzone nach Dresden und so weiter... bis hierher."

Karl denkt nach: „De Boer, de Boer? Ich meine, es gibt heute noch viele de Boers auf Norderney. Soll ich mal nachschauen?"

Er holt das Telefonbuch.

Auf der Seite 87 des örtlichen Telefonbuchs „Norden mit Ortsnetz Norderney" finden sie in der dritten Spalte „Norderney: Bart – Börg" auf Anhieb vierunddreißig Mal den Nachnamen „de Boer"! Vierunddreißig Anschlüsse „de Boer" auf Norderney – noch im Jahre 1990! Eine „Erika de Boer" finden beide nicht.

Karl lacht. Erich schweigt.

Plötzlich liest Erich den Namen: „Roswitha de Boer". Wie elektrisiert weist er auf den Namen und ruft: „Roswitha! Roswitha? Das kann doch nur die Schwägerin von Erika sein! Roswitha, ja, so hieß Erikas Freundin damals, die im Jahre 1944 den Bruder von Erika geheiratet hat, den Diedrich! Aber der steht hier nicht."

Karl hält den Hörer schon in der Hand: „Hier, ruf' diese Roswitha mal an!"

„Nein, jetzt noch nicht, das hat ja Zeit", zögert Erich.

„Dann mach' ich das!", sagt Karl und wählt schon die Nummer.

Wenige Minuten später hat Karl für Erich ein Treffen mit Roswitha de Boer auf Norderney für den nächsten Tag verabredet. Frau de Boer konnte sich sofort an „Erich Bracht" erinnern und freute sich, „die Jugendliebe von Erika" nach so langer Zeit wiederzusehen.

Erich ist unsicher, ob er Christa mitnehmen soll. Auch dafür weiß Karl eine Lösung: „Pass auf, wir machen das so: Ich fahr' morgen mit Christa nach Greetsiel, und du schipperst alleine nach Norderney. Abgemacht?"

„Abgemacht!", antwortet Erich erleichtert.

5.

„Herzlich willkommen bei uns auf Norderney! Ich bin Roswitha! Und du bist der Erich! Ich erkenn´ dich sofort!"

Da steht sie schon vor ihm, am Ende von der Gangway an der Frisiafähre im Hafen von Norderney: Roswitha de Boer, die Schwägerin von Erika. Die lustige Roswitha, nun auch schon siebzig Jahre alt, weißes Haar, braungebranntes Gesicht und immer noch mit jenem hellen, ansteckenden Lachen. Damals war sie als Marinehelferin aus dem Münsterland nach Norderney gekommen und dort hängengeblieben, sie hatte das Glück gehabt, dass sie ihren Diedrich noch vor Kriegsende heiraten konnte.

„Dass du mich wiedererkannt hast, Roswitha...", sagt Erich bewegt und hält lange ihre Hand fest. Er weiß nicht recht, ob er sie umarmen soll. Doch da gibt Roswitha ihm schon einen herzhaften Kuß auf die Wange.

„Klar!" lacht Roswitha ihn an, „du bist doch immer noch der fixe, hübsche Junge aus Schlesien! Schade, dass du mich nicht schon früher angerufen hast, sonst stände Erika vielleicht hier neben mir. Aber ich konnte sie gestern und heute telefonisch nicht erreichen!"

Erika lebt also noch! Sein Herz macht einen kleinen Sprung, als Erich das hört. Aber er wundert sich doch, wie Erika wohl so schnell aus Australien kommen sollte.

Noch bevor er das sagen kann, hat Roswitha ihn schon untergehakt und zeigt ihm mit sprudelndem Redefluss das neue Norderney. Erich ist ganz gefangen von den Veränderungen nach fünfundvierzig Jahren: Kein Flugplatz mehr direkt am Hafen, wo früher alles abgesperrt war! Kein allseits gefürchteter Kapitänleutnant Kretschmar mehr mit seinen rauen Marinesoldaten und der herrischen Seenotstaffel. Keine Kaserne mehr! Überall neue Häuser, schöne, rote Ferienhäuser! Und da: die Mühle! Die Mühle von Norderney gibt es noch!

„Natürlich", sagt Roswitha, „unsere Mühle haben wir gehegt und gepflegt, wir haben bis heute verhindert, dass irgend so 'n Baulöwe sie durch ein Appartementhaus ersetzen konnte."

„Wo ist denn dein Mann Diedrich?", fragt Erich dazwischen.

Während Roswitha ihr Auto aufschließt, antwortet sie: „Diedrich ist schon vor zehn Jahren gestorben."

„Das tut mir leid", sagt Erich.

„Aber ich wundere mich doch, dass du nicht nach Erika fragst", sagt Roswitha plötzlich.

Erich lässt sich neben Roswitha auf den Beifahrersitz fallen und sieht sie erstaunt an: „Ich dachte, dass hätte noch etwas Zeit."

„Du lässt dir wohl immer viel Zeit, wie?", sagt Roswitha mit einem spitzbübischen Lachen, und sie fährt fort: „Ich bin sicher, dass Erika dich gerne mal wiedersehen würde, nach all den Jahren. Obwohl, in den letzten zwanzig Jahren hat sie nicht mehr von dir gesprochen."

In den letzten zwanzig Jahren! Und davor? Erich wagt nicht, den Gedanken in eine Frage an Roswitha umzuwandeln.

Er fühlt sich glücklich, dass er endlich mit einem Menschen sprechen kann, der Erika sogar fünfundvierzig Jahre länger gekannt hat als er selber. Er nimmt sich fest vor, die Adresse von Erika später zu notieren und ihr dann einmal in Ruhe von Dresden aus nach Australien zu schreiben, schon der Briefmarken wegen!

Nach einem kleinen Imbiss im neuen, schönen Pensionshaus von Roswitha rafft Erich sich auf und bittet sie, mit ihm einmal zum Leuchtturm hinauszufahren.

Roswitha lacht wieder und sagt, dass sie dies gern tue und sie wisse auch, warum! Langsam fahren sie auf der Straße, die zum Erstaunen von Erich zum Teil noch die alten Betonblöcke aus der Kriegszeit als Grundlage hat, in den Ostteil der Insel hinaus. Erich riecht und schmeckt die klare, salzige Luft von Norderney, und er ist überwältigt vom Anblick des hellen Lichtes über den Dünen.

Als sie auf dem Parkplatz vor dem Leuchtturm ankommen, zieht schwadenhafter Seenebel auf.

Erich steigt aus dem Auto und bittet Roswitha, einmal alleine um den Leuchtturm gehen zu dürfen. Sie lacht und schaltet sich Musik im Autoradio an.

Erich schlendert eine gute halbe Stunde lang um den Turm herum, er erkennt alles wieder, er faßt die Steine an, er hält sein Gesicht in den sandigen Wind, er blickt über das dunstige Watt nach Hilgenriedersiel hinüber, er riecht das nahe Salzwasser, und er atmet sehr flach.

Er möchte die Zeit anhalten.

Das Nebelhorn setzt wuchtig ein – mit einem fauchenden Vorgeräusch, dass hier aus der Nähe wie der heisere, kraftvolle Schrei eines Urtieres klingt.

Als einige Kurgäste auftauchen, geht Erich zum Wagen zurück und steigt neben Roswitha ein.

„Na, mein Lieber, hast du deinen Jugendtraum wiedergefunden?", fragt sie kichernd, aber durchaus nicht schadenfroh.

Er weicht aus: „Ich weiß nicht... die lange Zeit..."

„Sag mal, Erich, bei meiner Heirat damals: Um die Zeit herum warst du doch auch schon heimlich mit Erika verlobt, oder? Jedenfalls hat sie mir das später so erzählt."

„Ja, Roswitha. Hier beim Leuchtturm haben wir uns verlobt. Das Nebelhorn ist mein Zeuge."

„Ja, aber – warum hast du dich dann später nicht mehr gemeldet?"

„Ich habs doch immer wieder versucht, Roswitha! Aber nur ein Brief ist anscheinend durchgekommen!"

„Nur ein Brief? Welcher Brief?"

„Hier, schau her: Das ist der Antwortbrief von Erikas Vater auf meinen Brief, in dem ich um ihre Hand angehalten habe."

„Was? Davon hat mir Erika aber nie etwas erzählt!"

Roswitha schiebt ihre Lesebrille auf die Nase und besieht sich den alten Brief. Sie liest langsam und sorgfältig mit wachsender Unruhe das gelbliche Blatt, das sie vor sich aufs Steuerrad gelegt hat.

Das Nebelhorn heult so nah, unerbittlich und laut, dass Erich jedesmal einen Stich in den Ohren fühlt.

„Das versteh' ich einfach nicht... das hier mit Australien!", sagt Roswitha unwillig.

„Ich auch nicht", antwortet Erich mit einem bitteren Auflachen, „schon wenige Monate nach Kriegsende ist diesem Herrn de Boer ein australischer Schwiegersohn offenbar angenehmer als ein deutscher!"

„Was soll dieser Quatsch mit Australien!" Roswitha schnippt mit dem Zeigefinger auf das alte, gelbe Papier, „Erika ist nie in Australien gewesen! Sie lebt seit über vierzig Jahren verheiratet in Detmold bei Bielefeld!"

„Nein...!"

„Ja, Erich, ich wollte es dir doch schon die ganze Zeit erzählen, aber du hast dir ja so viel Zeit gelassen: Als du damals nach Dänemark gegangen bist und als der Krieg dann zuende war, da hat Erika Tag um Tag und Woche um Woche auf Nachricht, auf Briefe von dir gewartet. Ich weiß das noch genau, ich war und bin doch ihre Schwägerin und Freundin. Wie oft ist sie nicht zu mir gekommen und hat sich bei mir ausgeweint! Sie hat immer gesagt, dass ihr Erich der beste Junge von der Welt sei und dass sie auf ihn warten wolle. Aber man hörte ja nichts von dir! Ich hab' sie dann vorsichtig an den Gedanken gewöhnt, dass du ja in den letzten Kriegstagen noch gefallen sein könntest, wie so viele. Aber bis zum Jahr 1947 wollte sie davon überhaupt nichts wissen."

„Bis zum Jahr 1947?"

„Ja, zwei Jahre nach Kriegsende hat sie dann die Hoffnung auf deine Rückkehr aufgegeben und 1949 Helmut Steinke aus Detmold geheiratet."

„Und dort lebt sie jetzt?"

„Ja, immer noch in Detmold. Helmut Steinke ist ein netter Westfale. Er kam erst Ende 1946 als Baufachmann nach Norderney, hat sich sehr lange und lieb um Erika bemüht und hat sie dann mit nach Detmold genommen. Die beiden betreiben dort seit Jahren ein mittleres Baugeschäft. Ja, Erika ist 'ne tüchtige Geschäftsfrau geworden, sag' ich dir, nur leider hat sie keine Kinder bekommen. Sag mal, Erich, bist du eigentlich gar nicht verheiratet?"

Erich kann nicht sprechen. Er drückt mühsam die Autotür auf und läuft ruhelos über den Parkplatz. Der Nebel verschluckt ihn. Als er nach zehn Minuten immer noch nicht zurückkommt, geht Roswitha ihm nach und findet ihn auf einer Bank am Weg zum Leuchtturm.

Er hält sich mit beiden Händen die Ohren zu und starrt in den Sand.

Roswitha setzt sich neben Erich auf die Bank. Sie hält immer noch den Brief in der Hand und sagt leise: „Wegen dieses blöden

Briefes hast du dich also nicht mehr bei Erika gemeldet. Ich verstehe überhaupt nicht, warum dich der Vater von Erika hier so anlügt, mit Australien und Auswandern und dem Blödsinn! Das war sonst gar nicht so seine Art! Und von dir hat er auch nur gut gesprochen!"

Erich schaut Roswitha lange an, dann presst er hervor: „Ich glaube gar nicht mal, dass dieser Herr de Boer mich angelogen hat. Es muss noch eine andere Erika de Boer gegeben haben, hier auf Norderney, mit einem anderen Vater de Boer, Und dieser falsche Vater hat meinen Brief in die Hände gekriegt..."

Da fasst Roswitha sich an den Kopf: „Ja, richtig! Jetzt erinnere ich mich: Es gab da einen Tischlermeister de Boer, der hatte auch eine junge Tochter und die ist ausgewandert, aber hieß die denn Erika? Ja, natürlich, jetzt weiß ich es wieder: Sie hat einen englischen Soldaten geheiratet, das war damals nach dem Krieg ja gar nichts Ungewöhnliches, und sie ist ausgewandert, das stimmt! Ich weiß allerdings nicht, ob das Land Australien war."

„Ich weiß es aber", sagt Erich spöttisch, „hier steht es doch! Ich weiß das seit fünfundvierzig Jahren! Verdammt noch mal!" Er zerrt Roswitha den Brief aus der Hand und schlägt so stark darauf, dass er in zwei Hälften zerreißt.

Roswitha fügt die beiden Hälften aneinander und sagt: „Aber warum hast du denn an die falsche Adresse geschrieben?"

„Weil ich Dussel die Straße nicht mehr wusste und nicht bemerkt hatte, dass es außer Erika noch mindestens dreißig weitere de Boers auf Norderney gab oder gibt! Für mich aber gab es immer nur eine einzige Erika auf dieser Insel! Ich Blödmann... ich Idiot... ich hab alles vermasselt... ich hab mein Leben...!"

Roswitha schaut ihn lange an. Erich merkt nichts davon, weil er seine Hände vor die Augen geschlagen hat und nicht weiter sprechen kann.

Das Nebelhorn jault auf – rhythmisch, exakt und monoton.

Roswitha schnieft mehrfach in ihr Taschentuch und sagt tief aufatmend: „Das muß ich sofort Erika nach Detmold schreiben. Oder willst du sie nicht gleich selber anrufen?"

Erich wartet mehrere Minuten lang mit seiner Antwort. Er hält immer noch die Augen bedeckt.

„Nein, Roswitha, nicht mehr...", sagt er entschlossen und zieht die Hände von den Augen. Sein Gesicht ist nass.

„Meine Zeit ist vorbei... alles hat seine Zeit...", flüstert er.

Er nimmt Roswitha die zerrissenen Briefhälften fast zärtlich aus der Hand. Langsam und systematisch zerstört er die vergilbten Zeilen des unechten Vaters. Dann wirft er die Handvoll Schnipsel mit einer einzigen, verächtlichen Armbewegung hinter sich in die Luft. So muss er nicht sehen, wie der Wind die Papierfetzen sofort vor sich hertreibt und stoßweise zwischen den Gräsern und Sträuchern der Dünentäler verteilt, begleitet vom ewigen, höhnischen Heulen des Nebelhorns.

Lütetsburg

1.

Selten hatte Hella eine falsche Nummer gewählt. Außerdem wusste sie ja, dass ihre Tochter in Berlin um diese Zeit zu Hause sein musste. Es war Freitag kurz nach neunzehn Uhr, also der Termin ihrer wöchentlichen Telefonanrufe von Dornum nach Berlin, wo Susanne seit einem Jahr Architektur studierte.

Warum kam sie denn heute nicht durch? Sie ärgerte sich über ihr eigenes Telefon, das zum wiederholten Male nur das Besetztzeichen hören ließ. Blöde Telekom... oder telefonierte Susanne etwa wieder mal ewig lange? Nein, doch nicht um diese Zeit...

Hella machte es sich in ihrem Telefonsessel bequem und wählte, etwas unkonzentriert, die Nummer ihrer Tochter. Sie liebte ihr schweres, altes Telefon aus den Sechzigerjahren mit der altmodischen Drehwählscheibe und lehnte es ab, sich diesen modischen Schnickschnack mit Nummernspeicher, Anrufbeantworter oder sogar ein „Smartphone" anzuschaffen. Nach einer Weile hörte sie die ersehnten Wartetöne.

„Na, endlich krieg´ich dich zu fassen!", rief sie gleich in den Hörer. Eine weiche, freundliche, schon etwas ältere Männerstimme antwortete:

„Von wegen! Mich kriegt niemand so leicht zu fassen!"

„Oh, Entschulligung! Dor hebb ik mi woll verdreiht...!", rief sie spontan auf Plattdeutsch. „Ich wollte eigentlich meine Tochter in Berlin anrufen." Der Mann am anderen Ende der Leitung stutzte nur kurz und antwortetete dann sofort auf Platt:

„Berlin? Jo, dat is doch hunnert Percent! Ik sitt hier doch heel kommodig in Berlin!"

„Und dann sprechen Sie Platt, dor achtern in Berlin? Wie kann das denn angehn?", fragte Hella erstaunt und dachte gleich, dass sie das eigentlich ja gar nichts weiter angehe. Die Männerstimme reagierte prompt und ein bisschen unwirsch:

„Noch nie was von den Butenostfreesen in Berlin gehört, junge Frau? Lassen Sie sich das mal von ihrer Tochter erklären!"

„Moak ik! Un tschüß!", Hella legte auf und ärgerte sich, dass sie soviel gesprochen hatte, sogar auf Platt, ihrer Heimatsprache. Mit einem wildfremden Mann, der sich ihr als Ostfriese in Berlin andiente! Was wollte der Kerl bloß von ihr... nur, weil er ein bisschen Platt sprechen konnte? Doch ungeduldig, wie sie nun mal durch die ewige Dreherei an ihrem Telefon geworden war, drückte sie die Taste „Wahlwiederholung" in der festen Meinung, dass sie die richtige Nummer eingegeben habe und der Fehlanruf eben nur durch technischen Salat auf der Strecke Dornum – Berlin eingetreten sein müsse... oder durch ihr altmodisches Telefon.

Geduldig lauschte sie auf die Wartetöne.

„Hier Gerrit Reimers...".

Das war doch...? Hella zuckte zusammen und fasste mit beiden Händen an ihren schweren, altmodischen Hörer:

„Wie bitte? Gerrit Reimers...?"

Der Mann freute sich: „Was... schon wieder Sie an der Strippe... is ja interessant... Prima! Womit kann ich Ihnen denn nun dienen?"

Hella war verwirrt: „Ich? Ach nichts... ich hab' wohl wieder die falsche Nummer erwischt... tut mir leid!"

„Wer sagt denn, dass ich die falsche Nummer bin! Aber nun sagen Sie mal: Wer sind Sie denn und woher rufen Sie an?"

Hella antwortete fast mechanisch:

„Hella Janssen... aus Dornum... in Ostfriesland."

Sie spürte sofort, wie Gerrit am anderen Ende des Telefons stockte und zögerte. Nach einigen Sekunden kam seine Nachfrage:

„Hella... Janssen? Aus Dornum... in Ostfriesland...?"

„Ja... und du bist wirklich... Gerrit Reimers... aus Dornum... in Ostfriesland?"

Hella war wie in Trance in das „Du" gefallen und überlegte jetzt sekundenlang, ob sie nicht schnell noch auflegen sollte.

Doch da kam schon die Antwort aus dem Hörer:

„Ja, Hella, ich bin Gerrit Reimers... aus Dornum, aber nun schon lange in Berlin."

„Moin, Gerrit! Ich hätte nie gedacht, dass ich noch mal mit dir sprechen würde...", sagte Hella tonlos. „Ich auch nicht, Hella...", antwortete Gerrit. „Aber jetzt erkenn ich deine Stimme – bu bist also wirklich... Gerrit Reimers, geboren am sechsten Juni?", fragte Hella noch einmal.

Da wurde Gerrit wurde fast euphorisch: „Das weißt du noch! Ich bin gerührt!"

„Deine Stimme klingt noch fast so jung wie damals", sagte Hella.

„Und deine Stimme ist seitdem viel weicher und wärmer geworden...und außerdem...", ergänzte Gerrit, ohne den Satz zu vollenden.

„Ja, damals, zuletzt am siebten Juni... ich weiß", erwiderte Hella und zögerte.

„Als wir uns das letzte Mal geküsst haben. Das ist in diesem Jahr vierzig Jahre her, is doch so, Hella?"

Gerrit sagt dies wie ein Buchhalter, dachte Hella und ertappte sich bei dem Gedanken, dass sie selber dieses zweifelhafte Jubiläum gänzlich vergessen hatte. Jedenfalls hatte sie in diesem Jahr noch gar nicht daran gedacht. Sie überlegte schnell, wie wichtig ihr die Erinnerung nun noch sei, kam aber zu keinem Ergebnis und antwortete eher beiläufig:

„Haben wir uns noch geküsst? Am letzten Tag?"

„Natürlich!"

„Das hab' ich vergessen..."

Gerrit nahm den Faden wieder auf: „Das war ja auch kein schöner Tag für uns, damals, der siebte Juni." Hella seufzte:

„Nein, wirklich nicht. Aber nun erzähl doch mal, was du eigentlich in den vergangenen vierzig Jahren gemacht hast und warum du in Berlin lebst!"

„Ich bin erst seit fünf Jahren hier in Berlin", legte Gerrit los, „nach meiner Pensionierung wollte meine Frau unbedingt in die Großstadt, weil unser Sohn Volker mit seiner Frau und seinen zwei kleinen Kindern hier lebt. Volker ist Jurist, er arbeitet in einer großen Kanzlei. Meine Frau ist vor drei Jahren verstorben. Aber sie hat noch zwei glückliche Jahre mit den Enkelkindern erlebt."

„War deine Frau... Theda?", Hella ärgerte sich sofort über ihre direkte Frage, aber es war schon heraus.

„Ja... das weißt du also auch noch...", wunderte sich Gerrit. Hella wechselte schnell das Thema:

„Is ja komisch: ich hab' auch ein Kind in Berlin. Susanne heißt meine Tochter – und eigentlich wollte ich sie ja auch anrufen..."

„... und nicht gerade mich!", ergänzte Gerrit und wurde plötzlich hektisch: „Hella! Sag´ mir schnell deine Telefonummer in Ostfriesland, sonst legst du aus Versehen auf – ich kenn ja euch Frauen – und ich muss wieder vierzig Jahre warten!"

Hella diktierte: „Mit Vorwahl Dornum... null, vier, neun, drei, drei, neun, sieben, sechs, zwei, sechs."

„Also immer noch in Dornum, und immer noch mit...", unterbrach Gerrit.

„Nein", antwortete Hella, „Enno ist schon seit zehn Jahren tot. Sein Geschäft hat ihn aufgefressen."

Und nun erzählte Hella bereitwillig aus ihrem Leben: dass sie außer Susanne noch zwei erwachsene Söhne habe, die in Oldenburg und Hamburg lebten, dass sie ihr Lehrerinnenstudium beendet, aber nicht in der Schule gearbeitet habe, weil sie sofort nach der Heirat mit Enno Helms in dessen Speditionsgeschäft mitgeholfen und bald das ganze Büro geleitet hatte. Das Wirtschaftswunder katapultierte Ennos Fuhrgeschäft in den Sechzigern und Siebzigern schnell in ungeahnte Höhen und erübrigte jeden Gedanken von Hella an eine Arbeit in der Schule, zumal sie ja auch noch ihre eigenen drei Kinder zu erziehen hatte. Enno führte sein Berufs- und Familienleben stets korrekt, verantwortlich, mit vollem Einsatz, mit großer Hingabe – und ohne sich selber die geringsten Abweichungen vom Wege zu erlauben. Doch dann wurde er sehr früh schwer krank und starb.

„Hast du Enno aus Liebe geheiratet, damals, oder... bloß aus Trotz?"

Hella überlegte noch einmal, ob sie jetzt nicht lieber auflegen sollte, aber schließlich hatte sie Gerrit schon ihre Telefonnummer, und zwar die richtige, in Dornum angesagt. Sie antwortete: „Darüber muss ich erst noch mal nachdenken, Gerrit, das ist ja schon so lange her..."

„Gut, tu das", sagte Gerrit und fügte hinzu: „Für mich ist das alles wie gestern." Sie sprachen noch eine Weile über ihre jeweiligen Familiengeschichten, staunten über gewisse Parallelen und Unterschiede, erfreuten sich an ihren alten Meinungen und Grundsätzen, sparten jedoch jede Erinnerung an ihre Zeit vor dem siebten Juni – damals, in den Sechzigern – aus. Nach einer Weile beendeten sie das Gespräch mit dem gegenseitigen Versprechen, sich bald wieder melden zu wollen.

Hella hätte nicht gedacht, dass der Anruf von Gerrit bereits am nächsten Tag kam.

„Ja, hier Hella Helms?"

„Hallo, liebe Hella Janssen!"

„Ach du bist es, Gerrit! Wie schön!"

„Danke, Hella, dass du mir tatsächlich deine echte Telefonnummer gegeben hast!"

„Warum sollte ich nicht..."

„Na, vielleicht... aus Trotz?"

„Ach, Gerrit, man kann doch nicht vierzig Jahre lang trotzig sein."

„Nein, zum Glück nicht, aber traurig…"

„Glücklich ist, wer vergessen kann und für sein Leben einen festen Rahmen gefunden hat."

„Das hast du aber wunderschön gesagt – so richtig für den Abreißkalender! Und du hast also deinen Rahmen gefunden?"

„Klar hab ich das!"

„Und... hast du über uns nachgedacht?"

„Erst mal möchte ich von dir wissen, Gerrit, wann du eigentlich deine Frau Theda geheiratet hast."

„Vor sechsunddreißig Jahren."

„Ach... du und Theda... ihr habt also nicht sofort geheiratet, damals?"

„Nein, ich hab noch volle vier Jahre auf dich gewartet, Hella!"

„Aha, und ich hab Enno Helms erst vor vierunddreißig Jahren geheiratet. Ich war dir also treuer als du mir!"

„Schade, dass ich davon in all diesen vierzig Jahren gar nichts gemerkt hab!"

„Hast du nie an mich gedacht?"

„Doch, Hella, ich hab immer an dich gedacht."

„Das lügst du!"

„Ach, Hella..."

„Theda hat dich sehr geliebt."

„Woher willst du das wissen?"

„Sie hat mich lange vor eurer Hochzeit mal angerufen und mich gefragt, ob ich dich auch noch liebte."

„Das wusste ich ja gar nicht!"

„Brauchst du ja auch nicht..."

„Und? Was hast du geantwortet?"

„Nein!"

„Hast du das damals aus... Trotz gesagt?"

„Ja... ich glaub schon..."

„Danke, Hella!"

Hella machte eine kleine Pause und überlegte, ob sie nicht schon wieder viel zu viel gesprochen hatte. Aber welchen Sinn hatte es, jetzt immer noch den alten Ärger aufzustauen und zu konservieren? Waren sie und Gerrit nicht gerade dabei, ein neues Tor aufzustoßen? Sie konnte sich jedoch nicht enthalten zu sagen:

„Da war aber auch ein bisschen... Stolz von mir dabei."

„Das glaub ich dir: So warst du immer."

„Hast du denn gut gelebt, ich meine... mit Theda... in all den Jahren?"

„Ja... wenigsten von dem Moment an, wo ich sie nicht mehr mit dir verglichen habe."

„Wie siehst du eigentlich heute aus? Immer noch groß, schlank und dunkelblond?"

„Groß ja! Allerdings zwei Zentimeter kleiner als vor vierzig Jahren. Schlank… naja, ein kleiner Bierbauch ist schwach im Ansatz erkennbar. Und blond… nun, nennen wir es fahlblond… oder so ähnlich… du weißt ja wohl, wie alt ich jetzt bin! Und auf beiden Seiten von meiner Nase hab ich zwei lange, senkrechte Falten, die gehen von den Augen bis runter zum Hals! Leider!"

„Nicht schlecht! So kleine, süße Grübchen hattest du auch schon früher!"

„Ja, kleine Grübchen… aber diese Falten sind anders, die sind eher vergleichbar mit Erdspalten nach einem Erdbeben."

„Tröste dich: ich hab auch Falten gekriegt. Jede Menge! Wenn auch zum Glück keine ‚Erdspalten', Bei mir sind das viele, kleine… mit keiner Creme mehr wegzukriegen! Aber ich kann gut damit leben. Solange mich meine Söhne immer noch schön finden – sagen sie jedenfalls."

„Ich weiß noch genau, wie du aussiehst, Hella, schlanke, große Figur, wunderbare, helle Haare! Zwei graublaue Augen, so wie Scheinwerfer! Hände und Arme… so lang und rank wie Gladiolen! Und dann deine beiden süßen…"

„Hör auf, Gerrit… ich hab nur noch eine Brust. Die andere haben sie mir schon vor sechs Jahren wegoperiert. Aber ich kann auch damit gut leben."

„Und dein Gang! Dein Gang in einem schönen Sommerkleid… so leicht und luftig wie ein Hochzeitsschleier im Maienwind!"

„Oh nein, Gerrit, du schwärmst ja wie James Dean."

„Richtig! Denn du bist für mich immer noch… Grace Kelly!"

„Ach, Gerrit, die ist schon längst tot."

„Wer ist tot?"

„Na, deine Grace Kelly!"

„Ach, was redest du da vom Tod… ich will hoffen, dass wir uns so bald wie möglich wiedersehen!"

„Klar, warum denn nicht. Aber vergiss nicht: wir sehen heute anders aus… nach vierzig Jahren…"

„Ich denk immer noch so gern an dein Sommerkleid, damals in Lütetsburg…"

„Lütetsburg...?"
„Ja, du weißt doch... im Lütesburger Park, wo wir immer..."

„Nein, nicht... bitte nicht jetzt, Gerrit!"
„Du willst nicht über Lütetsburg sprechen, was?"
„Nein, nicht heute... nicht über Lütetsburg... warum denn... lass mal... ich ruf dich später wieder an, Gerrit..."
„Na gut..., aber du hast ja noch gar nicht meine richtige Telefonnummer… in Berlin!"
„Ach ja... also...sag sie mal… "

In der folgenden Nacht lag Hella lange wach und dachte an Lütetsburg. Sie wunderte sich, nein, sie ärgerte sich darüber, dass Gerrit den Namen „Lütetsburg" so selbstverständlich, ja, beiläufig in den Mund genommen hatte. Hatte er nach vierzig Jahren schon alles vergessen? Oder verdrängt? Sicherlich spielte „Lütetsburg" heute keine bedeutende Rolle mehr in ihrem Denken und Leben, das beherrscht war von einer ruhigen Witwenmelancholie im dankbaren, auch ein bisschen selbstgefälligen Bewusstsein, drei erfolgreiche, lebenstüchtige Kinder auf ihren Weg in diese Welt geschickt zu haben. Aber dennoch war für sie „Lütetsburg" emotional so stark belastet, dass sie erst vor rund zwanzig Jahren – mit den Kindern, und zwar nur im Winter, beim Schöfeln – begonnen hatte, ihren Fuß wieder in den wunderschönen Rhododendron-Park zwischen Dornum und Norden zu setzen.

Erst spät verfiel sie in eine Art Dämmerschlaf. Sie sah sich mit Gerrit durch den sommerlichen Lütesburger Park schlendern... Sie war neunzehn, Gerrit zwanzig Jahre alt. Es war seit Monaten zu einem festen Ritual geworden, dass sie beide sich am Sonnabendnachmittag im Park trafen, sie mit schwingendem Petticoat, er meist im V-Pullover oder sogar mit Sakko und Schillerkragen. So schlenderten sie stundenlang Hand in Hand durch den Lütesburger Park. Sie turtelten beide herum, küssten sich, hielten sich minutenlang umschlungen, lagen bei schönem Wetter auch mal auf Gerrits Jacke hinter einem einsamen Rhododendrongebüsch und schmiegten ihre Körper eng aneinander. Doch mehr als das nicht endenwollende Streicheln und Drücken erlaubte Hella nicht. Schließlich wollte sie noch ein Lehrerinnen-Studium beginnen und keinesfalls sofort heiraten. Und musste nicht in ihrer eigenen Klasse ein hoffnungsvolles Mädchen kurz vor dem Abitur die Schule verlassen, weil sie schwanger geworden war? Wieviel Frauenkarrieren waren nicht in dieser Vor-Pille-Zeit vorzeitig durchs Kinderkriegen verengt oder sogar verhindert worden. Nein, Hella war auch heute noch davon überzeugt, dass sie damals richtig gehandelt hatte. Außerdem – waren die heutigen jungen Frauen mit ihren bereitwilligen, chemiegeschützten Körpern denn so viel glücklicher als ihre Generation damals? Keineswegs! Zumal die heutigen jungen Männer offensichtlich in keiner Weise die bequeme Freude zu würdigen wussten. Überall bemerkte man heute doch in den Medien und im öffentlichen Gespräch eine neue Verachtung, ja, Feindlichkeit der Männer gegenüber dem weibliche Geschlecht. Nein, Hella war immer noch froh, dass sie damals, in den Fünfzigern und Sechzigern als umworbene, junge Frau gelebt hatte. Dankbar erinnerte sie sich auch, wie Gerrit stets Rücksicht genommen hatte, nie gedrängt hatte – oder fast nie.

Sie wollte jetzt nicht an Lütetsburg und ihren Abschied von Gerrit dort denken. Sie war glücklich, dass sie Gerrit wiedergetroffen hatte, wenn auch zunächst nur am Telefon. Vom ersten Moment an liebte sie wieder seine Stimme, sein Einfühlungsvermögen, seine Schmeicheleien, seinen Humor. Sie hatte seine schlanke, große Gestalt, seinen sportlich gestählten Körper, seinen braungebrannten Blondschopf wieder klar vor Augen – und musste sich immer wieder zum Eingeständnis zwingen, dass inzwischen ja vier Jahrzehnte vergangen waren.

Es war ihr, als seien die vierzig Jahre – plus einige Tage davor – wie weggewischt, als könnten sie und Gerrit problemlos an die Zeit der Spaziergänge im Lütetsburger Park wieder anknüpfen. Hella ertappte sich auch bei dem Gedanken, dass man jetzt, nach vierzig Jahren, doch auch den alten Liebesfaden wieder aufnehmen könnte und sollte. Klar, man hatte vierzig

Jahre lang ein anderes Leben gelebt, das seine Spuren, Erfolge und Schicksalsschläge hinterlassen hatte, aber auch liebe Kinder und ein insgesamt zufriedenstellendes Leben konnte man vorweisen.

Ja doch, sie war mit Gerrit glücklich gewesen, damals, im Lütetsburger Park! Stundenlang waren sie beide durch den wunderschönen, englischen Park geschlendert, Hand in Hand, Arm in Arm, über die geschwungenen, schönen Sandwege, vorbei an den kleinen Teichen mit den riesigen Rhododendronbüschen an ihren Ufern, hinter denen man sich vor den neugierigen Blicken anderer Spaziergänger so schön verstecken konnte, um eine lange Umarmung zu genießen – vorbei an der „Dodeninsel", der Grabstätte der Fürsten von Knyphausen in einem melancholischen Park – bis hin zu dem idyllischen Teehäuschen, einem sechseckigen, offenen Pavillon auf einem kleinen Hügel. Stundenlang hatten sie miteinander gesprochen, geflirtet, sich umarmt und geküsst, den gegenseitigen Anblick ihrer jungen, zwanzigjährigen Gesichter und Körper genossen. Alle kleinen, albernen Liebesspiele, die es auf dieser Welt für junge Leute gibt, hatten sie ausprobiert, ohne dabei das Sonnenlicht unter dem weiten, ostfriesischen Himmel zu scheuen. Ja, ganz sicherlich war dies eine der glücklichsten Zeiten in ihrem Leben gewesen, höchstens nur noch übertroffen von ihren Gefühlen an den schönen Tagen nach den glücklichen Geburten ihrer drei Kinder.

2.

„Mama, was ist los mit dir? Schon drei Tage bist du jetzt hier bei mir in Berlin – und immer noch nicht hast du dir die neue Reichstagskuppel angesehen! Ich dachte, dafür bist du hergekommen."

Susanne legte sanft den Arm um ihre Mutter, die bei ihr im Studentenwohnhaus in Berlin-Lichterfelde saß.

„Susanne, Kind, ich bin doch deinetwegen hierher gekommen!", antwortete Hella mit leicht vorwurfsvollem Ton. Doch die quicklebendige Susanne, Architekturstudentin im achten Semester und in knapp zwei Jahren von der Ostfriesin zur begeisterten Großstädterin konvertiert, gab sich nicht geschlagen:

„Das letzte Mal, als du bei mir in Berlin warst, hast du alles gleich besucht: Kurfürstendamm, Brandenburger Tor, die Neubauten am Potsdamer Platz, den Alexanderplatz – und das alles meistens sogar ohne meine Begleitung, denn du weißt ja, ich muss in die Uni."

„Jaja, ich weiß, du hast immer keine Zeit."

„Ich steh´ kurz vor meinem Examen, Mama, das weißt du doch!", regte sich Susanne auf und fühlte sich dabei sehr gut, nämlich als pflichtbewusste Tochter.

„Klar, mein Kind, und ich bin stolz auf dich", Hella streichelte geduldig das Kinn von Susanne, die sich auf die Lehne des einzigen Sessels in dem kargen Appartement gesetzt hatte. Susanne spielte wieder die Beleidigte:

„Ich hab' doch allen meinen Freunden vorgeprahlt, dass du eine extrem pflegeleichte Mutter seist. Meine Freundinnen klagen meistens über Besuche ihrer Eltern."

„Pflegeleicht? Was heißt das denn?", fragte Hella lachend.

„Na, so pflegeleicht, weil du nicht ständig in meinem Schlepptau durch Berlin laufen musst... dass du soviel alleine machst!"

„Ja, ja, alleine...", seufzte Hella.

„An diesem Wochenende wollen wir aber mal zusammen nach Schloss Rheinsberg rausfahren. Das verspreche ich dir!" Susanne wirbelte schon wieder durch das Zimmer und suchte ihr Sportzeug zusammen, um schnell noch eine Runde im nahen Park zu joggen.

„Schloss Rheinsberg? Was ist das?", fragte Hella.

„Das liegt in Brandenburg, ganz hier in der Nähe von Berlin. Wir können mit der Bahn hinfahren. Und das ist wunderschön dort – sogar ein Park ist dabei. Und das Schloss liegt in einem hübschen kleinen See, fast so schön wie dein Lütetsburg."

„Mein Lütetsburg...?"

Hella war fast zusammengezuckt, als Susanne so beiläufig von Lütetsburg sprach. Hoffentlich hatte ihre Tochter das nicht bemerkt. Sie schien aber die Verwunderung von ihrer Mutter zu registrieren und sagte:

„Na, Park und Schloss Lütetsburg in Ostfriesland… das kennst du doch!"

„Klar, kenn ich das…"

„Und das mochtest du doch schon immer so gern leiden."

Hella überlegte, woher Susanne diese Ansicht nahm. „Jedenfalls bist du mit uns Kindern doch oft mal nach Lütetsburg gefahren. Besonders in den kalten Wintern. Weißt du noch, wie herrlich wir auf den Kanälen und Schlooten im Lütetsburger Park geschöfelt sind?"

Ach so, das meinte Susanne. Dann konnte man ja beruhigt sein. Aber Susanne hielt auch noch einen Vorwurf parat: „Meistens sind wir ja nur mit dir alleine von Dornum aus hingefahren. Papa hatte ja nie Zeit."

„Nein, das hatte er wohl nicht…", meinte Hella leise.

„Na, schau dir aber erst mal die Reichstagskuppel an. Das ist wunderbar dort oben: Du hast einen Blick über halb Berlin!", schwärmte Susanne weiter.

„Ja, vielleicht…. aber erst mal muss ich noch telefonieren."

Hella ärgerte sich sofort, dass ihr dieser Satz herausgerutscht war. Schließlich hatte sie sowieso schon viel zu auffällig von ihrer „neuen Telefonliebe" – wie Susanne das nannte – gesprochen. Und die pfiffige, aber manchmal auch nervige Tocher griff das Thema sofort genüsslich auf:

„Ach ja! Dein Telefonieren! Dein täglich Brot hier in Berlin! Hast du diesen Gerrit Reimers denn auch schon getroffen?"

Hella reagierte fast empört: „Nein! Natürlich nicht! Wo denkst du hin! Außerdem weiß er ja noch gar nicht, dass ich gerade hier bei dir in Berlin bin."

Susanne wollte sich wohl ausschütten vor Lachen: „Was seid ihr für eine komische Generation! Nun hast du endlich deine Jugendliebe wiedergefunden, telefonierst jeden Tag mit ihr und willst den Kerl gar nicht wiedersehen?"

Wieder war es an Hella, die Beleidigte zu spielen: „Der ‚Kerl' hat ja gar nicht gesagt, dass er mich überhaupt sehen will."

„Wenn er noch nicht mal weiß, dass du hier bist?! Willst du ihm das nicht endlich sagen, Mama?!"

„Nein... nicht jetzt..." Hella hätte sich jetzt am liebsten der Lektüre der „Berliner Tageszeitung" zugewandt.

Aber Susanne kniete vor ihrer Mutter, umarmte sie im Sessel und lachte sich „kringelig" – wie sie das nannte:

„Ihr seid witzig! Warum denn nicht... wenn er doch mal dein Freund gewesen ist!"

„Naja, was heißt schon ‚Freund' – ich hab' ihn eben lange vor der Hochzeit mit deinem Vater gekannt. Nicht dass du denkst...", Hella fühlte sich geniert. Aber Susanne amüsierte sich weiter köstlich:

„Ach, Mama, was meinst du wohl, was ich alles denken kann! Ich denk aber nun, dass du diesen Herrn Reimers endlich mal hier in Berlin besuchten solltest. Soll ich mitkommen? Hast du alleine Angst?"

„Nein, nein..., wirklich nicht nötig! Aber lieb von dir!"

Das wäre ja wohl das Letzte, dachte Hella, die sich inzwischen von ihrer Tochter reichlich vereinnahmt fühlte. Sie hätte lieber doch nichts von Gerrit erzählen sollen...Doch dann fügte sie noch hinzu:

„Das ist doch alles nicht nötig... wir telefonieren doch jeden Tag."

„Mama! Du bist irgendwie verdreht... stimmst? So kenn ich dich ja gar nicht!"

Hella reagierte trotzig: „Ich bin verwitwet! Seit zehn Jahren schon! Und ich bin immer noch deine Mutter!"

Susanne war erst perplex, dann ein bisschen beleidigt:

„Ja, wieso...? Was hat das damit zu tun...? Das sollst du gefälligst auch bleiben! Verdammt noch mal!"

Hella schwieg.

„Na, Mama, nichts für ungut... dann telefonier man schön... ich muss sowieso in die Uni... Tschüs!"

„Tschüs, mein Schatz!"

Hella atmete auf, als Susanne die Tür hinter sich geschlossen hatte. Nicht, dass sie ihre Tochter nicht liebte, aber gewisse

Gefühle konnte man nun mal nicht mit ihr teilen! Besonders in der heutigen Zeit, in der die jungen Leute so einen undifferenzierten Anspruch auf das restlose Ausloten ihrer „Beziehungskisten" anmeldeten und damit alles plattmachten. Sollten sie erst mal in ein Alter kommen, wo sie sich Jahrzehnte zurückerinnern mussten! Hella hatte es sich inzwischen schon abgewöhnt, nach den fest terminierten „Freunden" oder „Favoriten" von Susanne zu fragen. Das war eben ihr eigenes Leben.

Sie machte es sich in Susannes Telefonecke bequem, obwohl das nicht so einfach war, weil das Telefon hier in Berlin auf der Erde neben einem riesigen Sitzkissen stand, welches beim Sitzen zwar durchaus angenehm war, beim Aufstehen allerdings die Oberschenkelmuskulatur einer Gewichtheberin erforderte.

Doch zunächst saß Hella mal, tief und fest – und sie wählte langsam und sorgfältig die Nummer von Gerrit in Berlin.

„Hallo Gerrit! Ich bin's, Hella!"
„Moin, Hella! Fein, dass du anrufst..."
„Hätte ich ja schon früher gemacht, wenn nicht meine Tochter Susanne..."
„Ach so, Susanne hier in Berlin? Hat sie dich angerufen?"
„Nein... wieso? Ach so, ja doch... sie hat mich mal wieder in Dornum angerufen..."

Gerrit ließ sich nun freundlich aus über die jungen Leute und ihren Mangel an Zeit. Dabei hätten sie doch noch alle Zeit dieser Welt! Wenn er noch einmal jung sein könnte, würde er sich unendlich viel Zeit lassen! Erst im Alter wisse man ja wirklich die Fülle der Zeit zu schätzen. Was sein Sohn Volker sei, der hetze als Anwalt auch von einem Termin zum nächsten und erledige im Grunde genommen nichts wirklich. Und vor allem: Er merke gar nicht, wie schnell die Zeit vergehe! Schließlich sei er auch schon in den Dreißigern.

Hella befragte Gerrit nun ausführlich nach dessen früherem Beruf. Amtmann in der Bauverwaltung? Interesant – dann habe er ja für viele Leute die Häuser gebaut. Nein, korrigierte Gerrit, er habe nur die Baugenehmigungen erteilt, aber das sei ja auch sehr wichtig und habe ihm besonders bei jungen Paaren Spaß gemacht, bei denen die Frau meist erwartungsvoll, mit weit gerundetem Bauch, in sein Büro getreten sei. Den jungen Leuten mit einem genehmigten Bauantrag dabei zu helfen, ihr Nest zu bauen, das habe ihm immer besonders viel Freude bereitet.

Hella räkelte sich in Susannes Sitzkissen und sagte:
„Du hast mich nie schwanger gesehen..."
„Nein, eigentlich schade, nicht?"
„Nein, das ist sehr gut!"
„Wieso?"
„Weil du mich so immer noch für Grace Kelly hältst..."
„...im Lütetsburger Park."
„Auch da..."

Gerrit schien plötzlich am anderen Ende der Telefonverbindung aufzuspringen und durchs Zimmer zu laufen. Hella hörte seine raschen Schritte und seine atemlose Stimme:
„Ich seh dich genau vor mir, Hella: Im Sommer hattest du meist ein weites Kleid an mit hellen, großen Blumen darauf! Und um den Hals diese schöne, kleine Perlenkette! Und dann, als die Zeit der Minis kam, da hast du auch oft Shorts getragen, Tennis-Shorts, weil du die Minis eigentlich für blöd hieltest, aber dennoch die schönsten Beine der Welt hattest und diese natürlich auch zeigen wolltest, besonders, nachdem ich dir das tausend Mal gesagt hatte! Besonders im Sommer, wenn du braungebrannte Beine hattest!"
„Hör auf, Gerrit! Was hast du für eine blühende Phantasie!"
„Ich hab' überhaupt keine Phantasie! Ich war Verwaltungs-Beamter!"
„Du erzählst Märchen!", Hella lachte.
„Was? Märchen? Ich kann nur das erzählen, was ich wirklich gesehen habe! Bei dir! Und das war wunderbar!"
„Vielleicht vor vierzig Jahren..."
„Für mich ist das heute noch Realität. Ich seh' dich doch vor mir... jetzt... und seit vierzig Jahren!"
„Jaja, diese vierzig Jahre..."

„Du meinst..."

„Ja, ich meine, vierzig Jahre sind eine lange Zeit..."

„Aber nicht so lange, dass man darüber alles Schöne und Gute vergessen muss, Hella..."

„...will ich ja auch gar nicht..."

Gerrit schien sich wieder hingesetzt zu haben. Er sprach ruhig und besonnen, aber mit einem leichten Zittern in der Stimme, davon, dass es ihm gesundheitlich im Moment nicht so besonders gut gehe. Das Herz – müsse sie wissen! Er trage seit fünf Jahren einen Herzschrittmacher, ein Wunderwerk der Medizin, aber irgendwie laufe das verdammte Ding bei ihm in der Brust immer noch nicht so richtig rund, beziehungsweise sein eigenes, angeschlagenes Herz könne sich immer noch nicht mit der Konkurrenz abfinden und reagiere manchmal ein bisschen eingeschnappt. Jedenfalls hätten die Doktoren immer wieder mal was daran zu reparieren und nachzustellen. Schon mehrere, kleinere Operationen habe er deshalb über sich ergehen lassen müssen. Aber richtig wohl fühle er sich immer noch nicht. Das heißt, jetzt natürlich schon, seitdem Hella... aber er möchte natürlich wieder richtig gesund werden, weil... Berlin sei nun mal ziemlich weit weg von Dornum.

„Du meinst..."

„Ja, weil ich dich doch gerne mal in Dornum besuchen möchte."

„Besuchen!"

„Ja, in Dornum! Aber der Arzt und Volker und seine Frau haben mir das schon mal vorausschauend strikt verboten, als ich das andeutete. Ich darf keine lange Reise mehr machen, weder mit der Bahn noch mit dem Auto, leider..."

„Das brauchst du auch gar nicht...", sagte Hella ohne zu zögern, aber mit einem leichten Stich in ihrem Herzen. Gerrit verstand sie nicht und jammerte:

„Doch, Hella! Ich möchte dich gerne treffen, nach vierzig Jahren, endlich noch einmal nach dieser langen Zeit! Ich möchte dich so gerne noch einmal sehen... in deinem Sommerkleid... wir könnten doch über die alten Zeiten proten!"

„…tun wir doch sowieso schon ständig, hier, an der Quasselstrippe! Jeden Tag! Jetzt schon vier Wochen lang, Gerrit!"

„Hella, ich möchte dir doch so gerne noch mal in die Augen blicken…"

Diesmal überlegte sie sich die Antwort nicht sehr lange, obwohl sie schon einige Nächte lang vorher – seitdem sie hier in Berlin bei Susanne war – darüber nachgedacht hatte und eigentlich immer noch nicht zu einem klaren Entschluss gekommen war. Hella sagte sofort:

„Das kannst du auch, Gerrit."

„Nein, das kann ich nicht! Ich bin krank!", Gerrit ließ sich hörbar am anderen Ende des Telefons auf einen Stuhl fallen.

„Gerrit… ich bin seit einer Woche hier in Berlin – bei meiner Tochter!"

„Du bist… hier? In Berlin?"

„Ja, nur vier U-Bahn-Stationen von dir entfernt."

Gerrits Stimme wurde sehr leise und schwach, als er fragte:

„Warum hast du mir das nicht gesagt…?"

„Das hat Susanne mich auch schon gefragt, aber… ich konnte noch nicht… ich war bange vor dir…"

„Warum…, Hella?"

„Ich bin bange, dass du mich nicht mehr anrufst, wenn du mich wiedergesehen hast…"

„Was für ein Blödsinn!"

„…weil du dann deine Phantasie verloren haben wirst…"

„Quatsch! Phantasie! Hab' ich nie gehabt! Hältst du mich für einen Halbstarken?"

„Nee, aus dem Alter bist du wohl raus, zum Glück…"

Gerrit war offensichtlich wieder aufgestanden und stampfte in seinem Zimmer herum. Jetzt wurde er richtig heftig:

„Auf der Stelle sagst du mir deine Adresse hier in Berlin! Und morgen komm ich! Muss bloß noch mit Volker reden! Mit Auto oder mit U-Bahn oder mit Hubschrauber vom Malteser-Notdienst – hab ich lange genug dafür gespendet! Das ist doch nicht zu glauben! Bloß vier U-Bahn-Stationen von mir entfernt! Unverschämtheit! Und ich hab' gedacht..., Hella! Du bist schrecklich! Jetzt nennst du mir sofort die Straße deiner Tochter hier in Berlin! Und die Telefonnummer! Sonst ruf' ich beim Einwohnermeldeamt an! Oder beim Regierenden Bürgermeister von Berlin!"

3.

Den Tisch in ihrem kleinen Appartement hatte Susanne richtig schön gedeckt. Dass sie das überhaupt kann, dachte Hella und war stolz auf ihre jüngste Tochter. Diese hatte sich sogar Geschirr von ihrer Nachbarin ausgeliehen.

Hella wieselte trotzdem aufgeregt in der Wohnung umher, was Susanne natürlich auf die Nerven ging:

„Mama, nun setz dich doch hin!"

„Es ist doch gleich vier Uhr, nicht?"

„Berlin ist nicht Dornum, Mama, der Verkehr hier kostet immer Zeit."

„Ja, ich weiß... alles kostet Zeit."

„Gerrit ist immer pünktlich gewesen, sowas kennst du vielleicht nicht mehr von deinen...", erwiderte Hella einen Tick zu unfreundlich. Aber Susanne überhörte das und sagte:

„Du siehst nett aus in deinem neuen Sommerkleid, Mama."

„Danke, Susanne!"

„Ich bin ja so gespannt auf deinen Gerrit!"

„Ich auch."

„Seit den Sechzigerjahren habt ihr euch nicht mehr gesehen?"

„Nein."

„Hast du Angst, Mama?"

„Ein bisschen."

„Musst du nicht, Mama, du siehst blendend aus!"

„Danke, Susanne."

„Sag mal... damals fing das doch an mit dieser... sexuellen Revolution, nicht?"

„Kann schon sein..."

„Weißt du, Mama, dass du eine richtig tolle Frau bist?"

„Susanne, was sagst du da...?"

„Ja, wirklich, Mama, ich hab' dich bisher immer nur als Mutter und als perfekte Chefin in Vaters Büro gesehen, aber du bist ja viel mehr..."

Jetzt wurde es Hella doch zu bunt. Sie hatte keine Lust, mit ihrer Tochter „Beziehungskisten" auszutauschen und brummte zurück:

„Wenn du meinst, dass ich in meinem Leben zwanzig Liebhaber unterhalten habe, dann bist du gründlich auf dem Holzweg!" Susanne lachte sich wieder mal „kringelig" und umarmte ihre Mutter. Diese fügte, immer noch ein bisschen beleidigt, hinzu:

„Wir waren damals eine andere Generation als ihr heute. Eine Love-Parade hat es in Ostfriesland nie gegeben."

Susanne überging das Thema elegant und meinte nur, dass es ihr gefalle, eine Mutter zu haben, die auch ihren eigenen Kopf durchgesetzt habe. Früher, als Susanne klein gewesen sei, habe sie nur immer gemerkt, dass alles in der Familie sich nach den Bedürfnissen und Notwendigkeiten der Speditionsfirma von Vater gerichtet habe.

„Ich hab' deinen Vater und meine Familie sehr geliebt, damals wie heute!", wandte Hella ein, aber Susanne fuhr unbeirrt fort, sie wisse ja nun erst, dass da noch etwas anderes im Leben ihrer Mutter geschehen sei. Warum Mama das denn so lange verheimlicht habe? Schließlich sei sie, Susanne, doch auch schon längst erwachsen.

Es läuft also wieder auf ein Gespräch über Beziehungskisten hinaus, dachte Hella, aber sie antwortete bereitwillig:

„Ich will dir mal was sagen, Susanne: Die Zeit damals, vor vierzig Jahren, mit Gerrit Reimers, war vielleicht die schönste und zugleich die schlechteste Zeit in meinem Leben. Aber ich bin dankbar dafür, dass dein Vater und ihr drei Kinder später diesen Eindruck positiv überlagert und schließlich verdrängt habt. Erst jetzt kommt das alles wieder zum Vorschein – und ich weiß noch nicht, ob ich das nun gut oder schlecht finden soll."

„Das habe ich schon bemerkt, Mama", antwortete Susanne.

„Wieso?"

„In Schloss Rheinsberg hab' ich das vorige Woche bemerkt."
„Ach so..."
„Ja, da hast du immer nur von Lütetsburg in Ostfriesland gesprochen, damit verglichen und davon geschwärmt, wie schön doch Lütetsburg sei."
„Das ist es ja auch."
„Aber eins versteh' ich dann nicht: Wieso wolltest du partout nicht direkt in den schönen Park von Rheinsberg mit mir gehen?"

„Nicht... Susanne! Gerrit kann doch jeden Moment ankommen..." Hella wandte sich dem Fenster zu und schaute besorgt auf die Uhr, die jetzt schon fünf Minuten nach Vier zeigte. „Da, sie sind da! Ein Auto hält unten!"

Susanne trat ans Fenster und beobachtete zusammen mit ihrer Mutter, wie ein nicht mehr so ganz junger, aber auch nicht besonders alter Mann alleine aus dem Audi stieg.

„Das kann doch nicht Gerrit... aber er sieht aus wie Gerrit", sagte Hella leise.

Die Türklingel durchfuhr Hella im Innersten. „Ich geh' schon", sagte Susanne und schritt zum Eingang. Die freundliche, warme Stimme eines Mannes ertönte, eine Stimme, die Hella zugleich sehr nah und sehr fern erschien:

„Hallo! Bin ich hier richtig bei den Butenostfreesen aus Dornum?"

„Klar doch!" antwortete Susanne!

„Ich bin Volker Reimers! Moin, moin!"

„Aha! Also der Sohn..., richtig?", erwiderte Susanne und fuhr fort: „Und ich bin die Tochter – Susanne, aber sag man ruhig ‚du' zu mir, Volker!"

„Okay, Susanne, kein Problem", antwortete Volker erfreut und trat mit Susanne ins Zimmer, in dem Hella wartete und die geschlossenen Hände auf ihren Bauch presste. Sie nahm in Sekunden Gestalt, Aussehen und die Bewegungen von Volker wahr. In allem erkannte sie sofort seinen Vater Gerrit: Groß, schlank, ein freundliches, offenes Gesicht, umrahmt von etwas struppelig abstehenden, dichten, dunkelblonden Haaren, darunter zwei liebevolle, graublaue Augen über einer schmalen, energischen Nase.

„Warum kommst du alleine, Volker...?", fragte Hella tonlos. Dieser zögerte kurz, trat dann aber entschlossen und herzlich auf Hella zu, die ihm die Hand reichte:

„Moin, moin, Frau Helms! Ich freue mich sehr, Sie kennenzulernen!"

„Sag bitte ‚du' zu mir, Volker, ich bin Hella..."

„Natürlich... danke! Ich weiß, Hella... Vadder redet ja nur noch von ‚Hella'... und nun seh' ich dich vor mir... wunderbar! Ich freu' mich!"

Susanne drängte sich dazwischen:

„Sag mal, sitzt dein Vater noch im Wagen? Nun mach' die Sache mal nicht so spannend, Volker!"

Volker wurde ernst und zögerte, dann sagte er:

„Nein... es ist leider etwas komplizierter... ich muss euch sagen.... also, Vadder hatte gestern einen neuen Herzinfarkt und liegt im Krankenhaus."

„Herzinfarkt...", Hella ließ die Hände sinken.

„Steht es schlimm?", fragte Susanne.

„Naja... wie man's nimmt", antwortete Volker, „das ist nun schon der dritte Infarkt für ihn in fünf Jahren. Ich hab' ihn aber gleich gefunden und sofort den Notarzt alarmieren können. Die medizinische Versorgung war erstklassig."

„Können wir ihn nicht besuchen?", fragte Susanne.

„Ja, jetzt gleich... wir alle drei...", fügte Hella hinzu. Doch Volker winkte ab: „Hab' ich natürlich auch schon dran gedacht, geht aber leider nicht... die Ärzte haben sofort mit dem Kopf geschüttelt, als ich danach fragte. Das wär' noch viel zu aufregend für einen Herzpatienten in diesem Stadium. Leider!"

„Aber...", Hella fühlte sich wie unter einer riesigen, dunklen Gewitterwolke, „kann ich denn mit ihm telefonieren? Ich hab' doch heute noch gar nicht mit ihm telefoniert... ich hab' doch gedacht, dass Gerrit heute…. darum hab' ich ihn doch noch gar nicht angerufen!"

„Nein", antwortete Volker, „leider kann mein Vadder heute auch noch nicht telefonieren. Er soll auch in einigen Tagen erst ein Telefon an sein Bett kriegen. Aber dann wird er wohl telefonieren dürfen."

„Na, ein Glück….", Hella ließ sich auf einen Stuhl fallen und schloss die Augen. Sie war froh, dass Susanne jetzt die Hausherrin spielte und Volker einlud, an der gedeckten Teetafel Platz zu nehmen.

Als Hella die Augen wieder aufschlug, blickte sie in Volkers blaue, erwartungsvoll auf sie gerichtete Augen.

„Vadder hat mir schon viel von dir erzählt, Hella", sagte er freundlich. Susanne fand die Situation reichlich komisch:

„Mama hat natürlich hauptsächlich deinen Vater erwartet, Volker, du darfst jetzt nicht beleidigt sein, wenn sie dich so enttäuscht anschaut!"

„Volker sieht genauso aus wie sein Vater, damals…", sagte Hella leise.

„Im Lütetsburger Park, weißt du?", schmunzelte Susanne, „allerdings war dein Vater damals ja wohl noch jünger als du heute, nicht?"

Volker lächelte: „Is ja 'n Ding! Jetzt muss ich hier für meinen Vadder Modell stehen als der noch ein junger Kerl war! Aber der ist auch älter geworden, nicht bloß ich!"

„Wie alt bist du denn, Volker?", fragte Hella.

„Neununddreißig."

„Neununddreißig…? Das hab' ich ja gar nicht gewusst… ich dachte, du wärst noch jünger. Neununddreißig also…", Hella versuchte zu rechnen. Volker amüsierte sich:

„Ist das schon zuviel? Da kann ich nichts dran ändern… auch, wenn da bald 'ne Vier vor meinem Alter steht. Aber ich kann damit leben."

„Du siehst überhaupt nicht nach Vierzig aus", schmeichelte

Susanne, worüber sich Hella ein bisschen ärgerte. Was ging sie das überhaupt an! Außerdem wusste Susanne doch, dass Volker verheiratet und schon Vater von zwei Kindern war!

„Meine Mutter sagte immer zu mir..."

Hella fiel Volker ins Wort: „Das tut mir sehr leid, dass deine Mutter schon tot ist, Volker!" Dieser wunderte sich, dass Hella dies auch schon wusste, aber Susanne erinnerte daran, wiederum etwas albern wie Hella fand, dass sie ja jeden Tag mit Volkers Vadder telefonierte und dass die beiden ja schließlich nicht ewig und einen Tag lang über „Lütetsburg" schnabulieren könnten.

„Nicht, Mama?"

Hella sagte leise: „Ich hab' Volkers Mutter doch selber noch gekannt."

Susanne platzte heraus: „Ach so! War sie deine Freundin?"

„Nein, das wohl nicht...", antwortete Hella.

Volker schwieg und schaute zu Boden, als Susanne mit großen Augen ein: „Entschuldigung, Mama!" herauspresste. Doch Volker ging schnell und problemlos über die Peinlichkeit hinweg:

„Und nun kriegst du mich sogar noch vor Vadder zu sehen! Das Leben ist schon komisch!"

„Ich freu' mich, dass ich dich jetzt kennenlerne, Volker!", erwiderte Hella.

„Mama hält sich eben an die jungen Leute", kicherte Susanne und legte den Arm um ihre Mutter.

„Soso, neununddreißig bist du also...", sinnierte Hella noch einmal, worauf Volker die Sache wieder von der schelmischen Seite nahm:

„Ja, das Einzige im Leben, woran der Mensch ja nun wirklich nichts selber ändern kann, ist sein Alter! Und da ist er auch nicht verantwortlich für!", sagte er mit friesischem Satzbau.

„Nein, da kannst du wirklich nichts für...", sagte Hella und blickte durchs Fenster.

Sie sprachen noch über eine Stunde lang, tranken ostfriesischen Tee und knabberten am Gebäck. Hella wollte mehrmals

„Ger..." sagen, konnte dieses aber noch gerade verhindern. Selbst die vorlaute Susanne merkte davon nichts. Volker erzählte viel über seine Arbeit als Fachanwalt für Urheberrecht in einer großen Berliner Kanzlei und natürlich über seine Frau und seine zwei kleinen Kinder, die in Berlin geboren worden seien und leider nur selten an die frische, ostfriesische Luft kämen. Er selber war glücklicherweise noch in der Gegend von Emden groß geworden und habe viele Sommer lang das „Große Meer" genossen. Dort besitze er heute auch noch ein Wochenendhaus, welches seine Familie aber seit dem Tod der Mutter und der Herzschwäche von Vadder nur noch selten nutzten.

Von Gerrit wurde nur wenig geredet. Meist ging es dabei um äußerliche Ähnlichkeiten zwischen ihm und seinem Sohn. Hella lagen tausend Fragen nach der Kindheits- und Jugendzeit von Volker auf dem Herzen. Aber sie traute sich nicht, eine davon auszusprechen. Schließlich verabschiedete sich Volker mit dem Versprechen, bald mal wieder vorbeizuschauen.

Am nächsten Morgen rief Hella im Krankenhaus an. Sie wartete vorher, bis Susanne die Wohnung verlassen hatte, setzte sich dann aber nicht in die Kuschelecke, sondern stellte sich mit dem Telefon am Ohr ans Fenster. Draußen herrschte trübes Spätsommerwetter. Es regnete Bindfäden. Die Straße vor Susannes Haus war belebt wie immer, die Menschen hasteten vorbei, ihre Blicke stumpfsinnig auf den nassen Boden gerichtet.

Hella wurde prompt zu Gerrits Einzelzimmer durchgestellt, nachdem der Stationsarzt sich kurz gemeldet hatte und so tat, als kenne er sie bereits.

„Gerrit...!"
„Hallo?"
Hella war sehr erschrocken über Gerrits müde Stimme.
„Mein lieber Gerrit..."
„Meine liebe Hella..."
„Reg' dich bitte nicht auf, Gerrit! Der Doktor hat mir eben die Erlaubnis gegeben, mit dir am Telefon zu sprechen."
„Nein, ich hab' dir das erlaubt!"
„Ja?"

„Ja, ich hab' dem Doktor gesagt, wenn er mir nicht erlaube, mit Frau Hella Helms ständig und jederzeit zu telefonieren, dann solle er man gleich meinen Herzschrittmacher abstellen und verschrotten!"

„Gerrit... du bist unvernünftig! Und undankbar dazu!"

„Nein, Hella, ich weiß alleine, was mich noch lebendig hält."

„Ein Dickschädel bist du schon immer gewesen, Gerrit!"

„Ich hab' dich einmal in meinem Leben verloren, Hella, und das war meine Schuld! Ich will dich nicht noch einmal verlieren! Auch nicht wegen der alten, schwachen Pumpe, die bei mir drinsteckt! Verdammt noch mal!"

„Du wirst mich nicht verlieren, Gerrit, wir bleiben gute Freunde bis ans Ende unseres Lebens, das ist doch jetzt schon klar! Werde nur erst mal wieder gesund."

„Ja, gesund... ich hab' mich so darauf gefreut, dich wiederzusehen."

„Das holen wir bald nach. Der Doktor hat's mir versprochen: In dem Moment, wo es dir gut geht, dürfen Susanne und ich dich besuchen."

„Aber nur hier im Krankenhaus! Und das ist nicht so, wie ich mir das vorgestellt hatte."

Hella versuchte Gerrit zu trösten, so gut es ging. Sie sprach von Volker, den sie nun endlich kennengelernt habe und den sie äußerst sympathisch finde. Er wäre ein patenter Kerl! Und wie erstaunt und erfreut wäre sie gewesen, in Volkers Gestalt und Aussehen ein Großteil von seinem Vater wieder zu entdecken! Gerrit beklagte die neue Täuschung Hellas – wie er sich ausdrückte – dadurch, dass Volker alleine habe erscheinen müssen. Aber vielleicht sei es ja auch gut für ihn, Gerrit, gewesen, dass er einen jüngeren Stellvertreter geschickt habe.

„Ich hab einfach kein Glück mehr im Leben...", sagte er.

Hella gab nicht auf:

„Du darfst den Kopf nicht hängen lassen, bald wird's wieder besser!"

„Nur einmal im Leben hab' ich richtig Glück gehabt, und das war im Lütetsburger Park, als du mich zum ersten Mal geküsst hast. Das ist nun über einundvierzig Jahre her. Das Gefühl damals war... höchstes Glück!"

„Das Denken daran kann uns niemand nehmen", wandte Hella ein. Gerrit antwortete leise und beklommen:

„Ja, Hella, ich denke sowieso fast nur noch an Lütetsburg – an die schönen Parkwege im Sommer, an den Duft der Blumen und Gräser, an den hohen Himmel über den Bäumen, an die stille Toteninsel in dem kleinen Teich mit dem Fürstengrab der Knyphausens... an dich Hella, in deinem luftigen Sommerkleid... an uns beide damals... so jung... Hand in Hand... an dein Gesicht... deine Augen... dein Mund!"

„Gerrit, nun lass mal..."

„Nein, Hella, ich will daran denken! Auch daran, was dann später kam! Auch an den siebten Juni!"

„Das ist doch nicht mehr nötig... das regt dich nur auf."

„Doch! Das ist nötig! Vierzig Jahre lang hat es gedauert, bis wir beide darüber sprechen konnten!"

„Lass uns doch lieber über den schönen Park reden: Weißt du noch, wie gern wir den Weg mit dem Durchblick zum Teepavillon gegangen sind?"

„Klar, weiß ich das. Da hab' ich dich auch mal fotografiert, weißt du noch, mit meiner alten Agfa Klack! Ein wunderbares Bild von dir! Leider standest du etwas zu weit weg, ich konnte deine Augen nicht richtig auf dem Schwarz-Weiß-Bild erkennen."

„Hast du das Bild noch?"

„Nein, leider nicht mehr..."

„Hat Theda das Bild..."

„... weggeschmissen! Ja! Ich hab' das erst später gemerkt, da war das Bild schon weg. Aber ich hab' es fest in meinem Kopf... bis an mein Lebensende, Hella, glaub' mir das!"

„Ja, Gerrit..."

„Hella... lass uns jetzt endlich über den siebten Juni sprechen! Ich wollte das eigentlich beim zweiten oder dritten persönlichen Treffen mit dir tun, Auge in Auge... aber jetzt... wir müssen es jetzt tun, Hella..."

„Ja, Gerrit..."

Und nun sprachen sie über den siebten Juni in Lütetsburg... zwei Stunden lang, am Telefon, ohne sich dabei in die Augen sehen zu können... bis schließlich der Doktor Gerrit das Telefon aus der Hand nahm und das Gespräch beendete... aus medizinischen Gründen.

Sie erinnerten sich daran,

... wie sie am Tag vor dem siebten Juni noch gemeinsam Gerrits Geburtstag gefeiert hatten, wobei allerdings schon einige böse Anzeichen zu sehen waren, wie Hella meinte;

... wie Gerrit nach Hellas Meinung an diesem Tag nur Augen für Theda gehabt habe, die er überraschenderweise auch eingeladen hatte;

... wie Hella nicht verstehen wollte, dass Gerrit Theda noch etwas „zu erklären" hatte;

... wie Hella zwar überzeugend die große Dame gespielt habe, aber sich auch stets distanziert verhalten habe;

Na und?!

... wie Gerrit zunehmend Trost bei Theda gesucht und gefunden habe;

... wie Gerrit trotzig, im Vorbeigehen, erwiderte, Theda sei „eigentlich" doch lieber als Hella;

... wie Hella daraufhin die Geburtstagsparty verließ;

Musste sie sich sowas bieten lassen?

... wie sie beide sich am nächsten Tag, dem siebten Juni, doch noch einmal in Lütetsburg getroffen hatten;

... wie es da zum endgültigen Bruch gekommen war;

... wie sie sich am Anfang aber noch geküsst hatten;

... wie Hella Gerrit daran erinnerte, dass sie nicht so schnell heiraten wolle, sondern dass sie ein Studium als Lehrerin aufnehmen wolle;

... wie Gerrit antwortete, er wolle ja gar keine altmodische Nur-Hausfrau heiraten, er wolle nur „als Kerl" ernster genommen werden;

Immer diese männliche Ungeduld!

... wie Hella daraufhin fragte, ob er schon mit Theda „zwischen den Laken" gelegen habe;

... wie Gerrit das nicht klar verneinen konnte;

... wie Hella nun fast erleichtert festellte, jetzt lägen die Karten ja offen auf dem Tisch;

... wie Gerrit jammerte, er müsse jetzt endlich eine Entscheidung finden;

... wie Hella antwortete, dass er, Gerrit, diese Entscheidung ja wohl schon längst für sich und für Theda getroffen habe;

... wie Gerrit bedauerte, er habe geglaubt, dies würde der schönste Sommer seines Lebens in Lütetsburg;

... wie Hella erwiderte, das sei er bis vor wenigen Tagen auch gewesen;

... wie Gerrit da anfing zu weinen;

... wie Hella auch schluchzte und sagte, sie habe Gerrit sehr lieb gehabt;

... wie Gerrit antwortete, er habe Hella immer noch sehr lieb;

... wie sie beide weinend auseinander gelaufen seien, vom Teepavillon weg, nach verschiedenen Seiten hin;

... wie sie den Lütetsburger Park durch verschiedene Eingänge verlassen hatten;

... wie sie sich seitdem niemals wiedergesehen hätten;

Vierzig Jahre lang nicht.

4.

Am nächsten Morgen rief Gerrit bei Hella an. Der Doktor hatte es ihm erlaubt, nachdem die Nacht ohne Komplikationen verlaufen war.

„Hella, weißt du noch meine letzten Worte in Lütetsburg?"

„Klar, du hast gesagt: ‚Ich hab' dich immer noch sehr lieb!'"

„Hella... das gilt auch heute noch!"

„Danke, Gerrit... ich hab' dich heute... auch wieder sehr lieb."

„Wirklich?"

„Ja, weißt du, eigentlich haben wir unser Glück von Lütetsburg – ich meine das *vor* dem siebten Juni – doch in all den Jahren nie ganz vergessen."

„Nein, nur die Farbe von dem Glück ist allmählich etwas abgeblättert."

„Aber unsere Stimmen sind doch noch fast dieselben. Und im ersten Moment, als ich deine Stimme am Telefon gehört habe, da kam auch das alte Gefühl von Glück wieder zurück."

„Ja, Hella, bei mir auch... unsere Stimmen sind – zum Glück – noch die alten, jungen von damals."

„Ist das nicht wunderbar?"

„Das ist ein Stück Ewigkeit!"

„Aber im ersten Moment hast du mich doch gar nicht am Telefon erkannt."

„Das wohl nicht, aber ich hab' doch gleich gemerkt, dass da eine Frau am anderen Ende der Leitung sprach, die ich nie vergessen hatte."

„Ich hab' mich einfach über dich am Telefon geärgert."

„Siehst du? Du warst mir immer noch böse! Du hast einfach da weitergemacht, wo wir vor vierzig Jahren aufgehört hatten."

„Nana, so einfach ist das wohl nicht."

„Du bist aber nicht mehr böse?"

„Nein, Gerrit, natürlich nicht."

„Ich wär' jetzt der glücklichste Mensch der Welt, wenn nicht mein Herz..."

„Dein Herz wird sicher bald wieder gesund."

„Mein Herz ist glücklich und schwach zugleich, eben ein Wackelherz."

„Wackelherz ist gut! Das passt medizinisch und..."

„... und emotional! Das meinst du doch, Hella! Aber das war einmal. Wenn wir uns erst wiedergesehen haben, wirst du sehen, was für ein festes Herz ich jetzt habe, ich meine... emotional!"

„Wir müssen noch abwarten... du weißt ja, die Ärzte..."

„...die Ärzte sind alle... Tyranno-Saurier!"

„Nein, Gerrit, sie sind bloß ordentliche Menschen, die dich wieder gesund machen wollen."

„Bloß du kannst mich noch gesund machen, Hella!"

„Ja, Gerrit, aber ich darf nicht..."

„...so wie ich vor vierzig Jahren..."

„...wie du?"

„Ich meine, dass ich es damals – am siebten Juni – nicht mehr geschafft habe, mit meiner Liebe in dein Herz zurückzukommen."

„Das hast du aber schön gesagt!"

„Und nun hab' ich Angst..."

„... dass du wieder nicht in mein Herz kommst? Aber da bist du doch längst wieder drin!"

„Danke, Hella! Aber ich hab' immer noch Angst, dass ich deine Augen... deine wunderbaren Augen..."

„...du wirst bald wieder in meine Augen blicken können, Gerrit! Warte noch ein bisschen..."

„Ja, Hella, ich warte..."

An diesem Tage, nachmittags, ging Susanne nicht in die Uni, sondern besuchte Volker und seine Familie. Sie mache sich langsam doch Sorge um seinen Vater und ihre Mutter, so hatte sie Volker am Telefon gesagt und angeregt, mal in Ruhe über die beiden zu sprechen. Volker war sofort einverstanden und auch seine Frau Ute zeigte sich nach dem ersten Kennenlernen sehr aufgeschlossen. Sie war natürlich inzwischen über diese „Alters-Romanze" – wie sie etwas spöttisch anmerkte – bestens informiert.

Einen Besuch von Hella im Krankenhaus bei Gerrit lehnte Volker nach wie vor ab. Die Ärzte hätten strikt davon abgeraten, der Zustand von Vadder sei leider immer noch sehr instabil. Und doch müsse man zugeben, dass Vadder jeden Tag von Hella spreche und ihren Besuch als sein letztes Lebenselixier ansehe. Aber die Ärzte hätten ihn, Volker, davon überzeugt, dass ein solcher Besuch eine tödliche Aufregung für Gerrit bedeuten könne. Niemand dürfe das verantworten, auch Hella selber doch wohl nicht.

Susanne fragte, ob es also sehr ernst um Gerrit stände. Volker antwortete darauf nur ausweichend. Man müsse eben die alten Eltern vorerst noch beruhigen und... hinhalten, fiel Susanne ein. So könne man das wohl am besten nennen, meinte Ute.

Als Ute einen Moment hinausgegangen war, um nach den Kindern zu sehen, fragte Susanne:

„Weißt du eigentlich, warum meine Mutter und dein Vater damals, in den Sechzigerjahren, nicht zusammengeblieben sind?"

„Genau weiß ich das nicht", antwortete Volker, „aber ich meine, dass es irgendwas mit Lütetsburg zu tun hat."

„Lütetsburg? Aber das war doch wohl ihr Liebes-Park", merkte Susanne an.

„Aber auch ihr ‚Trauer-Park', so wie ich das mitgekriegt habe", sagte Volker.

„Ich glaube", fuhr Susanne fort, „wir müssen unbedingt mal alle Vier – oder Fünf, mit Ute, mein' ich – den Lütetsburger Schlosspark besuchen, wenn dein Vater wieder gesund ist."

„Eine sehr gute Idee", antwortete Volker, „vielleicht hilft es den beiden, ihre Vergangenheit abzuhaken und wieder in die Zukunft zu schauen. Außerdem kenne ich Lütetsburg noch gar nicht."

„Aber du bist doch auch in Ostfriesland groß geworden?"

„Ja, aber in Emden, und meine Eltern sind nie nach Norden oder Lütetsburg gefahren. Das war für uns irgendwie – Provinz."

„Siehst du, dann musst du mal nach Lütetsburg. Dort liegen doch sozusagen – deine Wurzeln!", Susanne blickte Volker halb spöttisch halb abschätzend an. Dieser meinte nur:

„Vielleicht auch nicht: Hella ist ja nicht meine Mutter."

„Wär' das nicht komisch, wenn wir beide Bruder und Schwester wären?", sinnierte Susanne.

„Das wär' richtig schön! Ich hab' ja gar keine Schwester", antwortete Volker.

„Hast du nicht?"

„Nein, ich war doch Einzelkind."

„Ach so! Und du bist neununddreißig Jahre alt."

„Ja, warum?"

„Meine Mutter konnte doch gar nicht darüber wegkommen, dass du neununddreißig Jahre alt bist."

„Ja, das hab' ich auch gemerkt…"

„Seltsam…"

Dieser Tag begann für Hella mit einem Alptraum. Sie träumte – schon am frühen Morgen, nachdem sie lange wach gelegen hatte und dann doch noch in einen bleiernen Müdigkeitsschlaf gefallen war – vom Fürstengrab der Knyphausens im

Lütetsburger Park. Die kleine Insel war plötzlich von Mammutbäumen bewachsen, wie man sie nur von Kalifornien her kennt. Die Bäume waren schon Dutzende von Metern hoch und wuchsen – sichtbar, mit großer Geschwindigkeit – immer höher hinauf. Dabei versackte die Insel unter dem Gewicht der Stämme immer tiefer in den Teich. Doch seltsamerweise strömte das Wasser rundherum nicht nach, nein, es blieb als Mauer stehen – wie in der Bibel, im Roten Meer – und bildete eine runde Gasse, wie ein tiefer Hohlweg, zwischen Insel und Wasser, das wie hinter einer Glasscheibe ruhig stand. Auf der Insel, die nun schon tief unten, wie im Keller, lag, erblickte Hella einen Mann mit einer Fackel. Der Mann versuchte, ihr zuzuwinken und schwenkte immer wieder heftig seine Fackel, die das Dunkel zwischen den Riesenbäumen nur schwach erhellen konnte. Der Mann wurde von den weiter wachsenden Bäumen auch immer mehr eingeengt, ja, er war gefangen! Das sah Hella jetzt deutlich... er suchte nach einem Ausweg, nach einer Rettung und er versuchte krampfhaft und immer panischer, Hella um Hilfe zu rufen. Fest an die Brust gedrückt hielt er mit der anderen Hand einen Gegenstand, der einem großen Buch oder einer Mappe ähnelte. Hella konnte das Gesicht des Mannes nicht erkennen, aber seine Gestalt und seine Bewegungen ähnelten sehr der von Volker beziehungsweise der des jungen Gerrit. Hella rannte nun ängstlich im Park herum, suchte nach anderen Menschen, um sie um Hilfe zu bitten, aber sie war allein in Lütetsburg, niemand war dort, niemand sah sie, niemand hörte ihre Hilfeschreie. Sie kehrte zur Todesinsel zurück, ihre Schritte waren mühsam und schwer, sie kam kaum noch voran. Sie beschloss, in die Wassergasse hinabzusteigen, um von dort aus auf die Insel zu gelangen. An der schrägen Wasserwand, die glatt und kalt war, aber gleichzeitig in tausend Kristallfarben leuchtete, rutschte sie metertief hinunter. Sie schlug hart auf und sah nach oben, zur Fackel von Gerrit. Da sah sie, dass einer der Mammutbäume, dicht neben Gerrit, durch seine Fackel Feuer gefangen hatte und plötzlich gewaltig auflöderte. Sie schrie noch, dass Gerrit hinunter kommen solle, zu ihr hinunter in die kalte, rettende Wassergasse!

Dann wachte sie schweißgebadet auf.

Hella frühstückte lange und langsam, bevor sie Gerrit im Krankenhaus anrief. Susanne war schon weg. Gerrit meldete sich mit sehr schwacher, trostloser Stimme:

„Ja, Hella?"

„Na, bist du noch müde heute morgen?"

„Ja, ich bin sehr müde..."

„Na, dann will ich dich nicht länger anstrengen... wir können ja später noch mal..."

„Nein! Nicht, Hella! Nicht auflegen! Bitte nicht auflegen!"

„Keine Bange, Gerrit, ich bleib' ja hier..."

„Immer wenn du auflegst, Hella, steigt diese Angst in mir hoch..."

„Ich lauf' doch nicht weg, Gerrit, bald werde ich dich im Krankenhaus besuchen."

„Ja, bald..."

Hella versuchte, Gerrit zu beruhigen, indem sie von dem Besuch erzählte, den Volker mit seiner Familie gestern bei Susanne und ihr gemacht hatten. Sie lobte Volker und seine Frau Ute in den höchsten Tönen, sprach liebevoll von Gerrits beiden Enkelkindern und übertrieb geradezu ihren fraulichen Neid auf Gerrits Status als glücklicher Großvater. Gerrit hörte aufmerksam zu, bestätigte hier und da Hellas euphorische Einschätzungen, aber schien mit seinen Gedanken woanders zu sein. Dann sagte Hella:

„Du, Gerrit, was ich dich schon immer fragen wollte..."

„Ja?"

„Volker ist doch neununddreißig Jahre alt, nicht?"

„Richtig... hat er dir das gesagt?"

„Und wann wird er vierzig?"

„Am zwanzigsten November."

„Ach so – na... gut, dass ich das weiß... dann kann ich ihm ja zum Vierzigsten ein schönes Geschenk machen!"

„Ja, sein Vierzigster! Da machen wir ein großes Fest draus, das ist ja klar. Und du und Susanne, ihr beide seid die Ehrengäste!"

„Prima, Gerrit! Ich freu' mich darauf..."

„Ich weiß, Hella, was du jetzt eigentlich denkst..."

„Ach, das ist alles nicht so wichtig..."

„Doch, Hella! Alles ist wichtig zwischen uns! Und darum sag' ich dir jetzt, dass ich damals, am siebten Juni in Lütetsburg, bereits gewusst habe, dass Theda mit Volker schwanger war. Ich konnte es dir aber nicht sagen, ich war ein Feigling!"

„Ach Gerrit, lass doch…"

„Aber heute sag' ich dir das! Leider darf ich dir dabei jetzt nicht in die Augen sehen… das würde ich gerne, Hella, das musst du mir glauben!"

„Schon gut, Gerrit… die Zeit ist längst darüber hingelaufen."

„Ja, die Zeit ist ein seltsames Ding… sie bringt Liebe, Leben, Vergessen, Vergeben, Glück und Unglück – und sie bringt immer den Tod."

„Die Zeit hat uns beide, Gerrit, nach vierzig Jahren noch einmal wieder zusammengebracht."

„Noch nicht so richtig…"

„Das kommt doch noch…"

„Es tut mir alles sehr leid, Hella…"

„Nichts soll dir leid tun! Volker ist ein wunderbarer Sohn von dir! Ich bin so froh, dass ich ihn kennengelernt habe!"

„Wenn ich mich wieder aufgerafft habe, Hella, dann fahren wir mal nach Lütetsburg, ja?"

„Klar, Gerrit, das machen wir!"

„Und in Lütetsburg sprechen wir nur noch über die Zeit vor dem siebten Juni, ja?"

„Ja, Gerrit!"

„Hella, hättest du wohl Lust, ganz nach Berlin zu ziehen? Zu deiner Tochter vielleicht?"

„Ja, Gerrit, darüber hab' ich auch schon nachgedacht."

„Du weißt ja, dass ich wohl nicht mehr nach Dornum zurückkommen kann…"

„Nein, auf keinen Fall. Du lebst gut bei Volker."

„Ja, ich lebe gut… bei Volker…"

„Du bleibst bei Volker, und ich ziehe zu Susanne… und wir sehen uns jeden Tag! In Berlin! Der Hauptstadt von Deutschland! Du, ich hab' die neue Reichstag-Kuppel ja immer noch nicht gesehen… ich freu' mich darauf, mit dir zusammen… den Blick über ganz Berlin… Hand in Hand mit dir, Gerrit…"

„Hella, ich hab' dich so lieb..."
„Ich dich auch, Gerrit..."

5.

Als der Anruf von Volker am Sonntagnachmittag kam, war Hella mit Susanne gerade erst vor fünf Minuten wieder ins Haus zurückgekehrt. Sie beide waren an diesem schönen Spätsommertag mit der S-Bahn zum Charlottenburger Schloss hinausgefahren, waren aber nur kurz im Park gewesen, weil Hella darauf drängte, sich im Schloss die Gemäldesammlung von Casper David Friedrich anzuschauen. Lange hatte sie vor dem wunderschönen Nachtbild am Ostseestrand gestanden, auf welchem der auf den Ufersteinen sitzende Mann im Mittelpunkt dem Betrachter den Rücken zuwendet.

Als sie die Kunstsammlung verließen, hatte es Hella plötzlich sehr eilig nach Hause zu kommen. Weil die nächste S-Bahn erst in zwanzig Minuten abfuhr, bestand Hella darauf, ein Taxi zu nehmen – ein Umstand, den Susanne bei ihrer sonst so sparsamen Mutter höchst verwunderte.

Susanne nahm den Anruf entgegen und sagte:
„Das ist sicherlich wieder für dich, Mama!"
Dann schwieg sie und lauschte angestrengt in den Hörer; schließlich ließ sie den Hörer langsam sinken und flüsterte sie:
„Mama, Volker ist am Telefon. Er will mit dir reden..."

Volker sprach ganz langsam, mit vielen Pausen. Und Hella hörte ihm zu – wie in Trance, ihre Augen hatten sich längst mit Tränen gefüllt und Susanne presste sich an sie und hielt ihre Mutter fest. Hella krallte sich mit beiden Händen am Telefonhörer fest und hoffte bloß, dass Volker nicht aufhören würde zu sprechen – zu sprechen und zu erklären und zu berichten, was es noch an Letztem zu berichten gab.

Gerrit war vor zwei Stunden gestorben... als Hella mit Susanne noch im Schloss Charlottenburg stand... sein Herz war einfach zu schwach geworden... Volker, warum... er konnte nicht mehr leben... aber er wollte doch noch so gerne... mit Hella zusammen... und seinen Enkelkindern... sein Vadder habe gestern Abend noch viel von Hella gesprochen... er habe ihm versprochen, bald nach Lütetsburg zu fahren... Gerrit war voller Vorfreude... und dann sei er nicht mehr aufgewacht... Lütetsburg sei wohl der Anfang und das Ende ihrer Liebe gewesen... Volker wolle unbedingt mit Hella in Verbindung bleiben... für alle Zeiten... und nach der Beerdigung, bald nach der Beerdigung möchte er sich mit Hella noch einmal alleine treffen... er habe noch ein Vermächtnis von Gerrit an Hella zu überbringen...

Schließlich nahm Susanne sanft den Hörer aus Hellas Hände, sagte leise „Danke, Volker..., ich ruf dich nachher an", und legte auf.

An den vier Tagen bis zur Beerdigung von Gerrit fuhr Hella jeden Tag zum Schloss Charlottenburg hinaus, betrat die Gemäldesammlung und setzte sich vor das Bild von Casper David Friedrich – das Bild mit dem einsamen Mann, der ihr den Rücken zukehrte. Sie saß nur da und schaute auf das Bild – ungefähr eine Stunde lang.

Susanne hatte Hella am ersten Tag noch begleitet, aus der Ferne, mit Abstand, aber Hella bestand darauf, alleine vor dem Bild verweilen zu wollen. Susanne informierte die Leitung des Museums in Charlottenburg, die dafür sorgte, dass eine Aufseherin ihre Mutter immer diskret im Auge behielt.

Bei der Beerdigung in Emden stand Hella zum ersten Mal auch am Grab von Theda. Sie wartete, bis die meisten Verwandten und Freunde von Gerrit den Friedhof schon verlassen hatten, dann trat sie alleine an das Grab. Sie versuchte, ein Vaterunser zu beten, während ihr die Tränen übers Gesicht liefen. Da trat Volker von der Seite an Hella heran, schaute starr auf den Grabstein und hielt Hellas Hand fest umschlossen.

Schon wenige Tage nach ihrer Rückkehr in Berlin – Susanne, Volker und Ute bestanden darauf, dass Hella zunächst eine Zeitlang bei ihnen in Berlin blieb – rief Volker bei Hella an und bat um ein Treffen in einem ruhigen Café am Ende des

Kurfürstendamms. Er bat Hella auch darum, ohne Susanne zu kommen, sie und Ute wüssten Bescheid.

Hella war leicht beunruhigt über diese Andeutungen. Das Café war äußerst ruhig und vornehm. Volker hatte es offensichtlich mit Bedacht ausgewählt. Er saß mit Hella in einer Ecke des 1. Stocks mit schönem Ausblick auf das lebendige Treiben auf dem Kurfürstendamm.

Volker war ruhiger als sonst und wirkte abgespannt. Die Ereignisse der letzten Wochen hatten ihn zweifellos auch sehr mitgenommen. Hella dachte an seinen vierzigsten Geburtstag und nahm sich fest vor, ihn mit einem besonders ausgewählten Geschenk zu überraschen. Sie sprachen eine Weile über die schöne, würdige Beerdigung in Emden und über diese und jene Freunde und Verwandte, die anwesend gewesen waren.

Schließlich öffnete Volker eine kleine Kollegtasche, welche er neben seinen Sessel gestellt hatte und sagte:

„Weshalb ich dich hergebeten habe, Hella... Vadder hat mir kurz vor seinem Tod noch etwas übergeben, was er eigentlich nur dir selber, unter vier Augen, in die Hand geben wollte. Aber er hat wohl gefühlt, dass er dich nicht mehr wiedersehen würde, und deshalb...sollte ich... so hat er es verfügt."

„Was ist das? Ein Buch?"

„Nein, viel mehr als ein Buch: ein Tagebuch... ein Tagebuch über die Liebe zwischen dir und Vadder, damals... in Lütetsburg!"

„Was... ist das?"

„Ja, bitte... das ist nur für dich", Volker nahm das kleine, in rotes Seidenpapier eingewickelte Paket in die Hand und übergab es Hella.

„Vadder hat dies Tagebuch noch selber für dich eingepackt, auf seinem Krankenbett, nachdem ich es aus seinem Schreibtisch holen musste. Er hat mir kurz und knapp erklärt, worum es sich handelt. Das war ihm natürlich sehr peinlich. Aber glaub' mir Hella, ich hab' nicht darin gelesen! Das geht ja auch nur Vadder und dich was an!"

Hella nahm das Paket in die Hand, entfernte rasch das Seidenpapier und schlug ein dickes Manuskript auf, welches in feinem Kalbsleder, mit goldenem Aufdruck, gebunden war:

„Lütetsburg – Ein Tagebuch – Für Hella!", las sie leise. „Ja, das ist Gerrits Schrift... ja, das hat er alles geschrieben... mit der Hand... in seiner schönen Handschrift... vor vierzig Jahren...!"

Sie blätterte immer schneller in dem Manuskript:

„Über jeden Tag hat er geschrieben... über jeden Tag, an dem wir zusammen waren... das hat er mir damals gar nicht gesagt, dass er so ein schönes Tagebuch geschrieben hat!"

„Klar, das sollte ja auch eine Überraschung für dich sein, Hella. Vadder hat mir noch knapp erzählt, dass er dir dies Buch, euer Buch, eigentlich zu eurer Hochzeit hatte schenken wollen. Aber dazu ist es ja nicht gekommen..."

„Nein, Volker."

„Da hab' ich mich wohl eingemischt, nicht?"

„Ja, Volker."

„Das tut mir leid, Hella!"

„Nichts soll dir mehr leid tun, Volker! Jetzt krieg' ich so ein wunderschönes Tagebuch ausgerechnet aus deinen Händen! Das ist so schwer... und so schön...!"

„Das Leben ist oft merkwürdig... ja."

„Das Leben macht manchmal Umwege."

„Aber eigentlich klärt sich alles irgendwann auf."

„Ja, Volker... mein lieber Volker... ich hab Gerrit verloren... und ich hab seinen Sohn gewonnen!"

Ein halber Kutterfischer

1.

Ubbo war froh, dass der Kutter schon heimwärts, in Richtung Greetsiel tuckerte. Er stand in seinem nassen Ölzeug an Deck und sortierte den Fang. Tim räumte das Deck auf, pfiff ein Lied vor sich hin und rauchte eine Zigarette nach der anderen. Die Dämmerung senkte sich an diesem Spätsommertag bereits über der Leybucht herab und ließ das Wattenmeer in breiiger Eintönigkeit verschwimmen. Die „Möwe" tuckerte langsam am Prickenweg entlang, an dessen weicher Kante der Schlick bei auflaufendem, glattem Wasser allmählich versank.

Käpt'n Gerd stand im Steuerhaus am Rad. Plötzlich riss er die Tür auf und schrie zu Ubbo hinüber:
„Was machst du denn da? Die Seezunge doch nicht zu den Schollen in einen Pott! Hast du das immer noch nicht gelernt!"
„Aber ich dachte...", Ubbo schaute nicht auf.
„Du sollst richtig arbeiten, du halbe Portion!", schrie Gerd und knallte die Tür zu.

Tim steckte sich eine neue Zigarette an und grinste.
„Na, heute wieder etwas tüdelig?"

Ubbo arbeitete schweigend weiter. Er wusste, dass er heute abend noch für die Beerdigung in der nächsten Woche üben müsste, in der Kirche. Das war wichtiger als alles andere. Dann fiel ihm ein, dass er ja noch mit Tim zu reden hatte, wegen dieser Beerdigung, denn ohne Tim würde er wohl keinen Ersatz auf dem Kutter finden. Aber er musste einfach am nächsten Mittwoch an Land bleiben! Eine solche Chance würde er doch nicht noch einmal bekommen!

„Was verdienst du eigentlich mit deinem Orgelspielen so nebenbei, Ubbo?", fragte Tim.
„Für das bisschen Geld mach' ich das nicht", antwortete Ubbo.

„Warum dann? Anna sagte vor 'n paar Tagen zu mir, du hättest auch schon längst einen eigenen Kutter haben können, wenn du nicht so viel Zeit beim Orgelspielen totschlagen würdest", meinte Tim.

Ubbo fuhr auf:

„Das ist kein Zeittotschlagen!"

„Was dann?"

„Das ist... das ist... mein Hobby und..."

„Und...?"

„... und die schönste Zeit in meinem Leben."

Tim konnte sich vor Lachen gar nicht wieder einkriegen – die schönste Zeit im Leben? In der Kirche? Beim Orgelspielen? So was hätte er noch nie von einem Fischersmann gehört! Das solle er bloß nicht Käpt'n Gerd hören lassen – und Anna auch nicht! Er kicherte vor sich hin... die schönste Zeit im Leben, in der Kirche, an der Orgel... da hätte er aber andere Vorstellungen... und Erfahrungen!

„Tim, ich brauch' deine Hilfe...", flüsterte Ubbo.

„Aha! Wieder mal? Für 'ne Trauerfeier, Hochzeit oder Kindstaufe?", Tim grinste.

„Für 'ne Beerdigung... nächste Woche am Mittwoch... 'ne große Leiche: Der dickste Bauer von Leybuchtpolder... und da kommen wichtige Leute... aus Hannover...", Ubbo verhaspelte sich.

„Und du brauchst wieder mal Ersatz hier auf dem Kutter, was?"

„Ja, und du kannst doch einen Ersatzmann für mich besorgen, du kennst doch so viele Leute im Hafen", sagte Ubbo.

„Gut, aber am Mittwoch haben wir morgens und abends Hochwasser, also bleibt Gerd die doppelte Zeit draußen – das kostet was", meinte Tim.

„Natürlich, das muss ich bezahlen." Ubbo wandte sich wieder dem Sortieren der Fische zu, während Tim seufzte, dass er es wahrhaftig nicht leicht habe, mit so einem Arbeitskollegen!

Der Kutter hatte die Schleuse passiert und lief durch das Greetsieler Binnentief. Ubbo reinigte die letzten Fischkästen.

Vater: Kuttermann, Großvater: Kuttermann, Urgroßvater: Kuttermann in Greetsiel... also war es ja wohl logisch, dass auch er..., obwohl er sich immer dagegen gewehrt hatte, aber sein Vater wollte es nun mal nicht wahrhaben, dass die Fischerei in der Nordsee zurückgehen würde... bei all dem Industriedreck und Plastik im Wasser und dann auch noch bei den immer größer werdenden Fangschiffen der Holländer und Dänen. Und Kantor Meyer hatte mehrmals zu Vater gesagt, wenn er, Meyer, in Rente gehen würde, dann sollte doch Ubbo an seine Stelle treten! Als Kantor an der Kirche in Greetsiel! Aber ohne Abitur und Studium? Nur so als Hobby-Orgelspieler? Als er mal zu Hause sowas andeutete, da lagen sie alle platt auf dem Tisch vor Lachen...! Dörte, seine Schwester, auch... dabei wäre sie selber doch gerne Grundschul-Lehrerin geworden... Naja, nun hat sie ihren Sparkassen-Helmut mit 'nem dicken Mercedes und zwei Mal All-inclusive-Urlaub im Jahr... das soll ja beruhigen, sowas... erstaunlich nur, dass Vadder ihm damals die ersten Orgelstunden sogar bezahlt hatte... das war ihm sogar ziemlich wichtig, das halbe Dorf wusste davon: Einmal in der Woche fährt Ubbo mit dem Rad in die Stadt zum Orgelunterricht! Er ist Lieblingsschüler von Kantor Helms in Norden! Das können wir uns sogar leisten... aber wir müssen das nicht... is nur so 'n Hobby von Ubbo... natürlich will er am liebsten auch Fischer werden... aber dann hörte Vadder schon nach einem halben Jahr mit dem Bezahlen der Orgelstunden auf... „kiek di doch mol Kantor Meyer an, de hett nich mol 'n eegen Huus"... aber zu der Zeit konnte Ubbo ja schon recht gut spielen und vertrat immer öfter Kantor Meyer in der Kirche, wenn dieser wieder mal krank war... und mit dem Vertretungsgeld hatte er problemlos seine Orgelstunden in Norden bezahlen können... natürlich kam auch der Wunsch auf, die Musikhochschule in Hannover zu besuchen... aber... nicht dran zu denken! Vadder bestand darauf, dass er mehrmals in der Woche auf dem Kutter mitfuhr... die Zeit wurde immer knapper... sogar aus der Fußballmannschaft in Greetsiel flog er raus, weil er zu selten zum Training kam... immerhin hatte er Zeit gehabt, Anna kennenzulernen und zu heiraten... anfangs hatte sie ihn sogar bewundert, als einen „Fischermann der besonderen Art", aber in letzter Zeit nörgelte sie viel an ihm herum...

2.

„Ubbo, denkst du daran, dass Dörte und Helmut uns am Sonntag besuchen wollen?", sagte Anna nach dem Abendessen, als Ubbo zur Zeitung greifen wollte.
„Ach ja..."
„Sie haben sich sogar schon am Vormittag angesagt."
„Bis um kurz nach elf habe ich aber noch Kirche!"
„Natürlich! Du hast Kirche... hast du dir also wieder was andrehn lassen!"
„Das ging diesen Sonntag nicht anders."
„Aber das ich wieder mal alleine immerzu zwischen Stube und Küche hin- und herlaufen muss: Das geht, was?!"
„Kann Elke dir nich helfen?"
„Dann ruf du sie an, und frag!"
„Ja, mach ich..."
„Aber den Garten musst du vorher noch in Ordnung bringen! Der Rasen ist schon mehr als drei Wochen nicht gemäht worden... wie sieht das denn aus?"
„Ja klar, mach' ich gleich... hat jemand angerufen für mich?"

„Ach ja, gestern, als du noch auf See warst... irgendjemand aus Hannover."
„Aus Hannover? Wer war das?"
„Weiß nich... so ein... Kirchendirektor... oder so was."
„Kirchenmusikdirektor Kirstner!"
„Ja, richtig... der wollte dir absagen... das Programm ist schon voll, hat er gesagt... was will er denn absagen, Ubbo?"

„Also Absagen..."

„Wieso muss er dir absagen, wenn du dir in Hannover mal wieder ein Kirchenkonzert anhören willst?"
„Ich will mir nichts anhören, ich will mitspielen."

„Du? In Hannover? Wer hat dir denn den Vogel in den Kopf gesetzt?!"

„Ich... mir selber..."

„Du hast sie ja nicht alle... was ist das überhaupt für ein Direktor?"

„Kirchenmusikdirektor Kirstner... aus Hannover... ich hab ihn bei der Trauerfeier für Bauer Jensen kennengelernt. Er hat mein Orgelspiel sehr gelobt."

„Jaja, wenn ein Mensch mal 'n bisschen höflich zu dir ist, dann meinst du gleich, du wärst der Größte!"

„Überhaupt nich... aber er versteht nun mal was von sakraler Musik."

„Sag mal, und du hast diesen... Kirstner bei der Beerdigung einfach so von der Seite angeschnackt, vonwegen dem Konzert in Hannover?"

„Das war doch meine Chance!"

„Ubbo, du bist fünfzig geworden! Du glaubst doch nicht im Ernst, dass du mit deinen Kutterpranken noch die Orgel spielen kannst wie so 'n richtiger Musiker mit Samthänden! Denk doch mal nach!"

„Jaja, aber ich bin ja auch eigentlich nur 'n halber Kuttermann..."

„Ein halber Kuttermann? Ein Drittel-Mann, wenn du 's genau wissen willst!" Anna biss sich auf die Zunge und schwieg.

„Wieso... Drittel...?"

„Ach, lass..., Ubbo!"

„Wieso... Drittel...?"

„Das hab ich doch nur so gesagt..."

„Nein, das hast du nicht nur so gesagt... was soll das heißen?"

„Na ja..."

„Wieso bin ich nur ein Drittel-Kuttermann?!"

„Na gut... einmal musst ich es dir ja doch sagen."

„Was?"

„Dein Vadder hat damals kurz vor seinem Tod... also... er hat Käptn Gerd für den Kutter ‚Möwe' ein Drittel bezahlt."

„Warum das denn...?"

„Ein Drittel für die ‚Möwe', unter der Bedingung, dass Gerd dich auf jeden Fall immer an Bord behalten muss."

„Wie? Ja... und warum weiß ich nichts davon?"

„Diese dreiunddreißig Prozent vom Kutter sollten sozusagen dein Erbteil sein... hat dein Vadder gesagt..."

„Warum weiß ich nichts davon, hab ich gefragt!"

„Dein Vadder hat das damals alles mit mir und Gerd abgesprochen, und natürlich haben wir das auch schriftlich."

„So... auch schriftlich... ich hab aber nichts unterschrieben!"

„Nee, das ist eben ein Vertrag zwischen deinem Vadder und Käptn Gerd."

„Und mit dir...!"

„Ja..."

„Über mein Erbteil..."

„Dein Vadder sagte, dass Geld stünde mir ja auch zu. Und deshalb sollte ich man unterschreiben. Hab ich dann auch gemacht... du weißt doch, dein Vadder mochte mich gern."

„Ohne mich zu fragen... „

„Dein Vadder wollte das so. Und ich war froh, dass er dich nicht enterbt hat. Dein Vadder war bange, dass du dich mit dem Geld, wenn er es dir auszahlen würde, gleich an Land festsetzen und nur noch Orgel spielen würdest."

„Aha! Und das siehst du also auch so, Anna?"

„Ubbo! Dein Beruf ist nun mal Kutterfischer."

„Ja, was denn nun... 'n halber, 'n drittel oder ´n ganzer?!"

„Ach, Gerede..."

3.

Natürlich war Ubbo am nächsten Sonntag nicht pünktlich um 11:15 Uhr zu Hause. Man kann eben eine Orgel nicht einfach abstellen wie eine Mundharmonika! Und weil er wusste, dass er zu spät kommen würde, ließ er sich sogar auf dem Nachhauseweg mit dem Fahrrad noch etwas Zeit. Sollten Schwester Dörte und Schwager Helmut doch ruhig ein bisschen auf ihn warten! Anna würde ja sowieso wieder herumnörgeln.

Der alte Traum! Klar, Vadder hatte das richtig vorausgeahnt: Klar doch! Wenn Ubbo damals dieses Drittel-Erbe am Kutter bar auf die Hand erhalten hätte, dann wäre er an Land geblieben und vielleicht doch noch auf eine Musikhochschule gegangen. Über den zweiten Bildungsweg… haben doch viele gemacht, die dümmer waren als er… damals, als er noch keine dreißig war… bei jeder Gelegenheit abends nach Norden hin, immer dann, wenn es dort in der Ludgeri-Kirche ein Konzert gab, auf dieser wunderbaren Arp-Schnitger-Orgel… einer der größten und besten in Norddeutschland. Da kamen dann Organisten aus Hamburg, aus Berlin oder Stuttgart. Und die spielten nicht nur „So nimm denn meine Hände" oder „O, Haupt voll Blut und Wunden"… nein, die spielten: Bach, Buxtehude, Telemann, Vivaldi, Haßler, Bruhns… sogar Eigenkompositionen waren dabei… dabei war dann kein Zuhörer eingeschlafen, wie sonst oft in der Kirche… und am Schluss saßen alle eine halbe Minute ganz still da, und dann, als der Jubel der Bachfugen im weiten Schiff der Ludgeri-Kirche verklungen war, dann haben alle geklatscht… in der Kirche geklatscht, dass es nur so dröhnte… die Pastoren in Norden sahen das gar nicht so gern, diesen Applaus in der Kirche, Luther sei dagegen gewesen… das sei katholisch… sagten sie. Aber die Leute klatschten doch bei den Orgelkonzerten, und Ubbo fand das gut und angemessen. Und wenn er dann wieder in seiner Dorfkirche an der Orgel saß und die letzten kraftvollen, jubelnden Töne der mächtigen Orgelpfeifen im Kirchenraum verhallten, dann saß Ubbo da und träumte von einem solchen Applaus in seiner Kirche.

Doch in Greetsiel war sowas nicht üblich.

„Tja, so ist das nun mal mit deinem Bruder, liebe Dörte: Essen steht pünktlich auf dem Tisch, aber der Herr Orgelspieler hat noch was Besseres zu tun!", Annas Stimme schallte Ubbo schon im Hausflur entgegen. Er öffnete schnell die Tür zur Stube und trat ein:

„Da bin ich schon! Moin zusammen!"

Anna trug weiter verbissen das Essen auf, Schwester Dörte ließ keinen Zweifel daran, dass sie sich fraulich mit ihrer Schwägerin Anna verbündet hatte. Schwager Helmut versuchte ein bisschen zu vermitteln, mit banalen Döntjes, was aber meistens von Dörte und Anna humorlos durchkreuzt wurde. Dörte erinnerte daran, dass Ubbo schon seit seinen Kindertagen so gewesen sei; er würde sich wohl auch nicht mehr ändern! Helmut wunderte sich sehr, dass Ubbo immer noch dazu Lust hätte, jeden Sonntag in der Kirche auf der Orgel zu spielen .„Nein, nicht jeden Sonntag..." Aber eben doch fast... wie Anna feststellte. Sie habe ja gedacht, dass Ubbo früher oder später genug vom Orgelspielen haben würde. Aber nix davon! Mit den Jahren sei die Sache immer schlimmer geworden. Wenn Ubbo vom Kutter an Land komme und seinen schwarzen Anzug angezogen habe, um zu einer Beerdigung zu gehen, dann sollten sie mal sehen, wie seine Augen leuchteten!

Helmut wollte genauer wissen, was Ubbo eigentlich für eine Stunde Orgelspielen an Honorar erhalte.

„Honorar?", staunte Ubbo, er bekomme kein „Honorar", sondern „feste Sätze" für die verschiedenen kirchlichen Veranstaltungen, für die man sich ja auch unterschiedlich intensiv vorbereiten müsse. Na, meinte Helmut, da müsse man doch dran drehen können, er sollte seine Ansprüche ruhig einmal höher schrauben. Er sei doch auch kein Anfänger mehr! Aber davon wollte Ubbo gar nichts wissen: Er spiele sowieso nicht für Geld auf der Orgel.

„Jetzt weißt du auch, Helmut, warum alle anderen Fischer in Ubbos Alter schon ihren eigenen Kutter haben – nur wir nicht!", warf Anna ein. Och, meinte Helmut, so ein Kutter koste auch 'ne Menge Geld, und die meisten Fischer säßen doch nur auf einem großen Haufen von Schulden bei ihrer, Helmuts, Bank. Aber darum gehe es doch überhaupt nicht, wies Dörte ihren Mann zurecht, sondern vielmehr um Annas Kummer, dass Ubbo nicht genug aus seinem Leben gemacht habe. Naja... Helmut spielte mit seinem Autoschlüssel mit Stern, jeder sei nun einmal selber seines Glückes Schmied...

Und überhaupt, was die Frauen denn eigentlich immer an Ubbo auszusetzen hätten: Ubbo sei doch sehr gut angesehen im Dorf.

„Vonwegen... einen halben Kuttermann, so nennen sie ihn!", empörte sich Anna.
Naja... Helmut nahm seinen Geldfaden wieder auf: Man müsse sich auch mal beschränken können. Hauptsache, man sei mit dem, was man habe, einigermaßen zufrieden.

„Und genau das ist Ubbo nicht!", rief Anna.
„Sagst du...", sagte Ubbo leise.

Dörte warf ein, dass sie auch unter dieser ständigen Unruhe und geistigen Abwesenheit ihres Bruders leide, da könne sie Anna sehr gut verstehen, als Frau... aber auch als Schwägerin.

Das sei aber häufig so bei Menschen, die mehr aus ihrem Leben machen wollen als andere und dafür auch mehr und länger arbeiten müssten, wandte Helmut ein.
„Und die darüber dann ihre Familie vergessen...", sagte Dörte.

Helmut befand, dass jeder Mann auch einmal Zeit für sich selber haben müsse – eine Aussage, die seine Frau Dörte nur mit einem empörten: „Helmut!" kommentierte. Helmut erläuterte seinen Standpunkt damit, dass er darauf verwies, jeder Mann brauche zum Beispiel ein Hobby. Er, zum Beispiel, er sammle Briefmarken, dabei könne er alles um sich herum vergessen, obwohl – das müsse auch Dörte zugeben – er wenigstens in der Familie anwesend und sozusagen in Bereitschaft bleibe.

Auch Anna wollte grundsätzlich nichts gegen ein Hobby ihres Mannes einwenden, aber – musste denn das gleich „Orgelspielen" sein? Sie kenne keine unter ihren Freundinnen und Bekannten, deren Männer Orgelspieler seien. Jetzt wurde Helmut richtig begeistert: Das sei doch gerade was Besonderes! Noch vorige Woche habe er im Schalterraum seiner Bank jemanden gehört, der gesagt habe: „Bei der Trauerfeier für unsere Oma, da muss aber auf jeden Fall Ubbo Heinsen die Orgel spielen!" Er, Helmut, sei da jedenfalls richtig stolz gewesen – auf seinen Schwager Ubbo.

„Wenn er wenigstens anständig Geld damit verdienen würde…", brummte Anna. Da musste Helmut durchaus zustimmen und bedrängte Ubbo noch einmal, sein „Honorar" zu erhöhen. Sein Ruf lasse das doch offensichtlich zu: Angebot und Nachfrage bestimme nun einmal den Preis in der Marktwirtschaft. Aber Ubbo wollte nichts davon hören. Es gebe nun einmal die „festen Sätze" und daran wolle er auch nicht rütteln, und – wie gesagt – auf das Geld komme es ihm ja gar nicht an.

„Versteht ihr so einen Mann?", entrüstete sich Anna. Dörte erinnerte sich, dass schon Vadder sich an Ubbo die Zähne ausgebissen habe. Aber vielleicht könne Bruder Ubbo es ja doch einmal mit irgendeinem anderen Hobby versuchen, das nicht so viel Zeit verschlinge wie das Orgelspielen. Es müsse ja nicht gerade das öde Briefmarkensammeln von Helmut sein…

„Ein Hobby?", fragte Ubbo, „dafür hab´ ich überhaupt keine Zeit!"

Am nächsten Tag, dem Montag, fuhren Tim, Käptn Gerd und Ubbo schon früh um fünf ins Wattenmeer, wegen der Tide. Schlaftrunken ordnete Ubbo die Netze an den Auslegern. Er dachte an gestern. Alle wollten sie ihm reinreden… ihm sagen, was er zu tun und zu lassen habe… Sogar Helmut, dieser Geld-Raffzahn, Mercedes-Diesel-Fahrer und Bauspar-Prämien-Typ. Aber eigentlich war Helmut ja ein ganz netter Kerl… irgendwie achtete er ja sogar Ubbo, er war zwar honorarversessen, aber sonst durchaus verständig… da hatte Dörte Glück gehabt… Dörte, seine Schwester, die ihre Träume von Unabhängigkeit und Eigenleben bei Helmut an dessen Bankschalter zinslos abgetreten hatte… nur von Musik verstanden Helmut und Dörte überhaupt nichts… und Anna natürlich auch nicht… verstand er selber denn was von Musik, von E-Musik, von Kirchenmusik...? Vielleicht war es wirklich alles zu spät... vielleicht hätte er damals als Junge doch zwei bis drei Mal in der Woche Unterricht nehmen müssen... aber wer hätte das denn bezahlen sollen...? Und dann seine Hände... Anna hatte ja recht... seine Hände auf der Orgeltastatur und hier an den Netzen... das passte nicht zusammen... seine Finger waren auch schon lange nicht mehr so geschmeidig wie früher... es gab wirklich Sachen, die konnte er früher einfach besser spielen als heute... und dann die Heftpflaster... wie oft musste er nicht seine Finger nach der Kutterarbeit mit Heftpflaster bekleben, damit er überhaupt die Orgel spielen konnte! Nun war er gerade fünfzig Jahre alt geworden und hatte immer öfter Schmerzen an der Bandscheibe... lief das etwa doch schon auf die Frührente hinaus...? Hätte er dann nicht sogar mehr Zeit für die Orgel...? Und könnte er nicht sogar Seniorenkurse in Musik an der Volkshochschule besuchen...? Aber das konnte und wollte er sich nun wirklich noch nicht vorstellen...

4.

„Moin, moin, ihr beiden! Das is aber selten, dass ich euch zusammen hier am Hafen treffe...".

Tim stand plötzlich direkt hinter Anna und Ubbo, als sie beide nach dem Kutter sehen wollten. Der nächste Fangtag sollte erst übermorgen sein und Anna hatte Ubbo mit Mühe zu einem kleinen Spaziergang am Hafen überreden können. Viel lieber hätte er natürlich an der Orgel in der Kirche geübt.

Ubbo ärgerte sich darüber, dass Anna sofort ein Gespräch mit Tim anfing:

„Was machst du hier im Hafen? Hast wohl Langeweile, wie...?", fragte sie ihn. Als wenn sie nicht weiß, dass der Junggeselle Tim sich jetzt gleich wieder mit seinen Freizeitaktivitäten brüsten wird... dachte Ubbo. Aber Tim sagte lächelnd, dass er, als „gutgewachsener Single" von neununddreißig Jahren doch gar keine Langeweile kenne!

„... Single von siebenundvierzig Jahren! Mach mir doch nix vor...", antwortete Anna lachend – ein wenig zu heftig. „Du warst in der Schule nur zwei Klassen über mir, das vergess ich nicht!"

„Nein, Musterschülerinnen vergessen nie etwas...", raunte Tim.

Ubbo dachte, dass Tim zweifellos wusste, wie er Anna nehmen müsste. Dass Tim aber soweit gehen würde, Anna in seiner – Ubbos – Gegenwart zu fragen, ob sie nicht mal eben schnell mit ihm – Tim – zum Dorffest nach Pewsum fahren wollte, das hätte er nicht gedacht! Aber genau das tat Tim! Und Ubbo stand dabei wie ein begossener Pudel. Er versuchte, Anna anzustoßen und auf den Heimweg zu ziehen, aber Anna fuhr unbekümmert fort, mit Tim über die Angebote des Jahrmarkts zu diskutieren. Ubbo fühlte sich hilflos. Aber Tim, der freche Tim, zog schließlich tatsächlich Anna und Ubbo in sein Auto und fuhr mit ihnen nach Pewsum, wo sie zwei Stunden lang im Nieselregen über den Rummel liefen – ein heiterer Tim, eine aufgedrehte Anna und ein miesepetriger Ubbo, der immer wieder daran denken musste, dass heute Abend in Hannover das wundervolle Orgelkonzert stattfinden würde – ohne ihn. Ein Orgelkonzert, das zum Sprungbrett für ein neues Leben von ihm hätte sein können, wenn, ja, wenn nicht...

Lebte er eigentlich in einer Scheinwelt? Hatte er nie richtig gelernt, „nein" oder „ja" zu sagen? Und wenn er nun doch noch sein Kapitänspatent machen und einen eigenen Kutter kaufen würde? Anna hatte sich das ja schon lange gewünscht. Nein, nun nicht mehr... der Zeitpunkt war verpasst. Der Weg war vorgezeichnet. Der Weg? Hieß das weiter nichts als: Rausfahren, Fischen, Reinfahren, Sortieren, Aufklaren, Verkaufen, Rausfahren, Fischen... Das war ein eintöniger Weg, nein, kein Weg, eine Sackgasse...

Tim und Anna stiegen lachend aus einem Schiffskarussel.

Wieder einige Tage später traf Ubbo in Aurich, im Fußgängerbereich, auf seine Schwester Dörte.

„Was machst du denn hier?", fragte Dörte, wenig erfreut.

„Ich kauf ein, wie du – anscheinend", antwortete Ubbo.

„Und Anna? Wo ist die?"

„Weiß ich nicht – zu Hause wahrscheinlich.", meinte Ubbo und wollte weitergehen. Doch da kam plötzlich Unruhe in seine Schwester:

„Ubbo! Ich glaub, ich muss mal ein Wörtchen mit dir reden! Wenn du meinst, ich wäre immer auf deiner Seite, bloß weil du mein Bruder bist, dann irrst du dich! Anna geht es schlecht bei dir, das sieht doch ein Blinder! Du machst, was du willst, und weißt überhaupt nicht, was Anna gerne möchte. Wie lange bist du jetzt mit Anna verheiratet? Vierundzwanzig Jahre? Also nächstes Jahr Silberhochzeit! Das wird ja eine schöne Feier! Darauf freu ich mich ja schon mächtig! Und ′n Kranz soll ich euch sicher auch noch winden, was? Pustekuchen! Ich werde zu Anna gehen und ihr empfehlen, dir ein Ultimatum zu stellen!"

„Ein Ultimatum? Mir?! Was für ′n Ultimatum…?"

„Jawohl! Ein Ultimatum: Entweder du lebst endlich so, wie alle vernünftigen Menschen in unserer Umgebung und kümmerst dich so um deine Frau, wie es sich für einen Normalo gehört, oder…"

„Oder?"

„Oder du lässt dich scheiden und lebst als orgelspielender Einsiedler in Greetsiel hinterm Deich!"

„Ich will mich doch gar nicht scheiden lassen! Und Anna auch nicht."

„Das hab ich mir gedacht! Die große Liebe ist längst hin, aber an Konsequenzen denkt der Herr noch überhaupt nicht! Typisch Mann! Immer den bequemsten und einfachsten Weg gehen, und wenn′s ernst wird, den Schwanz einkneifen."

„Dörte! Halt dich da raus – Du bist meine Schwester, aber nicht meine Schwiegermutter!"

„Ich sage dir nur die Wahrheit!", schrie Dörte, so dass Leute sich umsahen, als sie ins Parkhaus rannte, zu ihrem Mercedes.

Was ging Dörte eigentlich sein Leben mit Anna an! Hatte er sich nicht in den ersten Jahren ihrer Ehe Mühe genug gegeben, auch Anna für die richtige, die E-Musik zu interessieren? Aber über Mozart war sie nie hinausgekommen. Und wenn er ehrlich war, dann musste er sich ja eingestehen, dass er selber auch bei Mozart hängengeblieben wäre, wenn nicht, ja, wenn nicht der Klang seiner geliebten Orgel ihn immer wieder zu anderen, sakralen Komponisten getrieben hätte. Aber gerade das war ja sein Glück gewesen, ein Glück, das weder Anna noch Dörte begriffen hatten. Mag sein, dass er oft zu wenig Geduld gezeigt hatte – oder dass er zu wenig auf Anna zugegangen war... er hatte nun mal immer nur seine Orgelmusik im Kopf. Anna hatte sich sicherlich das Leben mit ihm anders vorgestellt. Vielleicht auch mit anderer Musik... oder was sie und Dörte dafür hielten... wahrscheinlich die Hitparade der Volksmusik...

5.

Es hätte ja alles so weiterlaufen können. Ubbo hatte sich mehr oder weniger daran gewöhnt, zu Hause Ärger zu haben. Seinen Einsatz als Schiedsrichter in der Fußballmannschaft Schüler B musste er allerdings aufgeben, obwohl er früher ja auch mal gerne Fußball gespielt hatte. Aber Orgelspieler und Schiedsrichter beim Jugendfußball? Auch das passte nicht zusammen. Schon deshalb nicht, weil er es nicht schaffte, am Sonntagvormittag nach der Kirche sofort auf dem Fußballplatz anzutreten. Aber Ubbo hätte tatsächlich so weiterleben können. Der Einsatz an der Orgel, egal ob bei Gottesdienst, Beerdigung oder Taufe, war stets für ihn ein Tauchbad der Zufriedenheit und der Kraft – da konnten ihm weder die Nörgeleien von Dörte und Anna, noch die Sticheleien von Gerd und Tim etwas anhaben.

Er hatte immer gedacht, dass Tim sein Freund sei, auch wenn dieser nichts von Musik verstand. Aber Tim hatte ihn, Ubbo, wenigstens gewähren lassen und ihm immer geholfen, wenn Ubbo keine Zeit hatte, mit dem Kutter hinauszufahren.

Aber dann kam dieser Abend vor dem Sturm – der Abend des Tages, an dem auch der Brief eintraf. Es war ein sonnenloser Tag im Spätherbst, im Oktober.

Der Brief kam schon am Vormittag. Er wollte mit dem Blatt Papier gleich zu Anna – vielleicht Trost suchen bei ihr? Nein..., das war wohl nicht zu erwarten, aber er musste sie doch wenigstens informieren, schließlich war sie seine Frau – doch er verwarf diesen Gedanken rasch wieder. Er hatte den Brief direkt vom Postboten auf der Straße in Empfang genommen. Er las das Schreiben immer wieder, auf der Straße, am Hafen und schließlich in der Kirche, bei seiner Orgel, zu der er sich geflüchtet hatte. Er spielte aber nicht mehr auf der Orgel. Er las nur den Brief und suchte nach einem Sinn.

Absender: Der Kirchenvorstand. Der Inhalt war knapp und eindeutig und traf Ubbo völlig unvorbereitet:

„... müssen wir Ihnen zu unserem Bedauern mitteilen, dass Ihre Teilzeitanstellung als Hilfsorganist in unserer Kirchengemeinde nicht über das Jahresende hinaus verlängert werden kann. Herr Detleff Daniels, der soeben sein Musikstudium erfolgreich abgeschlossen hat, wird zu unserer Freude die neugeschaffene Vollzeitstelle als Organist, Kantor und Chorleiter mit Beginn des kommenden Jahres antreten. Wir danken Ihnen, Herr Heinsen, sehr für Ihre jahrelange, segensreiche Tätigkeit in unserer Gemeinde und werden diese mit einem Abschlussgottesdienst noch einmal in angemessener Form würdigen. Mit freundlichen Grüßen..."

Ubbo war wie gelähmt, er konnte kaum noch atmen. Wie viele Jahre hatte er die Orgel in der Kirche gespielt? Und nun kam ein junger „Herr Detleff Daniels" von der Musikhochschule und beendete seine Orgeljahre. Nie mehr würde man ihn anfordern für Gottesdienste, Taufen, Weihnachtsfeiern oder Beerdigungen! Würde er überhaupt noch auf der Orgel in der Dorfkirche spielen dürfen? Ganz für sich allein? Oder müsste er dann jedes Mal den Herrn Daniels fragen? Nun war er weder ein halber Kuttermann noch ein halber Orgelmann – ja, was war er eigentlich noch?

Er ging nach Hause. Es war Abend geworden. Im Flur schon hörte er Stimmen im Schlafzimmer, die Stimmen von Anna und – Tim. Ubbo verlangsamte seinen Schritt, stellte sich an die Tür und lauschte –

„Komm Tim, wir müssen aufhören – Ubbo kann jeden Augenblick hier sein."
„Wo ist er überhaupt?"
„Der ist noch bei seiner Orgel."
„Da gehört er auch hin."
„Was stellt er sich auch immer so verbiestert an! Tim, ich halte es nicht mehr mit ihm aus, ich will doch auch mal Spaß haben!"
„Ubbo ist nicht für Spaß zu haben, Anna, das weißt du doch. Aber dafür hast du mich jetzt!"
„Wär´ nicht schlecht, wenn du noch ´n bisschen bleiben könntest, Tim."
„Ja, wir müssen auch noch mal nachdenken und reden…"
„Nachdenken? Worüber?"
„Über unsere Zukunft, Anna."
„Hör mal, Tim, wie der Sturm heult."
„Jaja, hier bei dir ist´s gemütlicher."
„Wann fahrt ihr wieder raus?"

„Du, Anna, bald fahr ich mit meinem eigenen, nagelneuen Kutter raus!"
„Was?! Sag bloß – und was wird dann aus der ‚Möwe'?"

„Wird verkauft."

„Ach..., Gerd will das Schiff verkaufen? Und davon weiß ich noch gar nichts? Das muss er mir doch sagen!"

„Darüber will ich ja gerade mit dir sprechen – Anna. In Gerds Auftrag, sozusagen."

„In Gerds Auftrag? Das heißt... du weißt also, dass Ubbo... und ich..."

„Klar, weiß ich das. Ubbo und dir gehören ein Drittel des Kutters! Aber Käpten Gerd sagt, Ubbo weiß davon gar nix."

„Doch! Tim..., ich hab´ Ubbo davon erzählt."

„So! Naja, dann ist ja alles sogar viel einfacher."

„Was ist einfacher, Tim?"

„Na – einfacher, deinen Mann auszubezahlen."

„Wie?"

„Pass auf, Anna: Gerd und ich brauchen deinen Mann nicht mehr auf dem neuen Kutter. Da ist alles moderner zu bedienen, mit viel Elektronik, weißt du – zwar nicht einfacher, aber zwei Mann schaffen das, wenn sie gut eingespielt sind. Und Ubbo spielt ja sowieso viel lieber seine Orgel. Das ist doch immer seine Jubelzeit. Und nun geben wir ihm viel Zeit dafür. Er kriegt seinen Anteil an der ‚Möwe´ ausbezahlt und kann damit machen, was er will. Das ist doch fair, von Gerd und mir!"

„Oha, das kommt aber überraschend, auch für mich, Tim!"

„Für dich und mich, Anna, ändert sich doch gar nix."

„Sag das nicht, Tim! Wenn Ubbo bloß noch an seiner Orgel rumsitzt...!"

„Anna! Willst du denn überhaupt noch lange mit Ubbo zusammenbleiben?"

„Tim! Ich lass mich nicht gerne drängeln, das weißt du! Aber sag mal, habt ihr denn überhaupt schon einen Käufer für die alte ‚Möwe´?"

„Klar! Ein reicher Architekt aus dem Ruhrpott ist scharf darauf. Der will den Kutter zum Motorsegler umbauen."

„Ahnt Ubbo überhaupt schon was davon?"

„Nee, glaub ich nicht..."

Ubbo stieß die Tür nur einen Spalt breit auf und rief: „Nee, Ubbo hat von nichts eine Ahnung!" Er sah im Schummerlicht, dass Tim und Anna wenigstens schon wieder angezogen waren – was ihn ermutigte, ganz ins Schlafzimmer zu treten. Anna schrie auf:
„Oh Gott, Ubbo, hast du mich verjagt…!"

„Ubbo, lass dir erklären…", Tim stand langsam auf. Aus Ubbo brach es heraus:
„Ubbo ist ja sowieso nur ein halber Kuttermann! Und ein ganzer Dösbaddel! Mit Ubbo könnt ihr euer Spielchen treiben, was?"

„Ubbo, nun mal langsam…", sagte Tim.
„Ubbo, das musst du hier alles richtig verstehen…"
Anna versuchte, sich Ubbo zu nähern, aber der war schon damit beschäftigt, im Zimmer einige Sachen zu suchen.
„Verstehen? Ich mag ja wohl ein Brett vorm Kopf haben, aber blind bin ich nicht, und meine Ohren waren auch immer ganz gut… also, ich hab hier jetzt schon genug verstanden!"
„Gut", sagte Anna entschlossen, „dann können wir jetzt ja Klartext reden."
„Können wir…, aber brauchen wir gar nicht mehr", antwortete Ubbo.
„Was hast du vor?", fragte Anna.

Ubbo räumte einige Kleidungsstücke in seine Reisetasche und stand schon in der Tür: „Bloß raus aus diesem Haus!"
„Aber keiner will dir hier was Böses tun, Ubbo! Ich bin doch immer dein Freund gewesen!", sagte Tim.
„Ja, gewesen…", Ubbo schüttelte mit dem Kopf, „gewesen ist vergangen… kauf ruhig deinen neuen Kutter, Tim, und du Anna, schmeiß dich mit unserem Drittel in Tims Arme…"

Er lief aus dem Haus, seinem Haus. Er überlegte nur kurz, ob er noch einmal in die Kirche, zu seiner Orgel, gehen sollte. Aber er wählte den direkten Weg zum Kutter. Zu seinem Drittel-Kutter.

Die „Möwe" lag mit der Steuerbordseite am Kai. Sie schwoite heftig im unruhigen Hafenwasser. Das Fanggeschirr war eingeholt und fest am Mast und an Deck verzurrt. Käptn Gerd wollte erst übermorgen wieder ausfahren, die Tidenzeiten waren dann günstiger und überhaupt – der Wetterbericht war auch gestern schon katastrophal gewesen. Ubbo löste sofort die Vor- und Achterspring und stieg dann erst an Bord. Die Tür zum Steuerhaus war unverschlossen, so wie immer. Gerd ließ nie Wertsachen an Bord, und dass jemand einen Kutter klauen und durchs Wattenmeer entführen würde..., solche Ängste hatte er nicht. Ohne auf die Tankuhr zu schauen, ließ Ubbo den Diesel an. Der Motor brummte tief und zuverlässig, Ubbo wartete einige Minuten, bis die Maschine warm gelaufen war. Dann stieg er an Land und löste ruhig Vor- und Achterleine. Kein Mensch war im Hafen zu sehen, bei diesem Wetter.

Es war stockdunkel geworden und der Wind trieb kräftige Regenböen über den Deich. Das würde heute Nacht noch schlimmer werden – dieser Wind war schon jetzt unberechenbar, stoßhaft und heimtückisch.

Ubbo erreichte im schwachen Licht des Bordscheinwerfers – wodurch er die Pricken im Binnentief erkennen konnte – gerade noch die letzte Schleusung am Greetsieler Außentief. Die „Möwe" war das einzige Fahrzeug in der Kammer. Der Schleusenwärter wollte mit Ubbo sprechen, ihn nach dem Wohin fragen, aber Ubbo verkroch sich im Steuerhaus und tat, als nehme ihn eine Reparatur voll in Anspruch. Das Funkgerät hatte er abgeschaltet. Darüber wunderte sich der Schleusenwärter sehr. Er stieg schließlich von seinem Turm herab, weil er es als seine Pflicht ansah, den Skipper der „Möwe" auf die offizielle Orkanwarnung aufmerksam zu machen. Doch da in diesem Moment der Assistent die seewärtigen Schleusentore bereits geöffnet hatte und Ubbo sofort Gas gab, konnte der Wärter nur noch „Böen zehn, heute Nacht... vielleicht Orkanböen" hinterher rufen.

Ubbo hörte das nicht mehr. Er fühlte sich frei und leicht, als er in die dunkle Nacht hinausfuhr. Er steuerte den Kutter in die

Richtung der Außenems, wo er durch die schweren Regenschauer einige Leuchttonnen schwach erkennen konnte. Der Seegang wurde heftig und steil; an der schluchtartigen Form der Wellen konnte Ubbo im Suchscheinwerfer sehen, dass die Flut noch auflief und bald noch aggressiver werden würde. Er hielt sich mit einer Hand am Sitz fest und steuerte mühsam mit der anderen. Der Kutter kam kaum noch voran, immer mehr stampfte er sich in den Wellen fest. Das schwere Fanggeschirr schwang gefährlich am Mast hin und her.

Ubbo klemmte den Kassettenrecorder zwischen Echolot und Frontscheibe fest und legte die Orgelkassette mit den Bachfugen ein. Er drehte die Lautstärke so hoch, dass er das Heulen des Sturms nicht wahrnahm. Während ihm die Tränen übers Gesicht liefen, versuchte er weiter, die Leuchttonnen vor Borkum anzusteuern.

Er hörte gar nicht, dass der Diesel ganz langsam und leise seinen Dienst aufgab und verstummte; der Tank war leer. Er merkte nur, dass er das Schiff nicht mehr auf Kurs halten konnte, gegen die anlaufenden Wellen. Die „Möwe" trieb sehr schnell quer. In einem letzten Aufbäumen löste Ubbo die elektrische Sperre der Ankerkette, doch ein Blick auf das Echolot zeigte ihm, dass der Anker bei fast zwanzig Meter Wassertiefe – hier in der Außenems – nicht halten konnte. Der Anker fiel fast senkrecht in die Tiefe und schleifte über Grund.

Ubbo schloss die Augen. Der wuchtige, jubelnde Klang der Bachfuge erfüllte das kleine, von Gischt und Regen umhüllte Steuerhaus seines Kutters – wie einen unspaltbaren Atomkern im Inneren eines feindlichen Universums.

Eigentlich war er ja immer allein gewesen. Von dem Augenblick an, als er mit sechzehn Jahren heimlich die Treppe zur Orgel hinaufgeschlichen war und sich an die Tastatur gesetzt hatte, von diesem Moment an war alles anders in seinem Leben geworden. Er war allein in der Kirche gewesen, Kantor Kröger war schon gegangen, hatte aber die elektrischen Blasebalge angeschaltet gelassen, wohl, weil er eine halbe Stunde später noch eine Beerdigung zu begleiten hatte – und Ubbo begann, dem mächtigen Instrument in der leeren Kirche Töne zu entlocken – ungeordnete, unmelodische Töne, denn er konnte ja noch gar nicht spielen – aber der wunderbare Weg der Orgeltöne aus seinen Fingerspitzen, über die Elfenbeintasten, durch das große Kirchenschiff, hinauf zum hohen Kirchendach, dieser direkte, von ihm – Ubbo – direkt beeinflussbare und nachfühlbare Weg ergriff ihn mit Macht, ließ ihn jubeln, jubeln..., ließ sogar seinen Körper in Ehrfurcht und Jubel vor der Wucht, Größe und Schönheit der Töne erzittern – und sollte ihn nie wieder loslassen. Von nun an war es sein Ziel gewesen, den Jubel-Weg der Orgeltöne in sich und bei sich zu verbessern... zu verschönern... zu erweitern. Dabei konnte ihm bald niemand mehr folgen, weder Vater noch Mutter – und Dörte nicht und Anna nicht. Auch Gerd und Tim nicht... er blieb mit seinem Jubel immer allein – all die Jahre lang, immer allein.

Als die Fuge ihr Crescendo erreichte, wurde Ubbo, der mit geschlossenen Augen lauschte und noch einmal den großen Jubel in sich spürte, aus seinem Steuersitz geschleudert.

Eine Orkanböe ergriff den schlingernden Kutter, sie riss den Mast zusammen mit dem schweren Fanggeschirr herunter und zertrümmerte das Steuerhaus.

Die jubelnde Fuge verstummte – ihr Nachhall löste sich schnell auf im donnernden Gebrüll des Nordseesturms.

„De halwe Fiskermann"

Niederdeutsche Novelle
von Erhard Brüchert

Isensee Verlag 2004
(ausgezeichnet mit dem Borsla-Preis in Bösel 2003)

Erhard Brüchert

… ist 1941 in Pommern geboren. Jugend und Schulzeit verbrachte er in Ostfriesland; Berufsleben und Familienzeit in Oldenburg und im Ammerland. Bis 2004 war er Deutsch- und Geschichtslehrer am Gymnasium Eversten in Oldenburg. Seit den Achtzigerjahren schreibt er hoch- und niederdeutsche Erzählungen, Novellen, Hörspiele und Theaterstücke. Seine zahlreichen, plattdeutschen Historien-Stücke haben ihn von Marienhafe (Störtebeker-Freilichtspiele) bis nach Lingen (Emsland-Auswanderer) bekannt gemacht. Der Oldenburger Heimatbund „De Spieker" hat ihn 2013 zu seinem Ehrenbaas ernannt. Seine literarische Autobiographie erschien 2018 im Isensee Verlag.